U0682156

扩散的综合性

——20世纪90年代诗歌写作研究

王昌忠 ◎ 著

人民出版社

目　录
CONTENTS

序　言·· 1

导　论　"20 世纪 90 年代诗歌"命题中的综合性写作成因 ················· 1
　　第一节　"20 世纪 90 年代诗歌"命题探析 ······························ 5
　　第二节　20 世纪 90 年代诗歌写作综合性成因考察 ················· 22

第一章　个人化与非个人化的综合 ··· 40
　　第一节　个人化写作在汉语诗歌写作中的历史际遇 ················· 41
　　第二节　20 世纪 80 年代个人化写作的误区 ························· 46
　　第三节　20 世纪 90 年代"个人写作"：个人化写作的合理形态 ······ 54

第二章　历史化与非历史化的综合 ··· 64
　　第一节　非意识形态的历史化 ··· 71
　　第二节　修辞技艺、审美营造的历史化 ································· 78
　　第三节　主体性的历史化 ·· 84

第三章 "自由"与"限度"的综合 …………………………… 91

　第一节 "自由"与"法则"的综合 ………………………… 93

　第二节 "写作"与"接受"的综合 ………………………… 98

　第三节 "天才"与"炼成"的综合 ……………………… 104

第四章 "影响"与"创生"的综合 ………………………… 110

　第一节 中国古诗"影响"与"创生"的综合 …………… 114

　第二节 异域诗歌"影响"与"创生"的综合 …………… 119

　第三节 中国新诗"影响"与"创生"的综合 …………… 125

第五章 情思经验的"异质混成" ………………………… 133

　第一节 情思经验"异质混成"诗歌的诗学背景 ……… 134

　第二节 对同一诗歌对象的不同情思、经验的"混成" … 140

　第三节 同一主题指向中的不同情思、经验的"混成" … 145

　第四节 无外在逻辑统一的不同情思、经验的"混成" … 151

第六章 表现手法、文体样式的综合性 ………………… 159

　第一节 表现手法的综合性 ……………………………… 161

　第二节 文体样式的综合性 ……………………………… 173

第七章 审美特征的综合性 ……………………………… 183

　第一节 不同类型文学审美特质的综合 ………………… 184

　第二节 其他审美特质的综合 …………………………… 195

结　语 …………………………………………………… 213

参考文献 ………………………………………………… 234

后　记 …………………………………………………… 242

序　言

朱栋霖

　　本论著是王昌忠在他于苏州大学完成的博士论文《20世纪90年代综合性诗歌写作》的基础上修改、完善而成的。他是专注研究诗歌的,在这本博士论文中王昌忠倾注了自己的感情与心血。他爱诗。2005年他来投考苏州大学博士研究生,我印象最深的是他带来了一本他的诗集《弦上的苦玫瑰》。我觉得他对诗有感觉,单那书名就不落俗套。我决定录取他攻读博士学位,希望他对诗歌研究有新的思考。

　　文学是艺术,诗歌是文学的冠冕,是精致的心灵艺术。我向来坚持研究文学首先要把它作为艺术来研究,从艺术入手研究文学,文学的语言、意象、形象、意境、审美是文学的主体,也是文学研究的主体内容,文学研究当然也关注其包蕴的思想内涵,但是不要把文学研究变成思想理论的阐发与宣教,诗歌更加不是思想政治的宣传媒体,那些思想内容膨胀的诗终究不是诗,不能给人以诗的感染。中国文学研究不幸成为解读、阐发作品思想的载体,诗歌也以其表现的思想内容为评价的主要标准。这种情况已历数十年而难以改变。近二十年尽管不少研究者希望抛弃传统的政治社会学思路,但是简单化地搬用西方"新方法",陷入科学主义、西式形式主义的泥坑,仍旧与艺术隔离。即使不懂文学、没有艺术的感觉,仍旧可以用所谓形式批评、西式叙述学分析中国文学,当然在这方面不是没有可嘉许的例子,但是大量的所谓解读是隔靴搔痒、不知艺术为何物的似是而非的"分析"。中国现当代文学研究在摆脱了政治社会学的陈旧模式后,又陷入一个新的危机。

正是在这个意义上,我鼓励王昌忠的诗歌研究。他自己写诗,他酷爱诗。这是研究诗的前提。没有对诗的酷爱,没有对诗艺的感觉,是研究不成诗的,他无法进入诗的本体,进入诗的内心。我相信昌忠能够研究诗,他那黑而精瘦的形象使我想起古代的苦吟诗人,我想他有自己的激情与灵感。我向昌忠提出,对 20 世纪 90 年代诗歌的评价相当悬殊,解诗人关键是要有自己的诗歌观,自己关于中国诗歌的理念。诗人的见解无须全社会都同意,你的诗歌观念应该是你个人关于诗学思考的结晶。

中国有深厚独特的诗歌传统,2500 年中国诗史凝练出自己的语言、音乐、格律、意象、意境,也沉淀了深厚的中国诗学思想,它是中国审美与文化的结晶,在世界上独一无二。五四提倡白话新诗颠覆了中国古典诗,也颠覆了中国诗学传统。从郭沫若的惠特曼式的直白(不需要音乐性,诗歌是情感的呼喊与直白),一直到艾青,再到现在的许多诗歌,这和中国传统诗歌的非常精致的音乐艺术形式是截然不同的。中国新诗轻易丢弃自身的美学经验,翻学西诗,显然是历史的失误。今天我们看到的胡适写"尝试集"至今将近百年中国新诗的历史仍旧只是"尝试"的历史。从新月派、戴望舒到何其芳探索新诗的的格律,其苦心孤诣都来自这几位诗人深刻的思考。大家都知道闻一多是五四新诗代表人物,但是这位五四新诗名家其实早就对五四白话新诗的选择道路提出怀疑。1925 年他在美国纽约留学期间,思考这一问题,作《废旧诗六年矣复理铅椠纪以绝句》全诗如下:"六载观摩傍九夷,吟成舌总猜疑。唐贤读破三千纸,勒马回缰作旧诗。"从 1925 年往前推,诗中所谓"废旧诗六年"、"六载"显然是指 1919 年的五四新文化的提倡白话诗、废古典诗。从那时之后的六年,闻一多和五四新诗人们走的都是学写西诗为新白话诗的道路,但是这位五四新诗人对六年以来的新诗路向选择提出了反思、质疑,径直否定了学西诗为中国新诗的趋向。他斥之为:"六载观摩傍九夷,吟成舌总猜疑。"所谓"吟成舌"取义《孟子·滕文公》，嘲笑学习西诗如学鴃舌。闻一多认为其结果只是引来自我怀疑与讥笑。显然新诗人闻一多对五四新诗模仿西诗的道路趋向是鄙夷不屑的。"唐贤读破三千纸，勒马回缰作旧诗"，他毅然宣布"勒马回缰"重走学习中国古典诗艺的道路。

王昌忠完成博士论文过程中，我一直提请他注意一定要将 90 年代中国新诗置放在中国诗歌与西方诗歌两条诗学潮流中考察，百年来中国新诗发展的目标是建设中国诗学特色的中国现代诗，而不是写得和西方诗一样。昌忠几经修改，他立足于诗歌本体，把握其内在本质，建立起自己的评价标准与体系，既具批判性，又有建设性。论文体现出他开阔的理论视野与扎实的学术功底，高屋建瓴，思路清晰，有许多精到的见解。答辩委员会评价其"是一篇富有理论价值与创新意义的优秀博士论文"。

中国文坛致力于新诗研究者本身不多，有成就者更少。我希望昌忠在这个园地耕耘出新的成果。

2010 年 7 月 11 日

苏州读万卷堂

导论 "20世纪90年代诗歌"命题中的综合性写作成因

　　无论是在研究者的批评视野里,还是在诗歌史家关于当代诗歌史的叙述序列中,20世纪90年代诗歌都遭遇到了"命名"的困窘和尴尬:"20世纪90年代诗歌写作呈现出空前复杂的局面……时代语境由二元对抗转而趋向多重、相对和暧昧",从而"置写作者于空前的困惑中,置诗歌意义的建立和生成于复杂的沼泽迷地之中"①,使得诗歌研究者和诗歌史家提拎不出能整合、归结20世纪90年代诗歌写作的流派、诗潮性质的恰当指称。可是20世纪90年代诗歌的确又"直楞楞"地凸显着,而且还"不伦不类"——显然不能顺便和附带着将它纳入已有的诗歌流派符号(如朦胧诗、第三代诗等等)而忽略不计或一带而过。这样一来,对这不得不单独言说、另外编排的20世纪90年代诗歌,诗歌研究者和诗歌史家就非得命名不可了,无奈之下,他们便又只能用物理意义的"20世纪90年代"这一纯时间概念来标识和冠名20世纪90年代诗歌。所以,"20世纪90年代诗歌"②,其实是一个

---

　　① 何平:《内心的迷津及其出路》,《诗探索》2004年春夏卷,第316页。
　　② 由于对20世纪90年代诗歌的命名是从20世纪90年代就开始了的,所以当时的命名者就直接用"九十年代诗歌"或"90年代诗歌"这类指称;到了2000年之后,也有研究者继续沿用这些指称,但更多的是用"二十世纪九十年代诗歌"或"20世纪90年代诗歌"这样的表述,本书采用的"20世纪90年代诗歌",其意义完全等同于20世纪90年代所用的"九十年代诗歌"或"90年代诗歌"。

在诗学意义上无效的"大一统"命题,对于 20 世纪 90 年代诗歌写作事实而言,可以说它只有外延的包罗性而没有内涵的指涉性。这正如著名诗歌批评家、诗歌史家洪子诚所指出的:"相对于 80 年代,90 年代的诗歌出现了一些重要变化,以至在当代诗史的范围内,可以将它作为一个'阶段'看待。……即它('20 世纪 90 年代诗歌'——引者注)基本上是为了有助于对诗歌现象的描述而作出的段落的划分。……在很大程度上,它带有近距离观察时,作为一种时间尺度的'权宜'性质。"[1]

任何概念、命题的价值和意义都是为了区别和划界,因而也都内隐着提出者的阐释、理解和意义赋予。既然"20 世纪 90 年代诗歌"已经作为一个命题提出了,那么其价值和意义在于,虽然它不可能也无力有效统摄、指认纷乱、驳杂的 20 世纪 90 年代诗歌话语(因而相对于 20 世纪 90 年代诗歌本身来说,"20 世纪 90 年代诗歌"这一概念难以体现命名的价值、意义),但它至少能传递出这一信号:20 世纪 90 年代诗歌不等同于或者不能混同于 20 世纪 80 年代及其之前的所有现代汉语诗歌,也就是说它的提出,能使人们意识到 20 世纪 90 年代诗歌写作是区别、独立于 20 世纪 80 年代及其之前的所有现代汉语诗歌写作的——起码,提出者亮出它的动机和意图是如此。因而,从这一角度来看,又不能说"20 世纪 90 年代诗歌"是一个没有内涵所指的空洞符号,它的内涵徽记是:20 世纪 90 年代诗歌写作中相较于此前现代汉语诗歌写作、尤其是 20 世纪 80 年代现代汉语诗歌写作所出现的新质、创生性诗歌元素。于是可以这样认为,一切"20 世纪 90 年代诗歌"命题"召集"到的不是 20 世纪 90 年代的所有诗歌,而只是那些体现了新质和创生性元素的诗歌,由于 20 世纪 90 年代诗歌写作是"无主潮、无定向、无共名"[2]的而非流派性、统一性和集约性的,因此这所谓的新质和创生性也就仁者见仁、智者见智而不能定于一尊了。这一客观事实使得人们对以新质相认的"20 世纪 90 年代诗歌"各执一端、各有所指,也使得各自的"20 世纪 90 年

---

① 洪子诚、刘登翰:《中国当代新诗史》,北京大学出版社 2005 年版,第 248 页。
② 陈思和:《中国当代文学史教程》,复旦大学出版社 1999 年版,第 13 页。

代诗歌"互相攻讦、干戈大动:"它('20世纪90年代诗歌'——引者注)必然要以'史'的眼光来梳理一个时代的创作及批评状况,也必然会涉及对具体诗人和创作现象及成就的评价。因而,'90年代诗歌'成为一个十分敏感的话题。"①正是由于没有某些新质是20世纪90年代诗歌写作的公共新质,也由于不是20世纪90年代诗歌写作都在公用某些新质,所以没有一个概念能够恰当指称20世纪90年代的所有新质诗歌——当然更不用说20世纪90年代的所有诗歌了。

尽管所指不同,但"20世纪90年代诗歌"这一命题可以成立还是在诗歌言说者中间得到了共识(当然带有一定的权宜成分)。这一共识说明从20世纪90年代初就浮出诗界地表并回荡至今的"中断"说、"转型"说②的客观实存性。这种客观实存性既验证了黄遵宪"意欲扫除词章家一切陈陈相因之语,用今人所见之理、所用之器、所遭之时事,一寓之于诗"的中国传统诗学观念,也顺应了爱默生所谓"每个新时期的经验要求有新的表达,世界总是在期待着自己的诗人"的西方诗学主张;而就诗歌话语自身来说,支撑这种客观实存性的自然是张扬在"20世纪90年代诗歌"形态和质地方方面面的诗歌新质和创生性元素。在这五花八门、形形色色的新质中间,"综合性"显得极为重要和突出。于是可以说,本书研究的综合性,是"20世纪90年代诗歌"命题中的综合性;它只是20世纪90年代部分诗歌具有的特质而不是所有20世纪90年代诗歌、甚至不是所有20世纪90年代新质诗歌具有的特质;同时,尽管它是20世纪90年代诗歌现场中醒目的新质,但它只是20世纪90年代出现的诗歌新质的一端而非全部。正因为它是作为一种强大的新质和创生性元素而存在的,所以它积极地促动和彰显了以其为命名依据的"20世纪90年代诗歌"命题的成立。

"20世纪90年代诗歌"命题的多样性,20世纪90年代诗歌写作"新

---

① 王家新:《没有英雄的诗》,中国社会科学出版社2002年版,第155页。

② 最早提出、阐述这类看法"的是欧阳江河的《'89后国内诗歌写作:本土气质、中年特征与知识分子写作》,以及稍后的王家新的访谈《回答四十个问题》,臧棣的《后朦胧:作为一种写作的诗歌》"。参见《在北大课堂读诗》,洪子诚主编,长江文艺出版社2002年版,第388页。

质"和"创生性"元素的风起云涌，足以表明20世纪90年代诗歌写作是无序、混乱和失控、失范的，是对诗歌本位"六神无主"的"瞎子摸象"式写作。对于任一艺术样式来说，新的未必都是好的，创生的未必都会壮大。如果新质和创生性元素不是有效地深化、巩固该艺术样式的本质和内在规定性，而是对其的"越界"、破坏，那么这新质就可能是异质，创生也就可能是畸变。在20世纪90年代诗歌写作中，固然有某些新质和创生性元素，在一定程度上拓宽了人们的诗歌意识和诗学观念、也刷新了诗歌写作者的诗意采集途径和诗歌写作方式，从而提升了20世纪90年代部分诗歌的内质层次和精神品格；但另一方面，出现在20世纪90年代诗歌写作中的诸多新质和创生性元素，虽然是"新探索"的结果，但由于其对诗歌本体——诗之为诗的内质规定性和不可替代性——的偏离、颠覆，对诗歌艺术得以划界、独立、区别于其他艺术门类的诗歌语言、文体样式、表现手法的违背、瓦解，对传统诗意、诗美的刻意消解、破坏，对读者诗歌接受定势和感知惯性的极端颠覆、侵犯，"所造成的"只能是使诗界"混乱"（孙绍振语），使"90年代的个人化写作的现代诗，不仅越来越罕见力量，而且浑然一体的美的感受更是难觅了"，也只能使读者"阅读诗歌的感受方式已不实用，换言之，进入现代诗歌的方式失效了"①。其实，只有在"万变不离其宗"——这"宗"也就是诗歌本位——的前提和原则下，同时担负着创造诗歌文本和创造相应的读者类型和接受范式的责任，才是有效、合法的诗歌写作。20世纪90年代诸多唯新质是举而不视诗歌的本质规定性和读者接受可能性的诗歌"探险"，自然不但使得"新诗的水平没有全面的提高"，而且"有点江河日下的样子"②。看来，帕斯所言"诗歌只变化，不发展"是不无见地的。正如20世纪90年代诗歌版图上的新质可以分为正值向度和负值向度的一样，作为新质之一的综合性也是既有积极的一面也有消极的一面。因而，对20世纪90年代诗歌写

①　温远辉：《现代诗歌的进入方式》，《1998中国新诗年鉴》，杨克主编，花城出版社1999年版，第446页。

②　孙绍振：《后新潮诗的反思》，《1998中国新诗年鉴》，杨克主编，花城出版社1999年版，第421页。

作中的综合性加以学理性的客观考察、分析和评价、判别,就具有了十分重要的意义。本书拟以20世纪90年代诗歌文本事实为根本和基础,结合20世纪90年代诗歌语境、诗学观念,一方面从宏观上"发现"、"把捉"20世纪90年代诗歌写作的"综合性"表现;另一方面对这些"综合性"进行深度考察、分析、评判,并由此辨识出"积极的"综合性和"消极的"综合性,以便为合理、有效的"综合性"诗歌写作提供指导,进而为整合现代汉语诗歌的价值取向和写作范式,为真正光大、"再生"现代汉语诗歌的整体魅力作出相应努力。

第一节 "20世纪90年代诗歌"命题探析

对当代诗歌研究者和当代诗歌史序列编排者来说,"20世纪90年代诗歌"在表面上已经成为了一个约定俗成的通识性诗学命题。通常地,诗歌言说者和诗歌史叙述者用它来指认和命名自然时段的20世纪90年代的诗歌,这给人们造成一个错觉:在20世纪90年代似乎真的存在具有诗学内涵的"20世纪90年代诗歌"。事实上,尽管用自然时段为包括诗歌在内的文学现象命名的情况十分普遍,而且大多是恰当的,但用物理层面的"20世纪90年代"来直接称呼20世纪90年代诗歌却是"无理"和"无效"的,也就是说,任何所谓"20世纪90年代诗歌"其实都无法笼络和统摄、代表和标识20世纪90年代的诗歌话语实践。由于对缺乏诗学旨归的"20世纪90年代诗歌"命题的采纳和运用具有极大的随意性、"自明"(命名者自己明白其所指)性,因而在诗歌言说界和诗歌史编排界造成了极大的理论混乱,甚至带来了关乎诗歌和诗学"话语权"的争端、战火。危害所及,诗歌写作者和评论者将更多精力投入于"主义"之争、"立场"之论,而无心或较少注目于诗歌写作本身的探讨以及真正有价值的诗学理论的建设,从而阻滞了诗歌写作的发展、进步,并因此未能提供出足以称为经典的范式诗作和范式诗人。这也正是20世纪90年代诗歌写作成为圈子内自我感觉良好、魅力非凡的单独行动,而在圈子外不是风光显赫而是冷寂黯淡以至于说在20世纪90年代的文学现场里诗歌只是"缺席的在场"也不为过的根本原因。

一、用时段命名文学（诗歌）现象的惯常性、合理性

对于任何文学现象，一旦要加以描述和言说，要进行文学史编排，就必然要对其命名和指称。最到位和精当的命名当是那种能直接标识出对象的核心特征（或精神内涵或艺术质地，如反思文学，如象征诗派、非非诗派，等等）的命名。不过，常见的一类命名方式是，称谓本身并不是该文学样态的特征的直接概括，而是要么是该文学样态所产生时段、地段（如三十年代文学，如孤岛文学、晋察冀诗歌，等等）的名称，要么是该文学形态的主体（如红卫兵诗歌、大学生诗群，等等）的名称，要么是该文学类型"栖身"的社团、杂志（如新月诗派、"他们"诗派，等等）的名称，要么是该文学派别书写对象的类属（如知青小说、文化散文，等等）的名称，当然还有这样的命名，其所指可能是交叉、重叠的（如美女小说——既指代着写作主体"美女"，也标示出文学书写对象"美女"；解放区文学——既指代着文学所处地段"解放区"，也标示出文学书写对象"解放区"）。不管是哪种，因为名称的指代物的特征规定、制约着能纳入其"名下"的文学事实的特征，所以此称谓也就间接、隐在地传达出由其命名的文学对象的特征了。"20世纪90年代诗歌"无疑属于以文学样态所处时段的名称命名的一类。的确，以时段命名的文学种类在文学史叙述和文学研究视阈中比比皆是，如"五四文学"、"二十年代文学"、"三十年代文学"、"四十年代文学"、"十七年文学"、"文革文学"、"新时期文学"、"后新时期文学"，等等，便是中国新文学视阈中一些以时段命名的典型文学类型。

中国古典诗学有"本乎情性，关乎世道"的说法，著名德语诗人保罗·策兰也明确提出："诗歌不是没有时间性的，诚然，它要求成为永恒，它寻找，它穿过并把握时代——是穿过，而不是跳过。"①的确，任何文学创作形

---

① ［乌克兰］保罗·策兰：《保罗·策兰诗文选》，王家新、芮虎译，河北教育出版社2002年版，第177页。

态,从根本上说都与特定时代有着必然的关系,都是特定时代"话语场"中的产物,都是特定时代"历史想象力"的结果。因此,以时代(时段)命名诗歌就应该有其逻辑上的正当性。正如前面所说,任何命名都是为区别和划界而为之的,都内隐着命名者的内涵指认和阐释。对文学的命名自然也是为区别和划分出不同的文学样态。既如此,当以时段为文学命名时,这时段就当是文学时段而非物理概念意义上的自然时段,也就是说,之所以能用某个时段来为此时段的文学命名,是因为这个时段的文学有某种足以与其他时段文学相区别的特点,从而"可以将它作为一个'阶段'看待"①。打开既存的文学史,不难发现,那些用来给文学命名的时段通常都是给社会命名的时段,而给社会命名的依据往往是政治,以及政治意义层面的经济、文化等,这就造成了给文学命名的时段一般都是吸附了政治内容的所谓"时代"——有时干脆就以特定时段的时代主题命名该时段的文学,如"文革文学"、"国防文学",等等。用政治意义的时代给文学划界并以此为文学命名的既存事实,有力地证明了文学时段与政治时段的对应关系,也说明文学与政治彼此干扰、相互指涉和文学受限于政治的"铁"的事实。当然,文学与政治的关系未必都像"十七年文学"、"抗战文学"那样直接、那样明显、那样亦步亦趋,因为诚如"纯文学"论者所指,文学有其独立性、自主性。然而,说到底,独立性、自主性的文学也只有在允许文学的独立性、自主性"施展"的政治时代才得以"存身"与"立世",换种说法即是,纯文学只能是特定时代语境、历史生活的产物。那些似乎脱离了时代政治的"纯文学",其实也可以用(事实上也有不少在用)它所存在的"时代"命名,比如"晚唐宫体诗"——"晚唐"自是一个政治意义的"时代",正是在晚唐这样的政治时空中,有着独特文学性的非政治化的"宫体诗"才得以产生。出生于波兰的著名流亡诗人米沃什所说"只写个人生活,只写诸如时间流逝、爱与死等'普遍人性'的问题,似乎是很容易作出的选择。但是在这一切背后,不管我们

---

① 　洪子诚、刘登翰:《中国当代新诗史》,北京大学出版社 2005 年版,第 248 页。

是否意识到,另有一种东西始终潜伏着"①中的"另一种东西"指的正是"历史语境"、"时代话语场"。

　　所谓自然时段,习惯上指的是从0到10年、或0到100年、或0到1000年……这样可以用整数表示的时段,最常见的标识方法是"×十年代"、"××世纪"等。在文学史叙述中,我们会发现,似乎并不乏以"×十年代文学"、"××世纪文学"这样的自然时段命名和标识的文学样态。但仔细体认后却可以看出,这样的自然时段是因为与文学时段——常常也是政治时段——对应、契合了的缘故,也就是说,是由于恰好在这个时段出现的可以用来代表该时段文学特征的主导和主流文学样态足以区别、独立于其他时段文学的缘故。有时,虽然是用自然时段为文学样态命名的,但这种命名所指的文学事实并非严格地指涉此自然时段的文学事实,而是有所修正和调整。之所以作出修正和调整,是因为被命名的文学样态虽然是用整数表示的对应自然时段的主导、主流,但这文学样态还前伸或后延进了此自然时段以外的其他时段,而在其他时段又有着自己的主导、主流文学,所以它就并非主导、主流了。比如中国新文学中的"二十年代文学"、"三十年代文学"、"四十年代文学"所指的分别是1917—1927年的、1928—1937年6月的、1937年7月—1949年9月的②而非严格的1920—1929年的、1930—1939年的、1940—1949年的文学事实。无论如何,无视文学话语实践的、纯粹用自然时段命名该时段文学的文学名号是不合情也不合理的,因而是"无效"和"非法"的;只有当该自然时段出现了的确在该时段具有代表性的文学样态,而该文学样态又的确有着能区别、独立于其他时段的文学的独特性时,假自然时段之名称呼此时段的文学才是"有效"和"合法"的——在此情形下,自然时段之名只是此时段的文学的符号、代码,在其之下必然内隐有能主导此时段文学的独特状貌和质地。

---

①　[波兰]切斯瓦夫·米沃什:《米沃什词典》,西川、北塔译,三联书店2004年版,第212页。

②　参见钱理群等编、北京大学出版社1998年版《中国现代文学三十年》的分期方法。

二、"20 世纪 90 年代诗歌"命题的"无效性"

"20 世纪 90 年代诗歌",外在来看,显然是用作为自然时段的"20 世纪 90 年代"来为 20 世纪 90 年代(1990—1999 年)诗歌命名的,命名者的意图自然在于力求把 20 世纪 90 年代的诗歌话语事实纳入这一指称之下——只有如此,它才能超越自然时段意义而上升为文学和诗学意义的概念、命题以获具文学史价值和诗学有效性。通过上面的分析,"20 世纪 90 年代诗歌"要能成为文学和诗学命题,20 世纪 90 年代诗歌就必须满足这样三个条件:第一,有能代表和反映 20 世纪 90 年代诗歌整体状况和业绩的主导、主流诗歌存在;第二,该主导、主流诗歌具有能独立、区别于 20 世纪 90 年代之外的其他时段诗歌的特质和品格;在此基础上,第三,20 世纪 90 年代诗歌相较于现代汉语诗歌整体或者"20 世纪 90 年代诗歌"命名者所确立的作为命名参照系的诗歌年段而言,在"诗歌"阈限内发生了明显的"中断"和"转型"。显然,在上述三个条件中,相对于中国新诗,尤其是相对于设置为参照物、甚至对立面的 20 世纪 80 年代诗歌,20 世纪 90 年代诗歌所出现的"中断"和"转型"实实在在、显而易见因而被所有"20 世纪 90 年代诗歌"命名者们把捉、捕获到了:我们既可以在程光炜等诗歌史家、理论批评家的阐述中发现关于"20 世纪 90 年代诗歌"的意识,也可以在王家新等 20 世纪 90 年代诗歌的见证者、亲历者的叙说中得到对"20 世纪 90 年代诗歌"的认同,前者如"较之当代诗歌的任何一个阶段,现今(20 世纪 90 年代——引者注)的写作都可以说是独一无二的、无例可援的"[①],后者如"80 年代末以来一代诗人的写作实践中,的确出现了一种时代性的进展和变化"[②]、"1989 年并非从头开始,但似乎比从头开始还要困难。一个主要的结果是,在我们已经写出和正在写的作品之间产生了一种深刻的中断。诗歌写作的某个阶段已大致

---

① 程光炜:《90 年代诗歌:另一意义的命名》,《山花》1997 年第 3 期。
② 王家新:《没有英雄的诗》,中国社会科学出版社 2002 年版,第 155 页。

结束了"①。正是因为着眼到了这"中断"、"转型","20世纪90年代诗歌"便在一些人手中仓促地炮制而成了。

　　问题在于，是不是只要有了"中断"、"转型"，就会从"天上掉下来一个90年代"②呢，20世纪90年代诗歌能够满足上面列举的另外两个条件吗？简单地说，也就是20世纪90年代诗歌出现了能代表20世纪90年代诗歌整体状况、并且又具备区别、独立价值的新质和创生性元素的主导、主流诗歌样态吗？显然，当展开20世纪90年代的诗歌卷幅加以扫描、打理时，我们难以搜索、标举出那样的诗歌事实。既然如此，从学理角度看，所谓的"20世纪90年代诗歌"就只能是一个徒有其表（自然时段）而无其里（诗学旨归）的空壳命题了。关于"20世纪90年代诗歌"的"伪命题"实质，姜涛有着清醒的体认："'90年代诗歌'是一个有些含混的说法，……并不针对整个90年代这个历史时段，也没有穷尽当下写作的全部现实"，"'90年代诗歌'并不是一个包揽全局的大命题"，其原因在于，"当下诗歌现实仍是'巴尔干化'的，不同的地区、不同的诗人群落占有着不同的知识结构，秉承着不同的观念和理想，甚至是在不同的时代里写作……不仅如此，'90年代诗歌'旗下的代表性诗人，虽然分享着某些共同的写作理念，但随着'个人诗歌谱系'（唐晓渡语）的建立，其间的差异性和分歧远远要超过假想的一致性。"③同样，洪子诚认为，"它基本上是为了有助于对诗歌现象的描述而作出的段落的划分。这一划分，虽然多少带有诗歌史'时期'的意味，却并非严格的时期概念；在很大程度上，它带有近距离观察时，作为一种时间尺度的'权宜'性质"④。这样含糊其词的说法，也表达了对"20世纪90年代诗歌"命题的不肯定、不信任。

　　于是似乎可以说："20世纪90年代诗歌"命题是"莫须有"的因而是无

---

① 欧阳江河：《站在虚构这边》，三联书店2001年版，第49页。
② 唐晓渡：《90年代先锋诗的几个问题》，《山花》1998年第8期。
③ 姜涛：《可疑的反思及反思话语的可能性》，《中国诗歌九十年代备忘录》，王家新、孙文波编，人民文学出版社2000年版，第147—148页。
④ 洪子诚、刘登翰：《中国当代新诗史》，北京大学出版社2005年版，第248页。

效的！然而实际情形却是，无效的"20世纪90年代诗歌"命题却被几乎所有20世纪90年代诗歌言说者和编排者运用着。这是为何呢？原因在于，"20世纪90年代诗歌"命题不成立，并不意味着20世纪90年代诗歌不存在；而且，20世纪90年代诗歌（当然并非全部）相对于20世纪80年代诗歌及其之前的诗歌来说，是作为一种"中断"、"转型"存在着的。这样一来，20世纪90年代诗歌就必须要被研究者和诗歌史家命名以满足指认、言说的需要。然而，在20世纪90年代，既没有那种贯穿20世纪90年代始终的、有着相对持久和固定特质的诗歌存在，也没有那种虽未贯穿始终但其声势之大、影响之深、地位之高足以压倒20世纪90年代其他时段其他样态的诗歌从而能够代表20世纪90年代诗歌的诗歌存在；也就是说，对20世纪90年代诗歌来说，"中断"后究竟"断"入了一个怎样的新的"段落"、"转型"究竟转成了怎样的"型号"，事实上难以有明确和到位的说法。这样，既然没有具有"可公度性"的所谓"核心特征"存在，没有能达成"共识"的主导、主体诗歌存在，试图以全局的眼光从整体上对20世纪90年代诗歌进行囊括性的命名，就必然会遇到无法克服的实质性困难。在此情形下，言说者和诗歌史叙述者便迫不得已却又轻而易举地顺手抄来"20世纪90年代"这一时段概念"套"在了20世纪90年代诗歌头上。于是，"20世纪90年代诗歌"就这样在诗歌和诗学疆域中闪亮登场了，就这样被人们心安理得而且得心应手地操持、运作起来了。

前面已经指出，打造"20世纪90年代诗歌"这一概念、命题——打造其他任何概念、命题也一样，因为任何概念、命题都是功能性的——目的在于运用，也就是在于言说和叙述20世纪90年代诗歌；既是为了言说和叙述，就必然需要它、或者说它自然就有了相应的内涵指涉和对象指代。然而，在"诗界不再步调一致，统一的太阳破碎了，一个中心、一种主义、一个兴奋点的价值景观不见了"①的多元文化时代，面对充满复杂性与差异性的20世纪90年代诗歌，任何想对其作穷尽性、整合性、统一性的言说、叙述都是不

---

① 杨匡汉：《对接传统》，《诗探索》2003年第1—2辑。

可能的,自然也是吃力不讨好的;任何 20 世纪 90 年代诗歌言说者、叙述者所做到的都只可能是对 20 世纪 90 年代诗歌的局部、片段进行言说、叙述,当然他们命名的也只能是 20 世纪 90 年代诗歌的局部、片段。套用法朗士所说的"批评家应当坦白地说:'关于莎士比亚,关于拉辛,我读的就是我自己'",我们也可以说,诗歌言说者、命名者言说和命名 20 世纪 90 年代诗歌,其实也就是在言说、命名他们自己,言说、命名他们对于 20 世纪 90 年代诗歌的把握、认知和观念、意识。明明指对的是 20 世纪 90 年代诗歌的局部、片段,可打着的名号却是统摄性、总体性的"20 世纪 90 年代诗歌",这就势必使得"20 世纪 90 年代诗歌"成为了大而不当、以偏盖全的无效命题。更大的问题是,由于不同言说者、叙述者针对的、注目的并非 20 世纪 90 年代诗歌相同的而是不同的局部和片段,所以,他们的诗歌发现和诗学体认就应是彼此不同、相互龃龉的,然而,他们却取着共同的"20 世纪 90 年代诗歌"之名,此种情形造成的局面只能是:漫天飞舞的"20 世纪 90 年代诗歌"不是有着"公约性"、"通识性"的统一的 20 世纪 90 年代诗歌,而是由不同命名者和操持者理解、指认的面目各异、混乱驳杂的 20 世纪 90 年代诗歌。关于这点,程光炜曾经指出:"当 90 年代如泥沙俱下,似乎接近尾声的时候,人们对 90 年代诗歌的理解是相当宽泛的:如《诗刊》意义上的'九十年代'诗歌、外省几家曾经先锋的诗刊所确认的'九十年代诗歌'、根本不读诗的人士心目中的'九十年代诗歌'、甚至若大兵一般武断的朋友所说的'九十年代诗歌'等等。"①

因为没有真正的"20 世纪 90 年代诗歌"存在,所以只要仅仅搜刮到 20 世纪 90 年代诗歌的碎片、截取到 20 世纪 90 年代诗歌局部的人都可以首先名其为"20 世纪 90 年代诗歌",然后指其为 20 世纪 90 年代诗歌。既然,此"20 世纪 90 年代诗歌"非彼"20 世纪 90 年代诗歌","20 世纪 90 年代诗歌"之间"撞车"事件的发生也就在所难免、势所必然了。这里有必要提及 20 世纪 90 年代末期诗界那场"知识分子写作"与"民间写作"之争。对于这场争论本身,诗界内外,甚至包括介入者自身,似乎都是持批评、排斥、蔑

---

① 程光炜:《我以为的九十年代诗歌》,《诗歌报》1998 年第 3 期。

视或讥讽态度的,大都把它归于"在大众消费文化居于主导地位的"20世纪90年代,诗人们出于"诗歌崇拜"和"文化英雄的自我想象有关"①的内讧或"对诗歌象征资本和话语权力的争夺"②的诗歌政治斗争之列。客观地说,就这场争论本身而言,是有其必然性,也是有其合理性的,尽管采用的某些方式、投掷的某些语言是"非诗化"的因而似乎有不足取的地方。因为,从根本上说,这场争论正是不同"20世纪90年代诗歌"命题"撞车"的表征。其实,"知识分子写作"者的"20世纪90年代诗歌"毕竟只是"知识分子写作"者的"20世纪90年代诗歌",而"民间写作"者的"20世纪90年代诗歌"也毕竟只是"民间写作"者的"20世纪90年代诗歌",两者之中的任何一个都既在外延上覆盖不了也在内涵上代表不了20世纪90年代诗歌。更何况"知识分子写作"也好、"民间写作"也罢,是否真的存在、是否只是"在与80年代的区分与反差中组织起来的自我想象"③和无谓的话语建构,都还是作为问题而存在着的。因此,无论哪一个试图标榜为20世纪90年代诗歌,都不仅是以话语霸权的面目对两者中的另一个、而且是对所有其他"20世纪90年代诗歌"命题所指20世纪90年代诗歌的"遮蔽"、"压抑"、"埋葬",更进一步说,是对没有"20世纪90年代诗歌"的20世纪90年代诗歌"真相"的"抹杀"④。——既然如此,有争论倒是正常的,而没有争论则是不正常的了。如果要说价值和意义的话,这争论的价值和意义不在于为哪一方夺取了权力、讨回了公道,而在于为20世纪90年代诗歌澄清了事实、还原了本真,那就是20世纪90年代诗歌不存在"20世纪90年代诗歌","20世纪90年代诗歌"命题不成立!

---

① 洪子诚、刘登翰:《中国当代新诗史》,北京大学出版社2005年版,第275页。
② 姜涛:《可疑的反思及反思话语的可能性》,《中国诗歌九十年代备忘录》,王家新、孙文波编,人民文学出版社2000年版,第137页。
③ 姜涛:《可疑的反思及反思话语的可能性》,《中国诗歌九十年代备忘录》,王家新、孙文波编,人民文学出版社2000年版,第138页。
④ 这些"具有高度尖锐性质"的词汇正是那场争论中"使用频率很高的语词",参见洪子诚、刘登翰:《中国当代新诗史》,北京大学出版社2005年版,第275页。

　　从"20 世纪 90 年代诗歌"命题的纷纷上马可以看出的是,命名者都只不过是在 20 世纪 90 年代诗歌场域中自己搜捕一类附着了某些新质的诗歌写作,然后将这些新质本质化、普遍化为 20 世纪 90 年代诗歌写作的主导、主流新质,将这类诗歌写作指定为 20 世纪 90 年代的代表性和典型性诗歌写作,"隆重"推出他们各自的"20 世纪 90 年代诗歌"命题的。不难发现,任何一个"20 世纪 90 年代诗歌"命题都负载、拽拉着一种特定类型的诗歌样态和作用于这类诗歌的新质和创生性元素,而不同的"20 世纪 90 年代诗歌"命题往往是作为徽标别在不同的新质及其作用的诗歌身上的。"20 世纪 90 年代诗歌"命题的同名不同实,其实也反过来说明 20 世纪 90 年代诗歌新质和创生性元素的多样化、差异性,而在这些新质中,固然有顺应、契合甚至强化、升华诗歌本质、本体的内容,但也不乏背离、游移出诗歌本质、本体的标新立异之内容。瓦雷里在谈到象征主义时说:"我们称之为象征主义的统一性并不在于美学上的一致:象征主义不是一个流派。相反,它接纳了大量流派,甚至最背道而驰的那些流派,我说过:美学使他们产生分歧;伦理学将他们连结到一起。"①似乎我们也可以说,"20 世纪 90 年代诗歌"也不是一个流派,它也接纳了大量流派,把 20 世纪 90 年代诗歌连结到一起成为"20 世纪 90 年代诗歌"的也不是美学而是伦理学——这种伦理学就是所谓"中断"、"转型",就是所谓"新质"和"创生性"。不过,细究起来,这样比照是没有道理的,因为确定"象征主义"文艺的毕竟是"象征主义"这一有着内涵旨归的"伦理学",而确定"20 世纪 90 年代诗歌"的只是有着外延牵连而无内涵所指同一性和确定性的"新质"和"创生性"。这更进一步说明了"20 世纪 90 年代诗歌"命题的虚无性和假定性。

三、由"20 世纪 90 年代诗歌"命题带来的理论和实践混乱

　　正如雷奈·韦莱克所言:"判断艺术作品优劣始终是文艺批评不可回

---

① [法]保罗·瓦莱里:《文艺杂谈》,段映虹译,百花文艺出版社 2002 年版,第 216—217 页。

避的责任。"①观照和言说20世纪90年代诗歌,也似乎应该对其给出价值判断和态度立场。然而,对20世纪90年代诗歌的总体性价值定位(这也是20世纪90年代诗歌研究者经常被要求的、被问及的),要给出印象式、感觉性的粗疏、空泛指定十分容易,如"不景气"、"衰落"等等,但要给出精确、到位、学理性的评判却非常艰难。原因正在于,20世纪90年代诗歌远非整体性、统一性的,而是多样化、差异性的,当凭依任何一种诗学根据、理由试图对20世纪90年代诗歌给出归纳、整一性的优、劣和正、负评价时,即刻就会有也是20世纪90年代诗歌的一类"脱身而出"反驳、粉碎这种评价。比如,当说20世纪90年代诗歌是非历史化的"纯诗"写作,肯定会有大量政治化的、日常生活化的,以及其他诸多历史化的、及物性的诗歌形态义愤填膺地列队批驳。因而,本书无力、也不可能对20世纪90年代诗歌给出全景式的多方位展示和呈现,更无意对20世纪90年代诗歌赋予大而不当的宏观性、全局性的价值言说,而只能择其一类,进行学理性分析和评判。

然而,对于大多数研究者来说,对研究范畴对象给出宏观性的整体等级评价,却已经成为了惯性的思维定势。对于20世纪90年代诗歌的言说和评价也是如此。然而,20世纪90年代诗歌又不是整体性、统一性的,所以他们就只能自我"捞取"出并命名"20世纪90年代诗歌",然后视之为20世纪90年代诗歌加以价值评判了。在20世纪90年代的诗歌园地里,拥有各自新质和创生性元素的诗歌类型五花八门、形形色色;正如前文分析,那些"逮住"任何一类就名之为"20世纪90年代诗歌"的诗歌言说者、诗歌史叙述者,其意图主旨在于凸显、指认其为20世纪90年代主导、主体诗歌并由此代表20世纪90年代诗歌。可以肯定的是,不管是在"捕获"、"抓持"还是在命名、指认过程中,他们都会将价值判断、态度立场浸透进新质、创生性元素(可以是一种,也可以是一些)以及对应的诗歌中,而这种价值判断、态度立场弥漫、散发到的是扩大化的20世纪90年代诗歌整体。总体说来,对

---

① 转引自[美]布鲁克斯:《新批评(1979)》,《"新批评"文集》,赵毅衡编选,百花文艺出版社2001年版,第616页。

各自的新质、创生性以及由此而定的"20 世纪 90 年代诗歌",把持者和命名者基本投递了两种对立的价值判断和态度立场:一种是认可、肯定、推许,另一种是排斥、否定、贬抑。这就涉及评价规范、参照标准的选取和确定问题了:"我们在估价某一事物或某一种兴趣的等级时,要参照某种规范,要运用一套标准,要把被估价的事物或兴趣与其他的事物或兴趣加以比较。"①尽管不同"20 世纪 90 年代诗歌"命题的具体所指和涵盖物不一样,但它们都是基于"断裂"、"转型"后产生的新质和创生性元素——当然它们并非同一而是不同的——而成立的,所以能够说明的是,那些不同新质的把持者和不同"20 世纪 90 年代诗歌"的命名者选取和确定的评价规范、参照标准,要么也是"中断"和"转型"了的新质、创生性的,要么就是还没有"中断"、"转型"的"传统"、"历史"的。

要求规范、标准"中断"和"转型"的主张,以及在诗歌理论话语中对新质、创生性标准、规范的践行,在 20 世纪 90 年代诗界有着强大声势:"既有的关于诗歌本质的界定,既有的关于诗歌审美的标准,既有的关于诗歌写作的规范……在 90 年代看来,就有狭隘和陈腐之嫌"②;"诗的本体是一种在诗人的创造中被不断重新面临、而又在不断的面临中被重新创造的活生生的动态存在"③;"纵观九十年代的先锋诗界……让诗的审美标准,处于'被迫'中的修正,一种更具包含的诗歌和评鉴尺度正在形成"④。如此操持价值标准和批判依据"进化论"的人,对他们各自的新质以及藉此命名的"20世纪 90 年代诗歌"自然褒扬有加并极力鼓动、倡导,如王家新之所谓"90 年代写作把中国诗歌推向了一个更为成熟、开阔的境界,诗歌作品和诗歌理论

---

① [美]韦勒克·沃伦:《文学理论》,刘象愚等译,江苏教育出版社 2005 年版,第 283 页。

② 臧棣:《假如我们真的不知道我们在写些什么……》,《从最小的可能性开始》,肖开愚等编,人民文学出版社 2000 年版,第 282 页。

③ 唐晓渡:《实验诗:生长着的可能性》,《磁场与魔方》,谢冕、唐晓渡主编,北京师范大学出版社 1993 年版,第 199 页。

④ 陈仲义:《九十年代先锋诗歌估衡》,《当代作家评论》2004 年第 6 期。

建设所达到的水平,都是以前不能相比的"①,陈晓明之所谓"我同意这种观点,即认为 90 年代的中国诗歌经历过青年诗人的精神伸越和语词锤炼,已经使汉语诗歌达到一个前所未有的高度"②。持"传统"、"历史"的标准和规范的人可能不像前者那样直接、明确地主张、呼吁,但却是把它化入自己的思想、意识中去评判、指点的。既然标准和规范是采自于"传统"、"历史"的诗歌,而裁决的是新质、创生性的诗歌,即它们的"20 世纪 90 年代诗歌",结果自然是对其否定、批判和贬抑了,如郑敏之所谓"今天我们有些所谓'先锋'诗人以丑陋的形象和扭曲的语言塞在诗中……使诗歌发展再度陷入新的迷茫"③,孙绍振之所谓"自从所谓后新潮诗产生以来,虽然也有新探索,但是所造成的混乱,似乎比取得的成绩更为突出,新诗的水平并没有全面的提高",并因此要"向艺术的败家子发出警告"。上述两种评判倾向可以简单描述为:前者(王家新等)是用他们指定并命名的"20 世纪 90 年代诗歌"否定、抵制"20 世纪 90 年代诗歌"之前的诗歌样态(主要是"20 世纪 80 年代诗歌"——当然,它也只是"20 世纪 90 年代诗歌"命名者的话语建构,因而与"20 世纪 90 年代诗歌"一样,也是面目各异的),从而确认、阐述他们的"20 世纪 90 年代诗歌"命题的"合理性"和"有效性",而后者(孙绍振等)则是用"20 世纪 90 年代诗歌"之前的诗歌样态否定、排拒他们指定并命名的"20 世纪 90 年代诗歌"。

关于对"20 世纪 90 年代诗歌"的判断和评价,只要稍加留意,便会发现许多怪异因而引人发笑的现象。其中之一是,不同的"20 世纪 90 年代诗歌"命名和言说者,所持的是同样的标准和规范,但由于考量和评判的是不同的诗歌类型——尽管它们都被指称为了"20 世纪 90 年代诗歌",因而对"20 世纪 90 年代诗歌"给予了截然相反的价值判断。这同时也说明了,同

---

① 王家新:《没有英雄的诗》,中国社会科学出版社 2002 年版,第 188 页。
② 陈晓明:《语词写作:思想缩减时期的修辞策略》,《最新先锋诗论选》,陈超编,河北教育出版社 2003 年版,第 12 页。
③ 郑敏:《我们的新诗遇到了什么问题?》,《最新先锋诗论选》,陈超编,河北教育出版社 2003 年版,第 474—475 页。

一种标准和规范,由不同的"20 世纪 90 年代诗歌"确立和命名者运用时,可能是新质、创生性的,也可能是传统、历史的:如果这种标准不同于评价、判断他们设定为"20 世纪 90 年代诗歌"的参照面、对立面的诗歌类型的标准,则是新质、创生性的标准;相反,如果这种标准是延续、继承于评价、判断他们设定为"20 世纪 90 年代诗歌"的参照面、对立面的诗歌类型的标准,就是传统、历史的。

最典型的是,诗歌写作的"及物性"和"历史化"可以说是在 20 世纪 90 年代诗歌打量者、言说者中间带有"通约性"的价值尺度和评判标准。一些人,如王家新、程光炜等等,是用"及物性"、"历史化"去肯定、彰显他们的"20 世纪 90 年代诗歌"的,因为他们指定并命名为"20 世纪 90 年代诗歌"的是那些"以个人的方式介入时代复杂的生活层面,从而呈现了与时代的相互交错、也相互冲突与抗衡的复杂关系"①的处理和应对现实生存经验的诗歌。他们之所以把此类诗歌指定为"20 世纪 90 年代诗歌",正是因为它们相较于 20 世纪 80 年代(这是他们确定的参照域)的"纯诗"和"不及物"写作(这是它们指认的"20 世纪 80 年代诗歌")具有"历史化"、"及物性"这些新质、创生性元素,从而可以区别、独立于"20 世纪 80 年代诗歌"。也可以这样理解,在王家新们看来,"20 世纪 90 年代诗歌""中断"、"转型"于"20 世纪 80 年代诗歌"的标志就在于"及物性"和"历史化",因而它成为了"20 世纪 90 年代诗歌"写作的新质;相应地,他们提出了评判诗歌的"及物性"和"历史化"标准,自然,相对于——在他们看来——评价和判断"20 世纪 80 年代诗歌"写作("纯诗"写作)的"非历史化"、"不及物"标准,他们的"及物性"和"历史化"标准就是"中断"和"转型"了的新质和创生性标准了。用"新质"和"创生性"标准去评价、判断"拥抱"该"新质"和"创生性"的"20 世纪 90 年代诗歌",肯定是"赞誉有加"的。而另一些人,如孙绍振、温远辉、林贤治等等,选定并命名为"20 世纪 90 年代诗歌"的却是"光凭文字游戏和思想上和形式上的极端的放浪"、"披上后现代

---

① 程光炜:《中国当代诗歌史》,中国人民大学出版社 2003 年版,第 343 页。

文化哲学的外衣"①、"不指涉当下,或者与当下生存相乖悖,在所谓的哲学命题下肆意涂抹"②的诗歌类型。"与现实脱节"、"非历史化"、"不及物性"是他们对这类诗歌的"质"的提拎,而之所以视之为新质,则是参照、对比于(作为诗歌精神的)"文章合为时而著,歌诗合为事而作"的"现实主义"传统诗歌、20世纪80年代朦胧诗而言的。在判断标准和评价规范的选定问题上,他们不是像王家新们一样与时俱进,而是延续、承接着评判"现实主义"传统诗歌、朦胧诗的价值体系和标准——也就是"及物性"、"历史化"的传统标准而非"不及物"和"非历史化"这些新质、创生性标准。用"历史化"、"及物性"这一传统、历史的标准去评价、判断与传统、历史"中断"、"转型"了的"非历史化"、"不及物"的新质、创生性诗歌,当然只能是"被拒绝、被排斥、直至死亡"③的预言或曰"咒语"了。关于这个问题,程尚逊曾客观指出:"相比于八十年代人们对诗歌的理解,九十年代关于诗歌成就的说法,完全向着两个不同的方向前进,肯定者认为它符合这个时代的发展,并对这个时代的特殊性作出了令人信服的描述,而否定者则认为它完全蜕变为诗人们对语言的把玩,根本没有承担起诗歌反映时代的责任。"④

在言说、评价20世纪90年代诗歌写作时之所以会出现上述理论和实践的混乱,从表层现象上看,是由于"20世纪90年代诗歌"命题以及确立、指认其成立的依据、理由的混乱。但从深层根本上看,则是因为言说者、评价者普遍轻视、忽略了诗歌的本体或者本位,往往将非本质、非核心的诗歌要素上升为诗歌本体和本位,然后用它们分类、定位20世纪90年代诗歌和评价、判断20世纪90年代诗歌,当然也用它们指导、引领20世纪90年代

---

① 孙绍振:《后新潮诗的反思》,《1998中国新诗年鉴》,杨克主编,花城出版社1999年版,第425页。

② 温远辉:《现代诗歌的进入方式》,《1998中国新诗年鉴》,杨克主编,花城出版社1999年版,第446页。

③ 吴义勤、原保国:《远逝的亡灵》,《1998中国新诗年鉴》,杨克主编,花城出版社1999年版,第479页。

④ 程尚逊:《从几个说法谈起》,《语言,形式的命名》,孙文波等主编,人民文学出版社1999年版,第326页。

诗歌。既然并不真正关乎诗歌本体、本位，言说者便可以各取所需地指认何为诗歌，何为合理形态的诗歌了。丧失了原则性、绝对性的标准、依据，当然各有各的"20世纪90年代诗歌"，各有各合理、优秀的"20世纪90年代诗歌"了。事实上，在指认、命名以及评析、甄别"20世纪90年代诗歌"时，的确大多数人关注的不是诗意、诗性以及"言情"、"言志"等本质性诗歌要义，而是"叙事"、"戏剧化"、"个人化"、"口语"等等诗歌技术性、手段性因素。所谓拓展诗歌本质、刷新诗歌评价标准，也不过停留在技术手段和方式方法层面，而没有真正涉及诗歌本质和本体。理性地看，诗歌的本质、本位是拓展不了的，要拓展也只能是在本质、本位限度内的拓展，一旦突破了这个限度，就将诗"拓展"为非诗了。从某种意义上可以认为，诗歌的本质、本位在关于"20世纪90年代诗歌"的言说中（至少在所谓的主流、主导言说中）是被"悬隔"了的。悬隔了本质、本位的言说、评判肯定是混乱的，而混乱的言说、评判又怎能不将诗歌写作导入混乱的境地呢？

"20世纪90年代诗歌"命题的多样性，也就是作为命名依据的20世纪90年代诗歌新质和创生性的多样性。在这众多的新质和创生性中，"综合性"无疑是突出和显眼的一种，因而被一些人指定为命名"20世纪90年代诗歌"的核心因素，如姜涛的"90年代诗歌"就是"摆脱了以纯诗理想为代表的种种青春性偏执，在与历史现实的多维纠葛中显示出清新的综合能力：由单一的抒情性独白到叙事性、戏剧性因素的纷纷到场，由线性的美学趣味到对异质经验的包容……"①的20世纪90年代诗歌。另外，在"20世纪90年代诗歌"的命名实践中，有的可能同时依据的是几种新质，有的可能在着眼于一种主导新质时也包罗了其他次要新质。对于诗歌写作中的综合性，许多没有将其作为核心新质，但往往也会作为与"历史化"、"个人写作"、"叙事"等等并列的新质纳入他们的命名依据，有的则在将"历史化"、"个人写作"、"叙事"等等或其中之一作为主导新质命名"20世纪90年代诗歌"时把综合性当做了次要新质。综合性之所以能在差异性、多元化的20世纪

---

① 姜涛：《叙述中的当代诗歌》，《诗探索》1998年第2期。

90 年代诗歌写作中具有一定程度的普遍性,其实是因为它本身就具有差异性、本身就是多元化的:既可以是诗歌写作者诗学意识、诗歌文本内涵意蕴的综合性,也可以是诗歌表意方式、审美品格的综合性。20 世纪 90 年代具有综合性的诗歌写作,可能体现在上述某一方面,这样,从不同侧面观照不同的诗歌写作样态,就自然会发现相应的综合性;当然,更有许多诗歌写作现象,具备的是"综合"了上述诸方面或其中几方面综合性的综合性。在对 20 世纪 90 年代诗歌写作的打量中,综合性之所以会被广泛视为新质从而成为命名"20 世纪 90 年代诗歌"的或主要或次要的依据,又是因为在命名"20 世纪 90 年代诗歌"时无论截取中国现代汉语诗歌(甚至古典诗歌)的哪一段作为参照系和对立物,都会发现其中的诗歌写作在诗学意识、内涵意蕴、表意方式、审美品格诸方面相对 20 世纪 90 年代诗歌景观中不难把捉到的开放性、包容性、宽泛性而言,都具有内缩性、单一性、排他性。但无论怎样,本书探讨的综合性诗歌写作,只是"20 世纪 90 年代诗歌"命题中的综合性诗歌写作,也就是说,它只是出现在 20 世纪 90 年代诗歌写作视界的一维而涵盖不了、也关联不了所有 20 世纪 90 年代诗歌写作——前文已经说过,总体性、全方位地言说、评价 20 世纪 90 年代诗歌,不是本书所要做的;当然更不能反过来认为,20 世纪 90 年代诗歌写作都是具有综合特质的诗歌写作,除了综合性诗歌写作,单一性、纯粹性的诗歌写作在 20 世纪 90 年代也比比皆是。

显然,本书所要研究的综合性诗歌写作,指对的并非 20 世纪 90 年代某一(些)流派、社团甚至某一(些)重要诗人的诗歌写作行为,而是 20 世纪 90 年代大量"个人写作"可能在某一或某些向度具备或者"沾染"上了的诗歌写作行为;而所谓的综合性,也并非特定所指、固定统一的诗歌属性,而是因所观照、考察的诗歌写作对象及其角度、层面的不同所展示、呈现出的不同综合品格质地。这样一来,本书书名中的"诗歌写作",就成了一个大于"诗歌"的概念,其中既包括了诗歌作品本身呈现出的思想内涵、美学特质和形式、技艺,也指涉着诗歌主体姿态、写作语境、诗歌写作者诗歌意识、写作方式等等。本书所谈论的综合性,不是集中落实在某一类诗歌身上,更不是仅仅体现在某一(几)首诗歌身上,而是不同侧面、角度的综合性分布、扩散在了不同的诗歌中。也就是说,本书的研究思路不在于具体探讨某类诗歌写作具有怎样的综合性,也不在于评析某首(些)诗歌文本的综合品格。对综合性分门别类,分别考察、把握它们各自在相应诗歌写作或诗歌文本中的体现情况并作出学理性的评析、判别,才是本书的研究思路。此外,还必须明确的是,本书中的"综合性",无论对于诗学意识、诗歌写作行为还是对于诗歌文本的表意方式、审美品格,都未必是从诗歌或者诗歌写作本体的角度而言的,因而不能将其上升到诗歌或者诗歌写作的本位、本质层次。着眼于主观动机,综合性诗歌写作是落实、强化、凸显诗歌本体和本位,也就是落实、强化、凸显诗意、诗性和"言情"、"言志"等诗歌本质规定性的方式、途径。

第二节　20世纪90年代诗歌写作
综合性成因考察

诗歌写作的综合性,或综合性诗歌写作,自20世纪前期以来,一直被包括英美新批评派在内的西方文(诗)论家和诗人当做诗歌现代性或现代主义诗歌的根本特质和基本要求之一。如威廉·K.维姆萨特曾明确主张:"一件文学作品是一个细节综合体(就其为语言物来说,我们或许可以比喻成一件制成品),一个人类价值错综复杂的组成物,其意义要靠理解方式构成,它是如此复杂,以至于看起来像一个最高度的个别物——一个具体一般物。"[①]克利安思·布鲁克斯也曾提出:"一首通过艾略特式考验的诗也就是瑞恰慈所谓'综合的诗'——即是,不排斥与其主导情调显然敌对的因素的诗;这种诗,由于能够把无关的和不协调的因素结合起来,本身得到

---

①　[美]威廉·K.维姆萨特:《具体普遍性》,《"新批评"文集》,赵毅衡编选,百花文艺出版社2001年版,第292—293页。

了协调……内部的压力得到平衡并且互相支持。"①中国新诗自诞生以来，就一直在努力探求、寻觅其现代性的精神旨归（尽管不时遭到压制和阻拒），与综合性诗歌写作相遇和交合，正是这种探求与寻觅的一个必然结果。在此过程中，上个世纪40年代后期"中国新诗派"的诗歌实践对西方综合性诗歌写作的吸纳、化合，应该算是最为成熟和明显的了。袁可嘉这样表述他们所追求的现代诗歌的"高度综合"倾向："这个新倾向纯粹出自内发的心理需求，最后必是现实、象征、玄学的综合传统；现实表现于对当前世界人生的紧密把握，象征表现于暗示含蓄，玄学则表现于敏感多思、感情、意志的强烈结合及机智的不时流露。"②"中国新诗派"的综合性诗歌写作，既是对西方综合性诗歌写作的积极回应，但又通过化约中国诗歌传统（古诗传统和新诗传统）对其作了建设性的中国化改造和提升，从而足以构建中国特色的"现代诗歌"的"新的综合传统"（袁可嘉语）。正因如此，它得到了诗论家和诗歌史家的高度评价："'现实、象征、玄学'这一综合论新诗本体观的提出及实践，完成了西方现代诗沿着东方民族自身特定的生活环境、知识者文化心态与独特审美原则制约的艺术轨道的转变与渗透"、"是中国现代主义诗歌美学原则的一个重大的突破。"③

　　然而，"中国新诗派"所建构的"新的综合传统"不是被长久承接开来并且发扬光大了，而是在刚刚"闪亮登场"不久就受到来自诗歌以外的力量的钳制而戛然中止了：且不说"十七年"、"文革"期间的颂歌、战歌与综合性"不相往来"；就是在新时期的大幕徐徐拉开后，虽然朦胧诗在一定程度上与现代主义诗歌对上了号，但它对接的主要是"主体性"、"意象"、"暗示"、"智性"等现代性因子，而还没有把"综合性"有意识地纳入诗歌话语的实践

---

　　① ［美］克利安思·布鲁克斯：《反讽——一种结构原则》，《"新批评"文集》，赵毅衡编选，百花文艺出版社2001年版，第382页。
　　② 袁可嘉：《新诗现代化——新传统的寻求》，《大公报·星期文艺》1947年5月18日。
　　③ 孙玉石：《中国现代主义诗潮史论》，北京大学出版社1999年版，第332页。

当中;至于第三代诗(新生代诗)①尽管已经是所谓"后现代主义"了,但不管是从文本事实,还是从理论主张来看,都与综合性沾不上多少边。自"中国新诗派"以来,综合性诗歌写作,或诗歌写作的综合性,是在 20 世纪 90 年代的现代汉语诗界才被正式明确提出并付诸诗歌话语实践了的;也可以说,具有综合特质的诗歌,或者关于诗歌写作综合性的诗学,只有到了 20 世纪 90 年代才又出场于中国诗界。这里有必要强调或重复的是,综合性固然是作为新质出现在 20 世纪 90 年代诗歌现场的,但它只是 20 世纪 90 年代诗歌写作中诸多新质之一维,同时它并不是所有 20 世纪 90 年代诗歌写作都具有的特质,尽管表现较为明显但也算不上主导、主流特质,因此,它代表、覆盖不了 20 世纪 90 年代诗歌,以此命名的"20 世纪 90 年代诗歌"命题与以别的特质命名的"20 世纪 90 年代诗歌"命题一样是无效的。这也就是本书论题的确切所指不能是"20 世纪 90 年代诗歌写作的综合特质"而只能是"具有综合特质的 20 世纪 90 年代诗歌写作"的因由。但不管怎样,博尔赫斯所谓的"把诗歌当成混成艺术"、"把诗歌当成一种大杂烩"②的综合性诗歌写作确实作为一种新的写作姿态出现在了 20 世纪 90 年代诗歌写作视野中,并且牵引着不少诗歌言说者、叙述者的目光,也调动着不少诗歌写作者的胃口。在切身"步入"20 世纪 90 年代综合性诗歌写作内部对其望闻问切之前,首先有必要对综合性诗歌写作"着陆"20 世纪 90 年代现代汉语诗坛的原因进行考察、探析。在宏观层面,可以从诗歌写作方式、诗歌写作抱负两方面把握综合性诗歌写作出现于 20 世纪 90 年代中国诗歌版图的原因。

一、诗歌写作方式:综合性诗歌写作的前提

诗歌总是由诗人写出来的,因而诗歌的形态、质地都必然与诗人的具体

---

① 对第三代诗有两种指认,一种专指始于上个世纪 80 年代前期由韩东、于坚提倡,由"他们"、"非非主义"等社团继续展开的诗歌探索;另一种则指朦胧诗之后的青年先锋诗写作的整体。参见洪子诚、刘登翰:《中国当代新诗史》,北京大学出版社 2005 年版,第 211 页。这里用的是前一种说法。

② [阿根廷]博尔赫斯:《博尔赫斯谈诗论艺》,陈重仁译,上海译文出版社 2002 年版,第 77 页。

写作方式密不可分。诗歌写作方式是一个笼统的提法而非严格的诗学术语,从不同角度观照,诗歌写作方式会有不同的分法。结合这里"综合性诗歌写作成因"这一论题,我们可以从内、外两方面对诗歌写作方式加以考察。所谓"外"指的是,外在现象上的诗歌写作方式,本书将其分为集团(流派)式的、运动式的和个人式的、独立式的两类;一般来说,综合性诗歌写作只可能出现在后一类诗歌写作方式中而不可能出现在前一类。所谓"内"指的是,内部具体行为(包括诗人个体诗思运作)上的诗歌写作方式,本书将其分为对抗的、反叛的、激进的、绝对的和整合的、中和的、平实的、相对的两类;在上述两类诗歌写作方式中,能实现综合性诗歌写作的也只可能是后者。

（一）外在写作方式

一部中国新诗史,可以说就是由一系列大大小小的诗歌群落连缀、拼接而成的:在时间的纵轴线上,也就是在历时性上,是那些所谓的主导诗歌群落占据着诗歌史叙述的主要序列;而在某一时间的横剖面上,也就是在共时性上,则是主导诗歌群落引领着一些相对较小的诗歌群落组合成该时段的诗歌话语。而之所以中国新诗自其诞生以来总是以诗歌群落的面目出现,从诗歌写作方式上看,正是集团化、运动式写作的结果。总观近百年的现代汉语诗歌实践,主要有两种集团化、运动式的诗歌写作方式。

一种是所谓的"群众写作和政治写作"①——这其实是一体的两面。这是一种把诗歌当做政治宣传的工具和意识形态教化的载体的写作方式。说它是运动式的写作方式,一方面是因为诗歌写作者直接以"运动员"的身份投身、介入到社会政治运动中,以诗歌的形式发布着政治动员令和宣传单。另一方面,它确实又是以运动的方式发生、展开和进行的,具备着十分明显的"诗歌运动"的色彩。这样的诗歌写作几乎总与当时的社会运动相伴而在,有时根本就是社会运动的组成部分,连诗歌运动以及诗歌本身的名称也常常是由当时的社会运动冠以的,诸如普罗诗歌、抗战(国防)诗歌、颂歌、

---

① 欧阳江河:《站在虚构这边》,三联书店2001年版,第84页。

大跃进民歌、红卫兵战歌、天安门诗歌等等。政治化的运动式写作必然是群众写作，因为它的动机和旨归就在于发动群众、宣传群众、教化群众，以把群众召唤、组织到它所服务与配合的政治运动中去。说它是集团化的诗歌写作方式，是因为不同诗歌写作者都是接受同样的政治指令、操持同样的政治动机、秉承同样的政治理念投入到同一场政治化的诗歌运动中去。通常，他们是在严密的组织下、严格的规范下和统一的领导下、集中的制度下写作的。即便没有外在形式的强制和命令，他们也达成了"不自觉的联合"，能够贴上流派的标签，从而提供出高精度的同一型号的诗歌"标准件"。

严格说来，上面所说的这类运动式、集团式诗歌写作，并非真正意义的诗歌写作而只是政治写作，因为其中的诗歌不是自主自足的，而是作为政治的工具和附庸而存在的，它们所具有的政治学和社会学意义远远大于美学和诗学意义；所谓的"运动"也只是政治运动而非诗歌运动，"集团"也只是政治集团而非诗歌集团。不过，在事实上的确有一类诗歌写作方式是相对纯粹的"诗歌"意义上——当然也可能会涉及政治，但这政治是从属于诗歌、作为服务于诗歌的构件和处理的素材而存在的——的运动式、集团式诗歌写作。诗歌写作者因共同的诗歌趣味和诗学理想而团结、联合在一起，或组织社团、或出版同仁诗歌报刊，既通过诗歌写作实践打造有着公约和共通品格的诗歌作品，又以公共的名义推广、标举他们的诗歌立场和诗学理念。显然，他们的写作带有集团化、运动化写作的性质。当他们在同一面诗歌旗帜下的诗歌写作"运动"造成了一定的声势，由他们组建而成的"集团"具有了足够的影响，他们的诗歌写作也就成为了特定的诗潮、流派，他们及其诗歌写作也就成了诗歌群落。比如中国新诗史上20世纪20年代的"早期象征诗派"、20世纪30年代的现代派诗歌、20世纪40年代的"中国新诗派"，以及20世纪80年代的"朦胧诗"、"第三代诗"（狭义），等等。

不管是上面提到的政治意义的，还是诗歌意义的，只要是集团化、运动性的诗歌写作，其诗学意识、诗歌抱负、写作方式一般只能是单一的、纯粹的而不可能是包容的、综合的。出自于集团化、运动性写作的诗歌产品，一般也不可能具有综合性、包容性的思想内涵和美学特质。综合性诗歌写作是融合、凝聚了多种诗歌观念、表意方式的写作;具有综合特质的诗歌无论在内涵意蕴、主题对象还是在审美品格、艺术形态方面,都呈现出异质、复杂和混成的特点。集团化、运动性的诗歌写作显然与此相抵牾。就"政治化和群众化"的集团化、运动性写作来说,诗歌写作者们本就是抱着单一、纯粹的政治目的集合到一起投身到作为政治运动的诗歌运动中的,因此,他们的写作就只可能是那种能最有效、最明确、最直接地传达他们的政治立场、热情、斗志的方式,自然,这种方式只可能是单一、绝对和纯粹的。由此生产的诗歌,在内涵意蕴、主题指向上除了单一的政治观念、集团纲领、意识形态内容之外不会包容其他;这样的诗歌,所呈现的也只可能是那种能最大程度实现政治宣传、教化、鼓动的文体样式、审美品格。如 20 世纪 20 年代"注重于理性理想的灌输"、"加重议论成分,感情的抒发更加直露,想象也趋于平实"①的"早期无产阶级诗歌",20 世纪 50 年代新中国成立初期"以宏观鸟瞰的方式直接面对时代生活而放声歌唱"的"颂歌"、20 世纪 60 年代"格调高昂、充满理想和豪情并显示着强烈的战斗精神"②的"政治抒情诗",都是这种单一、绝对的"政治化和群众化"的集团化、运动性写作提供的单一、绝对的诗歌产品。而就以诗歌和诗学为"根据地"的集团化、运动性写作来说,诗歌写作者们既然是被某种共同的诗歌趣味、诗学抱负邀约到了一起,并以建社团、办刊物、扯大旗的方式发动着诗歌运动,他们自身的写作,就必然要以张扬、推广这种诗歌趣味、诗学抱负为主要甚至唯一目的,他们的诗歌也必然只是凸显、宣告这种诗歌趣味、诗学抱负的鲜活范本。如 20 世纪 20 年代后期新月诗派的诗歌写作,就只可能"努力使新诗由五四以来的散文化、自由化向规范化转换"并因此践行"音乐美、绘画美、建筑美"③的诗学主张。既然,无论诗歌写作方式还是诗歌话语事实,"咬定"的都只是单一的、绝对的、纯粹的诗歌趣味、诗学抱负,综合性也就无从说起了。

---

① 钱理群等:《中国现代文学三十年》,北京大学出版社 1998 年版,第 140 页。
② 李新宇:《中国当代诗歌艺术演变史》,浙江大学出版社 2000 年版,第 105 页。
③ 朱栋霖等:《中国现代文学史》(上),北京大学出版社 2007 年版,第 66 页。

"经过 1989 年的种种变乱之后,诗歌从一种集体的、运动式的写作转变成为现在的个人写作"①这一说法,固然有失偏颇,但说在 20 世纪 90 年代,集体的和运动式的写作的确只是诗歌写作的部分存在甚至是不占主导的部分存在、说个人写作在 20 世纪 90 年代的诗歌领地的确已经"安家落户",应该是准确、公允的。"个人写作"是一个自 20 世纪 90 年代以来累加着越来越浓厚诗学意义的术语,在这里,我们仅仅用它指相对于集团化、运动式写作方式的个人式写作方式。按照诗评家唐晓渡的观点,个人式写作方式实质上是对运动式写作的"了断":"既是对一代人青春情结的了断,也是对 20 世纪中国新诗关于'革命'的深刻记忆,或'记忆的记忆'的了断,是对由此造成的'运动'心态及其行为方式的了断。"②正是这种"了断"在客观上摆脱、避免了上面分析到的集团化、个人性写作方式所遭遇到的种种阻止综合性写作得以实现的障碍和不利因素,为综合性写作亮出了绿灯。当然,个人式、独立式写作只是综合性写作出现的必要条件而非充分条件,也就是说,个人式、独立式写作未必一定就是综合性写作;但是集团化、运动性写作中一般是难以出现综合性写作的,综合性写作只能出现在个人式、独立式写作中,其根本原因在于,个人式、独立式写作由于不再受制于强制性、命令式的"大一统"原则规范和任务指派,所以就可以将不同的写作方式、美学品格、内涵意蕴自由选择、独立吸纳进自身的诗歌写作中,从而具备综合特质。既然 20 世纪 90 年代有了——而不是全部——个人式、独立式写作,综合性诗歌写作也就有了孕育并生长的契机。

(二)内在写作方式

在一定意义上可以说,集团化、运动式写作都是意识形态形态写作。这里的意识形态写作,一方面指的是诗歌写作者通过诗歌写作传达意识形态化的内容,如上文所述的"政治写作和群众写作";另一方面指的是诗歌写作者在意识形态化的诗学意识、诗歌理想的支配下从事诗歌写作并通过诗

---

① 西川:《让蒙面人说话》,东方出版中心 1997 年版,第 204 页。
② 唐晓渡:《90 年代先锋诗的几个问题》,《山花》1998 年第 8 期。

歌写作来表征和张扬意识形态化的诗学立场和诗歌审美特质。具体到诗歌写作者的个人写作行为,意识形态写作一般都具有极端、偏执和绝对、明确的特点。"政治写作和群众写作"是一种政治功利化和意识形态工具化的写作,在这种写作中,不仅仅诗歌的内涵意蕴、主题指向是绝对的、明确的,同时,诗歌写作者也只可能偏执于那种能达到绝对和明确的政治目的、极端实现作为政治工具的诗歌写作的功利最大化的写作方式。比如抗战期间以田间为代表的"晋察冀诗派"为实现"为民族战争和阶级斗争""作有效的宣传鼓动"的政治目的而运用的"急促跳动的意象和鼓点式的节奏"①的写作方式。在前面分析的所谓"诗歌"意义上的集团化、运动式写作中,诗歌写作者们之所以能携起手来组合成集团,就是因为他们操守并践行着同一种诗学立场和诗歌理想;之所以他们要发起诗歌运动,就在于他们要鼓动、推广这种诗歌趣味和审美特质。这样一来,在他们自己的诗歌写作中,必然要偏执于他们所主张、操守的诗歌趣味和审美特质,而不可能"借用"与之相异、甚或冲突的因子和元素,因此,他们的写作也必然是绝对的、极端的、排他的。比如提倡以"'和谐'与'均齐'为新诗最重要的审美特征"②的"新诗格律化"主张的前期新月诗派诗人在用"三美"的手法写诗的时候必然就要排斥胡适所谓"我手写我口"、"作诗如作文"③的表现手法。还比如韩东、于坚等"第三代诗"写作者们在主张并践行"平民写作"、"口语写作"的时候,肯定容不下"神性写作"、"意象化写作"("隐喻写作")的介入和干扰。

集团(流派)化、运动式的意识形态写作,通常还是对抗式、反叛式写作。王家新在描述"80年代普遍存在"的一种诗歌写作路向时,便是将这些限定词搅混在一起的:"对抗式意识形态写作,集体反叛或炒作的流派写作"④。意识形态行为,往往都是在反意识形态的行为中实现和确立自身的

①　王嘉良:《中国现当代文学史》,上海教育出版社2004年版,第232页。
②　钱理群等:《中国现代文学三十年》,北京大学出版社1998年版,第131页。
③　胡适:《逼上梁山》,《胡适学术文集·新文学运动》,中华书局1993年版,第198页。
④　王家新:《从一场濛濛细雨开始》,《中国诗歌九十年代备忘录》,王家新、孙文波编,人民文学出版社2000年版,序言第2页。

寄生性行为。意识形态诗歌写作同样也是如此。在意识形态写作中,诗歌写作者或直接或间接地确定、设置一个他们自身的意识形态的对立面、对照系,有的通过凸显、张扬自己的意识形态曲折、隐晦地抵制、超越着对立物、对照系,有的则在批判、反驳对立面、对照系中传达、展示自己的意识形态。这种对抗、反叛实际上已经内化成了诗歌写作者二元对立、非此即彼、绝对主义的思维逻辑和诗思结构。对于群众化、政治化的诗歌写作,程光炜曾不无见地地指出:"社会的正面或反面的存在,即是其写作的根本性思想逻辑。"①的确,悉数中国新诗史上的政治化、群众化写作或具有政治化、群众化色彩的写作,从普罗诗歌到抗战诗歌,从红卫兵战歌到朦胧诗,无不充满了"刀光剑影"和"血雨腥风",某种程度上可以说简直就是社会战场、政治斗争大会的"缩影"。罗兰·巴尔特所说的"任何一种政治写作都只能证明存在一个警察的世界"②可谓形象贴切。对于以诗歌艺术为本位的集团化、运动式写作,诗歌写作者二元对立、非此即彼、绝对主义的思维逻辑和诗思结构体现在,他们不仅在对立、比照中确立、标识并意识形态化他们的美学选择和写作方式,而且绝对排斥、避免、防止那些"对立物"染指、探入他们的诗歌写作。如"格律"之于"自由"、"书面语"之于"口语"、"写实"之于"象征"、"纯诗"之于"及物",等等。

　　既然从内在的具体诗歌写作方式来看,集团化、运动式的意识形态写作一般都是极端、绝对和对抗、反叛式的,而采用的思维逻辑和诗思结构往往都是二元对立、非此即彼式的,因此,这种写作很难含纳、包容进对立因子和异质元素,自然更不可能被提升到综合性高度了。到了20世纪90年代,整个时代状况、民族精神、文化心态都发生了巨大的变化,其中的一个显著特点就是多元共生、异质混成。在这种多元共生、异质混成的社会布局中,固然并不乏"极端"、"绝对"和"对抗"、"反叛"以及"二元对立"、"非此即

---

　　① 程光炜:《不知所终的旅行》,《岁月的遗照》,程光炜编选,社会科学文献出版社2000年版,导言第16页。
　　② [法]罗兰·巴尔特:《写作的零度》,《西方文艺理论名著选编》,北京大学出版社1987年版,第448页。

彼"、"绝对主义"的行为模式和心理状态,但"对诸种二元模式的颠覆和重释"①、对极端主义和绝对主义的弃绝和打破的事实,的确也弥散在了 20 世纪 90 年代的社会场域中。可以说,个人式诗歌写作与消解"极端"、"绝对",粉碎"对抗"、"反叛"和颠覆"二元模式"是"共荣共生"、相互促成、彼此指涉的。正因为如此,一些诗歌理论家和诗歌史家便以这种消解、粉碎、颠覆来命名、确认他们的"20 世纪 90 年代诗歌":"抗议作为一个诗歌主题,其('20 世纪 90 年代诗歌'——引者注)可能性已经被耗尽了"②;"90 年代诗歌写作的有效性在于它颠覆了二元对立思维的语言权威,个人写作僭越了合法性与非法性的历史限界,它使人相信,有多少写作者,就有多少语言的可能"③;等等。这样一来,从内在的具体写作方式看,正是因为有了非意识形态的个人式诗歌写作的出现,柯尔律治所谓之"显示出自己是对立的、不协调的品质之平衡与调和:异之于同;具体之于一般;形象之于思想;典型之于个别;陈旧熟悉的事物之于新鲜感觉;不同寻常的秩序之于不同寻常之情绪……"④的综合性诗歌写作和瑞恰慈所谓"包容诗"⑤在 20 世纪 90 年代的中国诗界找到了粉墨登场的舞台。

二、诗歌写作抱负:综合性诗歌写作的动力

就诗歌写作事实来看,写作的自由由梦想变成现实,应该在上个世纪 80 年代中后期就开始了,其显明标识便是那场声势浩大的后新诗潮运动(广义的"第三代"诗歌运动)——堪称现代汉语诗界大大小小各路英雄揭

---

① 姜涛:《叙述中的当代诗歌》,《诗探索》1998 年第 2 期。

② 欧阳江河:《站在虚构这边》,三联书店 2001 年版,第 53 页。

③ 程光炜:《不知所终的旅行》,《岁月的遗照》,程光炜编选,社会科学文献出版社 2000 年版,导言第 17—18 页。

④ 转引自[美]布鲁克斯:《悖论语言》,《"新批评"文集》,赵毅衡编选,百花文艺出版社 2001 年版,第 370 页。

⑤ 包容诗(poetry inclusion):瑞恰慈创造的术语,相对于"排他诗"(poetry of exclusion)而言。他要求诗歌不能满足于有限的经验范围,而应当有"异质性"。参见《"新批评"文集》,赵毅衡编选,百花文艺出版社 2001 年版,第 618 页。

竿而起的"义和团运动"。这场被李新宇称为"以不可遏制的生机和漫山遍野的气势正式完成了对诗坛'圈地运动'式的占领"的又一场"诗界革命",集中"爆发"在1986年10月由安徽《诗歌报》和《深圳青年报》联合举办的"中国诗坛1986现代群体大展"上:"包括朦胧诗在内的新传统主义、整体主义、非非主义、莽汉主义、他们派、大学生诗派、日常主义、撒娇派等60余家诗派,推出了韩东、于坚、李亚伟、廖亦武、石光华、欧阳江河、尚仲敏等100多名新生代诗人……"①因为这次"大展",我们完全可以把康有为所谓的"新世瑰奇异境生,更搜欧亚造新声"借来描述20世纪80年代后期诗界旗帜飘扬、主义纷飞、山头林立的"盛况"。

诗歌素来被看做文学中的"前哨"、"轻骑兵",先锋性和探索精神是其固有的禀性,然而,长期以来,中国诗歌却一直只能在单一的意识形态规范下"正襟危坐"或"一二一"地"正步走",从来没有机会释放其强大的生理冲动和心理热情。即便号称思想解放的朦胧诗,就其内里实质来看,同样也只是"以反抗的姿态依附于意识形态"(程光炜语)的规范化写作而成的总体性话语。所以,当诗歌栅栏一旦在20世纪80年代中期轰然打开,憋了几十年的中国新诗怎么可能不排山倒海、万马奔腾呢?!这正如李振声所分析的:"他们深信无疑,自己业已摆脱了旧的观念和手法的限制,无须再受那些束缚前代诗人的东西的束缚,因而尽可以自由地使用他兴之所至想用的任何方法和材料,谁也无权干涉他的意愿,只要他想,他就能设法做到,他甚至拥有不受可能性限制的实验特权,在1985、86、87这些年头,恨不得一夜之间穷尽诗歌形式的所有可能性……"②

20世纪80年代中后期的后新诗潮诗歌运动以其势不可挡的姿态将诗歌无比强大的创造性爆发力酣畅淋漓地展现出来了,也书写了其无可比拟的革命精神和前卫意识,因此从诗歌史的角度看有着无可争辩的正值向度价值和意义:"它曾以意味和形式上的簇新探索,震撼了读者,改写了中国

---

① 李新宇:《中国当代诗歌艺术演变史》,浙江大学出版社2000年版,第283页。
② 李振声:《季节轮换》,学林出版社1996年版,第4页。

现代主义诗歌的历史风貌。"①然而,那毕竟又只是一场"实验"和"探索"性质的诗歌运动和革命,而且是一场缺乏积淀和沉潜的诗歌运动和革命,其中许多的确只是凭着"三分钟热情"和"一时兴起"而草草上马又草草收场的。因此用"泥沙俱下、鱼目混珠"来形容那场诗歌运动也是不为过的。这样一来,从诗歌写作本位和诗歌本体来看,当"运动"事过境迁之后,其价值和意义就值得怀疑了:"能够留给人们深刻印象的……是那些流派和流派的宣言,尽管大部分流派并没有多少真正的诗学含量,尽管那些流派的宣言往往与具体写作名实不符,但它们仍然成为人们关注的焦点……"②显然,之所以其价值和意义值得怀疑,是因为它没有能搁置下几种成熟的诗歌写作样态,也没有提供多少有价值的诗学建树,更没有打造出与其"运动"声势相配的堪称经典的诗歌文本。正如有的论者所指,它只是一场以"革命"和"破坏"为旨归的"实验"和"探索"运动,因而结果只能是:"在写作的各种可能性上几乎均有尝试,却在哪一种可能性上也没有大的建树。或者说十八般武艺都一一操练过,但却无一样精湛。所以当膨胀的可能性该收缩限制、向某种或某几种写作可能性方面深入挖掘诗意时,诗人们却因为个人写作经验的欠缺和个人话语场的尚未完全建起,而迷惑、困顿不已,该延续的诗写之路暂时中断了。"③事实上,古今中外,没有哪个伟大的艺术家是按照几条宣言、几句口号进行创造的,一些流派艺术家发宣言,向艺术进行挑战,也仅仅是为了反抗艺术界现存秩序的压迫,他们的创作本身,只可能落实到对个人生命情思和审美经验的传达和张扬,并寄希望于将以个人性的创作使自己的艺术主张和观念有力地在生存和历史"语境"中扎下根。布罗茨基就曾指出:"诗歌是一门极端个性化的艺术,它敌视各种主义。"④更为糟糕的是,后新诗潮中的诸多"起义"和"颠覆",不是通过艺术、形式的探索、

---

① 罗振亚:《90年代:先锋诗歌的历史断裂与转型》,《文艺评论》2004年第4期。

② 张曙光:《90年代诗歌及我的诗学立场》,《中国诗歌九十年代备忘录》,王家新、孙文波编,人民文学出版社2000年版,第3页。

③ 罗振亚:《90年代:先锋诗歌的历史断裂与转型》,《文艺评论》2004年第4期。

④ [美]布罗茨基:《文明的孩子》,刘文飞译,中央编译出版社2007年版,第88页。

实验深化、巩固、加强了诗歌的本质和本位，而是"起义"和"颠覆"了诗歌的本体和本位——这无疑是把诗歌写作引向了非诗写作，因而，着眼于诗歌本质，这样的"起义"和"颠覆"自然就成了无效的、非法的。

　　尽管并非所有"20 世纪 90 年代诗歌"命题都是以"后新诗潮"为对立面、参照物而确定、成立了的，但确实有许多"20 世纪 90 年代诗歌"是在将它指认为"20 世纪 80 年代诗歌"的基础上建构起来的，这就说明与"后新诗潮"写作"中断"、"转型"了的诗歌写作在 20 世纪 90 年代的存在。对"后新诗潮"写作，不管是把捉到了它的集团化、运动式，还是体认到了它的革命性、破坏性；也不管是着眼于它的"实验"、"探索"，还是注目于它的勇武、夸饰，从写作心态上看，都只能说明它是浮躁、急进的。浮躁、急进的写作必然只能写作浮躁、急进的诗歌，而浮躁、急进的诗歌毕竟是无效的诗歌。因而，到了 20 世纪 90 年代，一些诗歌写作者和理论者对其加以了反思和修正："诗歌的发展，就其一般的历史规律而言，一次新的文体的变革，在最初的大规模的革命后，总是需要对一些具体的观念进行修正，重新认识。所以，在九十年代初一些诗人便开始反省，并从这种反省中发现，如果不改变写作方式……继续写作就很难获得真正意义上的成功。"①其实，对部分 20 世纪 90 年代诗歌写作者而言，之所以要在对"后新诗潮"反思、质疑的基础上急切地修正、调整以"中断"、"转型"诗歌写作方式，还与他们在世纪末（20 世纪 90 年代）经典化写作的诗歌抱负密切相关——从这个意义上说，相较于"后新诗潮"的浮躁、急切性写作，以其作为对立面的部分"20 世纪 90 年代诗歌"写作则是焦虑、希冀性写作。

　　在物理意义上，用整数表示的时间段与用任意两个自然数字表示的时间段其实没有不同，但在心理层面两者却承载着完全不同的价值意义，可以说后者只是一个空壳，而前者却装满了内容。究其原因，就在于前者（通常称为"××年代"、"××世纪"、"××千年"，等等）的起点是供人构思、规划的，

---

① 程尚逊：《从几个说法谈起》，《语言，形式的命名》，孙文波等主编，人民文学出版社 1999 年版，第 329 页。

终点是供人盘点、总结的,而后者却没有这样的"殊荣"。这样一来,当站在前者的起点上时,人们总是向往着被规划、被构思到;而当站在前者的终点上时,人们又总是向往着被盘点、总结到——当然是正值向度的。正因为如此,当20世纪90年代悄悄来临——也就是20世纪接近尾声的时候,20世纪90年代部分诗歌写作者产生了经典化写作的诗歌抱负。中国新诗(如果从作为其先声的晚清"诗界革命"算起)几乎与20世纪同时起步。对于即将过去的20世纪新诗写作,或者说对于新诗百年,眼看就要盘点、总结了,包括从20世纪80年代进入20世纪90年代的20世纪90年代诗歌写作者当然要考虑、思索了:我们能被盘点到吗?能被总结进去吗?或者,我们是作为积极的存在被总结、盘点从而戴上荣耀的光环呢,还是作为"教训"被提及因而只能披上灰暗的面套呢?肯定地,要想被盘点、总结到且是被积极、荣光地盘点、总结,他们唯一的选择就是从事经典化诗歌写作并写出经典化诗歌!

问题在于,该如何将经典化写作这一宏伟抱负付诸实践从而写作出经典作品呢?对于那些从轰轰烈烈的"后新诗潮"中走出来的诗歌写作者而言,他们自然要对"来也匆匆,去也匆匆"的那场诗歌运动加以省察、总结,从而在"主动地对写作有效性的反思"①基础上为经典化诗歌写作设计必要出路。首先来说,既然"后新诗潮"给自己的定位是"革命"、是"破坏",也就是颠覆和摧毁长期以来的单一意识形态规范化诗歌写作,那么,"革命"和"破坏"不能是目的而只能是通向"建设"和"创立"的途径、方式,因此,便必然也必须有"中断""革命"、"破坏"而"转型"为"建设"和"创立"的时候。其次,既然"后新诗潮"诗歌写作是实验性、探索性的,那么,就不可能一味进行实验、永远从事探索,而应该有对实验结果进行鉴定和总结、对探索得失加以甄别和借鉴并以此去粗取精、去伪存真,把诗歌写作引向健康发展的常态的时候。还有就是,囿于"革命"、"运动"、"探索"的特性,"后新

_____

① 程尚逊:《从几个说法谈起》,《语言,形式的命名》,孙文波等主编,人民文学出版社1999年版,第327页。

诗潮"诗歌写作必然是勇武、冲动且不失真诚、热忱的,但是写作行为的勇武、冲动和真诚、热忱与成熟、优秀诗歌的酿就不但不一定顺应、契合,而且还可能背离、相左——出产经典诗歌需要的更可能是沉潜、安分、"孤独"、冷静的写作行为,这正如罗素所说:"在时空上保持某种程度的孤立,是产生伟大作品不可或缺的要素……事实上,我们所受的痛苦,不在于神学信仰的贬值,而在于孤寂气质的消失。"因此,将写作心态从"后新诗潮""革命"、"探索"性写作中"移植"到"建设"、"总结"性写作中也是势所必然。

正是那些"穿过,而不是跳过"(保罗·策兰语)"后新诗潮"而又怀有经典化诗歌写作抱负的20世纪90年代诗歌写作者接过了上述"转型"和"中断"的任务。对他们来说,他们所有"转型"、"中断"的精神旨归似乎集中在一点,那就是从事经典化诗歌写作并写作出经典化诗歌。也许正是这一根本性的精神旨归,使他们走向了综合性诗歌写作。原因在于,一方面,当他们打点、清理"后新诗潮"令人眼花缭乱、目不暇接的各路诗歌实验、诗歌探索的时候,却很难甄别、辨析出哪一路有着足以通向经典化写作的潜力和能量;另一方面,正如孙绍振所言:"从文艺思潮史的角度来看,任何一种创作的新潮流,都是为了克服此前一种创作主流形态的危机应运而生的。前一种创作主流形态之所以产生危机,是因为它在艺术上的历史片面性,新的潮流,去冲击这种片面性(权威的、顽固的、僵化的)的时候,常常以一种绝对全面的(自觉是完美的)姿态出现,这就不可避免地带着另一种艺术的片面性。"①这部分20世纪90年代诗歌写作者基于自己以及他们前辈的教训,失却了把某一种诗歌写作"建设"、"创立"为经典化写作的路向的勇气、信心和意志,因为他们已经明白,这样只会使新诗"走向新一轮集约化、标准化生产"②,只会使新诗写作重蹈意识形态写作的老路。而其结果,便只能使经典化诗歌写作的抱负和意愿化为泡影。于是,在此情形下,他们及时

① 孙绍振:《后新潮诗的反思》,《1998中国新诗年鉴》,杨克主编,花城出版社1999年版,第422页。

② 陈超:《可能的诗歌写作》,《90年代实力诗人诗选》,杨克主编,漓江出版社1999年版,第620页。

调整了思路,放弃了厚此薄彼、偏于一端地浓墨重彩地包装、推出某一种诗歌写作的作法,而亮出"海纳百川"的胸襟,提出并践行着综合性诗歌写作的主张,以期通过综合性写作"解放""诗人的想象力和处理复杂事物的能力","促进""技艺兴盛和写作难度提高","让现代诗扩容生长空间"并"滋生""可供诗歌继续增殖的元素"①,从而接近或抵达经典化诗歌写作的平台。

显然,从理论上讲,这是一种建设性的积极诗歌行为。因为,艺术与艺术更多地是差别,而不是对立,当我们把自己和人类昔日或同时期他人的艺术完全对立起来的时候,我们正在失去艺术。纵观艺术史,艺术的相同性更多地大于它的不同性。经典化的艺术样态应该是善于吸纳、包容、综合这些差别、甚至对立的艺术成分的艺术样态。然而,在具体的诗歌话语实践中,通过综合性诗歌写作而成的具有综合特质的诗歌文本未必就是经典性诗歌文本。衡量、度测经典诗歌的标准和尺度只应该是诗意的营造程度、诗性的建构程度,也就是诗歌本质、本体的呈现、展示程度。无论对于诗歌写作还是对于诗歌文本,综合性都是非本质、非本位的"体",都只是服务、奉献于"体"的"用"。综合性诗歌写作当然并不就是经典化诗歌写作,只有那些催生、铸就、打造出具有经典性诗意和诗性的诗歌文本的综合性诗歌写作,才堪称经典化诗歌写作。此外,综合性诗歌写作不可能是出产经典化诗歌文本的唯一方式,甚至也未必就是最好方式;单一的、纯粹的、排他的诗歌写作方式,同样有可能写作出经典化的诗歌。

以上笔者立足于20世纪90年代中国大陆现代汉语诗歌写作的特定语境,以诗歌写作方式为前提、以诗歌写作抱负为动力分析了20世纪90年代综合性诗歌写作"着陆"的原因。必须澄清的是,这并不表明综合性诗歌写作出场于20世纪90年代诗歌版图具有"历史必然性",或者说是诗歌历史发展的"必然结果"。同时,这也并不表明20世纪90年代诗歌语境中的综合性诗歌写作就一定、绝对是合理的和有效的诗歌写作,当然更不表明它是

---

① 陈仲义:《九十年代先锋诗歌估衡》,《当代作家评论》2004年第6期。

唯一合理的和有效的诗歌写作。其实,就诗歌写作方式而言,在20世纪90年代个人化、独立性和平实、中和的写作方式下,除了一些诗歌写作者选择了综合性诗歌写作外,也有许多诗歌写作者选择了包括非综合性诗歌写作在内的其他写作样态。而就诗歌写作抱负而言,为了写作经典化诗歌,固然有20世纪90年代诗歌写作者操持了综合性诗歌写作,同样也有另外的20世纪90年代诗歌写作者坚执着相对单一、纯粹的诗歌写作途径。而且,综合性诗歌写作与其他诗歌写作样态,就诗歌写作本身来说,都没有抵达本质层面,所以就有效性和合理性而言并不存在孰优孰劣、孰是孰非的价值甄别和等级划分。不过,无论如何,综合性诗歌写作出现在了20世纪90年代诗歌写作现场,却是活生生的事实。既然出现了——尽管是"偶然"出现的,就"必然"需要和应该站在诗歌历史发展的高度用历史的眼光对其进行考察、识别和评析。探究、言说综合性诗歌写作,固然存有推出、抬举"积极的"、"理想化"的综合性诗歌写作的主观意图和客观效果,但却没有打压、抑制非综合性诗歌写作的动机、意思。

在西方现代主义诗歌传统里,尤其在英美新批评派(如布鲁克斯、维姆萨特等)的诗学观念中,"综合性"诗歌或诗歌写作的"综合性",是有着明确和相对完整诗学内涵的诗学命题。但在20世纪90年代的诗界,诗歌写作的综合性、综合性诗歌,更多地只是一个具有现象学意义的概念,也就是说,它只是作为描述性的而非功能性的术语被使用的。既然20世纪90年代的综合性诗歌写作还没有上升到严格的诗学层面,也无法与既成的西方现代意义的"综合性"诗歌写作等量齐观,因此,要用已有的"综合性"诗歌写作诗学来观照、研究它,就会遇到无法克服的困难。在某种意义上,20世纪90年代的综合性诗歌写作,本身就是"综合性"的——准确一些说,是包罗性、开放性的,或者说,是分解性、扩散性的:虽然同持"综合性"的标语,但不同诗歌写作者却对"综合性"有着不同的体认角度和观照侧面,却因而把"综合性"运用到了诗歌的不同"体位",比如,有的侧重于诗学意识,有的侧重的是题材、对象等写作资源,有的侧重于内涵意蕴,有的侧重于表意方式,有的侧重于审美品格,等等。正因为20世纪90年代综合性诗歌写作本身的

"综合性"其实是包罗性、开放性的，或者说，是分解性、扩散性的，所以本书对其的探讨也只能采用分解性、扩散性的方式方法。此外，任何诗歌写作都不可能绝对纯粹、单一而必然要呈现出或多或少的综合性、包容性，尤其是"现代性"诗歌，更是具有较大程度的综合性。这样，如果对20世纪90年代诗歌写作现场的综合性加以泛泛、笼统而普遍、全面地观照、打量，不仅契合、顺应不了具有区别、划界性质的"20世纪90年代诗歌"命题的要求和旨归，而且也不是本书所能胜任的。因而，本书仅仅把那些在20世纪90年代综合性诗歌写作中既具有典型性、代表性又有着鲜明"20世纪90年代"特色的——也就是与常态的、普泛的综合性具有差异性、独特性、划界性因而具有标识意义的——综合性提拎、打捞出来进行辨析、研讨。具体来说，本书拟对20世纪90年代的综合性诗歌写作中凸显出来的以下几个方面进行考察和言说：个人化与非个人化的综合，历史化与非历史化的综合，"自由"与"限度"的综合，"影响"与"创生"的综合，情思经验的"异质混成"，表现手法、文体样式的综合，审美特征的综合性。其中，既涉及了诗学意识的综合性，也关乎到了内涵意蕴、表意方式的综合性，还包括了美学品质的综合性。

第一章　个人化与非个人化的综合

一般说来,诗歌写作都既带有一定程度的个人化特质,也带有一定程度的非个人化特质。然而,在诗歌实践和理论话语中,个人化与非个人化往往被分别立场化、姿态化了,两者就此成了指导和描述诗歌写作的截然对立的诗学意识、诗歌理念。因此,我们通常所指的个人化写作与非个人化写作,其实是秉承个人化立场、姿态与非个人化立场、姿态的写作。在 20 世纪 90 年代个人化写作成为气候的诗歌写作大环境中,并不乏纯粹坚执传统意义(也包括 20 世纪 80 年代所"创设"的反权威意识形态写作、私我写作、语词写作等个人化立场在内)的个人化立场的诗歌写作,甚至也有绝对操持传统意义的非个人化姿态的诗歌写作。不过,在 20 世纪 90 年代,也的确出现了将传统意义的诗歌写作的个人化与非个人化相综合的诗学立场与姿态。本书所要探讨的就是这种在外延包含和内涵指涉方面显示出综合性的个人化诗学意识、诗歌理念。为了区别起见,也为了凸显出现于 20 世纪 90 年代的这种诗歌写作个人化的诗学所指和意义,一些诗歌言说者将其界定为"个人写作"——本书也是用"有着一定的价值立场和写作目标的诗歌写作主张"[①]的

---

① 周瓒:《"知识实践"中的诗歌"写作"》,《当代中国先锋诗歌研究》(博士论文,1999 年 6 月北大通过答辩)。

"个人写作"这一诗学术语来指称和认定出现在 20 世纪 90 年代诗歌视野里综合了传统意义的个人化立场与非个人化立场的那部分个人化诗歌写作的。

第一节　个人化写作在汉语诗歌
写作中的历史际遇

本来,除了极端怪谬的文学创作(如文革中"石一歌"创作组的创作),文学作品(包括诗歌)都是个人写的,文学(包括诗歌)写作都是个人化的。然而,在中国古典诗学中,诗歌写作的个人化特点却一直不被彰显,也没有得到明确主张和积极提倡,有时甚至还遭到有意掩盖和压制。也就是说,诗歌写作的个人化没有在主导或者说权威诗学意识和观念中被立场化、姿态化。这主要在于,孔子所谓"可以兴,可以观,可以群,可以怨,迩之事父,远之事君,多识于鸟兽草木之名"、《诗序》所谓"故正得失、动天地、感鬼神,莫近于诗。先王以是经夫妇,成孝敬,厚人伦,美教化,移风俗"等"诗教"传统基本占据着中国古典诗学的核心。既然诗歌写作的"诗教"目的、意图是公共性的、集体性的,就自然要求诗歌无论是内涵指向还是审美特质都必须具有公约性、共通性,就必须强调诗歌写作的公共性、集体性。就内涵指向来说,中国古典诗学所侧重的"言志"、"载道"、"传情"、"明理"的主导所指是这样的:志,是经世济民、忠君爱国的"子民"之志;道,是王道、是"修身齐家治国平天下"的社会之道;情,是"止乎礼义"即受制于社会伦理、文化规范的"正性情"和作为"天地之心"即国家、民族、时代之性情的"万古之性情";理,是关于天、地、人、事的普世之理。就审美特质、艺术色彩来说,中国古典诗学总是将其与公共性、普遍性的时事、世道建立起共生关系,所谓"乱世之音怨以怒,亡国之音哀以思,治世之音安以乐,闲适之音泰以适。声音之道,与政通矣"即是这种诗学思想的经典代表。至于诗歌的外在形式、修辞技艺,更是有着严格的统一规范、共识要求,比如格律音韵、句节对仗和意境意象、典故比喻等等,因而个人化也是要大打折扣的。当然,中国古典诗学中也"无意识"地出现了"个人化"的萌芽,如"文如其人"说、"诗扬气"说、"独抒性灵"说,都关涉了诗歌主体"个人"的重要性,但这些说法的动机并不在于提倡和主张诗歌写作的个人化,而在于用统一性的、集约性的道德伦理规范要求诗歌主体的精神人格和情操气节,以使其诗歌实现普泛化的政治和道德"教化"功能。

关于中国新诗写作,正如有的论者所指:长期以来,就主流来看,"写诗并不是为了抒发个人的情感,而是为了鼓舞人民、教育人民和打击敌人。这种诗歌观念一步步强化,成为人们对于诗歌共同的理解和追求,成为无需怀疑也不容怀疑的唯一价值目标。这种对诗歌的政治工具职能的高度重视决定了当代诗歌的整体面貌,导致了诗歌内容的高度政治化,几乎所有的作品都具有政治意义……诗的宣传教育职能得到了充分的发挥,诗与政治建立了超常的密切关系。"①正是因为如此,有论者(如欧阳江河)将其指认为"政治写作和群众写作"。政治写作和群众写作采用的立场、方式必然是集体性的、合众性的而不是独立性的、个人性的,这样写出来的"达标"的诗歌是国家的诗歌、民族的诗歌、阶级的诗歌、政党的诗歌、一代人的诗歌、一类人的诗歌,就独独不是"一个人"的诗歌。长期以来,就像"个人主义"在其他社会生活、政治文化生活中受到批判、禁锢一样,个人化的包括诗歌写作在内的文学写作,也只能遭遇被阻拒、被抵制的命运,相应的诗学(文学)理论自然也要规避、绕离它。

既然上面提到中国古典以及中国新诗写作都不是"个人化"的,那便是"非个人化"的了。这里的——也是通常所指的——个人化与非个人化,是作为一个大致的类型划分而被运用的:后者是代言式的写作,是顺应运动化、集约化的"政治写作和群众写作"的必然方式,其写作动机、内涵主旨、审美规范都有"庞然大物"作为依附和引导,"它所承认的前提""是整体化的世界",它"依据于人类的集体无意识和集体经验以及在此基础上展开的

---

① 李新宇:《中国当代诗歌艺术演变史》,浙江大学出版社2000年版,第5页。

集体想象力。其话语主体是类、族、代等意义上的人……个人仅仅是这种写作的承受者或疏导器"①,其产品也只能是总体性话语、普遍性话语;而后者是个我式的写作,不管是写作动机、内涵主旨还是形式结构、审美规范,显示出的不是为服从、配合、达成某种集体性规约而形成的命令性、制度化特征而是独立、自足、差异的个我特征。在某种意义上,个人化是作为一种有意识的写作立场姿态、话语方式被提出的,而个人化诗歌写作是这种立场姿态、话语方式的落实与具体化;但非个人化不是一种有意识的写作立场姿态、话语方式,非个人化诗歌写作只是诗歌写作者为实现、完成群体性、集团性的写作任务而自然、自发地出现的写作表征。

有必要把这里所说的诗歌写作的个人化与诗歌写作的个性化区别开来。个人化的诗歌写作是以"个人自我"为中心和立足点的,是"独自去成为"(王家新语)、对个我负责的诗歌写作行为,其"个人"特色既体现在写作行为本身、写作动机目的方面,也体现在诗歌主题题材、内涵意蕴和美学特质、形式技艺等方面。个人化的诗歌写作必然是个性化的诗歌写作。而在惯常的理解中,个性化的诗歌写作主要指的是使诗歌作品在审美风格、艺术特质方面呈现出独特性、差异性的诗歌写作行为,它的主要表征是诗歌写作中诗歌写作者对独到、特殊的表意策略、修辞技艺的运用、采纳。因此,非个人化的诗歌写作并不排斥个性化的诗歌写作的存在,正如李震所指出的"个性化是呈现集体经验和集体无意识的个人方式和途径"②。同为政治动员、意识形态教化的工具化、附庸化诗歌写作,或者贴着同一个诗歌流派的徽标、"高就"于同一个诗歌团体阵营的诗歌写作,却可以在顺应总原则一致性的基础上采用不同的表现手法和修辞技艺,从而使作品呈现出相应的个性特色和风格。于是可以说,个性化写作其实是同"类"(非个人化)写作中呈现出差异性、独特性以能够相互区分、相互甄别的写作。

---

① 李震:《神话写作与反神话写作》,《最新先锋诗论选》,陈超编,河北教育出版社2003年版,第144页。

② 李震:《神话写作与反神话写作》,《最新先锋诗论选》,陈超编,河北教育出版社2003年版,第144页。

　　另外，还应该把上面所说的集体性质的、规范性意识形态化的诗歌写作的非个人化与T. S.艾略特所提出并阐述的诗歌写作的"非个人化"区别开来。关于诗歌写作的"非个人化"原则，艾略特在他的重要诗学论文《传统与个人才能》中作了详尽论述，其要义在于："诗歌不是个性的表现，而是个性的脱离。"①也就是说，诗人在写作过程中应该只把自己当做"一种特殊的媒介"并努力"消灭"其个性，应该"把此刻的他自己不断交给某件更有价值的东西"，从而使得"一首诗所要表达的东西应是'只有在这首诗中才有生命的感情'，而不是诗人自己的感情或意见"②。显然，艾略特的"非个人化"诗歌写作原则是在西方特别是英美国家有着厚实"个人化"古典诗歌写作传统的特定语境下有针对性地（推动诗歌写作的"现代化"）提出的诗歌写作立场和原则，它不仅有着深远的诗学背景，而且本身也有着扎实和深厚的诗学内涵，如对影响的"获得"、技艺形式意识的突显、表现方式的客观化和戏剧化，等等。艾略特的"非个人化"是一个上升到诗学高度的诗歌写作原则。事实上，在历代现代主义诗人看来，秉持"非个人化"原则的诗歌写作，是真正接近了现代诗歌写作本质的诗歌写作。然而，正如上面的分析，群众化、运动化、政治化、规范性意识形态化的诗歌写作的非个人化不是一种有意识的写作立场和姿态，它只是诗歌写作者为实现、完成群体性、集团性的写作任务、指令而自然、自发地出现的写作方式，因此这种集体化的诗歌运作方式并不是艾略特意义上的真正"非个人化"写作，而只是一种虚假的"非个人化"——宏大叙事、以群体阅读期待为目的的功利写作。在某种意义上可以这样认为，以诗学的视点观照，群众化、运动化、政治化、规范性意识形态化的非个人化是个人化之下的非个人化、而艾略特意义的"非个人化"则是个人化之上的非个人化。

　　中断了近三十年后，中国大陆新诗写作在20世纪80年代再次开始走

---

　　① ［美］T. S.艾略特：《传统与个人才能》，《艾略特文学论文集》，李赋宁译，百花洲文艺出版社1994年版，第11页。

　　② 李赋宁：《译者前言》，《艾略特文学论文集》，李赋宁译，百花洲文艺出版社1994年版，第8页。

上了自觉追求现代性的艰难历程,令人匪夷所思的是,与艾略特通过诗歌写作的"非个人化"实现现代化截然相反,20世纪80年代的大陆诗歌写作是在摆脱非个人化跨入个人化来寻觅现代化的足迹的。——当然,正如上文所说,此非个人化与彼"非个人化"所处的是完全不同的诗学层面和诗学水准。究其原因,自然是由于两者的历史语境存在着巨大差异。由于国家和民族情结的强大影响力,中国诗歌的写作者们从一开始就自觉或不自觉地为了国家和民族的利益而从事写作。这一目标实际上是整个民族心理的共同诉求,这种共同的心理诉求对于诗歌写作来说已经成为一种有效的权力话语,即对诗歌作者选择何种主题可以提出相关的要求,甚至对写作的技法也有相应的制约作用。可以认为,在整个社会领域,实际上形成了一种强大的整合力量,它在伦理、政治、艺术等方面都起着主导作用。在这样"为时代代言,为民生代言,为国家或民族利益代言"的、表达"公共生活中的普遍愿望与要求"①的"宏大叙事"中,诗歌写作者"应当能回答某种要求,人们不管他愿意不愿意,都要授予他某种社会职能。不论他想干什么,他都必须根据别人对他的告诫行事……读者也用他们的习俗、他们对世界的看法以及他们所处的那个社会中的社会观和文学观来加以干预"②,因而,这样剥夺了诗歌主体个我性和自主性的诗歌写作只能是集体性质、运动方式的非个人化写作而不可能是个人化写作。既然在20世纪80年代以前——至少对中国当代诗歌来说——诗歌写作的个人化还没有实现,更没有完成,所以为了能有效步入"现代化"的递进秩序,中国诗歌写作得补上个人化这一"课"。这一历史任务首先"光荣"而"幸运"地"跌落"(王家新语)进了20世纪80年代以来的诗歌时空——因为只有在这种政治意识形态相对松动、文学禁锢相对打开、"强调不能以国家或其他主义之名来屈从个人的自由选择"③得以实现的"历史话语场",才能成为补这一课的学堂。

---

① 邰积意:《诗歌由个体承担的理论前提》,《诗探索》2000年第1—2辑。

② [法]让—保尔·萨特:《为谁写作》,《西方二十世纪文论选》(3),胡经之、张首映主编,中国社会科学出版社1989年版,第124页。

③ 赵寻:《论批判性个人化与穆旦对当下诗歌的意义》,《诗探索》2000年第1—2辑。

第二节　20世纪80年代个人化写作的误区

诗歌写作的个人化在20世纪80年代中国诗歌原野的迟到着陆,给诗歌写作洞开了别一番天地、输入了新鲜空气,使古语所言"天地入胸臆,物象由我裁"的诗歌境界有了实现的可能性。但是,与对其他诸多迟到的诗歌写作方式、诗学意识一样,20世纪80年代的诗歌写作者对诗歌写作的个人化也是在急躁和狂热中迎候和接纳的,同时对其的运用和采纳也必然带着实验和探索的成分。20世纪80年代就与诗歌写作的个人化相关的写作实践和话语事实来看,诗歌写作的个人化往往只是被诗歌写作者感性地运用和采纳着的,其表现便是突围出单一、狭隘的权威意识形态图解式的"群众写作和政治写作"后对诗歌题材、写作方式的个人化的冲动和激情,而没有在学理思考的基础上对其赋予必要的诗学外延包罗和内涵指涉。可以说,因为缺少相当的诗学打量和成熟的诗学限度,因为"个人"话语尚未达到诗学立场和艺术空间建构的高度,20世纪80年代诗歌写作的个人化更多地只是诗歌写作的自由化。诗歌写作的自由化,当然为生动现代汉语诗界营造了必要条件,也为"写好诗"(布罗茨基语)提供了可能。然而,也正是这种无度、失禁、泛滥的自由,使得一些诗歌写作者无视甚至"造反"诗歌的内在本质规定和必需的语言、形式、文体约束,抛掷出大量消解诗意、诗情和丧失诗性、诗美的所谓诗歌文本。个人化的诗歌写作必然是个人性的,照理说来,对其进行分门别类是不合逻辑的,用分类学的方式进行叙述是背谬的,但在20世纪80年代的语境中,不成熟的、不具备诗学意义的个人化诗歌写作却是的确表征出了类型化的特征。具体来看,20世纪80年代染有"病灶"的个人化诗歌写作,最显眼的有三种类型:反权威意识形态写作,私我写作,语词写作。

1.反权威意识形态写作。中国特色的非个人化诗歌写作的主导形态是诸如颂歌、战歌之类的权威意识形态写作。因而在思想文化稍显解冻的上个世纪70年代和80年代之交,诗歌写作的个人化最初就被接受、理解为反权威意识形态写作——其代表当然首推朦胧诗。因此可以说,朦胧诗在当代中国就具有了个人化诗歌写作的起步和开局的价值意义。在诗歌思想主题方面,朦胧诗"带着对于四人帮推行的那一套极左政治的叛逆情绪,追求表现自己内心的真实,表现自己这一代人产生于那个特殊年代的真切的感受和思考"①,同时"弥补与恢复人与人间的正常关系,召唤人的价值的复归"、"呼吁人的自尊与自爱"、"追求人性的自由的表现……不想掩饰对于生活的无所羁绊的和谐的渴望"②。在艺术传达方面,为了顺应新的思想情感和内涵主题的需要,朦胧诗断然弃绝了图解、阐释式灌输、教化权威意识形态那套"五十年代开始就形成的描写英雄主义感情和颂歌主题的借助生活场景描绘直抒激情的方法"而"寻求内容和形式一致的创新"、"寻求概括生活的新的途径",其重要表现就是"倾向含蓄的意象和象征……追求意象的新鲜独特、联想的开阔奇丽,在简洁、含蓄、跳跃的形式中,对生活进行大容量的提炼、凝聚和变形……"③由上述分析可见,在思想和艺术两方面,朦胧诗都是以"反叛"、"对抗"政治化的"权威"写作确立和定位自身的。而在关于朦胧诗的那场"硝烟弥漫"的论争中,无论是歼击者还是保卫者,所使用的枪支弹药都是朦胧诗的写作是"个人化"的:保卫者如谢冕之"个性回到了诗中"、"这种'个人化'当然是对于极'左'的反'个人化'的报复",刘登翰之"诗人自己对于人、对于生活、对于政治独立的思考";歼击者如方冰之"朦胧诗的作者认为:诗歌的唯一任务就是表现自我,抒发自我的情怀,甚至是一刹那间的难于捉摸的自我情怀"④、程代熙之"相当完整的、散发出非常浓烈的小资产阶级的个人主义气味的美学思想就赤裸裸地显示了

---

① 刘登翰:《一股不可遏制的新诗潮》,《朦胧诗论争集》,学苑出版社1989年版,第54页。
② 谢冕:《失去了平静以后》,《朦胧诗论争集》,学苑出版社1989年版,第48页。
③ 刘登翰:《一股不可遏制的新诗潮》,《朦胧诗论争集》,学苑出版社1989年版,第55页。
④ 方冰:《我对于"朦胧诗"的看法》,《朦胧诗论争集》,学苑出版社1989年版,第72页。

出来"①。这足以说明,个人化的诗歌写作被当成了朦胧诗反权威意识形态写作的显明标识之一,或者说,因为是个人化的诗歌写作,所以朦胧诗写作就成了反权威意识形态写作,反之亦然。这样一来,个人化的诗歌写作与反权威意识形态的写作在朦胧诗身上就成了"一枚硬币的两面"。

问题在于,既然是以反叛、对抗权威意识形态"安生立命"的,朦胧诗写作本身就不可能不也是一种寄生于意识形态的意识形态写作,无论是它要对抗的意识形态还是它所确立的意识形态一旦消失了,朦胧诗写作也就无从存在了。也就是说,朦胧诗写作的动机和结果在于颠覆、摧毁一种意识形态话语而确立、创生与之相对的另一种意识形态话语:"……朦胧诗人们对强权、专制、政治、阶级意识形态话语的颠覆,然而由于朦胧诗人的意识形态立场,使这种颠覆如人们看到的那样,是以一种强制性话语代替了另一种强制性话语。"②我们知道,意识形态的强大功能就在于统一、规范人的思想意识、精神心灵以及作为其投射物的文学艺术等精神产品,而对那些越出意识形态框架的成分和因子加以修剪、铲除从而使其标准化、模板化。这样,朦胧诗写作所谓的个人化就要大打折扣了。事实上,朦胧诗写作中的"个体"的特征不仅是高度政治化的,而且是高度群体化的,表现出强烈的国家引导的性质,其"自我"建构因为"真理在握"的自我肯定与"先知先觉",并未展现出对个体内在感觉的组织和审理;而是顺应时代需求地表现为"小我"从迷惘、伤痛到"大我"的觉识和诞生的过程,或者"我"本身即是象征化的,代表了新的"群众前进方向"。朦胧诗明显地包含着一种对创伤经验的积极转化和为国家政治动员服务的效果。而这种象征性的模型化感觉,作为一种认知方式,使朦胧诗既与真实的个体感觉隔离,又使朦胧诗人无法真正地启动理性,只能徒劳地进行着感觉模式表象替换,或自陷于其模式所提供的感觉之中。回过头看,对于朦胧诗写作的个人化特征,不管是争论中的歼击

① 程代熙:《评〈新的美学原则在崛起〉》,《朦胧诗论争集》,学苑出版社 1989 年版,第151 页。

② 李青果:《告别历史》,《1998 中国诗歌年鉴》,花城出版社 1999 年版,第 430 页。

者还是保卫者,在体认和表述上都存在着一定的逻辑混乱。对于歼击者来说,他们让朦胧诗写作的"个人"、"自由""高攀"着"资产阶级";而对于保卫者来说,他们又让朦胧诗写作的"个性"、"独立"牵扯着"一代人"——显然,两者都歪打正着地点出了朦胧诗写作只是一种建构总体性话语的非个人化写作。正因为是"整体性地对整体历史的反思、批判、否决"①,陈超认为朦胧诗与其所反对的诗歌一样属于"异质同构"的"整体话语(或曰巨型话语)"。既然在根本上并没有挣脱意识形态化集团式、运动式写作的泥淖,朦胧诗写作就不可避免地出产在内涵意蕴上同一种声音、形式技艺上同一种模式、审美特征上同一种色彩的类型化诗歌作品,而这显然与诗歌言传个人"心志"的本质规定性有所抵牾。

2. 私我写作。雪莱说:"诗人是一只夜莺,栖息在黑暗中以美妙的声音唱歌来安慰自己的寂寞。"其实,这只夜莺是一只最自由的精灵,只要给它相应的空间,它能把声音的自由度发挥到极致。20 世纪 70 年代末到 20 世纪 80 年代初,在诗歌写作领域,朦胧诗写作以对抗、反叛话语的形式率先开启了"个人化"诗歌写作的门扉。其实,就在朦胧诗写作成为当时诗界的主导前后,诗歌写作的精灵们已经吹响了另一向度的"个人化"写作的号角:既不是依附于权威意识形态的写作,也不是以对抗、反叛权威意识形态的形式依附于另外的意识形态的写作,而是真正摆脱了寄生性写作的非意识形态写作。这种非意识形态写作的一种重要表现便是私我化写作。私我化写作可以说是 20 世纪 80 年代——也传承至 20 世纪 90 年代——的一批诗歌写作者对个人化诗歌写作的极端理解和偏激应用,其主要精神旨归就在于诗歌题材对象的绝对私人化、自我化,"将诗歌的想像力'收缩'到个体生命本身"②。秉持私我化的诗歌写作者们,有的沉溺于猥琐、凡庸、细碎、无聊的个我日常生活中,吃喝拉撒睡轮番上演,文本成为了凡夫俗子非文化、无意义生活的竞技场;有的摸索于身体、性爱的黑色世界里,"性意识、性生理

---

① 陈超:《中国先锋诗歌论》,人民文学出版社 2007 年版,第 267 页。
② 陈超:《中国先锋诗歌论》,人民文学出版社 2007 年版,第 6 页。

的写作在文本中占有很大的比重"①,从而使得一个文本的完成便成了一张性爱床的完工;有的耽潜于自我意识、自我无意识的幽暗迷宫里,"自我意识充塞于文本之中,文本成了自我宣泄的垃圾场"②;还有的则将自己退化为非文化的动物,投递个体对文化物象的非文化感知,等等。不管属于哪一种,他们的诗歌都成了一种自传或半自传性质的写作和一种封闭性的写作,私人空间是它唯一的写作空间和话语空间,社会性、文化性以及相应的价值、意义都被他们作为意识形态的表征和产品而被清扫除了他们的诗歌"净土"。

　　这种对"隐私的、不宜张扬的"、"远离或偏离大众生活的,甚至是逃避道德追踪的"③私我的书写,毋庸置疑是"个人化"的。然而,不无遗憾的是,上述非意识形态化的私我写作,固然抵达了个人化写作的"彼岸",但驶向的却是病态的、留下了巨大隐患的个人化写作,因为它极度败坏了诗歌的美学品格、降低了诗歌的艺术水准,同时,它把诗引向了丧失掉精神性、心灵性也就是丧失掉诗歌本质规定性的"非诗"、"伪诗"——显然,这与真正诗学意义上的个人化写作的初衷大相径庭、背道而驰。且不说这类私我写作回避或忽略了"历史生活"中个人的情状呈现和体验传达,它的典型症状更在于,诗歌写作者为了使诗歌写作彻底摆脱社会、文化意义的笼罩,而在个人与他者之间采取了"井水不犯河水"、甚至"他者即地狱"的绝对二元对立态度;他们把与集体性相对的个人性视为写作的唯一资源,不仅消解一切历史深度和价值关怀而且对自己以外的一切都采取了淡漠和疏远的精神立场。就"对于小小的自我的无休止的'抚摸'"(谢冕语)、"愚蠢地将整首诗塞满了自己的浮躁而浅薄的声音,使读者的耳膜为他的自我膨胀所刺痛"(郑敏语)的私我诗歌写作而言,郑敏曾一针见血地指出其实质是"长期的伪英雄主义在结束教条主义时期的束缚后"的"膨胀的主体的伪自豪感的

---

　　① 王纪人:《个人化、私人化、时尚化》,《文艺理论研究》2001年第2期。

　　② 徐志伟:《从敞开到囚禁——90年代诗歌写作中的"个人化"观念反思》,《文艺评论》2004年第4期。

　　③ 曹文轩:《20世纪末文学作品选》,北京大学出版社2001年版,序第6页。

掩体"①。历史已经或者正在作出证明,这些"对个人化强调到极端的沉溺,而对生存处境、社会语境的逃离和漠视"并使得"诗性话语和诗意语境变得小气、琐屑、漠然甚至猥琐平庸,全然肉身感官化"②的"庸常化自炫"诗歌,既然"只关心自己"而无视公众的存在,也不顾及公众对诗歌固有的基本审美需求,只可能使公众"疏远甚至拒绝"它们,而且还有可能使公众"恨屋及乌"地也连带着疏远和拒绝其他诗歌。由此可见,这种私我化诗歌写作真可谓害莫大焉!

3. 语词写作。"现代社会人越来越个人化,于是也越来越孤立。传统文明中人关心的是求同,而现代人关注的是求异,人以'异'标志自己的存在,并对之强化,于是人与人的差距越来越大,以至彼此隔绝",以社会学的眼光来看,诗歌写作的个人化可以说是现代社会的"个人化"特征在诗歌写作领域的体现。然而,与其他社会生活行为一样,诗歌写作要作到个人化,其实是相当艰难的,因为"再艺术创作不可重复,以往的作品同存于此时,而同时期艺术家的竞争也更激烈"造成了"个人创作的空间实际越来越小"。这样,抱定"个人化"不放的诗歌写作者就只能采取"越来越极端"③的方式和途径了。20 世纪 80 年代中后期盛极一时的语词写作可以说正是诗歌写作的个人化的一种极端形式。在这些语词写作者看来,且不说权威意识形态写作和反权威意识形态写作,就是上面所说的私我化写作也并不是真正的非意识形态写作而陷于了意识形态写作的牢笼,因为虽然他们写的是私我,但是是私我的生活,而生活——不管是外在的日常物质(包括肉体、性爱在内)生活,还是内在的心理生活(包括非文化的和深层隐秘意识在内)——总是因其有着掸拍不去的公约性、共通性而不可避免地濡染着意识形态的色泽。正如罗丹所说:"对一个人非常真实的东西,对众人也非

① 郑敏:《我们的新诗遇到了什么问题?》,《最新先锋诗论选》,陈超编,河北教育出版社 2003 年版,第 477 页。
② 杨远宏:《暗淡与光芒》,《中国诗歌九十年代备忘录》,王家新、孙文波编,人民文学出版社 2000 年版,第 88 页。
③ 一平:《孤立之境》,《诗探索》2003 年第 3—4 辑。

常真实。"而既然是意识形态性质的写作,就不可能是个人化的。因此,只有把写诗的笔触从"生活"中彻底拽出来,才可能全面实现非意识形态写作,并由此为诗歌写作的个人化铺平道路、铲除障碍。从"生活"中拽出来后,又该把这笔触伸进何处呢?他们认为,应该伸向"语词"——纯粹的语词,只有能指(符号)而没有所指(语义)的语词,也就是不指涉、命名现实的语词,与"生活"无关而只与"形式"和"技艺"发生关系的语词。与语词写作互涉或呼应的诗歌写作是"纯诗"写作、"不及物"写作。

在语词写作的实际运作中,主要呈现出了两种具有标志性的样态:一种是把诗歌写作当做纯粹和绝对的语词排场、字句游戏,这样的诗歌写作,不仅不赋予整首诗以内容、意义,而且每个字句、语词都是没有意义的。对这样写就的所谓诗歌来说,整首诗构不成"语境"(上下文),诗篇中的字、词、句之间也不是通过意义关联而只是无来由、无根据地随意搭配、堆叠在一起的。在某种意义上,可以用只有纯粹身体动作并以身体动作为目的的迪斯科舞蹈比拟这种"纯粹的语言的游戏活动"[①]的语词写作。正因为它不是抒情表意、传达内容——情感、意义、内容等,这些无疑都具有公共性、通识性——的活动,而只是纯粹的游戏动作,所以它是自由的、随意的,也由此成为了不可模拟、复制和纯度百分百的个人化写作。另一种是,虽然诗歌写作者也割舍不下现代性诗歌最本质的表现手法——用意象写诗,但是,他们既要固守"意象"这一公共立场又要在诗学倾向和写作方式上强调"个人化"特征以保证诗歌美学的纯粹性。于是,"诗人们尽量寻找一些纯粹的、不带有任何意识形态色彩的'象征物':玫瑰、缪斯、豹子、天鹅,以及一种往往是非具体的、作为集合名词的鸟,以及一些抽象玄奥的、带有本体论色彩的词汇(如时间、虚无、黑暗、绝望、死,等等)……来作为诗歌的'个人化'的标志"[②]。在这些诗歌写作者看来,他们所采摘的词语固然来自现实世界因而

---

① 于坚:《诗歌之舌的硬与软》,《1998中国诗歌年鉴》,花城出版社1999年版,第466页。

② 张闳:《介入的诗歌》,《语言,形式的命名》,孙文波等主编,人民文学出版社1999年版,第305页。

有其相应的物质性基础,然而,当他们对其加以意象化后,这些语词就脱离了其物质性基础而被抽象为一种指向某种超验价值的"所指"——按照欧阳江河的提法,语词在这类诗歌写作中的自动转译和"升华"现象应该视为当代诗歌写作中的"圣词"现象。这样一来,这些语词因弃绝了"生活"而超越出了意识形态的樊篱,对这些语词的摆弄、运用也自然成了非意识形态语词写作,因而必然是个人化的。

正如前面所说,语词写作是为落实和体现诗歌写作的个人化立场而采取的一种极端、偏激的实验和探索行为。既然是实验和探索,其效果就需要鉴定和验证。从积极方面看,语词写作在一定程度上使诗歌写作改变了传统现实主义诗歌、浪漫主义诗歌重内容(前者是对政治化、意识形态化的所谓本质、主流现实亦步亦趋地描摹、粉饰,后者是对由"现实"激发的政治化、意识形态化的公共情感、意志的宣泄、抒发)轻形式的不正常状况,从而可以有效提醒诗歌写作者对作为诗歌本体元素的语词以及运用、操作语词的修辞、技艺应给予必要的关注和重视。这无疑有助于诗歌写作新景观的出现并深化人们的诗学意识。但从消极方面看,语词写作最大的弊病就在于对"现实"写作和"及物"写作(含描摹"现实"的现实主义写作和抒发"现实"情感的浪漫主义写作)的过度纠偏。语词写作或者使词语成为纯粹的筹码摆设,诗歌写作除了对词语的机械挪动和物理安置外,没有任何情感和思想——而这无疑是诗歌的本位——的浸润;或者使词语飞升为不食人间烟火的洁物圣品去搭建空中楼阁、琼楼玉宇。这样一来,语词写作就成了不关乎"人"的最低级(游戏写作)和最高级(圣化写作)活动——不关乎"人"的行为,怎能授予诗歌写作的美称呢? 同时,语词写作,不管是游戏性的还是圣化式的,虽然是从个人化出发,却都南辕北辙般地抵达了非个人化,却是回避不了的尴尬事实。关于这点,眼光敏锐的论者,比如陈晓明、张闳等,其实是不无洞见的:"团伙解散了,无处告别的诗人现在找到了固执的借口,但没有找到固执的根基。当一个时期的大部分知识分子企图从现实的象征秩序剥离出来的时候,这也必然表明并且加剧这个时期的'精神削减'。时代的思想合力已经被分崩离析的个人感觉所代替，但个人并没有切实的存在基础。他们当然有一个临时的根基——那个'语词的乌托邦'（欧阳江河语），这个乌托邦不幸又是大家不约而同寄居的场所"①、"诗歌往往因为诗人们所认为的'纯粹的'意象过于接近，从而使写作反而丧失了'个人性'"、"所谓'个人性'事实上也消失在这种普遍性的精神'升华'之中，而成为一种'一般书写'"②。

第三节　20 世纪 90 年代"个人写作"：个人化写作的合理形态

通过上述征候分析可以看出，20 世纪 80 年代诗歌写作带有"青春期"冲动、热情的实验和探索色彩的个人化立场，因着力的是破坏（意识形态写作）而不是建设（诗学建构），所以没有真正实现诗学层面的个人化，只不过沦为了停留于"口号"并导致新一轮总体话语的写作立场。而且，这些个人化，都是在"悬隔"了诗歌本位的情况下作出的"无根"的义气之举，也就是说，不管是反意识形态还是"私我"、"语词"，都没有将根本和旨归落实到"言情"、"言志"和营造诗意、建构诗性的诗歌本体上来。所以，它们中的许多难逃把诗歌引向偏执、狭隘的"非诗"、"伪诗"困境。撇开了诗歌本体，不是为了言传诗意诗美，不能促成精神性、心灵性的价值功能，所有个人化都不是有效、合理的写作立场和姿态；而对诸如此类的个人化的争论都是无谓的、可笑的争论。另外，这些个人化进一步使诗"脱离了真实的生活，失去了生长性，造成了无法与读者沟通的局面"③。

---

　　①　陈晓明：《语词写作：思想缩减时期的修辞策略》，《中国诗歌九十年代备忘录》，王家新、孙文波编，人民文学出版社 2000 年版，第 107—108 页。

　　②　张闳：《介入的诗歌》，《语言，形式的命名》，孙文波等主编，人民文学出版社 1999 年版，第 305—306 页。

　　③　徐志伟：《从敞开到囚禁——90 年代诗歌写作中的"个人化"观念反思》，《文艺评论》2004 年第 4 期。

相较于 20 世纪 80 年代的历史语境和诗歌语境,20 世纪 90 年代当更是个人化诗歌写作的温床或沃土:20 世纪 90 年代"个人化写作时期的到来具有必然性,它和国家把经济命脉的自主权逐步交还给个人的进程唇齿相依。众多民间诗报的创办,以及对专一写作的生活方式的游离,使诗人与个体户和私营企业家类似,成了原来文学'体制外'的身份不明的写作者,自然而然地摆脱了规范性意识形态制约下宏观叙事的因素。同时,'个人写作'又是诗人对机械复制时代或曰商品化后现代反抗的结果……作为以个性对抗共性,以自由对抗法则特征的艺术,在日益精密化、科学化和信息化的社会中愈来愈被技术化和程序化。良知尚存的诗人要想在'沦丧'的社会里避免自身的'沦丧',必须坚持独特的'个性'色彩,以此对抗后工业社会对个体存在价值的剥夺。"因此,尽管 20 世纪 90 年代的诗歌写作五花八门、多种多样,但在现场指认与事后追踪时,个人化诗歌写作,还是一定程度上在诗界取得了"共识"。20 世纪 90 年代诗歌质地和样态的多样化,正是诗歌写作个人化的结果。尽管,在 20 世纪 90 年代并非所有诗歌言说者和诗学打造者都注目着诗歌写作的个人化,但都意识到、认可着诗歌写作的个人化这"铁的事实",不少还对其给予了高度评价,谢冕就曾指出:"90 年代最大的完成是诗的个人化。这在中国诗史的总体上看,可以说是对近代以来诗超负荷的社会承诺的大的匡正,也可以说是在日益严重的非诗的意识形态化进程的一个最为彻底的纠正。"①王家新也说个人化写作的意义在于"自觉地摆脱、消解多少年来规范性意识形态对中国作家、诗人的支配和制约,摆脱对于'独自去成为'的恐惧,最终达到能以个人的方式来承担人类的命运和文学本身的要求"②。

无法回避的是,上文提到的反权威意识形态写作、私我写作、语词写作等染有"病灶"的个人化诗歌写作样态的遗风也吹进了 20 世纪 90 年代个人化诗歌写作"大家族"的大门,并且依然活跃、生气。也正是因为它们存

---

① 谢冕:《诗歌理想的转换》,《郑州大学学报》(哲学社会科学版)1998 年第 1 期。
② 王家新:《夜莺在它自己的时代——关于当代诗学》,《诗探索》1996 年第 1 期。

在着,并被一些人指认为了"20 世纪 90 年代诗歌",从而在很大程度上使得人们由对其失去了兴趣、信心和期待而对 20 世纪 90 年代诗歌失去了兴趣、信心和期待。不过,也必须看到,与对 20 世纪 80 年代诸多"革命性"、"运动性"的写作方式一样,在 20 世纪 90 年代,还是有一些诗歌写作者和诗学建构者对上述个人化诗歌写作也进行了严肃而谨慎的打点和检视,并对其存有的"病态"产生了警觉和醒悟。这些打点和检视者,并不是诗歌写作个人化的反对者和排拒者而是提倡者和践行者,他们之所以要对上述诗歌写作的个人化加以打点和检视,并对其病态表示出焦虑和警觉,只是因为他们希求诗歌写作的个人化能"去病强身"进入正常、良性、健康的也就是能有效促进诗歌繁荣、提升诗歌品格,维护、强化诗歌本体的成长态势和发展路向上来,这不仅确证了而且促进了他们在诗歌写作立场方面对诗歌写作的个人化的进一步坚执和固守。

通过对 20 世纪 80 年代以来反权威意识形态、私我、语词写作等个人化诗歌写作的"望闻问切",着力探求个人化诗歌写作新的可能性的那部分 20 世纪 90 年代诗歌写作者、诗歌言说者认为,从 20 世纪 80 年代开始盛行的诗歌写作个人化的"混乱"——并因此造成诗歌的"混乱"——是因为没有自觉和有意识地将诗歌写作的个人化上升到诗学建设和理论建构的高度。因而,尽管 20 世纪 90 年代为真正意义的诗歌写作的个人化提供了"得天独厚"的契机和境遇,但如果不把着力建设诗歌写作的个人化的诗学理论当做当务之急和基石,个人化诗歌写作仍然难以有大的建树和创举:"保持写作的独立性如果不被提高到与具体诗学相关的显著位置,并为之找到基本的品质保证,就没有可能写出'自己的'诗篇,当然,也就更谈不上表达诗意的纯粹观念了。"①事实上,为了区别于起步于 20 世纪 80 年代、在 20 世纪 90 年代仍然沿袭着的驳杂、凌乱、不具有诗学价值和指涉的诗歌写作的个人化,他们响亮地提出了"个人写作"这一主张,并极力为其"注入"诗学内涵和意义旨归,"个人写作""使得一些诗人在写作的过程中,始终保持了以

---

① 孙文波:《我理解的 90 年代:"个人写作"、叙事及其他》,《诗探索》1999 年第 2 期。

历史主义的态度,对来自于各个领域的权势话语和集体意识的警惕,保持了分析辨识的独立思考态度,把'差异性'放到了首位,并将之提高到诗学的高度";同时,他们通过写作实践,让诗歌写作与诗学主张相互呼应和诠释。在 20 世纪 90 年代的"个人写作"诗歌现场,唐晓渡把捉并推动的"个体诗学"和"个人诗歌知识谱系"①的建立、构造,罗振亚发现并促进的"个人话语场"的搭设、安置,程光炜阐释并张扬的"知识型构"等,都是关于诗歌"个人写作"的诗学理论建设的积极成果。另外,许多诗歌写作者、批评者也都对"个人写作"赋予了较为严格、明确而又大致能够取得共识的诗学界定,如陈均所界定的"'个人写作'指在一个意识形态和商品化等诸多因素所造就的集体主义话语时代坚持'话语差异'、'个人的话语方式'以及'独立文本'的努力和实践。在 90 年代诗歌中,它被阐发成在特定历史语境下,个人与世界的复杂关系,并和'知识分子态度'相关联,体现了诗人们 90 年代以来对其写作立场的进一步定位"②、程波所指认的"从逻辑发展上看,不可通约的个体生命体验、具有个人特质的经验转化方式(心理机制)、个人独特的话语方式应是'个人写作'的内涵所在"③,等等。通过这些关于"个人写作"的诗学话语事实以及在其"指引"下写就的诗歌话语事实可以看出,他们提出并践行的"个人写作",实际上是包括从 20 世纪 80 年代延续至 20 世纪 90 年代的诗歌写作的个人化与长期以来形成的中国式的诗歌写作的

①　"个体诗学"和"个人诗歌知识谱系"的成熟与建立被唐晓渡认为是"先锋诗写作在 90 年代经历"的"某种'历史转变'",其意义"是指与具体诗人的写作有密切的精神血缘关系、包含着种种可能的差异和冲突、又堪可自足的知识系统,其显著特征在于它的非常规性;或者不如说,它是往往被常规的知识所忽略、无从进入其谱系的非常规知识(尤其是相对的、难以通约的个人观察、感受、想象和反思的经验)……不妨说它是某一诗人独享的材料库;但它更主要的价值却在于构成了使这一个诗人的写作有别于另一个的独特的上下文:一个仅供其出入的语言时空,一套沟通外部现实和文体现实的独一无二的转换机制。"参见唐晓渡《90 年代先锋诗的几个问题》,载于《山花》1998 年第 8 期。

②　陈均:《90 年代部分诗学词语梳理》,《中国诗歌九十年代备忘录》,王家新、孙文波编,人民文学出版社 2000 年版,第 396 页。

③　程波:《"个人写作"与"个人话语场"——九十年代先锋诗歌的一种阐释》,《山东文学》2000 年第 4 期。

非个人化的综合。当然,这种综合,不是两者的简单叠加和机械拼贴,而是对两者各自去粗取精、去伪存真后在诗学层面的有机融会、凝聚和学理超越、升华。"个人写作"的这种综合性集中表现在对诗歌写作的非个人化的"介入"、"历史化"意识和"普遍性"、"可公度性"观念的吸纳,同时又对诗歌写作的个人化的"个人"立场、姿态的坚持。

一方面,20 世纪 90 年代"个人写作"的主张者和践行者,意识到了 20 世纪 80 年代以来的个人化写作中语词写作、私我写作的极端、绝对的"个人"的神话性、悖谬性,也深悟了瓦雷里所说的"只对一个人有价值的东西没有任何价值"的真谛;特别地,他们把捉到:因为对这种"个人"走火入魔的痴迷运用,使得诗歌写作忽视了公众的现实"生活"也背叛了读者的审美接受,诗歌写作成为了诗歌写作者自我陶醉式的纯粹制造文字垃圾的浪费行为和话语遣兴性质的"个人迷醉术"——这种严重败坏诗歌写作声誉和贬损诗人、诗歌形象的作法,事实上就是 20 世纪 80 年代后期以来直至 20 世纪 90 年代的现代汉语诗歌写作留给人们的糟糕印象之一,并且就此已经成了人们诟病 20 世纪 80 年代后期以来直至 20 世纪 90 年代的现代汉语诗歌写作的把柄之一。客观地看,在诗歌写作中,纯粹和绝对的"个人化"都是不可能实现的一相情愿,因为只要是真正的诗歌写作(极端的字词游戏不在此列),都是运用语言的表达,而语言总是公共性的——从发生学上看,它本身就是公共交流的产物,运用语言的表达当然也是公共性的,因而不得不承受该语言的其他使用者对其期许的压力。关于语言和表达的非个人性,中、西方学者都有着精辟的阐述:"它(诗歌——引者注)被体现在语言中,而语言是一种特殊的公有财产;它是关于人的,而人是公共知识的对象"①,"正是通过表达,人类内在精神体验才以外在物质符号的方式保存下来……在表达中……个人的非理性体验超出了狭窄的心理流程进入人与人、人与社会、人与自我、人与自然的多重关系中,同时使人不仅生活在现

---

① [美]维姆萨特/比尔兹利:《意图谬误》,《西方二十世纪文论选》(2),胡经之、张首映主编,中国社会科学出版社 1989 年版,第 253 页。

在,而且在现在中把握过去和未来,以至于在表达中,使过去、现在、未来瞬间整合为一体,个体的深邃'体验世界'与人类历史的广袤'表达世界'豁然贯通,使个体溶入人类大全"①。

正是因为体认到了狭隘、偏执的"个人化"的虚拟和假想性质,体认到经典诗歌不是极端、绝对的个人化写作的产物而是正如珍妮·帕·汤普金斯所说的那样:"经典诗歌应源于代表着永恒价值的天宇,否则便失去了普遍性,也随之失去了它拯救灵魂的功能。"②20 世纪 90 年代操持"个人写作"的诗歌写作者对私我写作、语词写作等极端、绝对的个人化诗歌写作作了清场式处理。他们的做法之一就是将缠绕在私我晦暗迷宫(身体的、性爱的、意识无意识的、非文化的,等等)和深陷在语词字句泥淖中的诗歌视线解脱、拔拉出来,重新投放进历史和现实、生活和生存,再次与普遍经验、人类命运、共同处境亲密接触,从而与非个人化的中国诗歌写作传统对接起来。"历史化写作"和"及物性"写作正是他们针对"非历史化"、"不及物"的纯诗写作提出来的关注时代和生活的诗学主张。对于历史化和及物性诗歌写作与"个人写作"的必然关联性、契合性,王家新的下述阐述具有相当的代表性:"个人与历史从来就存在着一种深刻复杂的联结……历史关怀依然应该存在于诗人们的写作中。我当然希望我的写作愈来愈具有一种深刻独特的个人性质,但我知道,身在中国这样一个国家,作为一个诗人又不能不以某种'痛苦的视力'来观照他自己的生活和时代。而这样做,与其说出于对时代的'责任感',不如说出自一种'墨水的诚实'。按照布罗茨基的说法,墨水的诚实甚于热血,在我看来,它也甚于那些各式各样的对诗的狭隘而武断的限定。"③以历史和时代作为盘诘和批判的题材对象、"把历史和时代生存的重大命题最大限度地诗化"(陈超语)的诗歌写作,无疑是传统意义的非个人化诗歌写作。另外,他们也把历史和现实"噬心主题"(陈超

---

① 王岳川:《二十世纪西方哲性诗学》,北京大学出版社 1999 年版,第 58—59 页。

② [美]珍妮·帕·汤普金斯:《历史进程中的读者:变化中的文学反映模式》,《西方二十世纪文论选》(3),胡经之、张首映主编,中国社会科学出版社 1989 年版,第 503 页。

③ 王家新:《回答普美子的二十五个诗学问题》,《诗探索》2003 年第 1—2 辑。

语)之外的生活、生命、生存经验和命运体验作为自己的诗歌对象进行命名、揭示,但是它们不再是封闭在私我、小我空间的孤立、幽困存在,而是如狄尔泰所指出的那样是对他人、对整体开放、通约的普遍性、非个人化存在:"没有一个个体在不同的着眼点下不是具有代表性的,没有一种命运不是一种较普遍的生活转折的典型的个别事例。这种人和命运的图像是在思考着的观察的影响下这样地被塑造,以致这些图像,虽然它们只表现一个个别的事实真相,却包含普遍性并且这样地代表着这种普遍性。"①

　　另一方面,既然是"个人写作",它就必然是以"个人"为起点又以"个人"为归宿的写作,也就是说,对于传统意义的个人化诗歌写作的"个人"立场,它不仅延续了而且深入和强化了。20 世纪 90 年代的"个人写作"对个人立场的坚执和操持,主要体现为:在总体原则上坚持个人的精神存在及想象力;在写作过程中保持自我的姿态和视角对人生和历史产生独特的体悟和个我的发现,以个人的而非整体的、差异的而非同一的话语方式去言说、传达这种体悟和发现;就写作成果来看,追求的是"与众不同、难以替代的个人文本,而非求大同存小异的集体文本"②。因此,20 世纪 90 年代"个人写作"中的个人,指的不再是只有自闭的个我私密空间和自娱自乐地玩着文字积木的绝对个人而是"介入"着、体验着、感悟着历史、时代、现实或占有着、"共享"着人类普遍经验与共同命运处境的个人;而 20 世纪 90 年代"个人写作"所写作的"历史"与"普遍",又只是个人领会、意识、把捉的"历史"与"普遍",也就是"历史"与"普遍"在个人心灵、生命中发生反应后的情感、意志等精神性、心灵性产物。这样一来,20 世纪 90 年代的"个人写作",因为在题材视阈方面向"历史"和"普遍"的全线突进,终于不再作茧自缚般陷落在狭隘、封锁的私我小天地而投进了历史、人类的广阔、博大世界,也从而由此摆脱了"放弃和无所承担"的局面、"自闭性地将写作放置在狭

---

　　① 狄尔泰:《体验与诗》,胡其鼎译,三联书店 2003 年版,第 155—156 页。
　　② 王纪人:《个人化、私人化、时尚化》,《文艺理论研究》2001 年第 2 期。

隘的、与其他人的交流隔断的境地"①。与此同时，又因为对"个人"立场的固守和捍卫，20世纪90年代的"个人写作"，尽管一头扎进了"历史"和"普遍"，但却没有沿原路返回到集体化、运动式的"群众写作和政治写作"、使诗歌成为意识形态或反意识形态的"普遍性话语"、"总体性话语"的老路上去。在操持"个人写作"原则的诗歌写作者看来，在20世纪90年代的现实话语场中，"诗人已无法成为一个'种族的触角'和群体的代言者"，因此他们只能依据"个人经验、个人无意识，并在个人想象力中写作"②。不过，这并不妨碍他们把"历史"和"普遍"邀约进笔下纸上以写作历史化和普遍性的诗歌，只是他们将其当做了个人经验的来源、个人无意识的根据和个人想象力的作用对象，从而使得他们的诗歌写作终于成为"不再直接对公众讲话"，而是"已把一个时代的沉痛化为深刻的个人经历，或者说它已把对历史苦难的承受化为一种对个人内在声音的挖掘"③的"个人写作"。正如陈晓明所分析的，"个人写作""表明诗歌写作不再定位在直接表达时代共同想象关系上；同时历史语境的变化，也表示个人的表达，不再直接被主导文化编码……它对历史、社会公众性代码的运用，结果可能只是个人对历史编码的一种方式……无论如何，个人已经从时代宏大的思想体系分离出来，修辞策略替代了民族—国家的历史叙事，个人的思想智力战胜了历史给定的命运。"④"历史个人化"、个人化的"历史想象力"⑤这些在20世纪90年代"个人写作"诗界取得共识性的诗学术语浓墨重彩地出场，表明的无疑是20世纪90年代的"个人写作"是以"个人"为基点的切入现实和时代生活的诗歌写作。

---

①　孙文波：《我理解的90年代："个人写作"、叙事及其他》，《诗探索》1999年第2期。

②　李震：《神话写作与反神话写作》，《最新先锋诗论选》，陈超编，河北教育出版社2003年版，第144页。

③　王家新：《没有英雄的诗》，中国社会科学出版社2002年版，第185页。

④　陈晓明：《语词写作：思想缩减时期的修辞策略》，《中国诗歌九十年代备忘录》，王家新、孙文波编，人民文学出版社2000年版，第109—110页。

⑤　陈超所创诗学术语，个人化的"历史想象力"是指诗人从个体主体性出发，以独立的精神姿态和话语方式，去处理我们的生存、历史和个体生命中的问题。在此，诗歌的想象力畛域中既有个人性，又有时代生存的历史性。

正因为部分 20 世纪 90 年代诗歌不仅既是个人化的又是非个人化(历史化、普遍性)的,而且还是两者的提升、超越性"综合",所以有诗歌写作者自身(如王家新)和诗歌批评家(如邰积意)将"个人写作"而成的诗歌称为"个体承担的诗歌"。这一命名的意图在于强调"承担":对于作为诗歌对象的"历史"的承担,也对于写作方式和由此造成的审美特质的承担——而所有这些的承担主体,都是"个人",诗歌写作者个人,而不是群体:"'个人写作'的动机是个人的,它不承担任何群体的义务和职责。诗人将在纯粹的个体经营中独立核算、自负盈亏。"①因为是"个体承担的诗歌",所以"就避免了一些人以更为宏大的目标及利益为借口而对另一些人进行批判,从而使得诗歌写作行为获得与其他的人类行为并无区别的正常地位"②;也因为是"个体承担的诗歌",所以诗歌写作者作为"小我"的个人"承担"着作为历史、普遍的"大我",从而使其成为了梁宗岱所称道的"写大我须有小我底亲切;写小我须有大我底普遍"的"有生命的作品"③,也做到了西川所谓打通"个我、他我、一切我"的诗学抱负。

尽管集团化的、运动式的非个人化诗歌写作也偶显"尊容",但个人化诗歌写作终归是 20 世纪 90 年代诗歌写作的基本状貌。20 世纪 90 年代个人化诗歌写作事实上又呈现出了多种多样的面目,所以 20 世纪 90 年代个人化诗歌写作依然是混乱的、无序的。本书所重点探讨的"个人写作"只是混乱、无序的 20 世纪 90 年代个人化诗歌写作中的一种,甚至不是主要、主导的一种,因而它代表不了也涵盖不了 20 世纪 90 年代个人化诗歌写作。上面我们分析的是通过综合了传统意义的个人化写作立场与非个人化写作立场的"个人写作"立场所具有的合理性、恰适性。应该指出,这种合理性、恰适性是相对、参照于诸如反权威意识形态写作、私我写作、语词写作等"病变"的个人化写作和"政治写作与群众写作"这类异化的非个人化写作

---

① 李震:《神话写作与反神话写作》,《最新先锋诗论选》,陈超编,河北教育出版社 2003年版,第 145 页。
② 邰积意:《诗歌由个体承担的理论前提》,《诗探索》2000 年第 1—2 辑。
③ 梁宗岱:《诗与真》,中央编译出版社 2006 年版,第 211 页。

而获得和确立了的。从立场、姿态上看，"个人写作"固然是 20 世纪 90 年代个人化诗歌写作中具有合理性、有效性的一类，但这并不说明，形形色色的 20 世纪 90 年代个人化诗歌写作中就不具备其他合理、有效的类型、方式。另外，与其他个人化写作立场、姿态一样，"个人写作"也毕竟只是一种写作立场、姿态，而立场、姿态的合理、正确不过是"写好诗"的必要条件而非充分条件。因此，如同其他在立场、姿态上正确、合理的个人化诗歌写作一样，忠实于"个人写作"立场、姿态的诗歌写作，也是既有可能写出优秀的诗歌，也有可能写出拙劣的诗歌，因为诗歌品质的高低还取决于立场、姿态外的大量写作因素，如诗歌写作者的悟性、灵感等"天才"因子与修辞技艺、语言运用、审美把握等"炼成"因子。客观地看，虽然"个人写作"从 20 世纪 90 年代混乱、无序的诗歌写作现实中打拼出了一条"血路"挺起了自己的立场、姿态，但如果非要认为它并没有指导、敦促出优异、卓越的诗歌文本，恐怕就只能引咎于上述"天才"、"炼成"因子，而不能或者说不能主要怪罪于"个人写作"的立场、姿态。当然，20 世纪 90 年代的"个人写作"本身也不是没有问题和缺陷的。由于是一种"纠偏"和"修正"（反权威意识形态写作、私我写作、语词写作等"病变"的个人化写作和"政治写作与群众写作"这类异化的非个人化写作）性质的写作立场、姿态，它所固有的针对性导致了自身的不完整和不全面。根据前文的分析，20 世纪 90 年代的"个人写作"主要指对的是诗歌写作中对"内容"的立场、姿态——综合非个人化的题材对象和对非个人化的题材对象的个人化体验、反应；而对于其他众多诗歌要素——表现手法、文体样式、修辞技艺、音韵节律、审美品格等——的立场、姿态却没有或少有涉及。于是可以说，混杂、以至于淹没于 20 世纪 90 年代个人化诗歌写作的乱阵中，"个人写作"并没有改变、扭转 20 世纪 90 年代诗歌"不景气"、"衰落"的整体局面，但这并不能证明"个人写作"立场、姿态是错误的、失败的。20 世纪 90 年代确立、认定的"个人写作"立场、姿态无疑是导向、抵达诗歌本位、本体的合理、有效路向之一，只是，它自身也需要不断地充实、完善和扩容，否则，即便将它确认为写作立场、姿态，想要打造出优秀、经典诗歌文本，依旧是难以实现的——在已经过去的真实的 20 世纪 90 年代，就真的正是如此啊！

第二章　历史化与非历史化的综合

历史化与非历史化,是一对用来描述诗歌(当然也包括其他文学样式)写作与"历史"、"现实"、"时代"、"社会"关系的术语。通常来说,历史化的诗歌写作,其对象题材、思想内容表现出对"历史"的直接"介入",其艺术形式、审美特征则与"历史"有着紧密的"关联";而非历史化的诗歌写作,其对象题材、思想内容和艺术形式、美学特征都体现出了与"历史"的超脱、游离。事实上,对诗歌写作历史化与非历史化的划分,只是相对的而非绝对的。因为,正如波德莱尔"诗是最现实不过的"①的感叹,在根本上,诗歌写作都只能是历史化的,绝对的非历史化写作不可能存在。从发生学看,任何诗歌写作都是发生在特定的"历史语境"②中的,都是历史语境激发和挤压的产物,因而都不可能不是对历史语境的回应和反应——只是有的直接、明

---

① 转引自[法]罗杰·加洛蒂:《论无边的现实主义》,上海文艺出版社 1986 年版,第167 页。

② 这里的"语境"概念所取的是新批评理论中"语境"的意义,按照瑞恰慈的阐述,"'语境'……包括任何写出的或说出的话所处的环境……包括该单词用来描述那个时期的为人们所知的其他用法……包括那个时期有关的一切事情,或者与我们诠释这个词有关的一切事情……'语境'是用来表示一组同时再现的事件的名称,这组事件包括我们可以选择作为原因和结果的任何事件以及那些所需要的条件。"参见赵毅衡编:《"新批评"文集》,百花文艺出版社 2001 年版,第 333、334 页。

显一些，有的间接、迂曲一些。然而，撇开诗歌话语事实，在诗歌写作者和诗歌理论家的诗学意识里，历史化与非历史化却成了两种截然不同、泾渭分明的写作取向。对主张历史化的诗歌写作者和诗歌理论家来说，要求将诗歌写作置于"历史话语场"中与"历史"保持亲密接触和高度对应，要求诗歌写作者具有浓厚、强烈的历史感受和历史意识，要求诗歌文本具有真实、切近历史的现场感和亲和性，并对历史产生能动的影响。主张非历史化的将历史化作为自己的对立面和超越面，要求诗歌写作成为"飞翔"于历史之外的绝对诗歌行为，打造与历史无染的纯粹美学自足文本。

由《诗三百》"圣定"为"经"这一事实足以见出，诗歌写作的历史化在源头上就已经内化为中国诗人和诗论家的"集体无意识"了，所谓"格天地，感鬼神，畅风教，通世情"①、"盖文章，经国之大业，不朽之盛事"、"文章合为时而著，歌诗合为事而作"、"采诗以补察时政"、"本乎情性，关乎世道"、"惟歌生民病，愿得天子知"等等诗学立场、见解，都是这种"集体无意识"的显影和凸现。既然历史化的诗学意识不由分说地"一统天下"，而非历史化诗学意识在大山磐石般的重压下压根儿就没有动弹、喘息的机会。对于中国新诗来说，无论是诞生于五四新文化运动的起源事实，还是亦步亦趋地"追随"于社会革命的生长事实，都可以说明，历史化的血脉也贯通进了其诗学意识的肌体，而且由于其长期以强劲的势头盘踞着，新诗写作的非历史化则长久地处于蛰伏、休眠而不能抬头的态势。

历史化诗歌写作天经地义、岿然不动的地位，一直延续在中国大一统的诗歌和诗学场域。然而，到了上个世纪80年代中前期，随着冰雪消融、万象更新时代语境的莅临，诗学意识发生了根本性的解冻和苏醒，其中的表征之一就是诗歌写作的非历史化的激昂抬头、"异军突起"。非历史化对历史化造成了前所未有的冲击和挑战，以至于大有"彼可取而代之"的壮志和气势。尽管局促、急进了些，诗歌写作的非历史化在中国诗界着陆却是有着合理性、必然性和积极、有效的建设性价值的。自古以来，中国诗学意识和中

---

① 徐祯卿：《谈艺录》，《中国诗学专著选读》，广西师范大学出版社2006年版，第69页。

国诗歌写作的历史化,并非现代西方诗学意义上的历史化,而纯粹或主要就是政治化、权威意识形态化,也就是把诗歌写作当做政治附庸、意识形态载体和道德教化工具的写作。这种作为"政治写作和群众写作"的历史化诗歌写作,一方面,因为主要把题材视阈拘囿于社会政治和时代主题领域而放逐了社会文化生活的广阔天地与个人内在生命的博大世界,所以严重萎缩、窄化了诗歌写作的诗意采集途径和题材对象范围,造成了政治之外无诗的异常状态;另一方面,因为恪守"以意役法"、"以言语为役"等金科玉律而轻慢着诗歌本身的美学属性和技艺特质,说到底也就是在一定程度上悬搁了诗歌形式和语言本体。因此说,自上个世纪 80 年代中前期以来的非历史化的诗学主张和诗歌实践,正是社会文化生活中政治禁锢打开在诗学和诗歌领地中的落实和呼应。非历史化诗学意识的主旨动机和核心内涵即在使诗歌写作无论在题材对象的捕捉、情思经验的酿造还是在表意方式的运用、美学特质的呈现方面都摆脱权威意识形态的束缚和政治权力的绑扎而成为一种自主、自律、自觉、自足、"使诗歌回到诗歌"的"独自去成为"的话语行为,其价值和意义诚如王家新所指出的:"显示了一种'迟到的'(相对于西方)对于'现代性'和诗歌自律的追求,它在 80 年代非政治非意识形态化的文学潮流中自有意义,对于诗人们语言意识的觉醒和技艺修炼也是一次必要的洗礼。"①

就像作为反拨、超越对象的历史化诗歌写作并没有严格的诗学意义和诗学规定一样,自 20 世纪 80 年代中期以来部分中国诗歌写作者所张扬、标举的非历史化诗歌写作除了"不自觉地联合"(艾略特语)起来共同感性和情绪化地对抗和抵制政治写作、群众写作之外,也同样没有取得诗学意义的共识和通约,其中最突出的表现就是不同的诗歌写作者和诗歌理论家对诗歌写作的非历史化的实现提出和践行了不同的途径、方式,从而使得虽同为非历史化写作,却呈现出了不同的风神面貌。具体来看,20 世纪 80 年代以

---

① 王家新:《从一场濛濛细雨开始》,《中国诗歌九十年代备忘录》,王家新、孙文波编,人民文学出版社 2000 年版,序言第 3 页。

来试图(或实际上)与"历史"间离的非历史化的诗歌写作主要有这样一些代表类型:1. 理解得过于狭隘的所谓"纯诗"写作,这是一种专注于语词排列、字句积木而对意义加以清场、排空的语言技艺和修辞游戏,对这种写作方式来说,形式和技艺既是起点也是归宿。2. 知识写作(包括哲学写作),通常也被称为"学院化写作",这种类型的诗歌写作,注重的是对"知识"的抽象演绎和对"哲学"的玄虚推理,因而"文化经验"和"思想含量"是其惹眼的外在标识,因为这"知识"和"哲学"("文化经验"和"思想含量")往往与西方现代诗歌的语言资源与精神资源有着显明确定的亲缘关系,所以就使得"知识的诗"通常留有或多或少的西方现代诗歌翻译体的"影响"的痕迹,并因此被人指责为"高蹈的、抒情的、翻译性语感化的,充满了意象迷幻、隐喻复制、观念结石"①的"西方'语言资源'、'知识体系'的附庸"②;此外,追求诗歌写作中复杂的技艺也是知识写作的突出特点。3. 神性写作,也称为"宗教化写作","灵魂超越"型想像方式(陈超语)写作、形而上向度的精神追求、生命体验及其相应的传达方式是其基本的精神品质:"持'神性写作'或'宗教化写作'倾向的诗人通常追求词语的圣洁色彩和崇高意味,注重内心某种具宗教感或神性的情感体验,对生命和事物的世俗性价值持强烈的内在否定态度。"③4. 生命写作,侧重于对永恒人性、普泛生命、死亡和抽象的人生存在、终极命运的深度体验和深沉追问,尤其对人的心理意识、灵魂等内生命表现出了极大的"癖好";在美学取向上,"心灵的感动是'生命写作'的内在效果,情感的'纯度'与深度成为'生命写作'的追求目标"④。5. 隐私写作,主要精神指向在于诗歌题材对象的绝对私人化、自我化。猥琐、凡庸、细碎、无聊的个我日常生活,身体、性爱的黑色世界,自我意识、自我无意识的幽暗迷宫,对文化物象的非文化感知……是游走

---

① 沈奇:《秋后算帐》,《1998 中国诗歌年鉴》,花城出版社 1999 年版,第 389 页。
② 于坚:《穿越汉语的诗歌之光》,《1998 中国诗歌年鉴》,花城出版社 1999 年版,序言第 7 页。
③ 谭五昌:《世纪之交的中国新诗状况:1999—2002 年》,《诗探索》2003 年第 3—4 辑。
④ 谭五昌:《世纪之交的中国新诗状况:1999—2002 年》,《诗探索》2003 年第 3—4 辑。

在隐私写作者笔下的基本质料和素材。其他诸如农耕庆典式的乡土诗写作、文化史诗写作，也都是与当下人类真实命运处境、与现实生存经验脱节的非历史化诗歌写作。

起步于 20 世纪 80 年代的非历史化的诗学取向和诗歌实践与在 20 世纪 80 年代风起云涌、浩浩荡荡的诸多诗歌"起义"一样，也是一种针对僵化、陈腐的大一统意识形态"庞然大物"的破坏性、革命性的诗歌写作行为，因而其动机和起因无可非议。然而，破坏和革命毕竟不应是目的，而只该是为"建设"和"创生"实施的必要手段。所以，检验和度量破坏和革命的后果、效应的不仅是看其瓦解、摧毁了什么，更要看它建设、创生了什么。不幸得很，非历史化的诗歌写作固然颠覆了政治写作和群众写作的神话，但它不是将现代汉语诗歌引向了足以昂首阔步的康庄大道，而是导入了逼仄绝望的死胡同。因为对非历史化的极端、激进体认和运用，使得"语言本体"、"生命本体"、"身体"、"宗教"、"知识"、"不及物"、"纯写者姿态"、"为永恒操练"、"回到诗本身"等上升为诗学层面的"真理性"和"本质性"命题，并由此在具体写作中"把所有带有社会历史印记的诗作目为'不纯'的诗歌而设定为需要超越的对象"①；这样一来，诗歌写作就成了"脱离人，脱离构成个人现实存在的具体处境，用平面、冷漠的物体碎片占据人在诗中的位置，在追求所谓'客观'写作的借口下，把诗歌变成闲适、无聊的语言玩具"②的纯粹"非历史"行为。这样的诗歌写作，因为沉溺、陷落在了艺术和审美乌托邦中而弱化甚至丧失了面对现实、处理现实的品格和能力，也丧失了作为人类精神生产应该具备的"文化参与意识和美学批判精神"（王家新语）。不言而喻，遗弃了"历史"的诗歌写作，自然也只能被"历史"遗弃——在 20 世纪 80 年代到 20 世纪 90 年代的中国诗歌现场，非历史化的诗歌写作因为不可能培养出"理想的读者"和有效的批评家事实上只能作为"缺席的在

---

① 洪子诚：《如何对诗说话》，《郑州大学学报》（哲学社会科学版）1998 年第 1 期。
② 周伦佑：《90 年代中国现代诗走向》，《最新先锋诗论选》，陈超编，河北教育出版社 2003 年版，第 508 页。

场"而不尴不尬地存在着。

本来,历史化与非历史化,不过是诗歌写作者对题材对象、内涵意蕴以及相应的表意方式、美学品质的选择和取舍问题。对于诗歌本身来说,它们并不具有本质性和根本性而只是次生的和枝节的。因而,它们成为不了诗歌写作成功与否、诗歌文本优秀与否的决定性条件。决定诗歌作品的质量的本体和本位是其精神性、心灵性的"情"、"意"、"志"以及诗歌不可替代的表意方式、审美品格、文体样式的质量。其实,不管是历史化写作还是非历史化写作,都既可能写作出好的也可能写作出差的诗歌作品,关键不在于手段和途径层面的历史化与非历史化本身而在于是否将作为"质料"、"素材"的"历史"与"非历史"进行了诗意转化和诗性提升以及转化和提升的程度如何。既如此,历史化与非历史化诗歌写作,两者之间本身并不存在价值优先、等级区分的问题;立足于诗歌本体,诗歌写作者也没有理由厚此薄彼——当然他们可以在历史化与非历史化之间作出自己的选择,但那纯粹只是个人兴趣使然。从因缘上看,在 20 世纪 80 年代中前期的现代汉语诗界,历史化诗歌写作之所以要遭到非历史化诗歌写作的冲击、"造反",是因为这种历史化是出了故障、存在问题的历史化,是断绝了"写好诗"的可能性的历史化,其根本症状就是极端意识形态化的群众写作和政治写作。不幸的是,尽管动机和起源是合理的、可取的,但不仅在 20 世纪 80 年代愈演愈烈而且在 20 世纪 90 年代也声势不减的非历史化诗歌写作在实际操作、运行中,却成了不合理、不可取的,理由便是现代汉语诗歌不是由于它的出场而在 20 世纪 80 年代、20 世纪 90 年代光亮、生动起来而是遭遇了"被拒绝、被排斥、直至死亡"[1]的指认、判定。是非历史化写作有问题吗?当然也不是,其原因只在于自 20 世纪 80 年代延续至 20 世纪 90 年代的非历史化写作中混杂有大量(甚至是主导的、主流的)不是"良性"的而是"恶性"的问题历史化写作。由于它们的存在,不仅污染了 20 世纪 80 年代以来所有

---

① 吴义勤、原宝国:《远逝的亡灵》,《1998 中国诗歌年鉴》,花城出版社 1999 年版,第 479 页。

非历史化诗歌写作,甚至连带污染了作为整体的现代汉语诗歌写作!

　　摆脱了群众写作、政治写作的异化状态,却沾染上了语词写作、隐私写作等病态的非历史化诗歌写作,本来打算凭借非历史化诗歌写作为复兴现代汉语诗歌写作助上一臂之力的愿望就此落空了。既如此,这种非历史化诗歌写作,称做冲动的探索也好,激情的实验也罢,在 20 世纪 90 年代应该到了该拍板叫停、悬崖勒马的时候了! 然而,兴许是惯性使然,兴许是"走火入魔",这类非历史化诗歌写作在 20 世纪 90 年代的诗歌版图上不仅香火不绝,而且"生机盎然"、"风采依旧"。所幸的是,在沦为异端的非历史化写作的强大压迫、严密包围中,20 世纪 90 年代的中国诗界还是挺立出了一批诗歌和诗学志士毅然、决然地对其作出了突围、反动的努力。20 世纪 80 年代以来非历史化诗歌写作的根本症结在于,出于对群众写作和政治写作的反拨、超越的良好初衷,一些诗歌写作者把所有"历史"——凡是与人的社会属性、与人的社会性存在有关的一切内外生活、经验——都扫荡出诗歌的大门以架构他们纤尘不染、不食人间烟火的诗歌真空,从而使得他们的诗歌写作"蜕变成与时代脱离的'伪写作',虽然表面上热闹非凡,但却是孤立地悬空在生活的历史进程之外"①,并因此成为"经不起历史的震荡"(王家新语)的"话语遣兴及梦境漂流"②行为。所以,20 世纪 90 年代非历史化写作的审视者、反拨者的根本动机所在,就是把诗歌的根系重新拽回现实的土壤从而获具生长的养分和依附,从而使诗歌写作回归历史化的营盘。不管是激动愤慨地向"对于诗的使命感"、"对于自我的使命感"、"对于时代的使命感""三缺乏"③的"艺术败家子"的"践踏艺术"行为"发出警告",还是"当历史强行进入""视野"的时候,"意识到"了"从前的写作可能有不道德的

---

　　① 程尚逊:《从几个说法谈起》,《语言,形式的命名》,孙文波等主编,人民文学出版社 1999 年版,第 329 页。

　　② 陈超:《求真意志:先锋诗的困境和可能前景》,《最新先锋诗论选》,陈超编,河北教育出版社 2003 年版,第 4 页。

　　③ 孙绍振:《后新潮诗的反思》,《1998 中国诗歌年鉴》,花城出版社 1999 年版,第 425 页。

成分"后,对"象征主义的、古典主义的文化立场"作出根本性的"修正"①,都是为斩断异化的非历史化写作的纠缠、重提历史化写作而作出的积极义举。

然而,他们的历史化绝非原路返回极端意识形态化的群众写作和政治写作意义上的历史化,而是超拔、提升了的良性、正常的历史化,这种超拔和提升就在于对在此之前以及正在上演的诗歌写作的历史化与非历史化的综合、化约、混成,而且是融会、合成和超越、提炼性的而不是机械包罗、简单叠合性的综合。这种历史化,因为是吸纳、摄取出现在现代汉语诗界已有的历史化和非历史化写作中的合理成分和有利因素并加以化合、结晶而成的历史化,所以既呈现出了新的诗学面貌也涵纳有新的诗学特质。具体来说,这种历史化诗歌写作的综合性,主要表现在非意识形态的历史化,修辞技艺、审美营造的历史化和主体性的历史化三个方面,以下分别论述之。

第一节　非意识形态的历史化

前面已经说过,诗歌写作的历史化在某种程度上可以说是中国传统诗学不言自明的核心理念。然而,同样不言自明的是,这种历史化的诗歌写作可以说就是政治意识形态写作,或者说就等同于群众写作和政治写作。这种历史化写作中的"历史"所指对的基本上就是发生于国家、民族、时代、阶级、人民等等宏大整体身上涂擦着显明政治色彩的政治斗争、社会运动、文化生活。这样一来,因为等同于政治写作和群众写作,这样的历史化写作就成为了一种纯粹的带有直接的政治功利动机和明显的现实工具作用的价值学写作。正如罗兰·巴特所说,"禀有权力和权势的阴影,具有一种现实的目的性和强迫性的价值意向"②是其基本特征。对于诗歌写作者来说,"中

---

① 西川:《90 年代与我》,《诗神》1997 年第 7 期。
② 转引自王岳川:《二十世纪西方哲性诗学》,北京大学出版社 1999 年版,第 357 页。

转站"是他所起的主要作用,他必须做也只能做的是按照既定的政治观念来结构作品以不遗余力地"搬运"和"转移"社会运动、政治斗争、革命事业所安排、输送给他的观点、立场、理念、思想、意识、情感等等以"服务于暂时性社会目的,并说明社会历史"①,而他自己无权也无力"生产"、"制造"属于自己的思想情感、观念意识等,甚至话语方式也只能由分配所得而不能自我选用。就诗歌写作效果来说,只要能够有效、积极地起到政治动员、历史鼓动的作用,历史化诗歌写作的"神圣"使命也就圆满、光荣地完成了,因此,对由这种历史化诗歌写作而来的诗歌作品的阅读,必然是"一次性的、单方面的、低质量的",必然是政治学、社会学意义的而非诗意、非审美层面的,因而"难以在文学史上生效"②。同时,这种披着历史化诗歌写作外衣的政治写作、群众写作,也是一种取消了差异性和独立性、涂擦掉复杂性和混生性的流水线上的标准化、模式化生产、经营,而诗歌写作者都成了有着同一种姿态和口气的"普遍性话语"和"总体性话语"的代言人、播撒者。

　　正是因为"中国特色"的历史化诗歌写作几乎就相当于政治意识形态写作,而从美学本质上看,政治意识形态写作极易成为对诗歌写作的异化,所以出于冲破、摆脱极端政治意识形态写作束缚的良好意愿,从 20 世纪 80 年代中期开始,部分诗歌写作者来不及对诗歌写作的历史化诗学意识进行学理性的梳理、辨析就仓促、急切地提出并大面积地落实着非历史化的诗学主张。在中国特定的现实语境中,为了摆脱意识形态的重负以使诗歌获得独立生长的空间而提出非意识形态写作的立场,是不无现实针对性和合理性的,然而,历史化写作毕竟不一定是意识形态写作,更不一定是政治意识形态写作,所以,用极端、纯粹的非历史化写作来对付、颠覆意识形态写作,就未免难逃片面和绝对之嫌了,或者说就有点"大材小用"、"以面击点"的味道了。意识形态写作,特别是政治意识形态写作,肯定属于历史化写作,

---

① ［美］雷奈·韦莱克:《文学理论、文学批评与文学史》,《"新批评"文集》,赵毅衡编选,百花文艺出版社 2001 年版,第 564 页。

② 欧阳江河:《'89 后国内诗歌写作:本土气质、中年特征与知识分子身份》,《站在虚构这边》,三联书店 2001 年版,第 85 页。

但它只是历史化写作的一维而非全部,因而非意识形态写作要颠覆、反拨的只应是历史化写作中这一维而不应该是笼统的历史化整体了——如果把对意识形态写作的纠偏、修正处理成对整个历史化写作的弃绝而不保留其中非意识形态写作的部分,则只能嗤之为"过度纠偏"、"矫枉过正"。20 世纪90 年代重新出场的历史化诗歌写作,正是对这种"过度纠偏"的纠偏。一方面,它承接和延续了中国传统诗学中"本乎情性,关乎世道"、"文章合为时而著,歌诗合为事而作"等精神立场,让诗歌触须游荡进时代、社会、历史的方方面面,尤其是钻探入现实人类生存经验和命运处境的角角落落,使得诗歌写作成为"中国话语场"①中"承担"和"介入"的行为,成为"向历史的幸运跌落"(王家新语)并在这种"跌落"中"将百年来中国知识分子的思路一脉相承下去,从历史渊源和现实维度上沉着应对外部世界令人眼花缭乱的演化,有效且有力地表达诗人对于现实和自身心理的微妙体验和沉痛之感"②的行为。另一方面,它又捍卫和挺立着非历史化诗歌写作的非意识形态精神操守,介入历史而不被历史裹胁,不被极端意识形态吞没,始终坚执面对、分析、处理、体验历史的自我性、独立性和差异性、具体性,从而使得诗歌写作不再沦落为为政治意识形态"作嫁衣裳"的附庸行为,使得诗歌不再成为政治意识形态的传声筒和"留声机器"③而成为与时代刮擦着发声的自己的"声带"。呈现个我的精神心灵,抒写个我的情思、意志的诗歌本质规定性,是诗歌写作的本质规定和核心要求,非意识形态的历史化写作,无疑对落实这种本质规定和核心要求是有效、合理的。我们说出现于 20 世纪

① "中国话语场"是王家新等在 20 世纪 90 年代为顺应诗歌写作的历史化要求而提出的一个诗学概念,正如王家新所言:"提出'中国话语场',出于一个中国作家和诗人的责任以及我们对写作的重新认定……如何使我们的写作成为一种与时代的巨大要求相称的承担,如何重获一种面对现实、处理现实的能力和品格,这是我们在今天不得不考虑的问题。"对其的阐述可参看陈均:《90 年代部分诗学词语梳理》,《中国诗歌九十年代备忘录》,王家新、孙文波编,人民文学出版社 2000 年版,第 400—401 页。

② 李振声:《回复诗性的众多向度》,《中国诗歌九十年代备忘录》,王家新、孙文波编,人民文学出版社 2000 年版,第 321 页。

③ 郭沫若:《我的作诗的经过》,《郭沫若论创作》,上海文艺出版社 1983 年版,第 209 页。

90年代的诗歌写作的历史化是历史化与非历史化的综合,其综合性表征之一就在于它是"非意识形态的历史化"——综合的是传统历史化诗歌写作的"历史"意识、"历史语境"感和非历史化诗歌写作的非意识形态立场、审美立场。

这种非意识形态的历史化诗歌写作的向度之一是把诗歌视线再度投入时代、社会、国家的政治文化生活之中。诗歌之所以能作为一种文学形态独立存在,是因为它有着足以与其他文学形态相区分的内在本质规定性,不管如何拓宽诗歌这一文学形态的外延幅度,也不管如何更新其内涵旨归,都是不能溢出诗歌之所以为诗歌的核心本质的,——一旦越界就不成其为诗歌了。广义的"诗言志",也就是诗歌言传心志——呈示、展现心理存在(情感、意识、思想等等)——当是古今中外都能认可的诗歌核心本质。正因为如此,对那种"缺席"了诗人"心志"而纯粹以字词迷津、语言排场的文字游戏形式出现的所谓"纯诗",会遭到对诗歌这一文学样式稍有认知的人以"非诗"、"伪诗"理由斥责和阻拒就不足为怪了。诗人的"心志"不是心脏(其实应该是大脑)自生自产的,而是外部世界与心灵发生"化学反应"的精神性、心灵性生成物。事实上,所谓的情感、思想、意识,是人对外部世界的情感、思想、意识,心灵既使它们得以产生又成为搁置它们的场地。情感、思想、意识等心灵产品总是外部世界作用于心灵的结果,而反过来,只要外部世界存在,就总要对心灵发生作用并生产出情感、思想、意识。诗歌就是呈示、展现这些情感、思想、意识的重要文学类型。我们知道,人之所以为人的一个重要原因,就在于人是具有社会属性的,也就是说社会生活是人的生活的一个主要方面。而政治生活,或者说具有政治性的生活,正是社会生活中占有一席重要之地的生活内容。"诗人知道他自己的工作和旁人的工作关联着,因为我们生活在同一时代,本世纪重大事件在某些方面都和我们有关"①,特别在中国这样一个有着"政治至上"传统的国度里,政治更是像空

---

① [美]巴巴拉·赫斯:《一种诗观》,《诗人谈诗》,霍华德·奈莫洛夫,陈祖文译,三联书店1989年版,第97页。

气一样无孔不入地渗浸在人们"生活"的毛孔细胞里，就像欧阳江河所说的
"政治已经成了我们的日常生活，成了我们必须承担的命运的一部分"。既
然，政治生活无法回避，它就必然地要作用我们的内心并产生相应的政治情
感、思想和意识，因而也就有了用诗歌和其他文学形式合盘托出这种政治情
感、思想和意识的需要和可能。因此，布罗茨基说："文学在对国家的态度
上时常表现出的愤怒、嘲讽或冷漠，实质上是永恒、更确切地说是无限对暂
时、对有限的反动。至少，文学有权干涉国家事务，直到国家停止干涉文学
事业。"①欧阳江河也不无辩证和中肯地指出："强调政治写作神话的终结是
一回事，注意到政治并非处于生活和写作之外、也非缺席于生活和写作之中
是另一回事。"②由此说来，20 世纪 80 年代就已存在、20 世纪 90 年代依然
盛行的崇尚非历史化写作的诗歌写作者企图建构一个排空所有政治"毒
素"的诗歌真空的实验和探索，固然体现了落实非意识形态诗歌写作的美
好初衷，但却无法摆脱"虚构"的现实结局。

　　必须看到这种历史化诗歌写作再度掘进时代"噬心主题"和"以韵律的
语言"（J. V. 肯宁罕穆语）对社会政治生活"讲话"的非意识形态特征。其
非意识形态特征体现为以政治为对象题材的诗歌写作不是政治写作而是写
作政治。前者（政治写作）就是前文论述过的传统意义上的"政治写作和群
众写作"，它是一种以政治为本位的为政治的写作，也就是作为政治活动的
组成部分为政治服务（政治动员、政治教化）的功利化、附庸化诗歌写作，因
而只能是意识形态写作。后者则是以诗歌和诗歌写作者"个我"为本位的
写作。首先来说，这种写作政治的诗歌写作不是一种政治行为而是一种独
立于政治之外的诗歌写作行为，它以人性的视点、艺术的视点对政治加以盘
诘、揭示；其次，政治只是这种写作的应对、分析和处理对象、素材而不是它
的服务、配合和经营对象；再次，这种写作所传达的是政治作用于诗歌写作

---

　　①　[美]布罗茨基：《文明的孩子》，刘文飞译，中央编译出版社 2007 年版，第 31 页。
　　②　欧阳江河：《'89 后国内诗歌写作：本土气质、中年特征与知识分子身份》，《站在虚构
这边》，三联书店 2001 年版，第 84 页。

者精神心灵产生的政治情感、政治思想和政治意识而不是政治指派、分配给它的思想、意识、情感,因而"需要摆脱现成的政治术语的堆积与搬运,需要弃置对实际事件太过切近的'直说'和单纯镜子式的'再现',放射出入世而又超凡、着力于情感塑造的诗意之光"①;最后,就功效来说,这种写作无意于"按社会思潮或社会需要去编诗",因而很可能对政治行为产生不了实际的影响,而如果它"或多或少"对政治"行为发生影响"了,那么也是因为它"影响到了我们的情感"②而导致了相应的连锁反应所致。正是基于上述原因,出现在 20 世纪 90 年代的写作政治的历史化诗歌写作,虽然指向了政治,但却是非政治地指向政治的;也指向了政治意识形态,但却是"在个人和差异性的写作中对意识形态进行重新编码"③因而是非意识形态的。

"置身俗世浊流,体验着个体的生命感受,同时关注群体的生存处境,并且思考人类共同的精神话题"④,是上述非意识形态历史化诗歌写作的另一重要向度。由于中国当代经历了特殊的泛政治化时期,历史化诗歌写作被长期地处理为狭隘的政治化写作,这事实上遮蔽和掩盖了它应有的广阔天地——"正视人类现状,并在语言中体现出人类的现状"⑤,写作人类当下生存处境、现实生活状况和普遍命运遭际以及作为个体的人置身其中的经验、感受和体会,也就是周作人所说的"对于人生诸问题,加以记录研究"。⑥20 世纪 90 年代,在大量诗歌写作者将诗歌笔触钻探入非历史化的语词陷阱、隐私幽洞、知识迷宫而写作于时代无效、对生存无用的诗歌时,一些幡然

---

① 杨匡汉:《中国新时期的诗美流向》,《磁场与魔方》,谢冕、唐晓渡主编,北京师范大学出版社 1993 年版,第 154 页。

② [美]艾伦·退特:《诗人对谁负责?》,《"新批评"文集》,赵毅衡编选,百花文艺出版社 2001 年版,第 524 页。

③ 程光炜:《程光炜诗歌时评》,河南大学出版社 2002 年版,第 26 页。

④ 温远辉、沈奇:《"顽固理论化"时代里的诗学品质》,《90 年代实力诗人诗选》,杨克主编,漓江出版社 1999 年版,第 589 页。

⑤ [美]艾伦·退特:《诗人对谁负责?》,《"新批评"文集》,赵毅衡编选,百花文艺出版社 2001 年版,第 525 页。

⑥ 周作人:《人的文学》,新青年第五卷第六号。

醒悟者转而操持非意识形态历史化的写作立场,掀开了非政治化的"历史生活"的无限空间,从而不仅大开了他们的眼界、增强了介入历史的面积和深度,而且增强了与时代的亲合力以及"对时代发言"和"面对现实、处理现实的能力和品格"(王家新语)。按照臧棣的说法,这是一种"以期在不拘一格的艺术视野中挖掘尽可能多的诗意,更深切地触及我们在本土现实中所意识到的具有普遍意义的人的困境、希望、欢悦、悲痛和存在的奥义"的、"从政治诗漫长的阴影下解脱出来,最终发展成为一种视野广阔、诗意浓郁"的"时事诗"①。人类生活是由个人生活汇聚而成的,普遍经验只能落实为个人、自我经验,整体命运也必然要分解为具体而微的个我命运,因而,尽管这种历史化诗歌写作在精神上指向的是"普遍"、"整体"、"人类",但在实际操作中把握、分析、应对、处理也就是"记录"和"研究"的却只是"个人"、"自我"。在这样的写作中,写出了个人也就写出了集体,个人和集体达成了内在的通约和呼应:一方面,对任何"诚实"的写作者而言,其实是只能写"个人"的,"如同世上没有两片相同的树叶一样,世上也没有两份相同的个人经验……社会、家庭、个人智力、若干偶然性遭遇、文化背景、知识含量、具体的生存环境,所有这一切交织在一起,必然造成人与人在经验方面的差异";另一方面,写了"个人"也就找到了写作"集体"的道路,"强调个人经验,并不意味着对人类集体经验的逃脱,而恰恰是期望以它的独特性质以及由此带来的区别性而对人类的集体经验加以丰富"②。正是把写作"个人"作为立足点和内在依据的,虽然也通向了"人类"、"普遍",但这种既有个人性又有时代生存的历史性的历史化诗歌写作还是成功逃脱了意识形态的追踪和羁绊。

---

① 臧棣:《后朦胧诗,作为一种写作的诗歌》,《中国诗歌九十年代备忘录》,王家新、孙文波编,人民文学出版社 2000 年版,第 209 页。

② 曹文轩:《20 世纪末文学作品选》(诗歌卷),北京大学出版社 2001 年版,序言第 6 页。

第二节 修辞技艺、审美营造的历史化

对于等同于"政治写作和群众写作"的"中国特色"的历史化诗歌写作来说，由于是把服务、配合意识形态灌输、伦理道德教化作为自己的本质论目的的，在内容和形式、思想和艺术、历史和审美之间，自然就把前者置于了至高无上的决定性、优先性地位，而把后者置于了无关紧要甚或可有可无的位置。翻开堪称"浩瀚"的中国传统诗学文献，不难发现，占据绝对主导地位的诗学立场都强调和着意内容、思想而轻慢、忽视审美、形式，即便提及"文"（形式）和"法"（技艺），也无非是为了使其更好地服务"志"、"意"而决不允许损及"志"、"意"。比比皆是的"言志之为本"、"不以文害辞，不以辞害志"、"以意役法，不以法役意"、"文以意为主，以言语为役"、"由质开文"、"由文求质"……之论便是这种诗学立场的鲜明体现①。事实上，如是诗学意识也自然而顺畅地贯通进了诞生并发育于社会革命、政治运动的居于主导的中国新诗写作之中，所谓"政治标准第一，艺术标准第二"便是其"经典"的概括性昭示。而对于20世纪80年代以来的非历史化写作中的重要一维"纯诗"写作——前文已经提及，它本就是为"造反"上述"中国特色"的历史化写作"揭竿而起"的——来说，在内容和形式、思想和艺术、历史和审美之间，则在与"政治写作和群众写作"相反的向度上，走向了更为纯粹、极端的一极，那就是不仅把后者标举为诗歌本体和本质，而且为了最大化和绝对化地落实、张扬这本质和本体，索性在诗歌写作中清除和腾空一切内容、思想和历史，索性排除一切"诗歌写作中的认识尺度和伦理尺度"②，只留下"一尘不染"的"能指迷恋和语词狂欢"③。

---

① 当然中国传统诗学中也有把形式和内容置于同等地位的诗学见解，比如"诗贵性情，亦须论法，杂乱而无章，非诗也"等，但这种看法不但极为少见，而且还往往受到压制和排斥。

② 姜涛：《叙述中的当代诗歌》，《诗探索》1998年第2期。

③ 罗振亚：《90年代：先锋诗歌的历史断裂与转型》，《文艺评论》2004年第4期。

被狭隘地理解和处理为历史化诗歌写作的政治写作和群众写作，与其说是历史化的文学写作、诗歌写作不如说是历史化的政治写作，因为无论从哪个角度看，它所忠实的都是"政治"和"历史"而不是诗歌和文学。这种写作的动机在于政治动员、政治鼓动、意识形态教化而不在于用诗歌的应有审美品格净化人们的精神心灵、丰富人们的内在天地、滋润人们的感性空间、提升人们的精神境界，从而使人们审美、诗意地把握、认知世界和生命。在写作方式上，这种写作所运用的是那些能快捷、简便地"传达"和"转播"政治意图、历史观念的方式，即便"标语"、"口号"等也纷纷上马，而不是充分运用写作诗歌应有的修辞技艺、表意策略，也不是高度尊重诗歌应有的文体样式、语词风格、音韵节奏以尽可能提高、丰富诗歌的审美品格。一句话，这种历史化诗歌写作是为了现实政治功利目的而轻视或忽略了诗歌美学本质和形式技艺的写作，因而站在真正的诗歌写作立场上看，这是一种异化写作，一种政治学、社会学价值大于审美价值、艺术价值的写作，一种"非诗"、"伪诗"写作。而自 20 世纪 80 年代中后期到 20 世纪 90 年代风靡一时的所谓非历史化的"纯诗"写作，则强行斩断了语词与现实的应有联系，将语言硬性搬运到纸上堆砌其"美学乌托邦"，以图实现"回到诗本身"、"让诗歌成为诗歌"的美学理想。可想而知，这种物理性质的语词排场、字句摆设的书写行为，固然有可能将其纯度推到登峰造极、无以复加的程度，但是它却不可能是纯"诗"写作而只是纯粹的文字游戏和语言排泄，因为，它既与心灵无涉也与精神无关——而指涉并操作精神心灵以"言情"、"言志"，当是诗歌（包括其他文学艺术样态）写作的伦理底线。在这种所谓的"纯诗"写作中，如果说有修辞的话，也只是为修辞的修辞，如果说有技艺，则也只是为技艺的技艺，这种修辞、技艺所能建构的除了空洞的"美学乌托邦"外别无它物。更为重要的是，这是一种"不面对历史，不深入到社会、人性、政治、文明的深处去从事勘测和批判，不去回答历史对我们所一再提出来的问题"①的、不"和人们当下的生存及语言经验发生一种切实的摩擦"、不"和目前中

---

① 　王家新:《没有英雄的诗》,中国社会科学出版社 2002 年版,第 212 页。

国社会及知识界的'话语实践'发生一种深刻的关联"的①凌空蹈虚写作行为。可以说,"把政治性、社会性当做诗歌之累"(杨匡汉语)的、对生活"失语"的所谓"纯诗",由于文本"无意义"而只能在人类的文化生活中成为无意义的文本,正如陈东东所说"那种以自身为目的的写作由于对生活的放逐而不可能带给我们真正的诗歌"②;而对于所谓的"纯诗"写作,则正如西川所诘问的那样:"是否""有资格承担'写作'之名?"③

根据新批评理论家兰色姆的观点,一首诗是由"构架"(structure)和"肌质"(texture)④两部分混融而成的。等同于政治写作、群众写作的历史化写作,因为只注目于"构架"而轻视或忽略了"肌质"使其成为了"非诗"和"伪诗"写作;而非历史化的"纯诗"写作则因为只注目于"肌质"而排空和抵制了"构架"使其从另一向度沦为了"非诗"和"伪诗"写作。20 世纪 90 年代的部分诗歌写作者"把诗纠正为诗"的一个有力举措便是,对上述历史化诗歌写作和非历史化诗歌写作各自进行"手术刀"行为并"取其精华,去其糟粕",加以汇聚、凝练、提升、超越,综合出修辞技艺、审美本位的历史化诗歌写作。一方面,从题材内容、写作对向上看,它在大大拓宽了"历史"疆域(由单纯的政治生活而所有人类生活)的前提和基础上重新与"历史"接上了头;另一方面,因为吸纳了"纯诗"写作的审美立场和技艺立场,所以它通过有效运用修辞技艺、表意策略使得"历史"实现了充分的审美转化和诗性处理,并由此对诗歌的本质属性、审美特征表现出了极大的尊重。这种综合了历史化诗歌写作的历史意识与非历史化诗歌写作的审美意识的历史化诗

---

① 王家新:《阐释之外:当代诗学的一种话语分析》,《文学评论》1997 年第 2 期。

② 陈东东:《有关我们的写作》,《诗歌报》1996 年第 2 期。

③ 西川:《90 年代与我》,《诗神》1997 年第 7 期。

④ "构架"指的是能用散文加以转述的东西,是使作品的意义得以连贯的逻辑线索——"诗的逻辑核心,或者说诗可以意释而换成另一种说法的部分",可以大致理解为诗歌的思想意义、精神内涵;作品中无法用散文转述、非逻辑的部分则为"肌质",可以粗略地体认为通常所说的诗意、诗性等,新批评派把肌质当作诗的本质所在。可参见约翰·克娄·兰色姆:《纯属思考推理的文学批评》一文相关论述,《"新批评"文集》,赵毅衡编选,百花文艺出版社 2001年版。

歌写作,既维护了其美学独立又落地生根不至于"经不起历史的震荡"了,也就是做到了西川所说的"把文学的'超越性'建立在一个更坚实的、可信赖的基础上"。如果把里德"伟大来源于艺术的'内容'方面,因此大致可以认为艺术之所以'伟大'是由于它表现了生活的'伟大'价值"①和艾略特"文学的'伟大性'不能单纯以文学标准来决定,但我们必须记住,它是文学与否这一点却只能由文学标准来决定"②这两种说法结合起来评判的话,我们可以认为,出现在20世纪90年代的美学本位、修辞技艺的历史化诗歌写作不仅是"文学"写作,而且是"伟大"的。正因为如此,王家新对其给予了高度的"意义"评价:"它在根本上并不放弃使文学独立、诗歌自律的要求,但它却有效地在文学与话语、写作与语境、伦理与审美、历史关怀与个人自由之间重建了一种相互摩擦的互文张力关系,使90年代诗歌写作开始成为一种既能承担我们的现实命运而又向诗歌的所有精神与技艺尺度及可能性敞开的艺术。"③

为历史而写作的历史写作与写作历史的诗歌写作属于两个不同的写作范畴,前者属于科学(政治学、历史学、社会学)写作,后者则属于美学写作;因此,这就要求两者采用不同的话语方式,诸如修辞技艺、表意策略、文体样式、语言风格等等:历史写作运用的是科学(政治学、历史学、社会学)的话语方式,诗歌写作运用的则是美学(诗歌)的话语方式。在20世纪90年代,对秉持历史化诗歌写作的诗歌写作者来说,一个重要的诗学意识就是要作到用诗的话语方式"见证"历史、"言说"历史:"诗的见证并不等于记录或'反映'。实际上当一个诗人想要告诉人们什么是真实时,他会发现他不得不用另一种语言即诗的语言讲话。……这就意味着'诗的见证'自始至终

---

① 转引自[美]韦勒克、沃伦:《文学理论》,刘象愚等译,江苏教育出版社2005年版,第292页。

② 转引自[美]韦勒克、沃伦:《文学理论》,刘象愚等译,江苏教育出版社2005年版,第287页。

③ 王家新:《从一场濛濛细雨开始》,《中国诗歌九十年代备忘录》,王家新、孙文波编,人民文学出版社2000年版,序言第4页。

乃是一种话语的自我创造,是以诗的方式对时代进行一种独特的透视和阐释。"①在他们的诗学立场中,只有以诗的方式"承担"历史,以诗的语言处理现实并编码意识形态,才能做到对历史的审美转化和诗性处理——而这是诗歌写作的落脚点,因而才是真正意义的诗歌写作,否则就又重蹈历史写作的覆辙了。于是,他们把运用诗的话语方式上升到了限定和约束诗歌写作的"行规"和"专业"的高度:"知识分子式的介入,从根本上说应有自己的'行规'。也就是除了广延的人文关怀、价值坚持外,更应着意训练自己的专业技能和科学的方法,在这个意义上,知识分子的价值关怀和专业水平是不二分的。'我愿意对历史负责',和真正有效的负责不是一回事。"②通过陈超这段表述还可以看出,20 世纪 90 年代的历史化诗歌写作所力求做到的是,实现历史价值关怀和美学价值关怀平衡中的互动,也就是说,提高"专业水平"实现美学价值是为了对"历史真正有效的负责",而只有对历史负责美学才有真正价值,因而对于诗歌写作者,美学价值的实现和人文价值的实现在事实上互为通道。关于这点,张闳也作过类似精辟的见解:"'介入'需要一种道德的力量,同样也需要一种美学的力量。对于诗歌来说,'介入'的道德,首先是一种对于语言的道德。而'介入'的美学则须通过'介入'的道德实践才能实现其价值。对于诗歌而言,缺乏道德承诺的美学,是一种'不及物'的和苍白无力的美学;缺乏美学前提的道德承诺,则有可能被权力所征用,而转向人性的反面。"③诗歌写作者的"专业"和"行规"的核心所在就是对诗歌话语方式的掌握和运用,也就是对诗歌话语所独有的修辞技艺、表意策略、文体样式、语言风格的掌握和运用。因而,这正是从话语方式的角度把 20 世纪 90 年代的历史化诗歌写作简称为"修辞技艺的历史化"诗歌写作的原因。

　　20 世纪 80 年代的"纯诗"写作无疑是美学本位的,然而,由于它踢翻了

---

① 王家新:《没有英雄的诗》,中国社会科学出版社 2002 年版,第 227 页。
② 陈超:《对话:中国式的"后现代"理论及其他》,《山花》1997 年第 5 期。
③ 张闳:《介入的诗歌》,《语言,形式的命名》,孙文波等主编,人民文学出版社 1999 年版,第 317—318 页。

所有历史根基,由于绝对"不及物"而陷于了"美学的空洞"(西川语)之中,自然只能昙花一现就烟消云散了。20世纪90年代的历史化诗歌写作——至少其中的大部分——尽管重新"脚踏实地"地回归了历史,但它在诗学动机和立场上吸纳了20世纪80年代"纯诗"写作的美学本位诗学意识。首先,在写作动机上,它是以诗歌为本位,也就是以美学为本位的。从发生学的角度看,20世纪90年代历史化诗歌写作所针对、反拨的正是20世纪80年代因为极端"非历史化"所以成为了"非诗"、"伪诗"写作的"纯诗"写作,其目的就在于通过"翻新"、"扩容""历史化"写作以"把诗纠正为诗"(谢默斯·希尼语)。显然,放干、排空历史对于诗歌写作来说只能是虚妄的、无效的,于是他们就再次把"历史"纳入自己的写作视野以作为复活和创生诗歌的积极途径。这就正如黄灿然所说的那样:历史化诗歌"写作的前提应是:诗人为了写好诗、为了扩大诗歌的疆域和增强诗歌的爆炸力而把社会、政治纳入诗学论述中;而不是相反,把诗歌语言变成社会、政治论述的工具。"①因而其次,在写作过程中,他们自然就是带着诗歌的意图而不是历史的意图接纳、迎候历史的,也就是说,他们是把"诗歌的独立自足性放在首位"和"为了作家艺术感受力以及对审美形式的理解能够得到最大程度的发挥"②的前提下把"时代、民生、国家和民族利益"以及生活现状、生存经验、命运处境等作为自己的写作对象和题材内容的。在一定意义上可以认为,这些历史因子,其实是诗歌写作者为实施和落实美学品格而采用和选取的"材料"和"质素",因而是作为他们的美学意识的"载体"和"工具"而存在的,也就是如兰色姆所说的,它们不过是依附诗歌"肌质"的"构架"——当然必不可少——而显示出意义和价值的。诗歌写作者对修辞技艺、表意策略、文体样式、语言风格的充分运用,对诗歌话语方式的特别注重,无外乎对作为写作对象、题材内容的历史因子的审美转化和审美化合,无外乎借助

①　黄灿然:《穆旦:赞美之后的失望》,《语言,形式的命名》,孙文波等主编,人民文学出版社1999年版,第356—357页。

②　邰积意:《诗歌由个体承担的理论前提》,《诗探索》2000年第1—2辑。

这些"材料"和"质素"来展现和张扬诗歌的美学品格魅力,从而实现历史化诗歌写作审美本位的精神旨归。因此可以说,对诗歌技艺的专注是完成审美本位的根本保证。另外,从写作效果来看,20 世纪 90 年代的历史化诗歌写作因为把历史作为了审美处理和把握、化合和提炼的对象,从而消解了审美只能以"琼楼玉宇"的面貌"高处不胜寒"着的虚妄神话而使得诗歌审美为历史留出了空间,因而,它顺理成章地拓展了诗歌审美的资源,丰富了诗歌审美的可能性,使中国古代张戒"一切物,一切事,一切意,无非诗者"①、车尔尼雪夫斯基"美是生活"的提法在诗歌写作中成为了事实。反过来看,又是因为诗歌写作者通过诗歌写作对历史进行审美化的处理和诗性的把握,给历史搭建起了诗歌这一活动的场所和平台,"给日常事物以新奇的魅力"并因此"把我们思想的注意力从习惯的嗜眠症中唤醒"②,从而诗化了历史,"甚至""把时代的核心命题最大限度地诗化"③——这自然足以佐证它审美本位的写作特质。

第三节　主体性的历史化

我们知道,"文学是作为主体的人的能动的创造"、文学活动"是一种人的主体对于客体的认识与反映"④是马克思列宁主义以及毛泽东文艺思想的经典论断,自然这里的"主体的人"和"人的主体"指的是作者。然而,受其指导的中国当代文学(其源头可以追溯到"延安文学"甚至更早的"革命文学")写作,从深度层面看,事实上长期以来却是无"主体的人"

---

① 张戒:《岁寒堂诗话》,《中国诗学专著选读》,广西师范大学出版社 2006 年版,第 52 页。
② [美]克利安思·布鲁克斯:《悖论语言》,《"新批评"文集》,赵毅衡编选,百花文艺出版社 2001 年版,第 359 页。
③ 陈超:《求真意志:先锋诗的困境和可能前景》,《最新先锋诗论选》,陈超编,河北教育出版社 2003 年版,第 2 页。
④ 童庆炳:《文学理论教程》,高等教育出版社 2004 年版,第 15—16 页。

或"人的主体"可言的。在等同于群众写作和政治写作的历史化文学写作中，从事"认识与反映"活动的并不是作者本人而是政治和群众，"认识与反映"的产物（结果）也同样不是作者的而是政治和群众的。也就是说，作者在诗歌写作中所起的作用只不过是"中转"、"运送"政治和群众对"客体"的"认识与反映"。具体到"分管"言传心志的诗歌写作来说，由于"认识与反映""客体"的产品主要是思想、情感，所以政治写作和群众写作所抒发的情感就成了群众的情感、所传达的思想就是政治的思想而非诗歌写作者本人的情感和思想，诗歌写作者要做的就仅仅是对这种作为规范性意识形态的情感和思想进行"代言"和"转播"。显然，在这种诗歌写作者的精神心灵并不参与和介入的写作中，"主体的人"和"人的主体"是政治主体、群众主体而不是诗歌写作者。因此说，这是一种非主体性的历史化诗歌写作。

辛辛苦苦付出劳动写就了诗歌，结果却只能从诗歌中退出来站到一边而成为不了诗歌的主体，这无论如何总是"不公平的"，也无论如何会引起觉醒了的诗歌写作者的不满和反对。正如前文分析，由于意识形态化的政治写作和群众写作长期占据着中国历史化诗歌写作的主导位置，所以 20 世纪 80 年代中后期当反拨意识形态写作的时机到来时，部分诗歌写作者便仓促、急躁因而片面、草率地把一切历史化诗歌写作都树为倒戈、击破的靶子，并扯起了极端、绝对的非历史化诗歌写作大旗。其实，无论从主观动机还是从客观效果来看，非历史化诗歌写作的诗学意识，是暗含着把在政治写作和群众写作时从诗歌主体交椅上放逐了的诗歌写作者"请"回诗歌并"扶"上诗歌主体"宝座"的吁求和呼告的。事实上，撇开纯粹制造语词垃圾、文字废品的所谓"纯诗"写作等极少数类型外，20 世纪 80 年代的其他非历史化诗歌写作样态都是"使诗人回到诗歌"成为诗歌主体的诗歌写作，都足以验证布罗茨基"每一件艺术作品，无论是一首诗作还是一座教堂的圆顶，都显然是其作者的自画像"的说法。比如以诗歌写作者的"文化经验"和"思想含量"为惹眼的外在标识的知识写作（包括哲学写作）；比如"注重内心某种具宗教感或神性的情感体验，对生命和事物的世俗性价值持强烈的内在否定态度"①的神性写作("宗教化写作");比如侧重于对永恒人性、普泛生命、死亡和抽象的人生存在、终极命运的深度体验和深沉追问,对人的心理意识、灵魂等内生命表现出了极大的"癖好"的生命写作;还比如诗歌题材对象绝对私人化、自我化的,"一种自传或半自传性质的写作"和"一种封闭性的写作"的隐私写作……单以诗歌主体"回归"角度而论,上述诗歌类型的建设性价值和意义是不容抹杀的。问题在于,它们是以非历史化作为诗歌写作前提的,这就必然使得在上述诗歌写作中"荣幸"成为了诗歌主体的诗歌写作者却不幸成为了与当下生存脱节、与历史境遇隔绝、与现实生活无涉的"超人":要么是不食人间烟火的仙姑道人要么是"卸载"了所有社会因子、文化元素的自然人、生物人,他们或者思想凌空、或者精神蹈虚、或者灵魂远游,或者耽溺于生物性的吃喝拉撒性、或者在自我意识与自我无意识的黑色沙漠里摸爬滚打、寻幽探秘……因为他们不能"向历史的幸运跌落"(王家新语),所以他们早晚也就只能连同他们的诗歌写作被历史扫地出门了!

　　诗歌写作终归是一种精神层面的审美创造和话语行为,因而诗歌写作者的主体性主要体现为,诗歌写作的过程就是诗歌写作者自我的精神心灵、思想意识、情感理智参与其中并被完全传达、充分书写的过程。中国古语所谓"诗者,人志意之所适也……蕴藏于心,谓之志;发见于言,乃名为'诗'"指的即是这个意思。对20世纪90年代的历史化诗歌写作来说,诗歌写作者的主体性首先就在于诗歌写作者"勇敢地刺入当代生存的经验之圈"②,撇开一切宏大的意识形态纠缠,用自己的眼光扫描、注视社会现实、历史境遇、人类命运,用自己的"头脑"去"认识与反映"它们。在此基础上,诗歌写作者的主体性进一步体现在,他不仅"记录或'反映'"历史,而且还要"以诗的方式对时代进行一种独特的透视和阐释"以"把自己纳入到时代的具体

---

　　① 谭五昌:《世纪之交的中国新诗状况:1999—2002年》,《诗探索》2003年第3—4辑。
　　② 陈超:《求真意志:先锋诗的困境和可能前景》,《最新先锋诗论选》,陈超编,河北教育出版社2003年版,第2页。

境遇中去讲话"①。无论是说明、评判历史还是阐释、理解历史,诗歌写作者所秉持的价值标准、态度立场、知识依据都是他自己的,而不是外部的、别人的。显然,20世纪90年代的历史化诗歌写作,不仅是诗歌写作者用自己的头脑去"反映"历史的过程,更是他用自己的头脑去与历史发生"反应"的过程,也就是用自己的精神心灵去感受历史、体验历史、认识历史、理解历史、领悟历史并生成相应的思想意识、情感理智等精神心灵"产品"的过程。正是因为20世纪90年代的历史化诗歌写作不是欧阳江河所谓"只是物的状况的汇集,没有心灵和诗意的参与"的"难以忍受"②的诗歌写作,所以可以说这些获具了主体性的诗歌写作者在写作历史的同时也写作了自己,或者说在写作自己的同时也写作了历史——历史是浸润着诗歌写作者的情感、修养、智识、人格、想象力的历史,自己是渗透着历史意识、理念并以此说明、评判、阐释、理解历史的自己。这样一来,诗歌写作所展现的精神心灵、思想意识、情感理智,就成了诗歌写作者自身的而非他们"转运"、"代办"的政治化、群众化的精神心灵、思想意识、情感理智,当然,这种精神心灵、思想意识、情感理智又非"凌空蹈虚"、"无根失据"的,因为它是诗歌写作者与历史"交合"的产物、与现实拥抱的结果。用自己的精神心灵去描述、理解、揭示、对话、"命名"历史还不是20世纪90年代历史化诗歌写作者在诗歌写作中体现主体性的最终方式,诗歌写作者的主体性还体现在他的精神心灵要像保尔·萨特所说的那样"弥补"和"纠正"现实:"正是从这个世界的情况出发,医生将为它的具体解放而施行手术:这个世界本身就是一种异化、处境和历史,我应当把它重新修复,对它负起责任,为了自己和他人而改变和维护这个世界。"③更重要的是,正如车尔尼雪夫斯基所说的"艺术是由于人们企图弥补美的缺陷而产生的,那些缺陷使得现实中实际存在的美不能

---

① 王家新:《没有英雄的诗》,中国社会科学出版社2002年版,第229页。
② 欧阳江河:《站在虚构这边》,三联书店2001年版,第9页。
③ [法]让—保尔·萨特:《为谁写作》,《西方二十世纪文论选》(3),胡经之、张首映主编,中国社会科学出版社1989年版,第122页。

令人满意。艺术所创造的美是没有现实中的美的缺陷的"①，以及狄尔泰所说的"诗开启了一个更高更强大的世界，展示出新的远景"，20 世纪 90 年代的历史化诗歌写作者把热切、强烈的"历史意识和当下关怀"与丰富、充盈的"历史想象力"（陈超语）最大程度地结合起来，将诗性的幻想和具体生存的真实性作扭结一体的游走，用话语建构起一个超越出并足以与"肮脏"（萨特语）、卑污的现实对抗的理想图景。

生命体验、生命感受、生命意识，生命欲望，命运、死亡、存在，人性……生命，不仅是博大浩瀚的而且是神秘奇异的，正因为如此，生命吸引、诱惑着从古至今无穷无尽诗人的写作冲动和热情，一直都是他们取之不尽、用之不竭的诗歌资源，生命写作由此成了诗歌领地上一隅长盛不衰的景观。由于是对自我生命的"寻宝觅珠"，生命写作一般是不会"堕落"为通常意义的意识形态写作的，因而，诗歌写作者在生命写作中具有主体性。20 世纪 80 年代的非历史化诗歌写作，也把生命写作纳入了自己的体系之中。20 世纪 80 年代的生命写作由于是以"非历史化"为"指导思想"的，因而它所"操练"的是"永恒"向度的人性、欲望，是"普泛"层面的生命体验、意识、感受——性体验、身体体验、生命无意识、神秘感受等，是终极意义、形而上的存在、死亡、命运，等等。总之，这类生命写作中的"生命"不是真切的现实生活、实存的历史境遇中的具体的人、物质的人、现象的人而是哲学的人、抽象的人、本质的人。20 世纪 90 年代的历史化写作，同样不排拒生命写作，同样有能力分析、应对、处理"生命"，有能力在"批判、讽刺和质疑、反对制度化的东西的同时，探索着自我的欲望、生命和灵魂"②。与 20 世纪 80 年代的非历史化的生命写作不同，在历史化写作立场的驱动下，对于生命他们击破了"永恒"神话、粉碎了"普泛"虚构，而将总体性质、概念意义的"生命"分解为现实生活、历史境遇中的灵动鲜活、真实可感的一个个人的具体、实在生

① ［俄］车尔尼雪夫斯基：《艺术与现实的审美关系》，《西方文艺理论名著选编》（中卷），武藴甫、胡经之主编，北京大学出版社 1986 年版，第 348—349 页。
② 肖开愚：《90 年代诗歌：抱负、特征和资料》，《最新先锋诗论选》，陈超编，河北教育出版社 2003 年版，第 332 页。

命。在他们的诗歌写作中,所谓永恒的人性被落实在了具体的人在特定的历史境遇、现实生存中的生活行为和方式中,从而如奥尔巴克所说的那样"以其特定的形式,或作为一种辩证的历史进程"被"真正掌握"①;所谓普泛的生命体验、感受、意识也分解成了具体的人在具体的生活现场、现实情形中的生命体验、感受、意识;所谓终极意义、本质性的命运、死亡、存在也"现身"、"显影"为了真实处境、客观情景中的现象的命运、死亡、存在。这种历史化的生命写作,使得诗歌写作者把"普遍"、"永恒"和"实存"、"具体"纠缠在了一起,于是真实取代了矫饰,准确取代了空洞的美,有限取代了无限,实现了狄尔泰所提出的"通过体验生活而获得生命价值超越"的生命写作价值取向。

20 世纪 80 年代的所谓"日常生活"写作或被称为"生活流"的诗歌写作,严格说来不仅应该划归非历史化写作的"营盘",而且还属于取消、至少是弱化了诗歌写作者的主体性的诗歌写作"队列"。因为这类"反价值"、"反意义"、"反文化"而只对"本真"、"原生态"的生活进行现象学还原的写作,主张的是"冷抒情"、"平面化"和"客观叙事",因而"反对在诗歌名义下的自我膨胀、侵略"并把"弃绝自我"看做"贯穿东方艺术始终的最高的精神原则"②。从诗歌事实来看,这类可以称为罗兰·巴特所谓"白色写作"、"中性写作"或"零度写作"的"可写性文本"的诗歌有的只是对琐屑、无聊、庸常的凡俗(甚至低俗)生活的描述、平移,而没有诗歌写作者的分析、处理,更没有诗歌写作者的批判、质疑和提升、超越,因而的确是丧失和弱化了诗歌写作者的主体性的,或者的确如巴特、福柯们所说是"作者死了"的。而 20 世纪 90 年代的历史化诗歌写作,当然要把"日常生活"扩容为"历史"作为写作的重要一维。然而,它却不是对"日常生活"的机械复制和冷面描摹,而是将自己的情感、心志、智识注入其中,既主动面对、应付,积极判断、

---

① 转引自[美]雷奈·韦莱克:《文学理论、文学批评与文学史》,《"新批评"文集》,赵毅衡编选,百花文艺出版社 2001 年版,第 557 页。

② 转引自洪子诚、刘登翰:《中国当代新诗史》,北京大学出版社 2005 年版,第 218 页。

阐释,又勇敢质疑、批判,大胆"纠正"、重建,做到像艾略特所说的"在日常生活上强加一个秩序,从而诱导出一种现实的秩序感"那样,像布拉克墨尔所说的"给予混乱的,失去根基的,被折磨的生活以秩序"①那样。这样,它就鲜明、炽烈地张扬、喷薄了诗歌写作者的主体精神,把"日常生活"写作引领进了主体性的历史化诗歌写作航道。

---

① 转引自赵毅衡:《"新批评"文集》,赵毅衡编选,百花文艺出版社2001年9月版,引言第37页。

第三章 “自由”与“限度”的综合

从理论上说，诗歌写作既然是诗歌写作者处理、呈现个人情思、志意的精神性、心灵性劳动，就应该是自由的；充分的自由，应该是出“真诗”的必要条件。事实上，历来的诗歌写作者无不在为争取、追求诗歌写作的最大自由而努力着、摸索着。但是，虽然为诗歌写作的自由而奋斗有其毋庸置疑的合理性，这种自由却只可能是相对的而不可能是绝对的，也就是只能是“最大化”的自由而不能是“无限度”的自由。对诗歌写作来说，“自由”只应该是有节制的自由。在写诗行为中，正如休姆所说的，即便“最富有想象力的、最奔放的思想中也总有一种遏止、一种保留”，而不能“忘记这种有限的、这种人不可越的限制”①。那种无度、“失禁”的诸如“光凭文字游戏和思想上的极端放浪”②的自由，导致的只能“是必要的良性、有效的择优汰劣以及阅读和生产互动的机制的匮缺”，只能如张清华所说的“缺少合理、有机的和普遍的秩序”，而使得“这种自由陷于无效、虚假和丧失的窘境”③。

---

① ［英］休姆：《浪漫主义与古典主义》，《“新批评”文集》，赵毅衡编选，百花文艺出版社2001年版，第9页。
② 孙绍振：《后新潮诗的反思》，《1998中国诗歌年鉴》，花城出版社1999年版，第428页。
③ 转引自何平：《内心的迷津及其出路》，《诗探索》2004年春夏卷。

不言而喻,这种泛滥的自由只能对诗歌写作造成损害乃至毁灭。所谓"唯有节制,才更自由"①就是这个道理。同样,对诗歌写作来说,"法则"和"秩序"只应该是有自由的法则和秩序,是对自由的"限度",在某种意义上可以说,是为了充分、有效、合理地实现诗歌写作的自由的法则和秩序。显然,"自由"与"限度"本来是一对矛盾、对立体,但它们却辩证地统一在了诗歌写作中,而这种统一的旨归和依据——正如布罗茨基说诗人的社会责任是"写好诗"一样——也在于"写好诗"。为了写好诗,必须将"自由"与"限度"加以综合,做到有"限度"的"自由"和有"自由"的"限度"。"自由"是为了诗歌写作能做到"自主"、"自足"、"自为"——"自己写作诗歌",而"限度"则是为了诗歌写作能做到"自立"、"自律"和"自持"——"自己写作诗歌"。

　　对于中国新诗,就其主流来说,由于长期以来是以宏大运作、"巨型想象"的"国家话语"、"民族话语"的形式作为政治的附庸而存在的,因而承受的是太森严的限制而缺少的是必要的自由。自20世纪80年代中后期至20世纪90年代,随着政治方面禁锢的松动,就如谢冕所说的"当前诗歌写什么和怎么写已经很少存在障碍",中国新诗至少在现象上获得了前所未有的"自由",可以不再被迫接受外在强制性的"指示"和"命令"了。然而,这种空前的自由却把一些人的诗歌写作推向了"失范"、"失控"的境地:"起义"、"造反"、"破坏"、"革命"一时间风起云涌、蔚为壮观,在披着"实验"、"探险"等时尚外衣的种种"主义"、旗帜的鼓荡之下,诗歌写作唯以追奇逐怪、花样翻新为能事,以跨越诗歌边界、刷新接受视野为己任,结果导致大量消解了诗意、颠覆了诗性的所谓"诗歌"玷污着人们的阅读趣味、败坏着人们的审美味口,从而从另一个向度窒息、泯灭了"写好诗"的可能性。这样,对那些严肃的以"写好诗"为目的的诗歌写作者来说,"面对现代社会多种选择与诱惑的自由","不仅没有获得新的更多的自由……反而失去了已有

---

　　① 周瓒:《"知识实践"中的诗歌"写作"》,《中国先锋诗歌研究》,1999年6月北大答辩、通过的博士论文。

的自由,尤其是内心的专注与自由,或者如弗罗姆所说成了'对自由的逃避'"①。正是鉴于此,在20世纪90年代,一些秉持"综合性"诗歌写作的诗歌写作者和批评者意识到,在"自由"与"限度"的关系上,正常、健康的诗歌写作当是将两者综合起来的诗歌写作,也就是上文所说的"有限度的自由"、"有自由的限度"的写作。具体来说,"自由"与"法则"的综合,"写作"与"接受"的综合,"天才"与"炼成"的综合,是20世纪90年代这种"自由"与"法则"的综合的诗歌写作的主要体现。

第一节 "自由"与"法则"的综合

"诗歌为何?"——诗歌的属性界定,"诗歌何为?"——诗歌的价值体认,一直是众说纷纭、纠缠不清的问题。正是诗歌"定义"的这种含混模糊性和不确定性,使诗歌具有了灵活多变、多姿多彩的美学特质,也使诗歌写作摆脱了千篇一律、死板僵化的固定程式而获得了"纵横驰骋"、"出入自如"的广阔空间。同时,也正是由于对诗歌的理解和认知不同,对诗歌的评价和言说的依据和标准也非"定于一尊"而是形形色色、各种各样的——有的甚至根本对立、截然相反,按照中国古语的说法就是"诗无达诂",在很大程度上给诗学建设、发展引入了"无拘无束"的自由境界。然而,不管对诗歌的体认如何莫衷一是、千变万化,也不管诗歌写作多么宽泛自由、"为所欲为",但必须看到的是,诗歌写作者自身也好,读者也好,同时代同地域的也好,不同时代不同地域的也好,基本都能把同一种用语言文字"拼凑"而成的话语类型、把同一些具体而微的文本事实"共识"、"通约"性地"读"成诗歌。这说明了什么呢? 说明诗歌终归还是有使其成为诗歌的那个(即便是那一点儿)核心内涵所在——凭着这核心内涵,诗歌得以独立,得以与别

---

① 杨远宏:《中国现代诗的悲剧性处境》,《90年代实力诗人诗选》,杨克主编,漓江出版社1999年版,第616页。

的文学样态相区别。之所以诗歌写作者把自己手下书写的这一行行文字名之为写作诗歌，之所以人们把某些文字读成诗歌而非其他，就在于这核心内涵根深蒂固地植入在了人们的意识或无意识之中。这样一来，说诗歌"什么都行"、说诗歌写作"怎么都行"显然是站不住脚的，它们必须接受这核心内涵的制约和统摄。这核心内涵即为诗之所以为诗的本质规定性，即诗歌的本义、本性，也就是诗歌写作必须接受的"法则"，或者说诗歌写作的自由的首要"限度"。"诗人既要'随心所欲'，也必须'而不逾矩'；只有当诗能在其经纬上自由运动时才能发出能量。借口语言的陌生化，而将诗扭离它的经纬，结果诗中的字不过是一堆芜杂、没有生命的符号"①，郑敏先生这段话所强调的，就是诗歌写作的"自由"是有"限度"的，是必须要接受"法则"的制约和限定的；其中的"矩"、"经纬"即上文所指的核心内涵、本义、本性。

韦勒克、沃沦在其著名的《文学理论》中指出，"诗歌可以有多种作用，而忠实于它的本性是它的基本的和主要的作用"②，唐晓渡也说："诗按其本义在自身创造中不断向生存、文化和语言敞开，而不在于任何被明确意识到的阶段性目标——不管它看上去有多么重要。"③那么，诗歌的"本性"、"本义"即核心内涵究竟何在呢，能给一个相对确切的说法吗？古今中外，对诗歌的定义可谓五花八门也难于计数，然而正因为对诗歌定义共识的难以达成，这些定义往往只是对诗歌"外延"的覆盖而避开了对诗歌"内涵"④的指

① 郑敏：《我们的新诗遇到了什么问题?》，《最新先锋诗论选》，陈超编，河北教育出版社 2003 年版，第 477 页。

② [美]韦勒克、沃沦：《文学理论》，刘象愚等译，江苏教育出版社 2005 年版，第 30 页。

③ 唐晓渡：《90 年代先锋诗的几个问题》，《山花》1998 年第 8 期。

④ 这里的"外延"和"内涵"沿用的是英美新批评的诗学术语，维姆萨特对其具体意义作过说明："外延即此项所指的事物(it)，或是所指事物的集合；内涵是指'什么'(what)，是从事物(it)中推导出来的品质与分类，或是使用此项或名称时所隐含的东西。"具体可参见维姆萨特《具体普遍性》一文，《"新批评"文集》，赵毅衡编选，百花文艺出版社 2001 年版，第 283 页。

涉,即便一些权威性的定义也是如此①。难道是没有内涵吗？显然不是,没有内涵就没有诗歌了。既然名之为诗歌,诗意、诗性当是诗歌的本义、本性,诗歌写作的根本就当在于捕捉、揭示并呈现、传达这诗意、诗性。那么,何为诗意、诗性呢？海德格尔说"诗意产生于人与世界相接触的一刹那"。这就是说,诗意是一种精神性、心灵性的存在,诸如情思、感受、感觉、体验、志意等等,它既不独属于外部世界,也不独属于人,而是外部世界作用于人的精神、心灵后两者交合的产物和结果。没有人的精神心灵无所谓诗意,没有外部世界也无所谓诗意,两者总是共存共生、唇齿相依的,因为诗意只能存在于人的"发现"和"揭示"之中。这样一来,既然诗意、诗性是诗歌的本义、本性,而诗意、诗性即是外部世界与人的精神、心灵"相遇"后的"反映"物和"反应"物,中国老祖宗的一些源头性的诗歌观念倒是切中肯綮、命中目标了,诸如:"诗者,乃精神之浮英,造化之秘思也"、"诗者,志之所之也。在心为志,发言为诗。情动于中,而形于言"、"诗者,人志意之所适也……蕴藏于心,谓之志;发见于言,乃名为'诗'",等等。对诗歌本义、本性的精神性、心灵性确认,必然使得诗歌写作也获具了自由的底线,那就是"万变不离其宗",这"宗"即是书写和传达诗意和诗性——外部世界在人的精神、心灵中激起的情思、感受、感觉、体验、志意等等。只有坚执着这"宗",诗歌写作者才会避免成为锡德尼所嘲讽的"不讲诗性"的"打油诗作者"。相应地,既然诗歌文本和诗歌写作找到了本质的归宿,那么正如马尔库塞所说的"从整个漫长的艺术史来看,尽管趣味在不断变化,但总是存在着一个一贯不变的标准。这一标准不仅使我们能区分'高等的'和'平庸的'文学,区分歌剧和小歌剧,区分喜剧和粗鲁滑稽剧,而且能使我们区分出所有这些类型中的好的艺术作品和坏的艺术作品"②那样,诗歌评价和言说的标准和原则也应该

---

① 如当前在我国普通高校通行的《文学理论教程》(童庆炳主编,高等教育出版社出版)对诗歌所作的"诗是一种语词凝练、结构跳跃、富有节奏和韵律、高度集中地反映生活和表达思想感情的文学体裁"的定义,就没有把诗歌的独立性、区别性"内涵"揭示出来。

② [美]马尔库塞:《审美之维》,《西方二十世纪文论选》(4),胡经之、张首映主编,中国社会科学出版社1989年版,第345页。

能摆脱"导致令人麻痹的怀疑主义,导致价值的混乱,导致承认那条错误的谚语:'对趣味无争论可言'"①和被维姆萨特称为"心理谬见"的相对主义的沼泽而得以厘定出带有"真理性"的标准和原则,自然,这"一贯不变的标准"和原则就是是否传达和呈现出了上述诗歌本义、本性,以及传达和呈现的程度、效果如何。

笔者在第二章分析"主体性的历史化"时曾经指出,居于中国新诗主导地位的政治写作和群众写作所做的其实不是对诗歌写作者主体"心志"的言传、书写,而只是在搬运、中转政治化、群众化的意识形态。因此,完全可以说,这类历史动员、政治鼓动、道德教化、伦理灌输的诗歌文本和诗歌写作是背离上述诗歌本义和本性的。20 世纪 80 年代中后期随着诗歌历史语境栅栏的大范围拆解,形形色色、五花八门的诗歌实验纷纷亮相,漫无止境、追新骛奇的诗歌探索匆匆粉墨登场,中国诗界一派生机勃勃或者昂扬亢奋的景观。自然,这些诗歌"起义"对经由群众写作和政治写作形成的诸如"政治挂帅"等诗歌观念、诗学意识造成了摧毁性和瓦解性的冲击,也为觅到并"夺回"诗歌本性和本义提供了可能性。事实上,当上个世纪 80—90 年代堪称"日新月异"的诗歌话语此起彼伏时,便不断有诗歌写作者和诗歌评论者"与时俱进"地发出刷新、拓殖诗歌本性、开辟诗歌评价和认知标准与原则的呼吁,以接纳和认同那些探索性、前卫性诗歌写作的合理性和时效性。比如,既是诗歌写作者也是诗歌评论者的臧棣便是其中较为积极的一员。首先,他从宏观和整体上提出"对新诗的评价及其所运用的尺度和标准"不应该生搬硬套传统和过往的"陈规",而"应从新诗对现代性的追求以及这种追求所形成的历史中来挖掘。对现代性的追求,既是这种评价的出发点,也是它赖以进行的内在依据。"②在此前提下,针对后朦胧诗——主要指的是 20 世纪 90 年代的后朦胧诗——的诗歌话语现状,他提出了革故鼎新诗

---

① ［美］雷奈·韦莱克:《文学理论、文学批评与文学史》,《"新批评"文集》,赵毅衡编选,百花文艺出版社 2001 年版,第 562 页。

② 臧棣:《现代性与新诗的评价》,《最新先锋诗论选》,陈超编,河北教育出版社 2003 年版,第 439 页。

歌观念、诗学意识的鲜明主张:"既有的关于诗歌本质的界定,既有的关于诗歌审美的标准,既有的关于诗歌写作的规范,几乎已不能适用于描述后朦胧诗现象……就新诗的历史而言,它提供的关于诗歌本质的说法,在90年代看来,就有狭隘和陈腐之嫌……后朦胧诗展示的文学形态已超出了新诗为诗歌提供的文学范式;这种美学上的僭越预示着对诗歌本质新的拓展。"①我们知道,现代汉语诗歌写作在上个世纪80—90年代获得相当程度的自由来之不易,因而像臧棣这样从写作立场和诗学观念上为其摇旗呐喊、鸣金开道,是合情合理的。然而,这种"鼓与呼"本身却应该是有限度和法则的,这种限度和法则就是面对诗歌现场鱼目混珠、泥沙俱下的"探索"和"实验",他们提出的"更新换代"了的诗歌本质、诗学标准和原则必须恪守和遵循前述诗歌精神性、心灵性本义、本性的诗歌本质、诗学标准和原则,否则,他们热情有余而理智不足的鼓动和激励只会把诗歌写作推向新一轮"非诗"、"伪诗"的境地。所幸的是,在20世纪90年代,并不乏这样的清醒者,他们并不只是一味为诗歌写作的"自由"盲目叫好以至于将诗歌写作鼓噪为无视诗歌本义、本性的"跨界"行为,而是对"把诗的'外延'膨胀到无以复加的地步,又把诗的'内核'消解到难以指认的临界"②保持着高度的警惕和拒绝,从而将诗歌写作引导到面对、处理、命名、书写"个人痛苦、爱与死亡、对于幸福的追求这类""从根本上说……属于灵魂"③的问题的自由中来,或者如刘小枫所说的那样,把诗歌写作引导到"心灵所具有的行动方式"④的自由中来。

---

① 臧棣:《假如我们真的不知道我们在写些什么……》,《从最小的可能性开始》,肖开愚等编,人民文学出版社2000年版,第282页。

② 陈仲义:《九十年代先锋诗歌估衡》,《当代作家评论》2004年第6期。

③ 西川:《写作处境与批评处境》,《学术思想评论》总第1辑。

④ 转引自陈旭光:《90年代:文化转型与先锋诗歌的"后抒情"》,《90年代实力诗人诗选》,杨克主编,漓江出版社1999年版,第602—603页。

第二节 "写作"与"接受"的综合

应该说,诗歌(以及其他文艺类型)写作是诗歌写作者通过个体的、独立的精神劳作呈现和书写个人"心志"——情志、思想、意识、感受、体验——的精神性、心灵性行为,因而在很大程度上是自主、自足也是自律、自持的,也就是具有相当的自由度的。然而,诗歌写作者一旦写就了诗歌作品,一般说来总要把它交付给读者供其阅读。读者通过阅读,体认、理解诗歌中的思想内涵、精神意蕴,也感受和把捉到了诗歌的审美特质和艺术品格,并根据自己的诗歌见解(标准和尺度)作出评价和判断。根据极端的看法——比如罗兰·巴特的看法,作品完成之时甚至也就是"作者死亡"之时:"任何文本在其出现以后,都割裂了与作者的关系,变成了一个'孤儿'。在作者逝去之后,读者获得了全权阐释的权力,他将不再受作者意向性的箝制,而是直接与文本相生相发,产生出无穷多样的意义。"①因此,真正有意义的诗歌作品,就不仅仅是对诗歌写作者有意义而更应是对读者有意义的诗歌作品,而且对读者的意义越大诗歌作品本身的意义也就越大。这正如布鲁克斯所说:"读者是任何诗歌或者小说得以发挥作用的关键。"②这样一来,诗歌写作的自由就不得不接受读者的限制了。首先,诗歌写作者所写的诗歌对于读者来说,必须像臧棣所说的具有"可接受性":"伟大的诗歌像是一种人类经验的'聚会',优异的诗则像是一种人类经验的'幽会'。这样说的意思是:我相信,诗歌,无论它具有怎样的现代性,它都必然包括一种可接受性。诗歌的写作可以蔑视可阐释性,但它一定要关注可接受性。"③一方

---

① 转引自王岳川:《二十世纪西方哲性诗学》,北京大学出版社1999年版,第371页。

② [美]克林安思·布鲁克斯:《新批评》,《"新批评"文集》,赵毅衡编选,百花文艺出版社2001年版,第603页。

③ 臧棣:《中国先锋诗歌档案》,梁晓明、南野、刘翔主编,浙江文艺出版社2004年版,第79页。

面,诗歌的思想内容、语词修辞、形式技艺必须要能被读者"读得懂",这是"可接受性"的基础和前提,绝对"拒懂"的诗歌,就是"专门为作者而写"的诗歌,而正如同艾略特所说的,"只是为作者而写的诗根本就算不上是诗"。另一方面,诗歌必须是被读者作为诗歌而接受的,必须以诗的方式、诗的信息引起读者的"审美注意"①。也就是说,诗歌写作者必须在诗歌的"阈限"内写成他们的诗歌文本,在阅读中读者因为那些属于诗歌应有也是才有的特性、品质而将其认可、接受为诗。其次,诗歌必须具有可评价、判别性。诗歌的价值高低和重要性程度,取决于它在公众中的影响,或者说公众对其的评价和判断。而公众评价和判断的依据,自然是积淀、累加在他们的诗学观念、诗歌观念并运用在阅读实践中的带有公约性与共通性的诗歌言说标准和评判原则。因而,诗歌写作者在写诗过程中就必然要尽可能顺应、契合、遵循这些标准和原则,以得到"高"、"重要"的价值判别和意义评价。总之,诗歌必须赢得公众,而赢得公众必然离不开接受公众的制约。

　　问题的一方面是诗歌写作的自由因为必须接受读者、公众的制约而具有了"限度",但问题的另一方面是,这"限度"本身也是有"限度"的,也就是说诗歌写作对读者、公众并不是一味地投合、迁就,而是有条件、有讲究的顺应、遵循。正如前文所说,诗歌写作者的根本旨归还是应该落实到"写好诗"上来,而诗歌写作者"矢志不渝"顺应、遵循的绝对标准和准则还当归位到"诗之所以为诗"的属性特质上来。上段所说的诗歌必须具有"可接受性"只是针对那些以诗歌的方式接受诗歌的读者来说才是有效的,"可评价性"也只是对那些操持诗歌标准、原则的评价者、言说者才是有效的。如果接受者不是以读诗的方式去读诗歌,没有把诗歌当做诗歌去接受,诗歌写作就可以完全不顾他们懂与不懂了,更不会"降格以求"把诗歌写成他们能懂的非诗;如果评价者本就是在用非诗、伪诗的标准、尺度来评价、言说,诗歌

---

　　① 吴思敬所创诗学术语,"审美注意是人的心理活动向审美对象的指向和集中,是人们清晰而完整地认识作品的前提,也是顺利地进行艺术鉴赏的重要心理因素"。见吴思敬:《走向哲学的诗》,学苑出版社 2002 年版,第 154 页。

写作当然要"义无返顾"地无视这标准、挣脱这尺度,从而实现诗歌阈限内的"自由"。此外,正如爱默生所说:"每个新时期的经验要求有新的表达,世界总是在期待着自己的诗人。"所谓"新的经验",指的是诗歌所呈现、传达的新的题材对象、内涵意蕴;所谓"新的表达",即指在忠实于诗歌本质规定性的原则下为呈现、传达这"新的经验"所采用的新的诗歌写作方式,通过这种新的题材对象、内涵意蕴和写作方式的加入,使得诗歌在"每个新时期"呈现出或多或少的新的品质特性,并由此拓殖了诗歌的疆域。这就要求"公众"——不管是诗歌批评者还是普通读者——"与时俱进"地更新诗歌观念、修正诗学趣味,接受这"新的经验"和"新的表达",确立新的诗歌标准和审美尺度言说、评判这"新的表达"。我们说,诗歌是所有文学形态中文学性最强的,是"书写文化和文学话语的一种纯粹且极端的方式,高于所有文学"的类型,除了指的是"它的'诗人同自己谈话或不同任何人谈话'、'它是内心的沉思,或是发自空中的声音,并不考虑任何可能的说话者或听话者'的私人性、抒情性和沉思冥想的"、"与散文化、世俗化天然对抗的""内在品性"外;还指它对"'日常语言'进行'陌生化'偏离的诗歌语言意向"①。诗歌写作有一套自己独到的修辞技艺、表意策略,通过使用它们,诗歌有着自己独到的美学特质、艺术个性。对于现代诗歌来说,它是诗歌写作者充分运用象征、变形、通感、陌生化、跳跃、断裂等策略技艺写成的,晦涩、朦胧、含混、多义性,是其基本美学特征。因而对这种"不那么循规蹈矩""以与读者逻辑关系的断裂为满足,并视之为惊世骇俗的艺术表现"的诗歌艺术的阅读和接受,仅仅"从自己的日常经验的角度来感受作品"是不可能读懂的,也就是无法"'参与到意义的产生'过程当中"②去的。为了能真正有效地"理解和接受",读者"必须通过想象、回忆、感觉等心理机制而超越文字的能指层面,获得所指和意义"。在保罗·瓦雷里的理解中,阅读"现

---

① 陈旭光:《90年代:文化转型与先锋诗歌的"后抒情"》,《90年代实力诗人诗选》,杨克主编,漓江出版社1999年版,第601页。

② 程光炜:《程光炜诗歌时评》,河南大学出版社2002年版,第37页。

代诗"是那些不辞"辛劳"并能从这种"辛劳"中获得"快乐"的读者的行为："他不会设想没有辛劳就有快乐,他丝毫不喜欢不付出努力而获得的享乐,甚至于他的幸福中有一部分应当是他自己的作品,他要感受到他为之付出的代价,否则他就不会感到幸福。"①然而,不幸的是,"现代人"往往是被波德莱尔称为的"虚伪的读者",也就是"更乐意于以一种更为具体可感的感官享受来替代那种个体化的、优雅而生涩艰难的文字阅读行为"②的读者,因而他们是读不懂也进入不了"现代诗"的。当然,要他们接受现代诗的美学特质,并重新厘定与"现代诗"配套的言说标准、评判尺度就更无从说起了。事实上,读者、评判者以"非诗"的方式和标准阅读、评判诗歌的现象不是偶尔为之,而是时有发生。此外,读者和评判者因为"阅读期待"跟不上趟,而从观念、立场上读"不懂"、接受不了承载着"新的经验"和"新的表达"的诗歌写作的现象也屡见不鲜。如对于朦胧诗沸沸扬扬的读"不懂"的责难,顾城便一针见血地指出:"现在有一种简洁而又谦虚的理论,似乎很有力量,叫做'不懂'。不懂什么呢? ……我想,更主要的恐怕还是成分,是内容,是思想基础和追求的不同吧。"③

不管怎样,正如前文所说,"只为作者写的诗根本就算不上诗",因而"诗歌必须赢得公众"。也就是说,正常、合理的诗歌写作毕竟是以诗歌进入"理想读者"、"理想读者"进入诗歌为目的的。"理想读者"不可能是天生的而只可能是"养成"的。这样,面对以非诗的或者老化、陈旧的方式应对、处置诗歌的公众读者,诗歌写作者其实应该肩负起"造就"读者、"纠正"读者、"培养"读者的任务,以提高他们的诗歌修养、诗学水平从而把他们引导到以读诗的方式读诗、评判诗的观念评判诗,以读"新诗"的方式读"新诗"、评判"新诗"的观念评判"新诗"的航程。当然,这种"造就"、"培养"、

---

① [法]保罗·瓦莱里:《文艺杂谈》,段映虹译,百花文艺出版社 2002 年版,第 202 页。

② 陈旭光:《90 年代:文化转型与先锋诗歌的"后抒情"》,《90 年代实力诗人诗选》,杨克主编,漓江出版社 1999 年版,第 600 页。

③ 顾城:《请听听我们的声音》,《磁场与魔方》,谢冕、唐晓渡主编,北京师范大学出版社 1993 年版,第 21 页。

"纠正"不可能是强制性的——事实上诗歌写作者也没有这种权力和能力，如果非要这样，只会适得其反——而只能是潜移默化、渗透、浸润式的，也就是说，诗歌写作者只能借助诗歌写作本身来完成这使命。首先，在写作立场上，诗歌写作者面对读者非诗的或陈旧的阅读方式与言说、评判方式的压力和引力，不仅不是死守着"读者就是上帝"的信条乖乖就范，而是着意于"造就"读者、"纠正"读者、"培养"读者的良苦动机坚执、捍卫着自己所从事的是诗歌写作而非非诗写作，从而做到如梁宗岱所说的"为民众设想，与其降低我们底工具去迁就民众，何如改善他们底工具，以提高他们底程度呢"，"提高他们底口味，教他们爱食他们所不喜欢的东西"①。这就要求诗歌写作者大胆运用能充分传达爱默生所谓"新的经验"的符合诗歌本质规定的写作方式，而"用不着""为了让人民能看懂"就"回避不习惯的表现手法"和"坚持习惯的立场"②。其次，诗歌写作者通过特定的表意方式、修辞技艺所写作的诗歌作品所呈现出的审美特质、艺术品格，必须对读者有起码的吸引力，也就是必须有把读者吸附进诗歌的可能性。这就要求诗歌写作者所写的诗歌不仅是美的、诗性的，而且要求他们在从事诗美突破、诗意拓殖的同时还得适当兼顾读者的美学接受基础和习惯而不能信马由缰地过度脱节于读者的接受能力。这是"养成"读者的起点、基础与通道。只有做到了上述两点，诗歌写作者才能像瓦雷里所说的那样：不仅"提高了对读者的要求，并且他还带着一种真正光荣的令人钦佩的智慧"培养、造就了"一群特殊爱好者"，"这些人一旦领略过他的作品，就再也不能忍受不纯粹、肤浅和毫不设防的诗歌"③。诗歌写作者只有通过对读者的"培养"、"纠正"和"造就"，承载着他们的诗学理想、诗学意识的诗歌作品才能被有效接受和评判，相应地也才能整体性地刷新诗歌视境，从而不断提升诗歌美学特质和艺术水准。

---

① 梁宗岱：《诗与真》，中央编译出版社2006年版，第66页。
② ［德］贝托尔特·布莱希特：《论现实主义和形式主义》，《西方二十世纪文论选》（4），胡经之、张首映主编，中国社会科学出版社1989年版，第287页。
③ ［法］保罗·瓦莱里：《文艺杂谈》，段映虹译，百花文艺出版社2002年版，第202页。

正是因为意识到政治写作和群众写作对读者的无条件服从(所谓"文艺为政治服务,文艺为工农兵服务"即是其直接体现)和20世纪80年代中后期的"不及物"写作、"纯诗"写作对读者的绝对无视都把诗歌带入了异化的境地,20世纪90年代的一些诗歌写作者和诗歌评论者提出了在诗歌写作中把"写作"和"接受"辩证地统一起来的综合诗学立场。一方面,在题材对象上他们主张"及物"和"历史化",把当下生命情状、现实生存经验、人类命运处境广泛地纳入诗歌写作中;同时在书写"公众"生活时,充分继承、吸纳并激活、改造中国古诗写作、现代汉语诗歌写作所采用的表意方式、修辞技艺,使他们所提倡的诗歌附着有"大传统"(中国古诗传统)、"小传统"(中国新诗传统)中正值向度的美学特质和艺术品格,以在一定程度上顺应、满足读者的审美惯性和接受经验。另一方面,他们又把"写好诗"置于首位,坚执"诗之为诗"的内在本质和审美限定,不因为仅仅为了顾及诗歌写作的"可接受性"而损害、弱化诗歌的内在本质和审美品格。尤其,由于书写20世纪90年代新的时空中"新的经验"的需要,也由于诗歌语境的宽松和诗歌视野的大幅度开拓,他们也引进、转化、提升、创生了诸多新的表现方式、传达手段,并以此使诗歌具有了诸多新的美学特质、艺术品格。事实上,在20世纪90年代的诗歌话语实践中,在"写作"与"接受"的关系上,对"写作"的自由的争取和尊重,也就是对"接受"的突破和挣断,在某种意义上比对"接受"的顺从、遵循更重要、也更具有"现实性"。在物质主义、享乐主义、机械复制、科技霸权的20世纪90年代,由于普通读者的"审美疲乏"和心灵枯寂,诗歌包括其他艺术的纯正审美性、精神性不但已经引不起他们的兴趣而且还遭到了他们的阻拒、排斥,他们追求的是实际利益和物质好处,因而他们是把诗歌当做消费品来"接受"的,通过阅读他们唯一希望得到的是感官享乐、心理刺激、精神消遣。这样,如果唯以读者是从,诗歌写作就不得不放弃和降低诗歌纯正的审美品格和严肃的艺术探求,成为"独立不羁的个性和自由精神剥离并同一在社会的总体性中"的"纯粹的商品生产",而诗歌文本则因"本真的精神'气息'飘逝而去"而"成为无棋盘的游戏"和"一种不断膨胀的话语,一种夸张而刺激性的广告,一种追新求变的

'操作'"①。在 20 世纪 90 年代,固然有不少诗歌写作者的诗歌写作为投合"市场"中公众的"可接受性"而被裹挟进了"商品生产"的"厂房",制造着世俗化、粗鄙化的"快餐"诗歌和"催情"诗歌,但也有不少诗歌写作者和评论家对读者发出了"我不相信"的信号,在诗歌写作中坚执着纯正的审美性、艺术性和精神性。当然,他们不是不需要读者,但针对 20 世纪 90 年代的公众事实,他们认为"并不是人人都有资格来作诗歌的读者",因此他们"要选择读者"②更要"创造"读者——选择、创造尊重诗歌的本质规定和审美特质、美学风格的范式读者,当然还有那些"调整自己的阅读态度,了解诗歌变化的依据及其合理性"的乐意"重新做一个读者"③的范式读者。

第三节 "天才"与"炼成"的综合

无论在中国还是西方的经典诗学意识中,作为一种文体,诗歌不仅因为具有充分、丰富的表意(抒情)功能而显示出价值魅力,而且这种表意动作本身具有无尽的行为魅力。谁都有"意",谁也不会乏"情",但能用诗歌的方式来抒其情表其意从而成为诗人或好诗人的,却是少而又少。这是为何呢? 显然这是因为诗歌写作——表意——并不是人人都能做到、做好的,只有那些有着诗歌才气、激情、灵感、悟性、直觉、想象力的所谓得到"神助"的诗歌"天才"才能够胜任。这样,才气、激情、灵感、悟性、直觉、想象力等就被"高看"为诗歌写作的决定性因子。在中国传统诗学语录中,"夫诗者,众妙之华实,六经之精英,虽非圣功,妙均于圣"、"诗者,乃精神之浮英,造化之秘思也"、"诗者,所以宣无邪之思,光神妙之化者也"、"文章本天成,妙手偶得之",等等,可谓比比皆是;在西方,也不乏如下观点:"诗篇不是人工做

---

① 王岳川:《二十世纪西方哲性诗学》,北京大学出版社 1999 年版,第 434 页。
② 西川:《让蒙面人说话》,东方出版中心 1997 年版,第 204 页。
③ 洪子诚:《在北大课堂读诗》,长江文艺出版社 2002 年版,序第 3 页。

成的,而是自然发生的;创作是一种本能性质的放射行动,是天地间无穷无尽的创造力直接流露。由此推论,诗篇是作者从自然界所获得的'能量'向读者的转移"①、"凡是高明的诗人,无论在史诗或抒情诗方面,都不是凭技艺来做成他们的优美的诗歌,而是因为他们得到灵感,有神力凭附着……诗人是一种轻飘的长着羽翼的神明的东西,不得到灵感,不失去平常理智而陷入迷狂,就没有能力创造,就不能做诗或代神说话"②。由此,诗歌写作中的表意行为因神话性、迷幻性、隐秘性而充满了魅力、享有了魔力。所谓"诗歌是文学中的文学"在某种意义上说的便是诗歌表意的难度和高度。这种遗风一脉相承,也沿袭给了中国新诗:从郭沫若、穆木天一直到20世纪80年代末海子的诗学和诗歌,都极尽了渲染、膨胀诗歌表意行为魅力的能事。

然而,诗歌写作的"天才神话"也不断遭遇着质疑和抵制,尤其到了现代,不少诗人和诗歌理论家不再把其视为真理性和权威性命题。在他们看来,才气、灵感、直觉、激情、冲动、想象力等天才成分毕竟不就是诗歌本身而只是诗歌的表现"质素"和诗歌得以产生的内、外条件。实际上,诗歌写作说到底是对上述才气、灵感、直觉、激情、冲动、想象力"所得"的表现和运用,诗歌质量在很大程度上还取决于诗歌写作者通过表现和运用对其的呈示、展现程度。因此,即便不把"表现"当做诗歌写作中的决定性因素,至少也应该与才气等天才因子"一视同仁"。法国象征主义诗人和理论家保罗·瓦雷里对"天才"与诗歌写作做过精当的研究。一方面,他固然承认天才即缪斯女神对诗歌写作会产生重大的影响,这种影响或者是开启与关闭诗人的写作,即"抓住或离开我们"、"亲切地无偿送给我们某一句诗作为开头"③;或者成为诗歌写作中"宝贵的原材料"。另一方面,他却对"天才"表示出了极大的疑虑和不信任。因为,就诗歌写作来说,仅仅有"开头""一句"显然是不成其为诗的,还得有"与上天馈赠的那句诗相当"的第二句、第

---

① 转引自袁可嘉:《现代派论·英美诗论》,中国社会科学出版社1985年版,第172页。

② [英]赫伯特·里德:《文学批评的本质》,《西方二十世纪文论选》(4),胡经之、张首映主编,中国社会科学出版社1989年版,第416页。

③ [法]保罗·瓦雷里:《文艺杂谈》,段映虹译,百花文艺出版社2002年版,第32页。

三句……而这些，是需要诗歌写作者"动用全部经验和精神资源""自己来创造"的；而对于"缪斯和偶然的一切可能的才华"这些"宝贵的原材料"，也只有经过诗歌写作者的"大量思考、决定、选择和组合"才能成其为诗。这就正如沈奇所说的："诗是语言的艺术，精神的拓殖最终要经由艺术的收摄来予以体现、予以完成"、"只有那些潜沉于诗歌艺术，且具有整合能力的诗人，才会成为真正优秀的、跨时代的诗人"①。

　　对激情、冲动、灵感、妙悟等天才因子强调到决定论层次，其实是诗人主体、诗歌主体自我崇高化、英雄化的伴生物。将表意行为神秘化、神话化导致的负面后果是把诗歌写作局限、萎缩成了某些人（诗歌天才）、甚至某些阶段（青春期）的专利，从而缩小了诗歌的表意范围、弱化了诗歌的表意功能，因为这样会置超出"天才"、青春期的人生世相、经验感受、生存体验于诗歌的门槛之外。20 世纪 90 年代的一些中国新诗写作者大胆捅破了"神来之笔"的奇幻想象，揭去了覆于诗歌写作之上的虚无神话外套和神秘面纱。他们认为诗歌表意并非只有得到"神灵"偏爱的少数天才才能胜任，诗歌表意得以顺利进行也并非单单是激情、冲动与直觉、灵感的作用。他们把诗歌体认为一种"知识"，一种应对人类总体生存情态、历史境遇和处理个人复杂生存经验的知识，这就正如陈超所说的："现代诗中的'知识'是一种'特殊知识'。……它是一种与矛盾修辞、多音争辩、互否、悖论、反讽、历史想像力对生存现状的复合感受有关的'知识'。"相应地，他们把诗歌写作理解成生产、运用这种"知识"的一种工作和一门专业、一门学问——"个人存在经验的知识考古学"（程光炜语）。置身在"工作"和"专业"中，天才、灵感、直觉、激情、冲动、想象力的作用当然重要，但沉潜的研习、具体的劳动、扎实的技术、丰厚的经验、过硬的真功夫，更是必不可少，而这些质素和能力的获取，恰恰是后天造化而来而非先天携带的。诗歌写作中的"表现"，也就是诗歌写作者对诗歌修辞技艺、语言文字等书写手段、传达方式加以运用

---

①　沈奇：《拓殖、收摄与在路上》，《最新先锋诗论选》，陈超编，河北教育出版社 2003 年版，第 217 页。

以形成特定承载内涵意蕴、审美特质的文体样式、话语形式的具体书写行为。如果把本是精神生产的诗歌写作比照为物质生产,这种"用以设计、构造一首诗的方式和手段,或是一种使事物发生转化、诗意得以产生的专业能力和技艺"实际上也就是被王家新称为的"诗人的技术"。因此,不少诗人和诗论家对诗歌写作技艺给予了极高的重视,有的甚至把它上升到了本体论层面。荷尔德林就曾说过:"把文学上升为古人的那种技巧,将是有益的。……现代文学缺少的特别是学堂和技巧,即:使其手法得到估价、传授;如果习得这些的话,便可在实施中可靠地不断重复。……出于更高级的原因,文学需要格外确切和有特点的原则与限制。"①张曙光和西渡的观点属于那种把技艺本体化的一类:"技术并不单单是技术本身,不单单是怎样把意思表达得更好,或把结构安排得更好,它就是意思或是结构。重要的是,一种新的技术的运用,会向你展示一种新的可能性,会带给诗歌新的空间,容纳进新的经验"②,"诗歌技艺首先是一个实践问题,是诗人的意识赖以与材料发生关系的手段。……技艺的复杂性是与意识的复杂性成正比的。……技艺的更新也会带来意识的革命,而意识的'立新'如果不伴随技艺的改进,就不可能产生实际的成果。因此,技艺正是诗歌创新的源泉"③。庞德则着眼于诗人写作的精神立场表达了"技艺是诗歌的良心"的警言。与灵感、激情、冲动、想象力等天才因子不同,诗歌写作技艺不是天生的而是靠后学的,技艺也只能体现于诗歌写作者"对语言的爱惜和恰如其分的使用"的"辛勤劳动"④中。为了获得诗歌写作技艺,诗歌写作者就不得不"身体力行"地"历经"王家新所谓的"专业淬砺的修辞训练",不得不将学习和

---

① 转引自[德]瓦尔特·本雅明:《经验与贫乏》,王炳均、杨劲译,百花文艺出版社1999年版,第119页。

② 张曙光:《写作:意识与方法》,《语言,形式的命名》,孙文波等主编,人民文学出版社1999年版,第370页。

③ 西渡:《写作:意识与方法》,《语言,形式的命名》,孙文波等主编,人民文学出版社1999年版,第371页。

④ 陈东东:《有关我们的写作》,《诗歌报》1996年第2期。

训练诗歌写作技艺当做自己必修的"专业课程"以具备"一种游刃有余地处理各种题材和事物的语言能力"①。这样,20世纪90年代的一些诗歌写作者就把神话性、神秘性(因而只能由少数"代上帝发言"的天才才能担当)、青春性(激情、冲动、活跃的思维、蓬勃的想象力特征)的诗歌表意还原为技术写作、经验写作和"中年写作"(靠对激情的正确控制、靠综合的有效才能、靠理想所包含的知识、靠写作积累的经验写作)、甚至"晚年写作"(王家新语)了。

20世纪90年代的一些诗歌写作者提出诗歌写作的"知识化"、"专业化"策略和"中年写作"、"晚年写作"命题,强调诗歌写作过程中技术、常识和经验的重要性,这既是为使诗歌"向存在敞开"、"对时代发言"所做的积极努力,也是对"日试万言,倚马可待"、"熟读唐诗三百首,不会吟诗也会吟"的传统古训的承传和把诗歌视为一种"技艺"、一门学问以使其成为一种可学可为的寻常事情的有益探索,同时,还是把诗美建构、诗意打造等"写作"行为提升到本体化高度的诗学体现。然而,如果把诗歌处理成纯粹"知识",把诗歌写作理解成狭隘"专业",其负面效果也会凸显出来。首先,从精神含量上来说,"由于这样的诗歌的注意力放在词语技巧上,遂放弃了对于更根本的伦理、人生、存在问题的关注,无力承担诗歌本该承担的道义立场,也即人在具体处境中的心灵真实,造成了灵魂的缺场"②。其次,从美学品格方面看,对于修辞、手法、经验、常识等"技术"因子的过分依赖以及对灵感、直觉、激情、冲动等"天才"因子的有意轻视,在一定意义上说是放走了"诗歌的精灵",折断了诗歌写作时必不可少的想象力和创造力的翅膀,使得诗歌因空灵、灵动、飘忽、朦胧、绰约等审美特质的"缺席"而成了语词的机械编码和观念的刻板图解,读者从中"无法得到任何可资信任感的审美感受和亲和性的精神感受,只剩下……技术性操作让人不知所云"③。

---

① 王家新:《没有英雄的诗》,中国社会科学出版社2002年版,第166页。
② 周伟驰:《当代诗的局限》,《激情与责任》,臧棣等编,人民文学出版社2002年版,第293页。
③ 沈奇:《秋后算帐》,《1998中国新诗年鉴》,杨克主编,花城出版社1999年版,第389页。

正是鉴于此,针对“技艺”化的诗歌写作滑得太远太偏以至于脱离出“诗歌写作”的轨道的现象,20 世纪 90 年代一些具有“综合”意识的诗歌写作者和理论家对这种纯“复杂的技艺”的诗歌写作倾向作出了反思和审视,并着力于建设一种既注重“技艺”也不轻怠“天才”的诗学理论。诗歌写作的所有动机和目的无疑都在于“写好诗”,也就是在于营构“诗性世界”、打造“诗意空间”。而要实现此目的,既离不开对天才因子的借助,也缺不了对写作技艺的应用,偏于其中任何一端,肯定都是不能奏效的。本·琼森之所以说“好诗人靠天生也是靠炼成”正是因为把握到了“天才”与“炼成”对立统一于诗歌写作中这一客观事实。诗歌作品既不可能仅仅是“妙手偶得之”的“神来之笔”,也不可能是纯技术操作的物质工件,而只可能是诗歌写作者在灵感、想象力等天才因子的参与下充分运用修辞技艺、表意策略经过费尽心思、绞尽脑汁的“辛勤劳动”和“推敲”(贾岛意义上的)收获的产品和成果。对此,洪子诚曾做过客观、辩证的分析:“有成效的诗歌写作和诗歌文本,‘神秘性’似不宜清理得过于干净。一方面是人的生活,他的精神、经验,存在着难以确定把握的东西,另方面,写作过程也不会都是工匠式的设计。……解析的细致和确定,与感悟所呈现的多种可能的空间,应该构成解读中的张力。在很大程度上,阅读的‘快感’其实并非主要来源于对语词、意象确指的认定,而在于探索诗歌由语词所创造的‘诗意空间’”①。对于诗歌技艺的运用,温远辉也给出了一个“度”:“有了诗性世界的建构方向,诗才成其为‘复杂的技艺’而非漫漶的技术行为。”②

---

① 洪子诚:《在北大课堂读诗》,洪子诚主编,长江文艺出版社 2002 年版,序第 5—6 页。
② 温远辉:《现代诗歌的进入方向》,《1998 中国新诗年鉴》,杨克主编,花城出版社 1999 年版,第 449 页。

第四章　"影响"与"创生"的综合

诗歌写作总是在"影响"和"创生"的双向牵引、冲突中进行的。一方面,诗歌写作必须具有创生性。首先,诗歌是"反映和认识"客体世界的文学样式,诗歌写作者只有根据客体世界的变化创生相应的反映方式和言传手段,才能有效"反映和认识"。其次,无论对一个诗歌写作者而言,还是对一种诗歌思潮一个诗歌流派而言,得以凸显、标识也就是成就自己的,往往不是对"影响"的接受、采纳——不管多么圆熟、到位、逼真,而是自己的创生性元素和新质所在。这就要求诗歌写作者突破、超越出"作用于我们,压迫我们"的"一个几于无边的前人的世界,或者经传授或者通过经验,使我们了然于心"①的"影响",充分张扬、喷发自己的原创力。另一方面,诗歌写作又是不能游离出也是游离不出"影响"阈限的。"影响"在规定和制约着诗歌的本义、本质和通约性、共识性的诗歌审美品格、艺术特质时,也"捎带"和"给予"了实现诗歌本义、本质和落实审美品格、艺术特质的根本性和基础性传达方式、表意策略。任何真正意义的诗歌写作都不得不遵循和执行它们,而遵循和执行它们即是接受"影响"的表现。既然诗歌的本体、本位和本质性的"语言"手段总是由"先辈"铸就的,所以米沃什形象地指出,在诗歌写作中,"我们能在此会见我们的先辈,即那些一百年前或五百年前用我们的语言写作的人们",从事诗歌写作"只不过是'先人祭'的一种永恒

---

① ［德］荷尔德林:《荷尔德林文集》,戴晖译,商务印书馆2000年版,第199页。

庆典仪式,是对祖灵的召唤,希望他们会显形片刻"①。从"可接受性"考察,"影响"必然地影响了公众,公众是通过"影响"塑造自身的诗歌意识、诗歌趣味的,因而,完全割裂"影响"的诗歌作品自然也就失去了可流通性、可交换性,也就是失去了可接受性。

从整体上看,中国古典诗学是注重"影响"在诗歌写作中的价值和作用的。"诗不可有我而无古"、"则夫作诗者,既有胸襟,必取材于古人,原本于《三百篇》、楚骚,浸淫于汉、魏、六朝、唐、宋诸大家"②、"后之人未有不学古人而能为诗者也"……诸如此类的论断可谓比比皆是。当然,由于中国古代相对封闭的地域状况,这种"影响"主要指的是时间维度上的,也就是本民族、同语种的前代诗人的诗歌写作对后代诗人的影响。这种"影响"通常被称为传统影响。中国古典诗学对传统影响的接受,既着力于承袭、借鉴"法"、"貌"——修辞技艺、文体样式、语象典故等,如刘克庄评价黄庭坚的"会萃百家句律之长,穷极历代体制之变,搜猎奇书,穿穴异闻,作为古律,自成一家,虽只字半句不轻出"就传达出了对"法"的接受的推许;更注重对"神"、"理"的承袭、采纳,"取《离骚》、《乐府》之神理而不袭其貌"、"学太白诗,当学其体气高妙,不当袭其陈意。若言仙、言酒、言侠、言女,亦要学之,此僧皎然所谓'钝贼'者也"(刘熙载),等等,即是证明。同时,中国古典诗学也在一定程度上具有了在诗歌写作中把传统"影响"与自我"创生"综合起来的观点、理念。一方面,中国古典诗学要求诗歌写作者在袭古、用古的时候"不可有古而无我"、"扫除词章家一切陈陈相因之语,用今人所见之理、所用之器、所遭之时事,一寓之于诗";另一方面,中国古典诗学尤其强调承袭古人之"法"时切忌"效颦效步"、"剽窃吞剥"(叶燮《原诗·内篇》

---

① [波兰]切斯瓦夫·米沃什:《米沃什词典》,西川、北塔译,三联书店2004年版,第303—304页。

② 叶燮:《原诗·内篇》,《中国诗学专著选读》,张寅彭选辑,广西师范大学出版社2006年版,第106页。

语),而要学"活",要"得鱼忘筌"而不能"刻舟求剑"①,所谓学"活"其实也就是要对古人之"法"加以转化、改造从而使其为自己写作"创生性"诗歌服务,或者直接化为自己诗歌的"创生性"元素。

对中国新诗(现代汉语诗歌)来说,其"影响"诗学显示出了阶段性特征。在发生期,由于中国新诗是在与"传统"决裂而接受异域"影响"的情形下诞生的②,因而此时的"影响"诗学重点在于引进、介绍异域诗歌资源,同时主张将其"实验"于中国新诗的"草创"中。在新诗发展的前半阶段(1949年以前),也就是通常所称的"中国现代诗歌"阶段,就主流来看,"影响"诗学建设还是注重"影响"与"创生"的综合的。不过,这"影响"的来源重心是异域影响,而非中国古诗传统影响——对于传统,大抵是排斥、抵制的,这就正如有的论者所分析的:"相对于古典诗歌,白话诗是一种全新的形式,它的竞争心理也就格外强烈,而且,它的'影响之焦虑'并不表现在反抗所受到的影响,而在于根本拒绝受到影响,或者宣称我们根本是绝缘于古诗之影响的,用着对传统之完全断裂的绝对信仰,来保护自己的范围。"③进入当代以后的很长一段时间里,由于诗歌写作本身的"异化","影响"诗学也出现了"异化":要么绝对拒绝"影响"而纯粹"创生"——如中国传统诗歌影响被当做封建主义的、西方诗歌影响被当做资本主义的、就连苏联诗歌影响也被当做修正主义的而全盘否决、一概拒绝;要么片面化地接受某一种或某几种影响——如"中国新诗的出路,第一条是民歌,第二条是古典,在这个基础上产生出新诗来"④的诗学指针,如仅仅对马雅可夫斯基楼梯式诗歌的仿效、移用……

---

① 袁枚:《随园诗话》,《中国诗学专著选读》,张寅彭选辑,广西师范大学出版社 2006 年版,第 149 页。

② 如胡适自称他的"'新诗'成立的新纪元"是在他翻译了美国的意象派诗人莎拉·替斯代尔的《关不住了》以后;创作了"新诗中的第一首杰作"(胡适语)《小河》的周作人也是"欧化"的。

③ 宇文秋水:《大跃侧诗话》,《激情与责任》,臧棣等编,人民文学出版社 2002 年版,第 385 页。

④ 转引自李新宇:《中国当代诗歌艺术演变史》,浙江大学出版社 2000 年版,第 78 页。

进入新时期以来,与诗歌写作同步,积极地看,"影响"诗学展现出了生机和活力,消极地看,"影响"诗学则是呈现出了混乱、芜杂的局面。从对"影响"的态度上看,新时期以来不是关起门来"谢绝"而是打开大门"恭迎"影响。从对"影响"获得的途径上看,在"异域"影响与"传统"影响之间,其主导是厚异域薄传统,唯异域是举。中国古典诗歌的传统因子,被有意无意地冷落、悬搁;而欧化、西化、殖民化写作在新时期以来的诗界昂首挺胸、大行其道,由于缺乏必要的辨识和汰选能力,异域形形色色、良莠不齐的诗歌观念、写作方式,都毫不费力地在广阔的神州大地上觅得了位置,使得"汉语诗歌"的称谓几乎朝不保夕。从"影响"与"创生"的关系上看,诗歌写作更多是膜拜"异域",一味接受其影响而弱化或丧失了"创生"意识与能力;对于异域"影响"的接受方式,诗歌写作者往往都是盲目复制、机械移植、刻板模仿、生搬硬套,来不及也做不到消化它们以将其转化为"创生"自身诗歌的营养因子和质料。从 20 世纪 80 年代中后期到 20 世纪 90 年代,上述异化、恶性状况愈演愈烈,可以说到了覆水难收的地步,以至于提到这一时段的诗歌,人们脑海里的第一印象就是"西化"、"欧化"(当然诗歌写作"当事人"所授予的称谓是冠冕堂皇的"现代化"、"国际化")。在很大程度上,这一时段的诗歌在社会文化生活中不被看好,大众读者——他们当然也只能主要是传统化的——对其失去了信心和耐心,与它对"影响"的处理不当有着直接关系。对于诗歌写作中如何接受"影响"、接受怎样的"影响"、怎样把握"影响"与"创生"的关系,自是有其合理的路向,当然,由于不同时代、地域诗歌写作语境的不同,这合理路向的具体表现可能不同。从 20 世纪 80 年代中后期以来,尤其是 20 世纪 90 年代,虽然在"影响"问题上,宏观情形和总体趋势存有上述诸多毛病和问题,但也还是有一些诗歌写作者和批评家在倾心呼唤、尽力摸索着 20 世纪 80 年代中后期直至 20 世纪 90 年代特定诗歌语境中关于诗歌写作"影响"问题的合理路向。总体来看,"综合"是这一合理路向的基本特质。具体地说,20 世纪 90 年代虽处于弱势甚至处于打压、抑制状态但具有建构意义和合理性的综合性"影响"诗学和诗歌写作,主要有这样几种类型:将中国古诗"影响"与"创生"综合起来,将异域诗歌"影响"与"创生"综合起来,将中国新诗"影响"与"创生"综合起来。

第一节　中国古诗"影响"与"创生"的综合

　　中华民族自古以来就是一个擅长抒情的民族,因而,抒情性的韵文文学(诗词曲赋)一直是中国古典文学的主导类型;尤其诗歌,不仅是中国文学的源头,而且在漫长浩瀚的中国文学视野里绵延不绝、层出不穷地凸显着辉煌和精彩。中国古典诗歌的伟大成就是有目共睹的,而且这种成就已经获得了世界性的共识,如R. 布莱就这样说:"我以为古代中国诗仍然是人类写过的最伟大的诗。"自然,中国古典诗歌写作以其自身苗壮坚劲的发展壮大过程,积淀、铸就了深厚、扎实的传统,其中既包括诗歌精神内质、审美风范、艺术品格方面的传统,也包括修辞技艺、文体样式诸方面的传统。同时,这种传统已"深入人心"——不仅内在地"规定"着诗歌写作者的诗歌写作,而且"养成"了读者的诗歌观念、诗美认知、接受惯性和评诗尺度。中国古典诗歌在名副其实的"千锤百炼"中所形成的某些传统是根深蒂固或者说冥顽不化的,可以说成为了中国诗歌的物质血肉和精神气脉,成为了全民族的"诗歌无意识"。我们知道,中国新诗自诞生至今将近百年了,但"古典诗歌至今仍有大量的创作者和欣赏者",正如爱中的分析,这一"现状说明""长期以来积淀的变风变雅的诗歌理念"和"贵族化的""诗歌的固有形象"等传统"并没有因为新诗取代古典诗而得以彻底改变"、而是还固守"在大多数读者的心目中"①。既然有着如此丰富、博大、厚实、优良的中国古典诗歌传统,作为后来者,在情感态度上当然应该珍惜、看重而不能轻视、鄙薄它,在诗歌实践中应该尽可能多、尽可能有效地利用它、发掘它、吸纳它而不能抵

---

　　① 陈爱中:《喧嚣后的寂寞——90年代诗歌生存处境的思考》,《文艺评论》2004年第4期。

制它、排斥它、拒绝它。然而,长期以来,"为夺取新诗生存权",中国古诗传统却没有得到应有的重视和承接,这不仅使得新诗写作失却了可资利用的宝贵资源,而且在一定程度上把新诗写作导入了"无根"的窘境。这种把古诗传统收藏进"博物馆"的意识和做法,从 20 世纪 80 年代后期到 20 世纪90 年代,简直到了"白热化"程度,不计其数的"个人"诗歌,对于古典诗歌传统,不是以附着为荣而是以沾染为耻,结果自是很难从中"倒"出中国古典诗歌所具有的诗情、诗美来。正是对此的反拨和颠覆,20 世纪 90 年代少数秉持综合性"影响"诗学的诗歌写作者和评论家,主张并践行着将中国古诗"影响"与"创生"当下诗歌综合起来的诗歌写作立场。

　　与踢翻、打倒传统的观念不同,对于将中国古诗"影响"与"创生"综合起来的诗歌写作者和评论家来说,最重要的是在情感态度上认可传统的存在、承认传统于当下诗歌写作具有正面价值和意义,在思想意识上愿意"对接"传统、主动从"中国传统诗歌中寻找创造中国新诗的结合部"①以便开采吸纳其中的有效养分和合理因子。客观地说,传统就是传统,无论如何都是抹杀不去的,从"大"处讲,它真真切切地盘踞在数千年的时间原野上,从"小"处讲,它实实在在地流淌在诗歌写作者的毛细血管中,因而不认可其存在是做不到的。米沃什所谓"我们不是生活在旷野里,语言本身,与其传统一道,统治着我们"②正是这个道理。当代汉语诗歌写作无一不是在弥散着浓烈中国古诗传统气息的历史语境中进行的,无一不与这种历史语境有着深刻的血缘关系。正如王家新所说,即便从表面"看上去它们(中国古典传统——引者注)并没有出现在一些当代诗人的创作空间或文本里,但恐怕仍是一种'缺席的在场'。这些……'亡灵',正以一种交错出现或并置的方式,'隐匿在他们写作的深处'。"③柏桦也指出:"中国不死,传统就在,无

---

① 孙玉石:《新诗与传统关系断想》,《诗探索》2000 年第 1—2 辑。
② [波兰]切斯瓦夫·米沃什:《米沃什词典》,西川、北塔译,三联书店 2004 年版,第 42页。
③ 王家新:《没有英雄的诗》,中国社会科学出版社 2002 年版,第 161 页。

论你愿意与否,传统都会发生在我们身上,就如同现代性同时发生在我们身上一样。"①总体上看,古诗传统构成了现代汉语诗歌写作的背景、底蕴,而且,"历史上那些优秀的诗人从来就是人类所能创造的光辉、不灭的灵魂,他们的存在对我们这些人是一种庇护"和"守护神"②——所以,传统是反不得的。

现代汉语诗歌与中国古典诗歌标志性的不同,就是前者使用的是现代汉语,后者使用的是古代汉语。问题在于,语言媒介的转换,是否就一定会导致原来的传统失效呢,也就是用古代汉语写作时的所有诗歌规范、美学特质、表意策略就一定不适用于现代汉语诗歌写作了呢,或者说就没有能起一点作用、提供一点帮助的成分了呢,以至于要把它们彻底推翻、"踏平"?显然不是,一方面,现代汉语本身的基本语法结构并非20世纪的创造,人们往往只看到"现代汉语"的现代性,而忽略了"现代汉语"的传统性,事实上古典汉语诗歌写作所运用的修辞技艺、所采纳的意象象征在现代汉语诗歌写作中仍然被普遍、广泛地沿袭、运用;运用古典汉语写成的诗歌所具有的音乐性、句法特征等审美品质也天然地传承给了现代汉语诗歌。另一方面,正如臧棣所指出的,"尽管诗歌在整体上已变异为一种写作,但诗歌所包含的精神特质并没有完全失效。在传统的语言规约中公认的诗歌品质,并不由于写作对传统的语言规约的颠覆而失去光彩。"③因而,现代汉语诗歌写作当然有理由承袭这种精神特质,更有必要将这些没有"失去光彩"的诗歌品质迎候、邀约进来以进一步成就光大自身。

一般说来,只有面向本土、面向当下现实的诗歌写作才有价值、有意义,因而有效的20世纪90年代诗歌写作也应该是对20世纪90年代时代生活的"反映与认识",对"20世纪90年代"在诗歌写作者生命中激起的心志的传达和抒写。20世纪90年代诗歌写作固然是置身在历史化语境中的,但

① 柏桦:《今天的激情》,上海人民出版社2006年版,第11页。
② 王家新:《没有英雄的诗》,中国社会科学出版社2002年版,第297页。
③ 臧棣:《后朦胧诗:作为一种写作的诗歌》,《中国诗歌九十年代备忘录》,王家新、孙文波编,人民文学出版社2000年版,第208页。

更是置身在现代性语境中的。因而,对持综合性"影响"诗学意识的人来说,在中国古诗传统"影响"与"创生"20世纪90年代诗歌写作的关系体认中,自然是以"创生"现代性的诗歌为本位、为"体"而以接受古典诗歌"影响"为辅助、为"用"的,也就是说,他们之所以承认古诗传统的存在,只是为了从中"发现"、"生产"或"转化"、"改造"出能为"创生"20世纪90年代现代性诗歌写作所利用、借鉴的成分,对于那些不能"为我所用"的则要清除、弃置。事实上,任何传统都是处于不断生成、不断补充中的"活体"而不是一成不变的固定物。中国古诗传统当然也不是既有着精确"内核"又有着"大一统"状貌的整体,相对于20世纪90年代的诗歌写作,其间固然含蕴着可资利用、开采的营养"精华",但也藏纳着当该抛弃、阻拒的陈腐"糟粕"。这样,当打开古典诗歌传统的大门时,第一步要做的就是用现代性的眼光和观念对其加以鉴别、辨析并作出相应的或正面或负面的价值判断,而其依据和标准一方面当是诗歌的本位、本体以及诗歌在表意方式、审美特质方面不可替代的内在规定性,另一方面就当是能否"为创生20世纪90年代诗歌写作所用"。

一方面,中国古典诗歌写作中的确贮藏着许多优良传统。且不说积极入世的"历史化"立场有其可取的积极成分,也不说以"情"、"意"为本体以及抒情、表意方式、途径的纯正、绝对是有效、合理的,其实,中国古典诗歌写作还化约有在现代看来具有"现代性"因而能与20世纪90年代诗歌写作相契合、呼应的正面品格特点。例如,西方现代诗歌的突出表征就在于"意象化",然而中国古典诗歌写作——至少部分———一直就注重运用意象,营构意境,象征、隐喻、变形、通感手法一直都是其基本的表意策略。艾略特之所以说意象派诗人庞德"是我们时代中国诗的创造者",正是因为他看到了中国诗的意象化特色并以此指认中国古典诗歌的。除此之外,如宋词"以表现饮食男女的常规生活为乐事的肉感语言"的"世俗方向"①的传统,在

---

① 于坚:《诗歌之舌的硬与软》,《最新先锋诗论选》,陈超编,河北教育出版社2003年版,第414页。

20世纪90年代部分诗歌写作者——如主张"民间写作"的诗歌写作者——看来,也是具有足够利用、借鉴价值的优良传统。另外,对于中国古诗所看重、讲究的音乐性——格律、音韵等等,中国新诗既然"自由"了,自是不能如出一辙地同等要求、严格规约,但中国古诗所具有的借助音乐性要素来生成、传达"情思"、"志意"的观念、意识却是不能摒弃的,中国新诗同样应该用自身的格律、音韵等音乐性特质来生成诗情、诗意和体现诗美、诗性。另一方面,我们知道,大量中国古典诗歌是在"古典田园和桃花源似的人际间生长"①的,因而农耕庆典、山水田园是其主要诗歌视阈,而与自然息息相通的范畴,诸如优美、精致、风雅、浪漫、气韵、风骨、意境、虚静、空灵、飘逸则成了中国古典诗学的主要内容。然而,20世纪90年代的中国已经把农业社会甩在身后而跨入了工业社会、甚至后工业社会,市场经济、商品社会的客观现实已经深刻地改变了人们"栖居在大地上"的方式和感受,因而,20世纪90年代诗歌写作要不陷于与"现实生存脱节"的"乡村乌托邦"写作和"山水田园神话"写作,就必然进行"工业写作"、"后工业写作",这样一来,中国古典诗歌传统中与农耕庆典、山水田园配套的某些诗学趣味、审美态度、写作抱负就与20世纪90年代诗歌发生了不可避免的"错位",因而只能被指认为"糟粕"而将其剔除、淘汰。

是不是对那些经过辨析、鉴别所得的中国古典诗歌传统中正值向度的存在就可以原封不动地搬运、挪移到20世纪90年代的诗歌现场直接应用了呢?在具有综合性"影响"诗学意识的人看来,显然这是不可以的。中国古典诗歌写作毕竟是写作"古典"的,它的任何传达方式、书写手段都是以传达古典、书写古典为前提和根本的;而20世纪90年代诗歌写作则只是写作"20世纪90年代"的,同"无定形的、正在形成、瓦解、持续变化中的当代生活世界,同一种'未完结的现在'交织在一起"②的它需要的只能是适合、

① 罗振亚:《90年代:先锋诗歌的历史断裂与转型》,《文艺评论》2004年第4期。
② 耿占春:《没有终结的现在》,《中国诗歌九十年代备忘录》,王家新、孙文波编,人民文学出版社2000年版,第130页。

顺应写作 20 世纪 90 年代的传达方式、书写手段,那些能够最到位、最精确地书写、传达"古典"的传达方式、书写手段对于书写、传达"20 世纪 90 年代"不可能没有偏差、没有出入。此外,20 世纪 90 年代诗歌写作是以自身为目的的写作,根据臧棣的看法,"现代性自身的内在逻辑是决定"其"面貌和走向的根本力量"①,也就是说,1990 诗歌写作所遵循的是自己在忠实于诗歌本体、本位的原则前提下根据现代性要求设定的规范和原则、标准,并以此作为自身成长、壮大的条件和动力,然而,古典诗歌写作中的方式方法、手段途径却是以顺应、遵循古典诗歌的规范、原则和标准为指归、宗旨的,这样就不可能不与 20 世纪 90 年代诗歌写作的规范和原则、标准有背离、相左的地方。因此,即便对于那些从中国古典诗歌传统中把捉、捞取出来的正面成分,20 世纪 90 年代诗歌写作者也必须加以现代性的"改造"和"转化",以将其融入进、化约为 20 世纪 90 年代"创生性"诗歌写作的有机成分。只有"对自己身上的那种'俄底浦斯情结'进行某种深刻的抵抗",将古典诗歌传统中的"精华"转变成"自己的表述方式,自己的精神语言和艺术语言"②,只有"古老的形象,古老的情感"真正在"利用新灵魂的信念和激情",并"苏醒主宰生活","这才能成为杰作"③。

第二节 异域诗歌"影响"与"创生"的综合

埃德拉·庞德说"一个伟大的文学时代也就是一个伟大的翻译时代",帕斯也指出"诗歌传统,……是两个轴交叉的结果,一个是空间的轴,一个是时间的轴。第一个存在于不停地互相联系的公众的多样性……不同领域

① 臧棣:《现代性与新诗评价》,《最新先锋诗论选》,陈超编,河北教育出版社 2003 年版,第 445 页。

② 王家新:《回答普美子的二十五个诗学问题》,《诗探索》2003 年第 1—2 辑。

③ 〔爱尔兰〕威廉·巴特勒·叶芝:《诗人与画家》,奥登等著,马永波译,山东画报出版社 2006 年版,第 37 页。

的读者的相互联系以新鲜的血液和新的目光丰富了诗歌传统"①。他们的意思是说,一个民族、一个国家要取得巨大、伟大的文学成就,要成就自身厚实、优良的文学(诗歌)传统,必须采取开放的姿态,广泛接纳、充分借鉴其他民族、其他国家的文学资源。现代汉语诗歌,不仅是异域诗歌"催生"的,从某种意义上可以说就是异域诗歌"转移(译)"而来的;而且在其成长过程中,宏观至大大小小的诗歌流派、思潮,细微至许许多多的具体诗人,都能从异域诗歌中找到各自的"父亲"或"兄长"。就思潮、流派来说,如法国象征诗派之于以李金发为代表的中国早期象征诗派,苏俄普罗诗歌之于中国早期无产阶级诗歌,以燕卜荪、奥登等为代表的英美现代派诗歌和以里尔克为代表的德语诗歌之于九叶诗派……就个人来说,正如王家新所说,"几乎在每个中国现代诗人的写作生涯中都包含了一个'秘密',那就是对翻译诗的倾心阅读;同样,无论我们注意与否,在中国现代汉语诗歌的建设中,对西方诗歌的翻译一直在起着作用有时甚至起着比创作本身更重要的作用:它已在暗中构成了这种写作史中的一个'潜文本'"②。至于如是代表性"个案",可以说比比皆是。比如惠特曼等美国早期浪漫主义诗人之于郭沫若,比如"西方印象主义绘画与西方象征主义诗歌"③之于艾青,比如把中国式现代主义诗歌推向成熟的"集大成者"穆旦,更是受到了综合性的异域影响:因为荷尔德林、里尔克等"德语诗歌的存在以及由卞之琳带给他的瓦雷里,才形成了他诗歌强烈的叙事性、分析性(来自英美现代派),和'抽象的肉感'(瓦雷里语)与神秘的玄学色彩(源自法、德后期象征意义)的争执与共生,形成了他那种混合着理性与感性的原始的粗糙与克制的强力的,剃刀似的峻刻与肉感的,典型的穆旦式的风格"④。当然,说出中国现代诗歌是异域诗歌"转(移)译"而成的事实,并不是全盘认可、肯定这一事实的正当

---

①　[墨西哥]奥克塔维奥·帕斯:《批评的激情》,赵振江编译,云南人民出版社 1995 年版,第 69 页。

②　王家新:《没有英雄的诗》,中国社会科学出版社 2002 年版,第 193 页。

③　钱理群等:《中国现代文学三十年》,北京大学出版社 1998 年版,第 562 页。

④　赵寻:《论批判性个人化与穆旦对当下诗歌的意义》,《诗探索》2000 年第 1—2 辑。

性、合理性,更不是说明由于这种"影响",中国现代诗歌写作趋向了成熟,取得了成功,或者说提供了无可挑剔的完美诗人与经典诗歌。实际上,"转(移)译"写作给中国现代诗歌带来了诸多问题,从很多向度上掐断了其应有的"写好诗"可能路向。同时,在接受"异域"影响的原则立场、方式途径上,中国现代诗歌写作都存有诸多偏差和失误。即便那些相对来说有所建树的诗歌流派和诗歌写作者,在"影响"与"创生"的关系上,异域影响与中国古典诗歌影响的取舍、融合方面,也并不是无可非议、堪称范式的。

新中国成立以后,随着诗歌写作被"逼"入单一的政治化写作轨道,异域诗歌影响对于中国新诗写作来说,也受政治化的钳制而单一化、规范化起来,异化严重的时候甚至到了全线封锁禁绝的程度。这无疑使得诗歌写作因资源受限、"营养"欠缺而未能得到健全、正常的发育、成长,也失却了与异域诗歌必不可少的"对话"、沟通机会,当然更不可能获具走向世界、接轨国际的资质本钱。进入新时期,诗歌面向世界之门重新全方位打开,异域影响又复苏、活跃在了中国新诗写作的园地。不过,新时期以来包括20世纪90年代在内的诗歌写作对异域影响的接受存在着诸多不健康、不正常的地方。一方面,当形形色色的异域影响蜂拥而入时,多元化的选择使并没有相应的知识"养成"和诗学准备的诗人们陷入了尴尬的境地:对于到底哪一种流派才能真正顺应自己、契合自己,他们实际上无所适从,于是他们只能按照自己的趣味、习惯或干脆偶然随机地选择;另一方面,"西方经验主要还是一些典籍,一些形而上学的思想"和"想象中的(和在典籍中的)理论的乌托邦"①,中国的诗歌写作者对使用这些资源应该具备的文化背景和文化土壤没有任何感性认识和直接经验。这样一来,"诗人们的借鉴,更多是盲目的,或即兴式的,而并非建立在认真的系统研究的基础上"②。生搬硬套、模仿抄袭、复制移植的结果在造成"接收和借鉴产生了变形"的同时,更使作

① 陈晓明:《语词写作:思想缩减时期的修辞策略》,《中国诗歌九十年代备忘录》,王家新、孙文波编,人民文学出版社2000年版,第95页。

② 张曙光:《关于诗的谈话》,《语言,形式的命名》,孙文波等主编,人民文学出版社1999年版,第242页。

为接收者和借鉴者的诗人失去了自主、自持,不能将异域影响有机地化入自己的精神血脉从而成为面向本土现实、当下自我的有效质素,也就是在诗歌写作中不是异域影响为"我"所用而是"我"为异域影响所用了——这正是一些人所指责、担心的"殖民化写作"的症候。异域"影响""喧宾夺主"或者说"反客为主"所导致的"悲惨"局面是:由于诗歌写作无所制约的全盘欧化、西化,以至于大量所谓的现代汉语诗歌徒有"现代汉语"之名而无"现代汉语"之实了。出于对此情形的不满和反拨,20世纪90年代一些具有综合性"影响"诗学意识的诗歌写作者和评论家提出了将异域"影响"与"创生"综合起来的诗学主张。

一方面,他们认为,现代汉语诗歌写作必须接受、吸纳异域影响,是不能动摇也是不可能动摇得了的。随着全世界的开放程度越来越高、地球缩小为一个村庄成为事实的时代到来,既然政治、经济、文化等其他领域都越来越"一体化"了,诗歌写作又怎么可能"闭关锁国"各自为阵呢? 因此,中国现代汉语诗歌写作所面对的,不是走不走向世界而是如何走向世界的问题:"世界诗已经进入我们,我们也进入了世界诗,的确有一种共同的世界诗存在,这里没有纯中国诗,也没有纯西方诗。"①而走向世界的条件,就是要接受、认可世界性的诗歌规范、审美品格、艺术要求,就是要采纳、利用世界性的诗歌技艺、表意策略,以使现代汉语诗歌在世界范围内具有可交流性、可接受性。诗歌写作固然以本民族、本国、当地为本位,"但同时我们不应忽视人类有着相通的东西",不应忽视人的精神心灵尤其存在着内在的呼应和融合,因此,以呈示精神、心灵和言传情思、意志为本位、本体的诗歌由于内在规定性上的通约性而具有了走向世界的可能和要求。同时,由于文学惯性、思维方式、心智笔力的限制,一个民族、一个地域的诗人可能炼就了"反映和认识"本民族和本地域、传达和书写本民族和本地域"心志"的最适合、甚至是最独到的诗歌写作方式、方法,但是任何一个民族、一个地域的诗人都不可能穷尽诗歌写作的所有优秀、可取的方式、方法。这样一来,只有

---

① 柏桦:《今天的激情》,上海人民出版社2006年版,第10页。

拆开不同民族、地域的诗歌写作的围墙,这各种各样的方式、方法才可能亮相在"地球村",通过"互文"、"对话"成为"地球村"诗歌写作者人皆可用的"公有财产"。对于不同民族、不同地域的诗歌写作者来说,面对如此丰富、如此广博的有益于本民族、本地域诗歌发展的世界性写作资源,当然"没有理由去排弃"而应该放开襟怀、广纳众采。正是因为如此,博尔赫斯认为"阿根廷的传统"是"整个西方文化",甚至主张"任何题材都可以尝试,不能因为自己是阿根廷人而囿于阿根廷特色"而"应该把宇宙看做我们的遗产"①。对于20世纪90年代这些主张大胆吸收、接纳异域影响的人来说,其目的正如一平所说:"主动让它(20世纪90年代诗歌写作——引者注)的字词重新进入世界,随同生命的参与而重新获得广阔的言说能力。……其使命就是于异域以生命为泥土播种言辞的种粒,为汉语开拓新的地域,汲取新的养分、经验,增加其光色、范畴、质量,扩充言说的空间和内涵。诗人是本语言的祭司,看守语言的质量、意义,为其开拓道路,增添光彩。"②

另一方面,纵然他们主张20世纪90年代的现代汉语诗歌写作向世界敞开、全方位深层次接纳异域影响,但他们毕竟是把书写本土诗歌当做根本和宗旨的。托马斯·曼说"我到了哪里,德国就在哪里",博尔赫斯说"作为阿根廷人是预先注定的,在那种情况下,无论如何,我们总是阿根廷人"③,孙文波也说"一个写作者,只要他还在用本民族的语言写作,那么不管他怎样写,他就仍然是属于自己民族的。……传统甚至带有血缘性质"④。上述诗人观点的意思是,任何诗人,不管如何自由自在、无拘无束地接受、运用异域资源都是不会被殖民化的——尤其是当他还在使用本民族母语写作的时候。从理论上讲,这是完全正确的,因为任何一个诗人的精神心灵、文化趣

---

① [阿根廷]博尔赫斯:《博尔赫斯谈艺录》,《博尔赫斯谈艺录》,王永年、徐鹤林、黄锦炎等译,浙江文艺出版社2005年版,第69页。

② 一平:《孤立之境》,《诗探索》2003年第3—4辑。

③ [阿根廷]博尔赫斯:《博尔赫斯谈艺录》,《博尔赫斯谈艺录》,王永年、徐鹤林、黄锦炎等译,浙江文艺出版社2005年版,第69页。

④ 孙文波:《写作的前提》,《厂长经理日报》1996年6月。

味、历史意识以及他使用的语言都天然地民族化、本土化、传统化了,就像一个人的皮肤颜色一样,无论濡染了什么都是更改不了其本色的,对于中国诗人来说,则如同一句歌词所说的"我的祖先早已把我的一切,烙上中国印"了。然而,理论与实践总是有偏差的时候。对于诗歌写作这样的个体精神性行为,却是真的有可能"他者"化的。如果一个诗歌写作者在移用、接收异域影响的时候,并没有作为诗歌主体的他自身民族化、本土化、传统化了的精神心灵的有机参与、主动干预,而他只是被动地对异域"影响"机械挪移、僵硬复制、死板模拟,如同孙绍振所批判的某些"对于那些深奥的西方哲学也并没有系统的理解"、"不过是以一种挟洋自重的手法,以装腔作势的姿态,说出许多口是心非的语言,来吓唬中国的老百姓"①的诗歌写作者那样,就只能将其的诗歌写作划归"殖民化写作"的圈子了。"殖民化写作"倾向在20世纪80—90年代的中国诗歌现场不仅已经出现,事实上还十分"火爆",也正是因为如此,一些人有了攻击接受、借鉴异域诗歌影响的口实。对于具有综合性"影响"诗学意识的诗歌写作者和评论家来说,他们之所以主张要借鉴、汲取异域影响,无非为了"洋为中用"写出更好的中国本土诗歌。因此,他们把"本土倾向"视为诗歌写作的"伦理承担",把写作"我们的诗歌"作为"自身的存在价值"②。在题材内蕴、情思经验上,他们要求20世纪90年代中国新诗写作植根的是变动不居的20世纪90年代中国本土特定的历史—生存—文化处境;在表意方式方面,他们反对诗歌写作者在接受心理上"崇洋媚外"、"挟洋自重",抵制在接受行为中"食洋不化"、生搬硬套,而坚执"是不是帮助我们有力地探索自己的情感"③作为是否接受、怎样接受异域影响的前提和原则。

从立场方面看,具有综合性"影响"诗学意识的诗歌写作者和评论家接

① 孙绍振:《后新潮诗的反思》,《1998中国诗歌年鉴》,杨克主编,花城出版社1999年版,第427页。

② 张曙光:《写作:意识与方法》,《语言,形式的命名》,孙文波等主编,人民文学出版社1999年版,第386页。

③ 姜涛:《叙述中的当代诗歌》,《诗探索》1998年第2期。

受异域"影响"的旨归在于写作中国本土诗歌时"以世界性的伟大诗人为参照,来伸张自身的精神",在于使中国诗歌写作"开阔语境"从而"不仅包容了本土现实,甚至也延伸到西方历史的文明中",以便显示出"中国现代诗歌在一个更大范围、或者说在全球文明的压力下来建构自身的抱负和趋向"①。从借鉴、采纳方式上看,他们不再盲目被动地接受异域影响,而是有意识地"误读"与"改写"异域文本,进而主动、自觉、创造性地与西方诗歌建立一种"互文"、"纠正"关系,这样,经过"转化"、"生产"过的异域资源就不再是作为一个摹写的"范本",而只是化约为了自我建构、"创生性"写作的原料和手段。因此,正如欧阳江河所说,异域"影响在融入我们的本土写作后,已经变成了另外的东西。⋯⋯对我们来说,重要的不是他们在各自的母语写作中原本是什么,而是在汉语中被重新阅读、重新阐释之后,在我们当前写作中变成了什么,以及在我们今后写作中有可能变成什么"②。在具有综合性"影响"诗学意识的诗歌写作者和评论家看来,只要真地做到了"为我所用",从而有效地"服务"与"服从"于植根 20 世纪 90 年代的中国本土现实、传达诗歌写作者自身的情思意志的"创生性"诗歌写作,接受外来文化和异域诗歌写作中有利因素的影响,是不会成为殖民写作的。当然,"异域"影响与"创生"的关系问题在具体的诗歌写作中是一个十分棘手因而难以合理把握、有效处理的问题。虽然将异域"影响"与"创生"综合起来的诗学立场、诗歌实践已经艰难而倔强地初显端倪,但它毕竟还无力、也没有改变、扭转 20 世纪 90 年代诗歌"转移(译)"甚至"殖民化"写作的整体状况和基本态势。

第三节 中国新诗"影响"与"创生"的综合

正如导论部分所说,任何一种"20 世纪 90 年代诗歌"命题所指涉的诗

---

① 王家新:《没有英雄的诗》,中国社会科学出版社 2002 年版,第 78 页。
② 欧阳江河:《站在虚构这边》,三联书店 2001 年版,第 81 页。

歌,都是相对于中国新诗、尤其是"20 世纪 80 年代诗歌"而言发生了"中断"和"转型"的诗歌。从"影响"与"创生"的角度看,20 世纪 90 年代诗歌写作"中断"和"转型"的大呼小叫、应接不暇,表明的是 20 世纪 90 年代诗歌写作者对中国诗歌版图上的既有诗歌写作的极度轻视、不信任和不尊重;表明的是他们唯我独尊、自我感觉良好,以为只有另起炉灶、推翻既有规范才可能或者就可以成为"经典"的褊狭心态。结果可想而知,他们无视"影响"(当然异域影响除外)的"20 世纪 90 年代诗歌"写作固然都是"创生"性的诗歌写作,但它们不仅没有从整体上振兴中国新诗,而且还因为不乏追新骛奇、泥沙俱下的"非诗"、"伪诗"写作而玷污、损毁了中国新诗的形象。在持综合性"影响"诗学的人看来——当然这也是从事实上看来,诗歌固然需要"创生",也就是需要"中断"和"转型",但是这种"创生"必须是综合了"影响"的创生,这种"中断"和"转型"毕竟只该是相对的而非绝对的,也就是说,这种"中断"和"转型"是在现代汉语诗歌整体、中国诗歌整体、甚至世界诗歌整体视野和背景下的"中断"和"转型",任何合理、有效的"20 世纪 90 年代诗歌"无论如何都应与它们有着牵连、瓜葛,或者说都应把"脐带"伸进它们的肌体。这就正如唐晓渡所作的精辟分析:"必须在同时考虑到'延续'和'返回'这两种倾向的前提下,并基于二者的互动关系,才能更深刻地领悟'中断'的意味。并没有从天上掉下来一个 90 年代,它也不会在被我们经历后跌入万劫不复的时间深渊。这里作为历史的写作、写作的现状和可能的写作之间所呈现的并非一个线性的过程,而是一种既互相反对、又互相支持的开放性结构;其变化的根据在于诗按其本义在自身创造中不断向生存、文化和语言敞开,而不在于任何被明确意识到的阶段性目标——不管它看上去有多么重要。"①在 20 世纪 90 年代,一部分持综合性"影响"诗学的人主张,"20 世纪 90 年代诗歌"写作除了应该接受中国古典诗歌"影响"、异域诗歌"影响"外,还应该接受中国新诗"影响"。

要接受和借鉴中国新诗"影响",首先得发现、认可中国新诗对"20 世

---

① 唐晓渡:《90 年代先锋诗的几个问题》,《山花》1998 年第 8 期。

纪90年代诗歌"写作的确会产生"影响"。对于中国新诗是否真的形成了自己的传统,由于不同的观照者理解和把握的角度不同,因而还没有在诗界达成共识。一部分人认为,中国新诗虽然诞生近百年了,但由于风云变幻的时代使得它长期处于动荡和分化的状态,尤其是相当长一段时间里它被剥夺了按照自己的艺术规律自由、自主成长的权力,因而没有形成自己较为稳定、较为持久的传统。比如骆寒超就根据"整个新诗现在还没有形成体系"、"完全不考虑规律性的东西"①而否认中国新诗有了自己的传统,比如西渡就曾明确指出:"现代汉语诗歌经过将近一个世纪的发展,正在日益走向成熟,但我认为它并未对我们构成一个完整的传统,以致使我们产生影响和焦虑,使我们不得不考虑对它是继承还是反叛的问题。"②

　　但在另外许多人看来,中国新诗尽管艰难曲折、跌宕起伏,但在一代代诗人的努力摸索下和潜心"积攒"、用心汇集中,是涤荡、淘洗出了自己的传统的;反过来说,正是因为这些大致具有"通约性"和"可公度性"的传统的存在,"中国新诗"或称"中国现代汉语诗歌"才得以有效命名,而一代代诗人也正是在这传统的滋润、养育下才得以确立自身的。"当代诗歌已具有了一个相当规模的传统"③、"现代汉语诗学自'五四'前后诞生以来,经过近百年的历史发展,形成了一套相当完整的话语系统,包括它的价值取向、思维模式、典型形象和象征符号"④等等,即是这种观点的代表。不过,虽然认同中国新诗传统的实存性,但由于关注点、着眼点不同,不同的人对于这传统的具体所指却存有不同的认知、理解。一些论者,如谢冕、赵寻等从诗歌写作的社会动机、现实意义的层面体认中国新诗的传统:"力求使诗切近

---

　　①　骆寒超在"21世纪中国现代诗第二届研讨会"上的发言,可参见凯风所写会议综述《中国现代诗:路在何方?》,《诗探索》2004年春夏卷。

　　②　西渡:《写作:意识与方法》,《语言,形式的命名》,孙文波等主编,人民文学出版社1999年版,第401—402页。

　　③　张曙光:《关于诗的谈话》,《语言,形式的命名》,孙文波等主编,人民文学出版社1999年版,第240页。

　　④　周晓风、荀学锋:《现代汉语诗学的传统与现代性问题》,《诗探索》2004年春夏卷。

现实的社会人生,力求使诗的艺术更加接近民众的趣味——中国诗歌在它的历史运行中,从来都着眼于有益于人心的建设和环境的改善。这种把诗歌的创造和传播,紧紧联系于中国实际,以及诗歌艺术的现代更新的实践,于是成为了中国新诗的传统"①、"在那一('五四'——引者注)'辉煌的瞬间'所形成的知识方式、价值态度,以其特有的'定向'(orientation),……在'无意识'的层面发挥作用——了解中国新诗史的人都容易知道,那些源自五四的'积习'如何塑造了中国新诗。"②另外一些论者,则把诗歌品格的"现代性"作为中国新诗的传统。如臧棣曾提出"现代性自身的内在逻辑是决定新诗面貌和走向的根本力量"、柏桦也指出"现代性已在中国发生,而且接近百年,形成了一个传统,我们只能在这样一个历史语境中写作,绝无他途"③。还有一些论者,比如吴思敬干脆把革新精神视为中国新诗的传统:(吴思敬)从精神层面和艺术层面肯定了新诗已有自身的传统:就精神层面说,新诗从一诞生就充满了革新精神,诗的解放与人的觉醒相伴随,现代人正是为自我存在破除一切桎梏人的形式,新诗绝不仅仅是形式的革新,同时也是思想的革新;就艺术层面说,新诗的形式在不断创新,新诗的不定型恰恰说明了新诗具有自己的传统——新诗人要为每一首诗设立独特的形式。④

笔者看来,上述不管是承认还是否认中国新诗形成了自己的传统,都是客观、公正的,并不存在谁是谁非的问题,甚至彼此之间也不存在根本的对立、冲突,因为他们是从不同的角度、凭依不同的理由观照、把握近百年新诗写作的。不过,着眼于诗学观照,笔者更同意骆寒超等人中国新诗还没有真正形成自己的传统的观点。因为,上文提到的一些论者虽然承认中国新诗打就了自身传统,然而他们中的不同人把捉、厘定的传统却各不相同、五花

① 谢冕:《新诗与新的百年》,《诗探索》2000年第1—2辑。
② 赵寻:《八十年代诗歌"场域自主性"的重建》,《激情与责任》,臧棣等编,人民文学出版社2002年版,第336页。
③ 柏桦:《今天的激情》,上海人民出版社2006年版,第10页。
④ 凯风:《中国现代诗:路在何方?》,《诗探索》2004年春夏卷。

八门,短短百年(对于一种艺术样式来说,的确是短的)新诗写作,却出现了那么多混杂、无序的"传统",则只能说明没有真正可以"一统"、规律化、涵盖中国新诗的传统。另外,对于上述不同论者"提拎"的不同传统特质,在事实上都只是某一类中国新诗写作或者某一阶段的中国新诗写作所具有着的而既并不是中国新诗整体的也不是贯穿百年中国新诗的"公共"特质,所以是"承受"、"负担"不起"传统"的"尊号"的。不过,在 20 世纪 90 年代持综合性"影响"诗学的诗歌写作者、评论家的理念中,如果认同中国新诗形成了自身的传统,20 世纪 90 年代诗歌写作当然应该接受、认可这传统的影响;而如果不认同中国新诗形成了自己的传统,也并不表明 20 世纪 90 年代诗歌写作可以无视或摆脱既有中国新诗的影响,因为传统不存在并不意味着中国新诗不存在,中国新诗史上即便是既有的单首诗歌文本、零碎的诗学观念和独立的个别诗人都应该以经验或教训的"面目"影响 20 世纪 90 年代的诗歌写作,至于长期以来的新诗教育、新诗文本的传播更应该或者潜移默化或者强制指令性地影响 20 世纪 90 年代中国新诗写作。当然这种"影响",未必就只是借鉴、模仿、继承,也有可能是比照、参考甚至对抗、反拨。我们说,承认与不承认新诗写作已经拥有了自身的传统,或者认为这传统——如果承认有——是多么单薄、脆弱是一回事,而中国新诗写作必须拥有自身的传统,或者说这传统必须坚实、厚重又是一回事,所以 20 世纪 90 年代及其以后的诗歌写作者应该担负起铸成、造就并夯实、加固这一传统的神圣使命。这就是西渡所说的"将我们这一代诗人的写作视为正在形成的传统的一部分,我们正以自己的才能、智慧和血性加入到这一伟大的过程中"①。而正确面对、处理中国新诗写作的已有"影响",无疑有助于这一神圣使命的完成。

维姆萨特说"艺术作品像活着的植物一样会生长,吸收多种元素到自

---

① 西渡:《写作:意识与方法》,《语言,形式的命名》,孙文波等主编,人民文学出版社 1999 年版,第 402 页。

己的本体中"①,持综合性"影响"诗学的诗歌写作者、评论家自然要求20世纪90年代的诗歌写作对中国新诗写作中的营养"元素"也要充分汲取、采纳。对于从事现代汉语诗歌写作的人来说,在写作实践上,与中国古典诗歌传统的影响和异域诗歌的影响相比,由于写作语境有着更多的相似性、诗学观念和诗歌抱负有着更大的趋同性和接近性,题材对象、情思经验、语言载体、形式技艺也有着更多的亲缘性、同一性,已存的中国新诗写作应该具有更大的亲和力和认可度,也应该更具有直接性、具体性、针对性和可操作性,总之,应该更具有"可接受性"。事实上,一些诗歌写作者对此是深有体会的:"与阅读外国或古典诗歌相比,我总是觉得,阅读当代诗人的作品,更容易获得启发,某种内心的共鸣也更容易发生,我往往能够辨认出一行诗背后的历史,能够理解诗人具体的焦灼和压力,知道他这样写的理由和语境,以及他所面对的问题。"②然而,由于厚实、坚固的传统毕竟不是简单叠加、堆垒而是凝练、结晶而成的,而这凝练、结晶的过程必然需要相对漫长、持久的时间,这样,相较于中国古诗传统和异域传统,中国新诗写作明显凝练不足、结晶不够,而且也缺少足够的验证、汰选。所以正如前文所述,中国新诗还没有形成自身足资借鉴、采纳的传统。因而,对于中国新诗"影响",奉行纯粹的"拿来主义"更不可取。

20世纪90年代诗歌写作者必须意识到中国新诗写作本身实在是不成熟甚至不能说是成功的。虽然自诞生以来,中国现代汉语诗歌写作就蹒跚学步地行走在了现代主义诗歌写作的崎岖小道上,但其中的诸多诗歌潮流、个人都"不过是我们的兄长,比我们更早一些睁开眼睛,呀呀学语,在一个大的旅程上我们几乎是站在同一个起跑线上。对诗歌写作者来说,他们拥有我们同样的方向、工具、障碍和贫乏"。也就是说,在中国新诗写作中,

---

① [美]威廉·K.维姆萨特:《推敲客体》,《"新批评"文集》,赵毅衡编选,百花文艺出版社2001年版,第571页。

② 姜涛:《姜涛访谈录:有关诗歌写作的六个常见问题的回答》,《先锋诗歌档案》,西渡、郭骅编,重庆出版社2004年版,第177页。

"在我们前面还没有找到一个成熟、强大的典范给我们以哺育"①。从某种意义上可以认为,短短百年中国新诗写作,不仅事实上是由此起彼伏、接二连三的"实验"、"尝试"组合、排列而成的,而且如把它看做一个整体,本身就还只是一次结果还无定论的"实验"与"尝试"。既如此,20 世纪 90 年代诗歌写作者第一步所要做的除了发现、捕捉到中国新诗的"影响"外,还必须对发现、捕捉到的"影响"进行把脉、辨析、估量、验证,以在自身的写作中留当所留、弃当所弃。在具体处理、应对这些"影响"时,正确的做法应是更多地将其树立为参照、为方向,甚至将其设置为超越、突破的对象,而不应把重心投放在承接、使用上。在"断裂"、"转型"唱主调的 20 世纪 90 年代诗歌写作视界,相较于对中国古典诗歌"影响"(尽管也十分不够)和异域诗歌"影响"(当然是过剩、超量)的有意识主张和明确践行,面对、处理中国新诗"影响"的诗学理论和诗歌实践都显得异常欠缺,其原因关键在于这"影响"的难以明确、难以"锁定",使得无论是诗学理论还是诗歌实践都缺乏足够的操作性、可行性。不过,尽管存有上述迷障,在虽然"稀缺"但已经出现的承认中国新诗"影响"确实存在并主张将其综合进"创生"20 世纪 90 年代诗歌写作的诗歌写作者和批评家的极力倡导、践行下,20 世纪 90 年代诗歌写作还是在这方面取得了一定的建设性成果,如对中国新诗写作"历史化"、"非个人化"立场的选择、鉴别性吸取、采纳,便是典型的例证。

中国新诗自诞生以来——甚至诞生本身,除了极端政治化时段,对"现代性"的追求都有着凌驾于一切之上的先验性、决定性优先地位,而"现代性"的标准和依据就是异域诗歌,特别是西方诗歌、欧美诗歌所具有的属性,至于中国古典诗歌、中国本土诗歌,不仅根本无"现代性"可言甚至就是"现代性"的对立面。这样一来,在现代汉语诗歌写作的行进途中,只要有"影响"诗学存在,便是对西方、欧美诗歌无条件、无鉴别的恭迎、笑纳而对中国古典诗歌、中国本土诗歌严厉、刻薄的批判、阻拒。回过头看,现代汉语

① 简宁:《我们路上的叔叔》,《1998 中国诗歌年鉴》,杨克主编,花城出版社 1999 年版,第 437 页。

诗界既有的主导、主流"影响"诗学,在对"影响"所在的指认上是单一的而不是综合的,那就是偏于"西方"、欧美诗歌而疏离、忽视中国古典诗歌、中国本土诗歌;在对"影响"与"创生"关系的处理上,也片面侧重于接受异域的"影响"而未能或无力将"影响"综合进"创生"之中。上述"影响"诗学的异化状况,以及相应的诗歌写作的异化状况,在20世纪90年代中国诗界依然如火如荼地活跃着、亢奋着。因此,本章所论及的综合性"影响"诗学和相应的诗歌写作,尽管声音算不上响亮,影响也不够大,但毕竟是对矫正强大、霸权色彩的异化"影响"诗学作出的积极努力。客观地看,这一"影响"诗学主要还停留在诗学立场、抱负的层面,至于在实际诗歌写作中如何操作、实行,它还没有提出较为切实、具体的"指导性"意见。所以,尽管诗学理论有了,但足以佐证、应验、配套、说明它的的诗歌文本还没有出现——也许,这也正是这一"影响"诗学影响不大的原因吧。需要指出的是,上面只是单方面地分开分析了中国古诗"影响"与"创生"的综合、异域诗歌"影响"与"创生"的综合以及中国新诗"影响"与"创生"的综合,事实上,在出现于20世纪90年代的综合性"影响"诗学和诗歌写作中,也有将中国古诗"影响"、异域诗歌"影响"、中国新诗"影响"三者或者其中的两者综合起来后与"创生"综合的"影响"诗学和诗歌写作——应该说,这是更具有综合性的,因而是更具有建设性、合理性的"影响"诗学和诗歌写作。

第五章　情思经验的"异质混成"

在前面几章,我们从混乱、无序的 20 世纪 90 年代诗歌版图上所"搜捕"、"打捞"出来并加以评判、辨析的综合性诗歌写作,侧重于诗学观念、抱负和写作立场、姿态方面的综合性。其实,除了诗学立场、写作抱负,诗歌写作的综合性,也体现、反映在诗歌文本的综合性方面。诗歌文本的综合性,最主要体现、反映在诗歌内容的综合性上,也就是诗歌内涵意蕴、题材对象的综合性上。近现代以来,一些诗歌写作者和理论家,把内涵意蕴、题材对象的综合性视为诗歌文本"现代性"的重要指标之一。在他们提倡、践行的诗歌文本中,内涵意蕴、题材对象的综合性被"有意识"(诗学意识)地凸显在许多方面,如感性与理性的综合、具象与抽象的综合,等等,而与非综合性诗歌文本相比,所谓现代性诗歌文本的综合性表现得最为独到,特别是诗歌情思、经验的"异质混成"。上个世纪活跃于英美文坛的新批评派,尤其热衷于诗歌写作和其他文学写作情思、经验的"异质混成"。艾略特看重 17 世纪英国玄学派诗人的原因之一,就在于他们的诗歌写作显著地具有这种综合特质:他们"将各种意象和多重联想通过撞击而浑成一体"、"异质可以通过诗人的思想而强行结成一体"、"最异质的意念强行栓缚在一起"、"他们把这些材料组合起来成为新的统一体"①。瑞恰慈明确提出的"包容

---

① ［美］T. S. 艾略特:《玄学派诗人》,《艾略特文学论文集》,李赋宁译,百花洲文艺出版社 1994 年版,第 19 页。

诗"、"综感论"①等诗学概念和术语,所指对的主要就是诗歌内涵意蕴情思、经验的"异质混成"。

　　在20世纪90年代,只要打着"现代性"的名号,诗歌写作便可以获得"免检"特权而通行无阻。与此相配套,不管是诗学立场、写者姿态层面的还是诗歌内涵意蕴、表意方式、美学品格维度的,"断裂"、"转型"都可以理直气壮、昂首挺胸地一试身手。在20世纪90年代,在内涵意蕴、题材对象方面,情思、经验显现出单一、绝对、纯粹的诗歌文本大量存在,甚至可以说仍旧是诗歌文本的主流。不过,力求或者说实现了与此中断(20世纪90年代之前的)、区分(20世纪90年代同期的)的情思、经验"异质混成"的综合性诗歌文本,在20世纪90年代也觅得了自己一个并不惹眼的角落。实验、试探于20世纪90年代诗歌"乱世"的情思、经验"异质混成"的诗歌写作,从学理上看,是诗歌写作者受西方自现代以来综合性诗歌写作理念和实践的"影响"而"养成"的诗歌观念、诗学立场的产物,也就是说,它是有着特定诗学背景的诗歌写作。在具体方式上,20世纪90年代情思、经验"异质混成"的诗歌写作主要体现为以下三种类型:对同一诗歌对象的不同情思、经验的"混成";同一主题指向中的不同情思、经验的"混成";无外在逻辑统一的不同情思、经验的"混成"。

第一节　情思经验"异质混成"
诗歌的诗学背景

　　情思、经验"异质混成"的诗歌,是诗歌观念、诗学意识"现代性"转化的产物,具体说来,主要也就是由"纯诗论"向"不纯诗论"转化的产物。纯诗

---

　　①　包容诗(poetry inclusion):瑞恰慈创造的术语,相对于"排他诗"(poetry of exclusion)而言。他要求诗歌不能满足于有限的经验范围,而应当有"异质性"。综感论(synaesthesis):瑞恰慈提出的美的定义:"对立冲动的平衡是最有价值的审美反应的基础。"以上界定可参阅《新批评派常用术语简释》,《"新批评"文集》,赵毅衡编选,百花文艺出版社2001年版。

写作与非纯诗写作是近现代以来世界范围内诗界争论不休的话题。对于何为纯诗写作，正如沃伦所说，"纯诗企图把可能调整其原来的冲动或与之抵触的某些成分以多少有点僵硬的方式排除出去从而变得纯净。换言之，纯诗想成为——拼命地想成为——完整无缺"。只是，怎样的诗歌才算"纯净"，哪些"存在"应该视为有碍诗歌"纯净"的杂质从而理当"排除"？在诗歌写作者和批评家中间存在着事实上的理解分歧，因而沃伦进一步指出："同样明显的是，在许多被分析过的各种小诗集里被容许存在或被排除在外的那些杂质在不同的诗中是各不相同的。这是完全在意料之中的，因为纯诗的学说不止一种——对诗中的杂质由什么构成的解说也不止一种——而是有许多种。"①在关于纯诗的多种见解中，自然有把诗歌内涵意蕴的纯净，或者说把诗歌中情思、经验的纯粹、单一视为纯诗的根本的看法、观点。事实上，包括沃伦在内的英美新批评派所主张的非纯诗写作就是集中针对内涵意蕴、题材对象上绝对、单一、纯粹的情思、经验这一向度的纯诗写作提出来的，因为它所强调的主要是诗歌内涵意蕴的"互相冲突"、"异质"、"对立冲动的平衡"等等，如沃伦的"不纯诗论"，瑞恰慈的"包容诗"、"综感论"。

　　之所以诗歌的内涵意蕴要由情思、经验的单一、纯粹走向"异质混成"从而成为综合的诗、包容的诗，一个重要原因在于追求"现代性"的诗人对诗歌的价值功能的认识发生了"转型"。在美学价值上，他们把"经验"上升为诗歌写作的"关键词"，里尔克就明确提出"诗不是抒情，而是经验"、"诗歌，说到底，不是源于想象而是源于经验"。他们不再认为诗歌只是单纯地或者抒发一种情感、或者阐释一种思想、或者描叙一种事象，也就是不仅仅言传一种"意思"，而是力求呈现凝聚、集结了情感、思想、事象的错综复杂的经验。这种经验的呈现，使得诗歌将抒情、叙事、议论等等各种文类的美学色彩杂合、揉捏在一起具有了混成、共生的美学价值功能。在社会价值

---

① ［美］罗泊特·潘·沃伦:《纯诗与非纯诗》,《"新批评"文集》,赵毅衡编选,百花文艺出版社 2001 年版,第 193 页。

上,他们把诗歌从"为神说话"、面向政治的虚拟"圣坛"拉向了"为人说话"、面向生活与生存的真实世界,从而实现布鲁克斯所指出的,诗歌写作通过书写生活状貌、书写生活经验以实现对生活的"模仿":"而诗歌,假如是一首真正的诗歌的话,由于它是一种经验,而不仅仅是任何一种关于经验的陈述,或者仅仅是任何一种经验的抽象,它便是现实的一种模拟物(simulacrum)——在这种意义上说,它至少是一种'模仿'(imitation)。"①既然诗歌是作为现实生活和人的生活的"模拟物"而存在的,那么就不可能是单一、纯粹的了,因为生活本身不是单一、纯粹而是复杂、异质地综合、混生着的。正是在此意义上,提倡"不纯诗论"的沃伦把诗歌的不纯归结为了"世界"本身的不纯:"在一个完美无缺的世界里,绝对纯的诗中就不会掺上一点杂质? 不,看来这并非仅仅是我们这一世界的不足,因为诗中包含(而且是有意识地包含)的所谓的杂质比它们本来似乎必然会出现的来得多。它们甚至还不及在这个不完美的世界上应有的那样纯净。它们把自己给糟蹋了,因为其中出现了不和谐的音调、拙劣的韵律、丑恶的言词和丑恶的思想、口头俗语、陈词滥调、乏味的科技术语、思维活动和论辩、自相矛盾、机智、讥嘲和写实——所有这些把我们带回到散文的和非完美的世界中。"②

当然,诗歌毕竟只是生活的"模拟物"而不是原生态的生活,而"模拟"的生活也就是诗歌写作者感受、体验和理解、意识了的生活,或者说是诗歌写作者情思化、经验化了的生活;而如果非要说诗歌就是生活的话,那也只是"精神生活"——不仅仅指情感、思想、经验等精神层面的生活,也指经过诗歌写作者对客观生活感受、体验和理解、意识等精神化了的主观性生活。因此,说诗歌是生活其实是说诗歌是生活在诗人头脑中激起的精神和心灵产物,或者说是诗人对生活的意识和体认、经验和感受、"认识和反映"。生活的错综复杂性、综合混生性必然导致诗人对其的反映和反应的错综复杂

---

① [美]克利安思·布鲁克斯:《释义误说》,《"新批评"文集》,赵毅衡编选,百花文艺出版社2001年版,第229页。

② [美]罗泊特·潘·沃伦:《纯诗与非纯诗》,《"新批评"文集》,赵毅衡编选,百花文艺出版社2001年版,第179页。

性、综合混生性:"在我们现存的这样一个文明里,诗人显然很可能且不得不是令人难以理解的。我们的文明包含了巨大的多变性和复杂性,当这种巨大的多变性和复杂性在一个精细的感性上发生作用,必然导致不同的和复杂的结果。"①于是可以说,诗歌情思、经验的"异质混成"其实在于诗人对生活的意识和经验的"异质混成"。这就正如陈超所分析的,"有必要扩大诗歌文体的包容力,由抒情性转入经验性,由不容分说的主观直泄,转入对生存——生命的分析乃至'研究'。……这种写作要求诗人抑制单向自我的抒情姿势,忠实于成人精神世界的复杂性、矛盾性和可变性,在诗中更自觉地涉入追问、沉思和互否因素。诗人将自我置于与具体生存情境对称的立足点上,冷静、细密、求实地进行分析和命名,探究经验的多重内涵,呈现其可能性"②。

　　面向生活、书写经验的诗歌必然是包容的诗歌、"异质混成"的诗歌、综合的诗歌,也就是兰色姆所说的是"大量局部组织连缀起来的一种松散的逻辑结构"的诗歌。然而,既然这异质的"局部组织"能够"相容"于同一首诗歌之中,则又说明它们毕竟有统一性的一面,或者说,诗歌写作者是将它们加以平衡、调和后融会于一首诗中了的。否则,如果诗歌写作者不加以诗化处理、诗性化合而只是把原本互不关涉的"局部组织"在纸张上简单、机械地排列、堆叠在一起,使得这些诗歌"原料"失却内在的统一而依旧呈现为互不关涉的各自为阵状态,那这样的诗歌写作就无所谓混"成"、无所谓"综合"了,这样的诗歌文本也就自然因为没有诗意的统一而不成其为"诗歌"而成为只有纯粹"局部"而没有"组织"的文字"大杂烩"了。事实上,主张内涵意蕴的综合的西方现代诗人和评论家,在强调诗歌情思、经验的"异质"的同时,更注重这些异质的"混成",也就是诗歌内涵意蕴的统一性和整体性。布鲁克斯说:"一首诗富有独特的统一感,在于将各种思想感情统一

---

　　① ［美］T. S. 艾略特:《"新批评"文集》,赵毅衡编选,百花文艺出版社 2001 年版,第 49 页。

　　② 陈超:《可能的诗歌写作》,《90 年代实力诗人诗选》,杨克主编,漓江出版社 1999 年版,第 620 页。

到从属于整体的主导的这一思想感情的组织层次之中，即使那些偶尔可能既具有逻辑统一又具有诗意统一的诗歌也是如此。在一首统一和谐的诗歌中，诗人已经同他的体验'达到和谐一致'。这首诗不只是归结在一种逻辑的结论里。诗的结论是由于各种张力作用的结果，这种张力则是由命题（propositions）、隐喻、象征等各种手段建立起来的。统一的取得是经过戏剧性的过程，而不是一种逻辑性的过程；它代表了一种力量的均衡，而不是一种公式。"①

　　对于原本无关疏离、甚至对立冲突的"异质"存在，如何才能达成融合、取得统一从而"步入"同一首诗呢？自然，这需要的是诗歌写作者的技术性处理以使各"局部组织"实现方向一致的诗意转化、诗性处理和结构性落实。在柯尔律治看来，这种转化和落实靠的主要是诗歌写作者所运用的"平衡与调和""对立的、不协调的品质的""想象力"：想象力"显示出自己是对立的、不协调的品质之平衡与调和：异之于同；具体之于一般；形象之于思想；典型之于个别；陈旧熟悉的事物之于新鲜感觉；不同寻常的秩序之于不同寻常之情绪……"②。因为这种想象力的运用，那些表面上不协调的矛盾、无关的东西紧结在了一起，尽管这种融合不是逻辑上的，也尽管表面上它违反了科学和常识。在布鲁克斯看来，这种转化和落实靠的是"洞察力"："一种能够保持经验统一的洞察力，并且在其更高更严肃的水准上，战胜那些明显矛盾和冲突的经验成分，把它们统一到一种新模式中去。"③而在艾略特看来，玄学派诗人们之所以能"将各种意象和多重联想通过撞击而浑成一体"、之所以某种程度上的意念和素材的"异质可以""强行结成一体"、"强行拴缚在一起"，从而使得局部"材料组合起来成为新的统一体"，

---

　　①　[美]克利安思·布鲁克斯：《释义误说》，《"新批评"文集》，赵毅衡编选，百花文艺出版社 2001 年版，第 224 页。

　　②　转引自[美]克利安思·布鲁克斯：《悖论语言》，《"新批评"文集》，赵毅衡编选，百花文艺出版社 2001 年版，第 370 页。

　　③　[美]克利安思·布鲁克斯：《释义误说》，《"新批评"文集》，赵毅衡编选，百花文艺出版社 2001 年版，第 230 页。

是因为他们的"思想"以及同想象力、幻想力相结的"机智"等等因素综合作用的结果。

中国古典诗学和中国古典诗歌写作,不存在明显、直接的"纯"与"不纯"的提法,但在诗学事实和诗歌实践中,就情思、经验来说,是以"纯"为主的。也就是说,一首中国古诗一般只包含一个主题、一种思想、一种情感、一种意绪和一种经验,而不会容纳进多维、异质的情思、意念和经验。现代汉语诗歌自发生以来,虽然偶尔闪现过"纯诗"写作的些微亮光,但那基本都是理解得过于狭隘的"纯诗"写作,主要指向的是不及物写作或排空现实价值意义的纯粹形式、语词写作,几乎没有关联到诗歌的内涵意蕴。其实,长期以来,情思、经验的绝对、单一、纯粹是作为"写作无意识"而习惯性地自然支配、控制着中国新诗的诗歌写作者的。一首现代汉语诗歌,无论是长诗还是短诗,常常是以抒发一种情感、阐明一种观念、说清一个故事为"己任"的。即便某些诗歌中偶尔闪动过情思、经验"异质混成"的萤火,那也不是明确的诗学理念、直接的写作立场作用使然。情思经验的"异质混成"成为一种诗学观念,被有意识地提倡和推行,至少在当代,只是20世纪90年代才星星点点地出现的。

当然,诗歌情思经验"异质混成"的诗学立场和理念,也是20世纪90年代"西风"劲吹的异常现代汉语诗歌语境中的"舶来品"。它所要"对抗"的是在题材对象、内涵意蕴上显出单一、纯粹、绝对特征的"政治写作和群众写作"以及理解得过于狭隘的中国化的"纯诗"写作,因而从"破坏"、"革命"的动因上看,它是有效的、合理的。然而,正是这种动因,使它不可避免地带有冲动、激进、急切的色彩。与20世纪90年代的诸多"起义"、"瓦解"诗学一样,关乎情思经验"异质混成"的诗学,在"建设"和"创立"方面是存有诸多不足的。对于西方(比如新批评派)关于这个问题的理论话语,它缺少必要的辨析、汰选机制和"中国式"转化、改造而显示出生吞活剥、盲目搬运的特点。其实任何诗学理念,固然有世界性的一面,但更有地域性、时段性的一面,因为社会历史文化背景和诗学传统、诗歌写作现实情状,是诗学理念产生、存在的土壤,情思经验的"异质混成"在西方、欧美有效,未必在

20世纪90年代中国新诗写作中也完全有效。其实,就在西方、欧美本土的视阈中,将"经验"推举到诗歌写作的本位,将"异质混成"诗歌视为绝对优于内涵意蕴单一、纯粹的诗歌,本身就不是没有可以推敲、商榷之处。20世纪90年代情思经验"异质混成"的诗学,只是一味把精力投注给"经验"、投注给"混成",而忽视了如何使这"经验"、"混成"皈依、抵达诗歌的精神性、心灵性"情"、"志"、"意"本体。诗歌固然可以写作"经验",但经验不能成为诗歌写作的本质论目的,写作经验只应该是抒写和传达"情"、"意"的方式、途径;同时,情思经验的"异质混成"固然使诗歌的内涵意蕴、题材对象具备了包容性、综合性,但其旨归应在于包容进具有统一性的诗情、诗美和综合出具有一致性的诗意、诗性,否则这包容、这综合就成了"非诗"、"伪诗"化的包容、综合,这"混成"就成了有"混"而无"成"了。

第二节 对同一诗歌对象的不同
情思、经验的"混成"

诗歌是外在对象世界在诗人精神心灵中发生反应的产物,或者说是诗人对外在对象世界的"认识与反映"。事实上,在现实生活中,面对任何对象,人们的认识和感受都不是单一的、纯粹的,而是要从不同的侧面、不同的角度切入以获得多维的感受、体验和认知、领悟。有时,对同一对象,同一认识主体甚至会产生矛盾、冲突的感性体验和理性认知。这样,如果诗歌写作不再被纳入极端政治化的轨道,不再纯粹为了抒发公共的情感、传达指定的观念、"反映与认识"所谓生活的本质,而从代言式写作返回到"模拟"生活本身的个人写作,那么,就必然是"如实"呈现出面对和处理对象时的多维(其中也包括对立、冲突的)感受、体验和认知、领悟的写作,从而使诗歌内蕴呈现出不同情思、经验的"混成"状态。当然,这只是从"必然"性上说的。事实上,操持综合性写作的"现代"诗人和诗评家,通过有意识、立场化地凸显、强化这种"必然",把情思、经验的"混成"上升到了诗学的高度,同时也将其视为诗歌"现代性"的重要标志之一。中国新诗派的理论代表袁可嘉认为,"现代性"诗歌的综合特质在于"绝对强调人与社会、人与人、个体生命中诸种因子的相对相成,有机综合,但绝对否定上述诸对称模型中任何一种或几种质素的独占独裁,放逐全体;这种认识一方面植基于'最大量意识状态'的心理分析,一方面亦自个人读书做人的经验取得支持,且特别重视正确意义下自我意识的扩大加深所必然奋力追求的浑然一片的和谐协调"①。

在20世纪90年代把直面现实生存处境、应对共同命运遭遇、处理当下生活经验作为诗歌写作的立足点和根本的部分现代汉语诗歌写作者看来,诗歌内涵意蕴和题材对象上情思、经验的"异质混成"是诗歌写作介入历史和生活的必然要求。这就正如姜涛在分析西川诗歌的综合特质时所指出的:"它意味着诗歌对历史、生活的介入,不仅是要有力的、而且还要是独特的,是在放弃教条、标准和正确见解的前提下,对生活矛盾、复杂性的同情性观察,是想象力对混乱的一种自足性反应。……在他的身上,西川唤起的其实是一种与浪漫主义有深刻渊源的现代诗学理念,在现代世界的紊乱冲突中,诗歌的整和价值来自对矛盾冲突的有机调和,复杂的诗艺达到的'意识最大状态',也就是精神的丰富和包容状态,在其中某种自我的完整以及对他人的影响,才有迹可求。"②对同一诗歌对象的不同情思、经验的"混成"具体可以"分解"为两类:对同一对象从不同方面、角度获具的情思、经验的"混成";对同一对象产生的对立、冲突的情思、经验的"混成"。下面对20世纪90年代诗歌写作中所出现的这两种类型分别加以考察、分析。

的确,既然外在对象存在(人、事、物)总是立体的、全方位的而不是平面的、单向度的,那么,作为主体的人对其打量、观照的目光就应该会是覆盖、包罗性的,而打量、观照所得——或者是感受、体验,或者是认识、领

① 袁可嘉:《新诗现代化——新传统的寻求》,天津《大公报·星期文艺》1947年3月30日。

② 姜涛:《被句群囚禁的巨兽之舞》,《在北大课堂读诗》,洪子诚主编,长江文艺出版社2002年版,第245页。

悟——也就应该是多维度、多侧面、多层次的。这样,秉执综合性写作的诗歌写作者就要如同上文所引袁可嘉所说的"强调……诸种因子的相对相成,有机综合,但绝对否定上述诸对称模型中任何一种或几种质素的独占独裁,放逐全体",从而把多维度、多侧面、多层次的感受、体验与认识、领悟全盘托进诗歌当中,使诗歌的内涵意蕴呈现出情思、经验的"异质混成"状态。《西游记》是张曙光在精神下滑、灵魂塌陷的物质时代里为知识分子刻画的一幅生存肖像。显然,诗人对作为知识分子的"他"的打量和观照是多角度、多方位的,因而使其成为了"圆形"人物而非"扁平"人物。一方面,他感受着并同情着"他"的外在生活状貌。在物质喧嚣里"漫不经心地生活,或写作"显然是不合适宜的了,因而他"展览"给现世的便只会是狼狈、难堪:"穿行在人流中/挤公共汽车,踩别人的脚/或被别人的脚踩。一个中年妇女/狠狠地白了他一眼。/他有些谢顶/但仍然瘦削,一颗苹果核般的喉结/(他的妻子有时指责他长得像女人)。"另一方面,诗人也深入到"他"自身的心灵世界洞悉并理解着"他"犹疑、彷徨的精神情态。如对写作的价值、意义的怀疑、迷惘:"'写作就是做梦,'他说,'从一个梦/进入另一个梦,或者如同从梦中醒来'。他苦苦思索/这件事发生时会看到些什么/也许会发现置身于荒凉的山冈,身影/被巨大的月亮吞没,或一群骷髅/环舞着,拉扯他沾湿露水的衣衫";如对人生、生活的思考和悲感:"他开始思考真实或表象的问题/在每一个对他微笑的女人那里/他感到一种阴险的图谋,或者/看到的是一堆白骨"、"有时他惊奇地看到另一个自我,在/查尔斯河畔的长椅上,与他作对"。此外,诗人还"发现"并体认着"他"的社会形象和政治角色:"他生来是个反叛者,痛恨/一切陈腐的事物,而不愿囿于/陈规。愤怒的青年,打死父亲/但没有父亲可打……很快他变得趋于平和。崇尚/伊壁鸠鲁,沉溺于牧歌式的情调。"在北大诗人戈麦自杀后,同为北大诗人的臧棣写了悼念和追思性的诗篇《戈麦》。在诗篇中,诗人对戈麦投递了多向度的复杂情感、认知。对于戈麦对诗歌的"精通"和热爱、投入,臧棣把捉到了而且对其表达了正值向度的情感意向:诗人肯定"此人深爱需要勇气的艺术";并对他谈论"自印的处女诗集"时的"语调果决、直接、犀利"表示了赞美:"似乎在其中,有一种节奏/就像勃拉姆斯的手指肯定着音乐。"与此同时,臧棣对戈麦对海子的兴致、对戈麦的性格的"判断和固执"也传递了含糊、不认可的思想态度:"我们之间的唯一的一次不愉快/是我打断了你谈论海子的兴致"、"这是有时候必要的分歧/但却因性格的参与而显得微妙:你开始了解我的趣味和偏见,/而我开始熟悉你的判断和固执"。另外,对于戈麦对诗歌的偏激、极端式的倾情乃至为诗自杀,同为诗人的臧棣一方面表示了悲伤、追怀:"这是在/你的忌日,用急促的心跳和/微微颤抖的手,我写下这首诗",另一方面,诗人又辩证而理智地表示了反思和质疑:"你的死亡使我震惊,但却/教育不了我"、"克制不住幻想着能像一个人那样/单独面对你,面对死亡的剩余价值"。

除了表达、传递从不同侧面和角度获得的对同一诗歌对象的不同情思、经验外,20世纪90年代部分诗歌中还传达了对同一诗歌对象从同一角度获取的矛盾、冲突、对立的感受体验与认知领悟。事实上,在现实生活中,人们面对同一对象时,也往往不是只产生绝对的单向度的思想、情感,而是"爱恨交加"、"悲喜掺合"的。因此,"与生活相对称、相较量"的"处理生活"[1]的诗歌应该打破二元对立的思维和感知模式,把应对外在对象存在时互疑互否、相斥相阻的情思、经验邀约、接纳到诗歌之中,使其成为江涛所谓"芜杂的、不洁的"[2]诗歌和西川所谓"人道的诗歌、容留的诗歌、不洁的诗歌"和"偏离诗歌的诗歌"[3]。这里,有必要提及由湖南的江堤、陈惠芳、彭国梁等在20世纪80年代后期至20世纪90年代发起的"新乡土诗"[4],也就是"两栖人"的乡土诗。所谓的"两栖人",是一个特定的称谓,指的是从

---

① 西川:《90年代与我》,《诗神》1997年第7期。

② 姜涛:《一篇札记:从"抒情的放逐"谈起》,《从最小的可能性开始》,肖开愚等编,人民文学出版社2000年版,第327页。

③ 西川:《让蒙面人说话》,东方出版中心1997年版,第271页。

④ "新乡土诗"是1987年由江堤、陈惠芳、彭国梁共同提出的一个创作主张。90年代初有关定义被明确化,评论家将这一主张的提出者和实践者称为"新乡土诗派"。可参见《新乡土诗派作品选》(江堤、陈惠芳、彭国梁主编,湖南文艺出版社1998年版)、《新乡土诗派评论》部分内容。

事"新乡土诗"创作的一类诗人。因为他们出生、成长在乡村却又脱离乡村
生活在了城市,写作其乡土诗时的基本生存情状用八个字概括起来说就是
"身在城市,心在乡土",所以称他们为"两栖人"。正是因为"两栖人"这一
诗歌主体本身的悖论、冲突特点,决定了他们的新乡土诗在内涵意蕴上充满
了多重对立、矛盾的情思、经验。比如,对于那片作为自己的根、自己的源的
乡土,他们自是充满了热爱、饱含着感激:"生,栓我苦与乐的是那一铺火热
的土炕/死,埋我梦与醒的是那一道高迈的山梁"(刘川:《北方,流淌着一首
民歌》);但另一方面,当看到曾经的乡土早已牵住了城市一角小小的衣襟、
城乡早已不伦不类地在那里"结合"了时,当看到那眼清甜了他们那么多年
记忆的小河早已注满了乡镇小厂的污水废液、那个清纯了他们那么多年的
妹妹早已浓妆艳抹金圈银项进住了发廊酒楼时,他们又对现实乡土表达了
拒绝和否定的情感立场:"到处都是天涯/谁是 谁是真正的游子?"(曹宇
翔:《听〈故乡的云〉》,特别地,城市化使他们隐约意识到"世代相传的文化
根系虽然深切,但是贫弱;精神底背虽然亲和,但是迷茫"[①]后,他们更是对
乡土增添了焦虑、忧患的情思意绪:"我看着群山巨大的暮色爬上细小的枝
杈/一抹清凉的光辉停顿在兄弟的额前"(潘维:《最后的约会》),"雨水日
子般落下来/我把它们捆好,扎紧,晒在麦场上/入冬之后就用它们来烤
火"、"在南方,在水乡,在浙北山区/如果仍有未上锁的门向着寒风敞开/那
并不是因为民风纯朴,而是贫穷"(潘维:《第一首诗》)。同样,对于城市他
们也充满了明显冲突、对立的情感指向和精神立场。由于是带着乡土的忠
厚、朴实来到城市的,因而对"真诚不堪一击"、"泛滥私欲 虚伪 世故"的
"巨大的城市/钢筋混凝土构筑的坚硬的城市"表示了厌弃、排斥,但是,城
市文明、"现代化"了的城市生活方式又实实在在地吸引着他们,使得他们
在经历了对乡土"思而不归"、对城市"败兴而不离"的心理煎熬后又对城市
滋生了一定程度的认同和青睐:"建造高楼和深宅大院的水泥钢筋/潜移默

① 沈奇:《纯驳互见,清韵悠远》,《盼水的心情》,彭国梁著,太白文艺出版社1998年版,第3页。

化人心"(曹宇翔:《一种动物的叫声》)。在 20 世纪 90 年代的诗歌写作中,这种充满矛盾、悖论的情思、经验的诗歌也出现在了另外一些有着不同题材视阈的诗歌写作者笔下。如孙文波的《枯燥》对精神生活与现实世俗生活的各自认同、接受与质疑、抵制,臧棣的《临海的沙丘》对作为精神的象征物的"沙丘"的肯定与否定、赞美与批评,等等。

第三节 同一主题指向中的不同
情思、经验的"混成"

"综合诗"、"包容诗"、"不纯的诗"的提出和践行,其要旨在于扩大诗的容量、为营造诗性和建构诗意觅得更多途径。传统诗歌,常常是把抒发一种情感、阐明一种观念作为诗歌直接、明确而纯粹、单一的主题的。这样,诗歌的各个部分要么都是这单一的总主题的有机组成部分,删却了任一部分,诗歌的总主题就无法传达出来了,而各个部分自身并不具有能够脱离总主题的自身的主题;要么诗歌的各个部分都是在重复这个单一的总主题,这各个部分只是通过运用不同的意象、语句改变了一下表达的方式,例如殷夫的《别了,哥哥》、北岛的《回答》等就属于前者,而刘半农的《叫我如何不想她》、朱湘的《采莲曲》等则属于后者。正是因为对诗歌主题的单一、纯粹的强调,因而无论是中国古典诗歌还是现代汉语诗歌,与短诗相比,长诗都相对较少。就已有的长诗来看,也主要是以叙事性的为主,古诗如《孔雀东南飞》(汉乐府)、《长恨歌》(白居易)等,新诗如《王贵与李香香》(李季)、《向太阳》(艾青)等。这些诗之所以被写成了长诗,是因为为了把事件交代清楚、讲述完整,不得不需要足够的篇幅,但不管篇幅多长,作为诗歌主题的思想、情感却是单一、明确的。而极为少见的非叙事性长诗,由于各个部分都是在重复同一种情感、同一份意念,因而显得拖沓、累赘,读者读了某些(甚至某一)部分就领会、把握了全诗的思想、情感,自然对诗歌的其他部分就失去了阅读的兴趣和意向。不管是叙事的还是抒情的,着眼于诗歌内涵意蕴的话,尽管是长诗,它们却是不具有包容性、综合性的。

　　20 世纪 90 年代部分现代汉语诗歌写作者和诗评者的综合性诗学意识的一个重要指向,就诗歌内涵意蕴来说,便在于扩容、伸延了诗歌主题的诗学内指。在他们看来,一首诗不应该仅仅把一个核心观念、一种中心情感确定为诗歌的主题,一首诗的写作不应该只在于传达这个核心观念、抒发这种中心情感;在综合性、包容性的诗歌写作中,所谓的诗歌主题不过是为诗歌写作指出一个方向,也就是为诗歌所能纳入的“材料”划定一个阈限,在这个方向和阈限内,诗歌完全应该也是可以“挂结”、“牵连”诸多分支主题、次生主题的——它们未必服务、围绕、配合于总主题,只是没有游离于、越界出诗歌总主题确立的诗歌情境和诗意氛围。由于对诗歌主题界定的突破,长诗写作在 20 世纪 90 年代诗歌写作现场找到了契机和可能。事实上,长诗写作在 20 世纪 90 年代的确比以往显得活跃——至少在“从业”人数和诗歌产量来看,20 世纪 90 年代的长诗写作所取得的成就,是要超过现代汉语诗歌史上其他时期的。从某种意义上可以说,20 世纪 90 年代诗歌写作内涵意蕴的综合性主要就体现在长诗写作中,反过来说,20 世纪 90 年代长诗写作的“多产”,与情思经验“异质混成”诗学的催生、促成,有着必然的关系。20 世纪 90 年代的长诗写作,大部分也是有其主题的,但它已不再是一种明确、单一的意识观念、情感感受了,而成了一种内容指向、诗思幅度,在其“原则性”指导和规范下,诗歌内部还具备着诸多分主题,也就是有着不同的情思、经验,它们共生、“混成”了整首诗歌的内涵意蕴。

　　当然,既然成为了一首诗,就不能不具有统一性,这就正如亚里士多德所说的:“美与不美,艺术作品与现实事物,分别就在于美的东西和艺术作品里,原来零散的因素结合成为统一体。”①20 世纪 90 年代的长诗,大多数只是对情思经验做到了极端、偏激地混合、杂陈,而没能做到有机化约、合成,也就是说,它们是缺失了统一性和“混成”性的。这也正是 20 世纪 90

---

① ［古希腊］亚里士多德:《政治学》,《西方美学家论美和美感》,朱光潜译,商务印书馆1980 年版,第 39 页。

年代长篇诗歌的"成就"主要只是停留在数量上而不是质量上的重要原因。不过，其中也有少数考虑、注重到了"统一性"的长诗文本。这些诗歌所追求的统一性主要体现在：一首长诗中具有能把异质情思经验"召集"、邀约在一起的主题。虽然把主题确立为了诗歌不致散架、解体的维系性"力量"，但这主题不是单纯的一种思想、情感、观念，而是为诗歌主体在同一首诗中所要感受、体验、认知的诗歌对象确立的一个大致范围，为诗歌主体言传异质情思、表白多样经验提供的一个对象平台。因而，如果要对这类诗歌的主题加以交代的话，则只能运用描述性而不能运用归纳性的语言。

从题目上看，就知道欧阳江河的长诗《关于市场经济的虚构笔记》是记录性、描述性的长诗。但是，与记录性、描述性的传统长诗不同，它不是一首要把一个事件"叙述"清楚而只是围绕这个事件表明一种情思、一种经验的长诗。总的来说，这首诗是对"市场经济"所作的"笔记"，当然是对市场经济在诗人头脑中的反映和反应笔记，也就是诗人对市场经济的体验和经验、感受和体认、情感和思想的记录。这"笔记"和记录也就是长诗的主题，也就是其统一性所在。我们知道，市场经济就是这个时代，就是当下全部现实。这样，"关于市场经济的虚构笔记"就是关于这个时代、当下现实的"虚构笔记"。然而，由于挣脱了一首诗只能言传单一、明确的主题的狭隘观念，欧阳江河没有将这首宏大题材的诗采用"宏大叙事"的方式将其写成过于"大一统"的宏大诗篇，而是将作为整体景观的市场经济分割成不同的"局部组织"，逐一加以打量、观照，分别传达出诗人对各自的情思、经验。这里不妨简单梳理几个方面。第一，对市场经济条件下时代景观的外在体认。一方面是时代变得混乱、无序了："录下来的声音，/像剪刀下的卡通动作临时凑在一起，/构成了我们这个时代的视觉特征"，一方面是物质化、市场化主宰了一切："这个国家只有一个窗口出售车票"、"大地上的列车/按照正确的时间法则行驶，不带抒情成分"。第二，对市场经济条件下"政治"的观察和"发现"。市场、经济、金钱代替以前的纯粹"政治"而成了市场经济条件下的政治："一个口号/使庞大的重工业变得轻浮。在口号反面的/广告节目里，政治家走向沿街叫卖的/银行家的封面肖像"，政治方针、导向也发生了主张消费、拉动经济的变化："银行家会不会举手反对省吃俭用的/计划经济的政治美德？花光了挣来的钱，/就花欠下的。"第三，对市场经济条件下日常生活的直观感受和理性思考："你的家庭生活/将获得一种走了样的国际风格，一种/肥皂剧的轻松调子"、"起初你要什么，主人就在杯子里/给你斟满什么。现在杯子里是什么/你就得喝什么"。第四，对市场经济条件下人的心灵、精神状态的把捉和考察："现在没有人/还会惦记故乡，身在何处有什么关系？/飘忽不定的心情，碰巧你是伤感的"、"眼睛充满安慰的泪水，与怒火保持恰当的/比例"。当然，除上述之外，诗歌还传达、言说了对市场经济条件下社会风气、知识分子形象的情感、思想，等等。

王家新之所以被一些评论家称为"流亡诗人"，一方面是因为他在诗歌写作中以帕斯捷尔纳克、布罗茨基、米沃什等世界范围内的"经典"流亡诗人为精神榜样，另一方面是因为他以自己旅居英国时的生活为对象创作了许多带有"流亡"特质的诗篇。《纪念》、《伦敦随笔》正是这类诗篇中的重要之作。这是两首有着相同主题指向或者说是两首同为"流亡"题材的诗篇。无论哪一首，都可划归本点所讨论的"同一主题指向中的不同情思、经验的'混成'"的诗歌类型中。从书写对象和主题范围来说，诗歌都是写流亡或旅居异域的情思、经验的。然而，诗人没有笼而统之、提纲契领地总说、概括这情思、经验，而是把它分解为具体的诸多方面。在这两首诗中，诗人既书写了对异域存在的感受体认，如对其精神文化的向往、追寻："哈代的沼泽却在你的头脑中燃烧/火车绕开了呼啸山庄，为的是空出另一条路/让你自己通向那里"（《纪念》），"一定要到那浓雾中的美术馆/在凡高的向日葵前再坐一会儿；/你会再次惊异人类所创造的金黄亮色"（《伦敦随笔》）；也表达了对作为自己的根的本土文化的坚执、守护："在那里母语即是祖国/你没有别的祖国。……在那里每一首诗都是最后一首/直到你从中绊倒于/那曾绊倒了老杜甫的石头……"（《伦敦随笔》）；同时还言说了对异域存在的感受、体认，如对英格兰的天气的感受："英格兰恶劣的冬天：雾在窗口/在你的衣领和书页间到处呼吸，/犹如来自地狱的潮气"（《伦敦随笔》），如对商品化、金钱化的生活现实的认识、体会："你知道送牛奶的来了。同时他在门口/放下了一张账单"（《伦敦随笔》），言说了流亡生活中的乡愁、亲情体验，如在《纪念》中把"满脸雀斑"的"女大学生"想象成"暗自神伤不已的'蓝花花'"、在旅程中"浮现"出"在节前/回老家看望父母的人们"和"一声河南梆子响起"、以及"随着耳机中那无以领略的节奏。/你想到了家乡，父亲的咳嗽传来"，等等。此外，诗人还在诗篇中传达了羁旅异邦的困顿、孤寂感受，并由对形而下的现实流浪、漂泊的体认伸越、延展向了对形而上的人生、生命、命运流浪、漂泊的思考、忖度。

西川写成于20世纪90年代的"大诗"《致敬》经常被某些诗评家视为20世纪90年代综合性诗歌写作的代表之作。这首诗歌的综合性自是体现在修辞技艺、文体样式、美学特征等诸多方面，但内涵意蕴的综合性也是非常重要的一个方面。对于这首"发现了写作的奥秘，想象力获得了真正的解放"，因而使得诗歌展览的"生活及精神状态""呈现"出"读者似乎都能有所体认，但又无法用语言澄清"的"高度矛盾、暧昧"[1]的西川自谓的"偏离诗歌的诗歌"，论者大多认为是没有确定的内涵意蕴、也就是没有明确主题的八节间离"局部"的简单拼凑。比如荷兰汉学家柯雷就认为，"《致敬》比一首通常的诗包含了更多的主题，这是由于它允许更多的阐释。这尤其因为它的组成部分可以分别的阅读——因此在阐释时就无须建立一个排他的连贯模式加强鉴赏或从头至尾覆盖全诗"[2]。但在笔者看来，《致敬》虽然如同柯雷所说"容纳窘境、矛盾、悖论与不可能性"，但从内涵意蕴上虽然不能说有着明确、单一的或观念或情感主题，但是是有着前文分析过的统一性主题指向的，通过这种主题指向，诗歌的各个部分才有了各自的主题约束、题材限制。笔者基本同意郑闯琦在"北大课堂"对《致敬》的主题的看法，那就是诗篇"起码有一个贯通的主题，而不是混乱的和

---

① 姜涛：《被句群囚禁的巨兽之舞》，《在北大课堂读诗》，洪子诚主编，长江文艺出版社2002年版，第233页。

② ［荷兰］柯雷：《西川的〈致敬〉》，穆青译，《诗探索》2001年第1—2辑。

不和谐的"①,而这个主题就是"悟道",这"道"就是对海德格尔意义上的存在的真的领悟。这样,诗篇所展示的就是"悟道"过程统摄下的带有神秘性的心理历程:诗篇中弥散的情绪由充满涌动的安静到窒息般寻找突围的苦闷,到奋力一搏、激愤的反讽、激昂、沉思、沉迷,最后,整个的情绪归于明朗、坚定。诗篇的各个"局部"都是随着上述情绪的流变带动对"道"的一种感悟、认知。

在20世纪90年代,写作这类同一主题指向中的不同情思、经验的"混成"的长诗还可以举出一些,如孙文波《聊天》、肖开愚《傍晚,他们说》等。这一路向的长诗写作的合理性和可取性,只是相对于那些根本没有能够对混乱、错杂的情思、经验有着起码规约、限制作用的统一主题——即便只是方向性的——的所谓"长诗"而言的。就其自身来说,包括上面分析或提到过的诗作,都存在着很大的问题。最致命的,是它们经不起诗歌内在规定性和核心本质的严格检验和考评。具有同一主题指向,只是诗歌作品的起码要求而不是本质要求。诗歌的统一性必须是诗情、诗意、诗美的统一。在诗歌写作中,情思经验真正有效、合理的"混成"不是混成出具有统一性的主题而是混成出具有统一性的诗情、诗意、诗美。20世纪90年代在内涵意蕴由不同情思、经验"混成"的长诗中,虽然有的有着统一性的主题,就如上面分析、提到的,但的确很少有统一的诗意、浑融的诗情和和谐的诗美。读者在其中"发现"到的主要是异样"经验"的机械杂陈,多种观念的无机堆积;在其中固然能"感觉"到诗意,但却只是分裂、孤立的碎片、局部诗意的"大杂烩",这些相互之间缺乏必要的情感逻辑关联和情绪内在统一的诗意表面上充斥于同一首诗中,实质上却因为未能化约、整合为一体,使得这同一首"诗"成为不了诗歌本体、本位意义上的同一首诗。西川们所谓"偏离诗歌的诗歌",本意所指的正是这种有着同一主题指向而内涵意蕴由不同情思、经验"混成"的"大诗",但事实上,出现于20世纪90年代的一些由不同

---

① 郑闻琦:《领悟中的突围与飞翔》,《在北大课堂读诗》,洪子诚主编,长江文艺出版社2002年版,第224页。

情思、经验"混成"的"大诗",尽管的确有着同一主题指向,但因为没有诗意、诗性、诗美的统一,也只能真的成为偏离诗歌的"诗歌"了。

第四节　无外在逻辑统一的不同
情思、经验的"混成"

在上面第三节所分析的诗歌中,内涵意蕴虽然是由异质情思、经验混成的,或者说诗歌的内涵意蕴是由诸多局部主题组合而成的,但是,这些局部主题都是服从、归附于共同的诗歌总主题的精神指引的,或者说在此类诗歌中有诗歌总主题设置的对象域,诗歌中异质的情思、经验都是诗歌主体对诗歌总主题局限下的诗歌对象存在的情思、经验。因此,无论是诗歌中的对象(素材)之间,还是对这些对象的情思、经验之间,都总是能够找到或相对紧密或相对松散的事理逻辑关联的——尽管许多这样的诗歌失却了诗意逻辑关联和诗性统一。事实上,在以"现代性"为圭臬的西方综合性诗歌中,还有一种构成诗歌内涵意蕴的情思、经验的异质性、差异性、疏离性更明显、更直接的诗歌样态(主要是长诗)存在。对于这类诗歌来说,不仅没有一种情感、一种观念、一种经验作为诗歌总主题,而且也没有可以划定诗歌题材内容范畴、指定诗歌局部主题方向的足以成为精神指向的总主题。这样,诗歌中的局部组织就在事理逻辑上失去了统一性和整体性;诗歌给人的外在印象只能是,诗歌中的异质对象材料和情思、经验是没有经过整合、协调的随意拼贴、堆叠。这样的诗歌还是诗歌吗,还能成为诗歌吗?

事实上,这样的诗歌是可能成为诗歌的,也是可能成为好诗的。在西方近现代诗界,也的确如此这般地破土而出的诗歌、甚至好诗。不管情思经验何等异质、差异、疏离,既然将容留、安置它们的那些文字认同为诗、甚至好诗了,就说明这些情思、经验总是有相关性的和统一性的,只不过这种相关性和统一性更隐秘一些、更深藏一些。当然,这种相关性和统一性是诗歌写作者处理的结果,按照艾略特的说法,这些异质的情思、经验是"通过诗人的思想而强行结成一体"了的,是用诗人"最异质的意念强行拴缚在一起"了的。而将无外在逻辑统一的异质情思、经验"结成一体"、"拴缚在一起",正如新批评派中的维姆萨特、比尔兹利所说,是"诗的成功"之处:"诗是一种同时能涉及一个复杂意义的各个方面的风格技巧。诗的成功就在于所有或大部分它所讲的或暗示出的都是相关的。"①自然,这也是见诗人的功力之所在。既然没有外在的逻辑统一和事理的相关契合,那么这些情思、经验之间存在着的是一种怎样的统一和相关呢?或者说,诗歌写作者究竟对它们处理出了什么从而使它们终于荣幸地成为了诗歌的要件呢?

　　我们说,这就是罗伯特·佩恩·沃伦所谓的诗意的统一和诗性的相关了——沃伦所用的表述是诗意的"纯洁"。何为诗意呢?事实上这是一个诗人、非诗人都在运用但都不能确切指出究竟为何的术语。人们一般都是从诗歌的外延(it)而非内涵(what)的角度来指认诗意的。海德格尔的经典名言是:"诗意存在于人与世界相遇的一刹那。"西川是这样"描述"诗意的:"诗意是一种使我们超越事物一般状态的感觉;因为有了诗意,我们麻木、散漫、默淡无光的生命得获再生之力"、"诗歌的诗意来自我们对于世界、生活的看法,来自我们对于诗意的发现。诗人发现诗意的一刹那,也就是海德格尔所说人与世界相遇的一刹那……事实上,任何事物都充满了诗意,无论它们是美的还是丑的,善的还是恶的,明亮的还是昏暗的,只要你发现,只要你抓住,任何事物一经你说出,都会诗意盎然"②。因而,所谓诗意的统一,便可以理解成"感觉"的统一;诗意的相关,也就是"对于世界、生活的看法"的相关、"对于诗意的发现"的相关。也就是说,在这类诗歌中,局部对象材料以及对各自的不同情思、经验虽无外在的逻辑统一和事理相关,但它们能给人统一的感觉、情绪,能使人对世界、对生活产生相关的看法。它们给人们造成的深层和隐秘心理反应是统一的、相关的。在主题、观念、思想、意识

---

　　① [美]维姆萨特、比尔兹利:《意图谬见》,《"新批评"文集》,赵毅衡编选,百花文艺出版社2001年版,第235页。
　　② 西川:《诗学中的九个问题之我见》,《最新先锋诗论选》,陈超编,河北教育出版社2003年版,第287页。

与诗意、诗性、诗情之间,着眼于诗歌本体、本位,后者显然才是根本性的,前者只是为了营造并呈现后者的"材料"和手段,这就正如布罗茨基所指出的,诗歌写作"是一个名副其实的存在过程;它利用思想服务于其目的,它吸收观念、主题等等,而不是相反"、"无论是主题还是观念,无论它们如何重要,都不过是材料,如同语词,俯拾皆是"①。既如此,在指认包容、综合了不同情思、经验的准诗歌文本是否有资格"转正"时,所采用的标准不应当是文本中是否有统一的主题,不应当是文本中的情思经验是否有外在的逻辑统一和事理相关,而应该是是否存有诗意的统一、诗意的相关。没有诗意的统一、诗意的相关,有统一的主题指向,情思、经验有外在的逻辑统一和事理相关,也不是诗歌;而有了诗意的统一、诗意的相关,没有统一的主题指向,情思、经验没有外在的逻辑统一和事理相关,也是诗歌。

在 20 世纪 90 年代的现代汉语诗界,一些诗歌写作者也尝试、探索着从事这种取消有着共同主题指向的情思经验"异质混成"形诗歌写作,他们在笔下、纸上用诗歌的形式邀约进无外在逻辑统一和事理相关的大量异质情思经验,试图打造出现代汉语诗歌的新样式。翟永明在 20 世纪 80 年代通过《女人》(组诗)、《静安庄》(组诗)、《独白》等有着鲜明"女性意识"的诗歌的创作成为了诗学意义上的"女性诗歌"的代表诗人。然而,到了 20 世纪 90 年代,她的诗学意识和诗歌写作动机发生了"转型"和"断裂":"在沉默中进行新的自身审视,亦即思考一种新的写作形式,一种超越自身局限,超越原有的理想主义,不以男女性别为参照但又呈现独立风格的声音。"②其具体表现,就是不再专注于女性体验、女性意识以构建与"男权话语"抗衡的"女性话语",而是带着女性特有的观物体事品格、气质与男性诗人一道共同应对、处理人类生存经验、共同命运遭际:正如她在诗作《时间美人之歌》里所说的,"我已不再年轻,也不再固执/将事物的一半与另一半对

① [美]布罗茨基:《文明的孩子》,刘文飞译,中央编译出版社 2007 年版,第 82 页。
② 翟永明:《再谈"黑夜意识"与"女性诗歌"》,《最新先锋诗论选》,陈超编,河北教育出版社 2003 年版,第 447 页。

立/我睁眼看着来去纷纷的人和事"。《咖啡馆之歌》、《莉莉和琼》、《道具和场景的述说》、《脸谱生活》、《盲人按摩师的几种方式》等，都是翟永明在20世纪90年代写作的关于生存处境、命运遭际、人生经验的典型诗篇。在这些诗篇中，《脸谱生活》、《盲人按摩师的几种方式》等便可归于这里讨论的"无外在逻辑统一的不同情思、经验的'混成'"的诗歌类型。从表面上看，长诗《脸谱生活》各个部分的书写对象都是形形色色的"戏子"状貌和生存体验，但在根本上，每个部分都不过是以"戏子"为"幌子"和"外形"的，其真正目的在于传达"幌子"和"外形"下面的一种普泛意义上的生存经验、对生命和命运的一种情思、体察，因此说，这些"局部"情思、经验便不存在外在逻辑的统一和事理的相关性。然而，如果作更深入的发掘又不得不承认，这些"局部"又是存有诗意的统一性和相关性的。因为，这些局部对生命和生存的"感觉"和"发现"有着"你，几乎就是一缕精神/与你的角色汇合/脸谱下的你已不再是你"这样的大致相同的基调和底色；而"面具之下，我已经死去/锣鼓点中，好比死者再生"这样的意绪心境更是从头至尾弥漫、扩散在整个"感觉"和"发现"之中使得诗歌的各个局部内在地"贯通一气"。同为长诗的《盲人按摩师的几种方式》的外在关联性似乎更为不明显。从写作对象上看，诗歌视线明显是网状的而不是面状的，诗歌思维明显是发散的而不是收缩的。在诗歌中，我们可以读到盲人现实的"推拿"经验，也可以读到盲人由"推拿"升华而得的普遍生活认知："生活的腰多么空虚/引起疼痛"；可以读到"我"被"推拿"时的感受，也可以读到"我"由被"推拿"联想到的生命认知："生命，是易碎的事物"、"我知道疼痛的原因/是生命的本质"；可以读到"我"对盲人按摩师的"推拿"的真实思忖，也可以读到"我"由对盲人按摩师的现实观照所领悟到的人生经验："他的两手推拿世间的问题"，以及对人生的形而上思考："一男一女，两个盲人/看不见变异中的生死/看得见生死中的各种变异"；能读出盲人按摩师对"我"被"推拿"时的实存打量，也可读出盲人按摩师由对被"推拿"的"我"的思索把捉到的生存真谛："不要让风穿过你的身体/不要让恐惧改变你。"显然，诗篇的内涵意蕴是由"我"和盲人按摩师各自对生活方式、人生、命运的形而下与形而上的多维感受、体认、情思、经验混生而成的。它们之间同样没有外在的逻辑统一性和事理的相关性。与前一首诗相比，这一首诗的诗意的统一性、诗性的相关性自是要欠缺、微弱一些，但从贯通诗歌基本一致的情调意绪，还是能够体会到些微诗意统一性和诗性相关性。

前面说过，无论在中国古诗还是新诗领域，长诗的主要形态是叙事诗。同样，在 20 世纪 90 年代的现代汉语诗歌现场，也出现有一种长篇"叙事"诗，如肖开愚的《国庆节》、《动物园》等，孙文波的《在西安的士兵生涯》等，王家新的《回答》等。与《孔雀东南飞》、《王贵与李香香》等传统长篇叙事诗不同，20 世纪 90 年代的"叙事"诗并不是在讲述一个完整的故事并将一种单一、明确的主题——思想、情感——通过这个故事表达出来："90 年代诗人的叙事，与传统的叙事相关，但不是一回事。传统叙事的基本元素是故事、人物、环境，其主要特征是对已发生的事件进行客观的讲述……而在现代生存场景挤压下，当代诗人的叙事不是以全面地讲述一个故事或完整地塑造一个人物为目的，而是透过现实生活中捕捉的某一瞬间，展示诗人对事物观察的角度以及某种体悟，从而对现实的生存状态予以揭示，这是一种诗性的叙事。"[①]在存在形态上，20 世纪 90 年代的"叙事"诗是在讲述众多彼此并无事理相关、也无外在逻辑统一的"细节"，同时，除了叙述、描绘，诗歌写作者还将自身的经验、激情、幻觉、想象等溶于叙述之中从而对那些并无事理相关、也无外在逻辑统一的事件和细节进行感受、分析、判断、体察、认识、思考。这样，就使得诗歌并无所谓的总主题而是由大量异质的情思、经验"混成"了其内涵意蕴。

肖开愚的《国庆节》和《动物园》都是"记叙"游历的诗作。我们知道，通常的游历诗，都是有着赞美（山河、风物、人情等）和歌唱（历史文明、建设成就等）的明确主题的，因而诗歌写作者"录"入诗歌的游历见闻就只可能是他要赞美、歌唱的存在，或者说只可能是能支持、服务他的赞美、歌唱的存在。但在肖开愚的这两首诗里，显然是他在游历中看到了什么就"记录"下

---

① 吴思敬：《从身边的事物中发现需要的诗句》，《东南学术》1999 年第 2 期。

什么，而且，这些"什么"触动了他哪根神经他就作出哪种感受和体验、思考和认识。因为没有总主题的过滤和筛选，诗歌便是由诸多分主题杂陈、混生而成的。比如在《国庆节》里，在诗人出游哈尔滨的旅程中，当诗人在检票口看到漂亮的检票员的"突出的嘴唇"，便产生了"有力地接吻"的想象；在座位上看到了"眼眶里冒出两堆黄色的眼眵"的"一位老人"在睡觉，他产生的感想是"睡吧！逃入梦幻世界／一座花枝掩映的宇宙游乐园"；当列车经过"四川北部"诗人曾经生活过的家乡时，他回忆起的是自己"在它的言语精心美化过的现实中生活"的具体情形；而车过长安时，诗人启动的想象是对这里的以及由这里延展出的历史与现实的分析、思忖："这儿，就是这儿，埋葬了多少王朝！渭河也不流淌了！／那些高耸的不安的坟墓／给出一个个越来越美的世界"；在看到"幼儿园的孩子们"在庆典里唱着"花儿为什么这样红？／北京的金山上光芒万丈"之类的歌曲时，诗人的意识和情思是对僵化的政治教化的反思、批判："我们不是一直干这种'创造节奏'的事儿／一直这样干，／一个夜晚，一张嘴，吐出一堆珍珠？"……诸如此类的"细节"和由细节引发的主题从头至尾布满了整首长诗。同样，《动物园》所"记录"的也是在"我"与"时髦女士"一起游览动物园过程中许许多多互不相关的"所见所闻"和由这些所见所闻产生的并没一致性、呼应性的情思、经验。

就像孙文波的分析，对于这些诗作来说，"叙事不过是作为自己的写作线索和背景；正是故事使我们从它构成的线索和背景出发，以对过程的不断关注达到叙述终点。叙事超越了故事本身的含义，获得了某种更为普遍的意义的显示，我们得到的将是比故事本身更重要的形式化了的诗篇"[①]。显然，这些诗歌所力求作到的也不是主题指向的统一，不是异质情思、经验外在逻辑和事理的统一，而只可能是诗意的统一，也就是弥散在诗歌中的"感觉"的统一、意绪的统一。当然，这毕竟只是诗歌写作者的美好理想和良好动机。事实上，许多这一类型的诗歌在效果上是事与愿违的，读者很难从中

---

① 孙文波：《生活，写作的前提》，《中国诗歌九十年代备忘录》，王家新、孙文波编，人民文学出版社2000年版，第259页。

读出诗意和诗性的统一、相关。在这种所谓的诗篇之中,有的只是对大大小小的事件、情景的展示、陈列和对它们的评判、感慨的堆叠、罗列,不仅事件、情景之间缺乏事理相关、逻辑联系,而且对每个事件的叙述与评析、感叹也都是各自为阵、互不掺合的。在这样的所谓诗中,不管是事件、细节们,还是对这些事件、细节们的"经验"性感想、意念,都是生硬、僵滞、别扭的"同处一室(诗)",它们之间根本没有形成和睦、团结、融洽的气氛和局面。可以说,在这样的"叙事"长诗中,对每一个单一、独立的事件的叙述、评判性"处理"都成为了一首独立的诗——如果称得上诗的话,而如果把它们中的任一"首"从整首诗中分离、割裂出来,不仅不影响它自己,而且也不影响余下的整体。诗意分散如是,诗情切割如是,这样的文字"大杂烩"当然有负"诗歌"之名了。

　　情思经验的"异质混成",是西方某些"现代性"诗歌在内涵意蕴、题材对象上的综合性的突出体现,它不仅在诗歌写作中得到了一定程度的实践,而且还"建设"有与此相关的诗学理论,比如英美新批评派对此便有深入的探讨、研究。20世纪90年代出现在中国诗界的情思经验"异质混成"的诗歌,在很大程度上可以说是一些对诗歌写作的"现代性"有着急切诉求的诗歌写作者对"外国月亮"的比划。情思经验"异质混成"的诗歌写作的逻辑起点是"经验"写作,正是因为现代人的"经验"是复杂、异质的,所以写作"经验"的"现代性"诗歌在内涵意蕴、题材对象上自然就当是情思经验的"异质混成"。把"经验"指涉为诗歌书写的题材视阈,是没有问题的,但把"经验"上升为诗歌的本位、本体就没有道理了。诗歌的本位、本体是情感、志意,书写"经验"不是诗歌的目的,诗歌所要抒写的应该是诗歌主体对"经验"的情思、意念;书写"经验"的诗歌写作是以书写"经验"为手段、方式营造诗意空间、建构诗性天地。现代人的经验的确是复杂、异质、混生的,如果在诗歌写作中片面强调经验,而不是着力于对经验的情思提取、志意捕捉,不是着力于对经验的诗性转化、诗意提升,自然就使得诗歌中只有异质经验的杂陈、混列而没有诗意的统一、诗性的浑融和诗美的和谐。通过对20世纪90年代情思经验"异质混成"诗歌的三种类型的考察、观照,可以看出,

20 世纪 90 年代这一路向的诗歌"冒险"总体来说并不成熟,特别是在诗意统一、诗性相关方面还存有没有克服的障碍。不过,积极地看,它的确为探索诗意采集途径、诗性建构方式提供了新的可能思路,因而又不能说它毫无价值。

第六章　表现手法、文体样式的综合性

近现代以来活跃在西方"现代性"诗界的综合性诗歌写作的综合性，也体现和反映在了诗歌表意方式上。所谓表意方式，指的是诗歌写作者运用一定的表现手段、修辞技艺和语象语素打造出诗歌这一独特的文体形式以生成、传达诗歌内涵意蕴、思绪诗意和张扬审美特质、艺术风格的方式。正如前一章的分析，具有"现代性"的综合性诗歌文本的内涵意蕴、题材对象是综合性的，这种综合性突出和典型地表现为情思、经验的"异质混成"。既如此，只有综合地运用不同文类的表现方式、修辞技艺，只有文体形式能综合进不同文类的特征，综合性的"意"才有可能被有效而合理地生成、表现、传达。本是"外国月亮"的综合性诗歌写作，在 20 世纪 90 年代也出现在了现代汉语诗歌写作中。当然，无论就诗学主张还是就诗歌写作事实来看，综合性诗歌写作在 20 世纪 90 年代混乱、无序而又沉寂、萧条的诗歌写作领域都并不惹眼，甚至还处在探头探脑的摸索、实验状态，但它对汉语诗歌写作的对抗色彩、超拔性质却是十分明显的。与西方的综合性诗学所涉一样，出现在 20 世纪 90 年代中国新诗版图上的综合性诗学也把目光投注给了诗歌写作中表意方式的综合性上。在程光炜看来，诗艺的综合性与诗"意"的综合性一样，都是 20 世纪 90 年代诗歌观念变化的重要标志："重新认识和调整诗与生活的关系，使诗能在更复杂的观察和思考中回到'时代'

中去,在综合的诗艺中扩大自己的发言权及言说空间,是20世纪90年代诗歌观念变化的一个重要标志。"①当然,程光炜在这里把综合性诗歌写作体认为整个"20世纪90年代诗歌观念变化的一个重要标志"未免过于夸大、扩张了它的"势力范围",但说它确实浮出了20世纪90年代诗歌写作的地表,也的确改变了少数诗歌写作者和批评家的"诗歌观念",却是恰适、客观的。

诗歌表意方式的综合性在已经成型的具体诗歌物质层面,反映在诗歌文本的综合性上。关于这种综合性,在20世纪90年代有论者作过分析、研究。罗振亚将诗歌文本的综合性称为诗歌文本的"包容性"并对其加以了界说:"90年代诗歌文本的包容性一方面指意味层面由线形美学原则到异质经验的包容,一方面指技巧范畴跨文体的混响包容的驳杂倾向。90年代诗歌常常敞开自身,熔戏剧化叙事、小说化叙事、散文化叙事资源于一炉,借助诗外文体语言张力对世界的扩进,来缓解诗歌内敛积聚的压力,使自身充满了事件化、情境化因子。"②而陈仲义则将诗歌文本的包容性视为"互文性":"综合的主要特点是互文性。……从狭义上看,互文性是不同类型的话语和不同类型文本之间达成任意漫游。互文的推崇势必引入跨文体书写。……在综合意识统摄之下,一切手段都调动起来了:视角全方位敞开;结构全方位重组;文体四处漫游。"③具有"现代性"的综合性诗歌写作的表意方式的综合性,包括表现手法和修辞策略的综合性,文体样式和结构组合的综合性,语素采集和语象运用的综合性,等等,在20世纪90年代的综合性诗歌写作中,上述表意方式的综合性都"试过身手",不过在其中,表现手法的综合性和文体样式的综合性则集中、典型地显出了独特性、差异性。将这两种综合性表意方式作为代表加以透视、打量,可以对20世纪90年代的综合性表意方式以及作为整体的综合性诗歌写作的"功过"、"得失"作出一

---

① 程光炜:《中国当代诗歌史》,中国人民大学出版社2003年版,第343页。
② 罗振亚:《九十年代先锋诗歌的"叙事诗学"》,《文学评论》2003年第2期。
③ 陈仲义:《九十年代先锋诗歌估衡》,《当代作家评论》2004年第6期。

定的辨析、判别。

第一节　表现手法的综合性

抒情、叙事(描写)、议论(说理)、说明、独白、对话等是文学写作常用的表现手法。一般来说,上述每种表现手法都各自主要对应于一种不同的文学类型,每一种文学类型都侧重于运用、采纳上述中的某一种表现手法,或者说每一种表现手法都是作为某一种文学类型的标志性表现手法而存在的。这种对应关系是由特定文学类型分工所得的"意"的类型特质决定的,特定类型的意只有特定的表现手法才能有效、充分表达、传递。例如,营造故事情节、刻画人物形象是小说的表意功能,所以叙事(描写)就主要成为了写作小说的表现手法。诗歌这种文类所要表的意是"情",因而抒情就成为了诗歌根本和基础性的表现手法,反过来说,诗歌的根本、基础表现手法就是抒情了。千百年来,尽管诗学意识千变万化、写作立场各各有别,但"诗言情"、"诗言志"的表意功能、"抒情"作为诗歌写作根本和绝对的表现方式却基本未曾动摇和颠覆。这就正如陈旭光所指出的,"抒情,狭义地说,是'生活在别处'(兰波)的浪漫主义创作手法,广义地说,则几乎是诗歌艺术的绝对表现形式"[1]。刘小枫也曾经指出:"诗与情感结为姐妹,诗不过是人的心灵所具有的行动方式。没有情感,也就没有诗。"[2]周伟驰说:"诗歌天然地与抒情连在一起,因为情感是心灵的生命和秘密。当然,心灵也有智性的快乐,有超然的乐趣,但就其根本而言,如海德格尔的存在主义所揭示的,乃是一种莫名的、弥漫着的、无处不在、无时不有的原始情绪,而诗人的天职就在于领会、把握并命名这种种的原始情绪,依这些情绪的变化而作

---

[1]　陈旭光:《90 年代:文化转型与先锋诗歌的"后抒情"》,《90 年代实力诗人诗选》,杨克主编,漓江出版社 1999 年版,第 602 页。

[2]　刘小枫:《诗化哲学》,山东文艺出版社 1986 年版,第 2 页。

出语言上的变化,所谓'随物赋形'。"①

　　情固然是诗歌内涵意蕴的精神旨归,抒情固然是诗歌的"根本大法",问题在于,诗歌中的情是怎样的,又是怎样产生、产生于何处的;诗歌写作采取怎样的方式抒情、抒情以怎样的状态呈现? 惯常的情,或者说浪漫主义诗歌中的情,指的仅仅是超验的、抽象的、泛泛的、空洞的,脱离开具体事境、情景的情,而抒情,指的就是直抒胸臆、叫嚣呼唤、宣泄袒露、自我表现。这种狭义的"情"观、这种狭义的抒情诗风,根深蒂固,由中国古典诗歌一脉相传到了中国新诗。在新诗写作过程中,尽管它也遭到过抵制和反叛,比如,杜衡就曾指出,"当时通行着一种自我表现的说法,做诗通行狂叫,通行直说,以坦白奔放为标榜。我们对于这种倾向私心里反叛着"②,但是,作为主导、主流的诗歌观念和写作方式,它还是畅通无阻地大步前行于现代汉语诗歌领地,普罗诗歌、抗战诗歌、颂歌、战歌、朦胧诗,等等,都是其代表样态。自20世纪80年代中后期到20世纪90年代,尽管花样翻新的诗歌"实验"、"探险"对直抒胸臆、宣泄袒露的抒情方式造成了一定程度的冲击、威胁,但其香火仍然绵延不绝,仍然是某些诗歌类型的核心、根本性表现手法,如"麦地"写作和农耕庆典写作、"女性写作"、"神性写作"和"宗教化写作",以及某些政治抒情诗,等等。

　　不过,这种单向度的、狭隘的诗歌"抒情"与20世纪90年代少数诗歌写作者"实验"、"探险"着的综合性诗歌写作显然大有抵牾,因而遭到了他们的质疑、否定和拒绝。在他们看来,"这样的诗歌姿势固然有其合理性,但又有虚弱和不成熟的一面。它降低了写作的难度,抑制了灵魂的成长,使诗走向新一轮集约化、标准化生产。它难以有效地处理复杂的深层经验和把握具体生存的真实性,丧失了诗的时代活力"③。根据第五章的分析,综

---

　　① 周伟驰:《当代诗的局限》,《激情与责任》,臧棣等编,人民文学出版社2002年版,第293—294页。

　　② 杜衡:《望舒草·序》,《望舒草》,戴望舒著,上海复兴书局1932年版,序言第4页。

　　③ 陈超:《可能的诗歌写作》,《90年代实力诗人诗选》,杨克主编,漓江出版社1999年版,第619—620页。

合性诗歌写作对诗歌之意进行了"扩容"和伸展，使之具有了综合性质地：感性和理性的综合，包括情绪、情感与思想、哲理的综合，感受、直觉与分析、理解的综合等；具象与抽象的综合，包括经验与超验的综合等；情思、经验的"异质混成"。显然，综合性诗歌中的"意"所指对的不仅仅是传统意义上的情了，而是还有理、思、知、经验以及它们的联结、综合；即便这情，也不是直接、纯粹且超验、抽象的情了，而是附着于事件、情景、形象甚至道理、思想、知识的情，也就是说，诗歌在传达这情的同时，也要展示、呈现出激发、促成这情的事件、情景、形象甚至思想、知识。无疑，对于综合性诗歌中这综合性的意，单单凭空洞、泛泛的狭义"抒情"是无力传达、表现的了，于是，顺应于意的综合性，20世纪90年代那些秉持综合性诗歌写作的诗歌写作者势所难免地对其加以了超越和反拨："'抒情'虽然没有像在半个世纪前一样被人蓄意放逐，但还是被彬彬有礼请下了诗歌圣坛，跻身于芜杂的、不洁的、反抒情的因素之间。"①综合性的意，必须运用综合性的表意方式。就表现手法来说，因为诗歌之意容纳进了属于其他文类的成分（经验、具象，思想、哲理，等等），所以要"挪用"、"移植"其他文类（如小说、戏剧、论说文）的表现手法。在20世纪90年代的综合性诗歌写作中，在表现手法上最突出、明显的综合性标志有两点：一是将叙事、说理、抒情"熔为一炉"，二是"戏剧化"。

（一）叙事、说理、抒情的综合。直面现实命运、直面生存处境、直面生活经验，是20世纪90年代综合性诗歌写作的原则立场。在本义上，"诗言志"和"诗言情"是相通的。所谓"诗言志"指的是诗歌言传个人心志，而个人心志，即个人内心世界的情感、情意，所以"诗言志"在实质上也就等同于"诗言情"。从"言志"、"言情"这一本位角度看，诗歌中的情、志既不是超验的、神性的情、志，也不是宏大的、意识形态化的情、志，而是诗歌写作者个人具体而微、真实切己的生存、生活与他的精神、心灵发生"反应"产生的情、志。从根本上说，诗歌写作者对情、志的获得，离不开它对物质性与精神

---

①　姜涛：《一篇札记：从"抒情的放逐"谈起》，《从最小的可能性开始》，肖开愚等编，人民文学出版社2000年版，第327页。

性生存、生活的观察和记录,也离不开他对物质性与精神性生存、生活的认识和理解。在直面现实命运、应对生存处境、分析生活经验而又操持综合性诗学立场的诗歌写作者的诗歌文本中,综合性的"意",除了情、志本身,还当有对生存、生活的观察和记录,对生存、生活的认识和理解。陈超说:"诗歌不是梦想,现实是诗歌赖以构成的前在条件——这种条件首先要求诗人将分析与批评看做自己的天职。"①

在综合性诗歌写作中,要观察和记录就不得不运用叙事、描写的表现手法。正是因为要观察和记录,"叙事"在 20 世纪 90 年代被一些诗歌写作者和评论家视为一种十分重要的表意手段,甚至一种诗学立场、姿态。姜涛是这样阐述"叙事"的诗学价值的:"通过对周遭场景的风格化的记录,诗意想象恢复了与生存境遇的交流……叙事性首先是作为对 80 年代迷信的'不及物'倾向的纠偏而被提倡的,与其说它是一种手法,对写作前景的一种预设,毋宁说是一次对困境的发现。较之于自我表现的诸多花样,中国诗人处理现实的能力要远为逊色,叙事发生在写作与世界遭遇时不知所措的困境中,而正是困境提供了创造力展开的线索。"②臧棣也对"叙事"的意义作了条分缕析的评说:"在九十年代……主要不是把它作为一种表现手法来运用,而是把它作为一种新的想象力来运用的。……人们还是很容易发现叙事性所包含的新异之处的。……1. 用现实景观和大量的细节对八十年代诗歌中的乌托邦情结进行清洗;2. 用尽可能客观的视角来对八十年代诗歌中普遍存在的尖锐的高度主观化的语调作出修正;……5. 拓展并增进诗歌的现场感,对八十年代诗歌中流行的回应历史的经验模式的反思;6. 从类型上改造诗歌的想象力,使之能适应复杂的现代经验。"③其实,不仅在 20 世纪 90 年代的中国诗界,在此之前的国外许多论者也对诗歌中的叙事给予过积极的评价,如狄尔泰就曾指出:"把事件摆出来,致使生活的关联本身及其

---

① 陈超:《关于当下诗歌论争的回答》,《北京文学》1999 年 7 月号。
② 姜涛:《叙述中的当代诗歌》,《诗探索》1998 年第 2 期。
③ 臧棣:《记忆的诗歌叙事学》,《激情与责任》,臧棣等编,人民文学出版社 2002 年版,第 345 页。

意义从事件中向外照明,这就是最伟大的作家的艺术技巧。借助大作家的眼睛,我们看到了人的事情的价值与关联。"①

七月派诗人阿垅说:"即使是叙事诗,形象还是为了情感的。"②由此可见,用"陈述句"将现实引入诗歌显然不是综合性诗歌写作者的终点和目的,既然是以"言情"、"言志"为本位、本体的诗歌写作,诗歌写作者的根本目的只应该在于表现和传达对所引入现实的情绪情感。就表现手法来说,每种文学样态自身都有其不可替代的"语言"型号。而"叙事"只当是小说的本质性"语言",诗歌的本质性"语言"非"抒情"莫属。如果把"叙事"上升为诗歌带有根本性的表现手法,无疑是把诗歌写作引进了小说写作,或者说是诗歌把自己不当回事、自我消解、自取灭亡了。所以,情、志无论如何都是诗歌不能动摇的内容本体,诗歌中的事件、情境必须是为了生成、发作情、志的事件、情景;抒情无论如何都是诗歌写作的最后旨归,而叙事不过是实现抒情的途径和方式,不能通向、对接抒情的叙事都不是诗歌写作中的抒情。这就是敬文东所分析的,"叙述是为了带出不可能被叙述的东西……抒情存在于所有的动作(叙述)之内。经过提炼、蒸馏、过滤的纯抒情(比如小孩子那简化式的哇哇大哭)是靠不住的;唯有在令人绝望的、无聊的动作系列中,被其稀释的'光斑'才有意义。因为它既不提纯光斑,也不抛弃光斑"③。在有效、合理的综合性诗歌写作中,叙事不是纯粹的叙事,抒情也不是直接的抒情,两者必须有机地渗透、融会成了一体:"诗歌试图动用一种贴近事境的语境来框架生活事件,对具体的事境细节投入更多的热情和泪水。阐释的成分已经大为减少,抒情溶解在半遮半掩的叙述之中。诗歌生成的语境一直贴近具体的事境,它是高于事境之上一米的情景。"④正因为如此,这种"实质仍然是抒情的"(姜涛语)的叙事被一些人们(如孙文波)

---

① 〔法〕狄尔泰:《体验与诗》,胡其鼎译,三联书店2003年版,第164页。
② 阿垅:《形象片论》,《诗与现实》,五十年代出版社1951年版。
③ 敬文东:《抒情的盆地》,湖南文艺出版社2006年版,第16页。
④ 敬文东:《追寻诗歌的内部真相》,《激情与责任》,臧棣等编,人民文学出版社2002年版,第270页。

称为"亚叙事"。

将事件、事物、场景、情形引入诗歌写作,其目的只在于生成情感、意志。然而,只有事象、物象、景象、形象的叙述和描绘性"记录",也就是说纸张上只有人、事、物、景的陈列、堆叠,情感、意志是发生、形成不了的。对现实、事物的情感、情绪必须以对其的理解、认识为前提和基础,只有经过诗歌写作者的分析、观察性"研究",情感、意志才会生发、引动而成。对表意方式主张综合性的诗歌写作者来说,诗歌写作不仅要把情感、意志抒发出来,也不仅要把产发、形成情感、意志的事件、物象叙述出来,还要把情感、意志形成、产生的过程、原因展示出来,而这过程、原因的展示正是诗歌写作者对事件、物象的理解、认识、分析、体察——也就是"研究"。这样,综合性诗歌写作,就"邀约"进了理解、认识的过程和活动,以及理解、认识的"成果"——对"事物纹理的展示":"从经验出发,对具体事物的倾心关注中展开经验与想象、真实记忆与虚构成分的渗透,最终达到对经验与想象的双重超越,留下事物在形式中的印痕。……另一方面,诗人以分析式佐以直觉式的触摸那亟待进入文章的事物,忠实、敏锐地展示'事物的纹理'。"①议论、分析、说理等表现手法也顺理成章地"安居"在了综合性诗歌写作中,并服务与受制于抒情的需要。

综上所述,将叙事、抒情、议论等等表现手法"杂交"成一体、"牵手"在一起,而又以抒情为指导性、归结性表现手法,是综合性诗歌写作在表现手法方面对综合性的到位、合法运用。倘能真的做到如此,综合性诗歌就会因具备强大的综合能力、包容能力而显示出独特的风神状貌。在 20 世纪 90 年代,少数秉持综合性立场的诗歌写作者确实也在朝这种理想形态的综合性表意方式努力靠近,并取得了一定的成功。如西渡的《寄自拉萨的信》、《小镇美人》、《在列车卧铺车厢里》等诗篇对此便有所体现。这里,我们来具体看看《寄自拉萨的信》。诗歌一方面"记录"了诗人在拉萨的所见所闻,

---

① 胡续冬:《在"亡灵"与"出卖黑暗的人"之间》,《北京大学研究生学刊》1997 年第 1 期。

如"比起内地,街上有更多的狗/也更脏一些"、"一位军人/抱着一位四川姑娘亲嘴"、"操四川口音的小贩和我们搭腔/把我们当有钱的日本人……其中一位,在北京路开一间诊所/专治淋病、梅毒、男女不育/餐馆的金字招牌伸出粗壮的胳膊/那阴影,在大街上拉扯行人,声音甜腻"、"一位戴眼镜的藏族人,他曾是/被人膜拜的灵童,在哲蚌寺/度过前半生,如今手不离计算器"……另一方面,诗人在"记录"着这些现象的同时,又对这些现象进行着观察、研究,认识和理解出拉萨被"内地化"的现实,比如金钱化、商品化、言情化和信仰崩毁、圣洁不再、宗教气息泯灭等等:"与任何地方相似"、"信仰就像被凿去双目的/护法神的雕像,面临黑暗的年头"、"在拉萨/你找不到可以称为拉萨的地方"……不管是"记录"还是"研究"在拉萨的所见所闻,都不是诗人写作这首诗歌的根本所在,这两者都只为了或者都要落实于诗人要抒发、传达游历拉萨过程中收获的情感、意志:"亲爱的,拉萨已使我感到厌倦/我在这里逗留的日子越长/我就越失望。我四处寻找/洁白的信仰和淳朴的人性/却在所有的地方将它们错过。"另外,肖开愚的《国庆节》、《动物园》等,孙文波的《在西安的士兵生涯》、《在无名小镇上》等,也在一定程度上体现出了将叙事、抒情、议论等等表现手法综合在一起的特点。然而,在 20 世纪 90 年代,也的确出现有大量为叙事而叙事的诗歌写作,或者诗歌写作者自以为把情感、志意寄寓、隐藏在"叙事"之中了,实际上读者却把捉不出、感受不到其情、其意的诗歌写作。比如活跃于 20 世纪 80 年代中后期直至 20 世纪 90 年代的某些主张原生态还原、本真呈现的"口语写作"、"经验写作"、"生活流写作",便属此类。另外,那种纯观念推演、意识阐述而"缺席"了情、意的哲学写作、文化写作,在 20 世纪 90 年代也并未绝迹。同时,还有一些"盛装"进了叙事、抒情、议论、说明等等表现手法的所谓综合性诗歌,由于未能将这些手法合理配置、有机合成,使得诗歌呈现出事、理、情、意分离、割裂的生硬、无机形态,而不具有情感、意绪和诗意、诗情的整体感和融合感。

（二）戏剧化。正如第五章的分析,具有"现代性"的综合性诗歌文本,题材对象、内涵意蕴的综合特质的重要表现就是内涵意蕴、情思经验的"异质混成"。我们知道,作为艺术样态之一的戏剧,就是以营构戏剧性"冲突"为内容特征的。这样,情思经验"异质混成"的诗歌在某种意义上与戏剧艺术就取得了相通性、一致性,因而在写作这样的诗歌时,应该可以"借用"写作戏剧时的某些观念、思维以及某些方式、手段。诗歌戏剧化在西方,得到了现代主义诗人和理论家的大力提倡和实施。在现代汉语诗歌史上,诗歌戏剧化也被一些或多或少受到西方现代主义诗歌濡染的诗人提出过、实践过,如闻一多、卞之琳,而袁可嘉更是从理论上把"戏剧主义"①的诗歌看成了"现代诗"的模式:现代主义诗歌就是要使意志和情感"转化为诗的经验",而"设法使意志与情感都得着戏剧的表现"②正是这一"转化"得以实现的根本途径。20世纪90年代,在少数现代汉语诗歌写作者实验、"冒险"着将诗歌的情思经验"西化"为"异质混成"时,自然也接受、认可并采纳、试用起了戏剧化诗学主张。面向生存和生活的"经验写作"是他们确立的诗歌写作的起点和根本。生存在纷纭错综、交织杂合的现实世界和历史时空,现代人的生命空间都是异质混成、互疑互否而又规约化成、综合包含的对立统一体;其内、外经验和感受都既充满了矛盾、悖论和冲突、纠葛,又最终通过消解和调和达到了张力性平衡、对等。所以,他们戏剧化的诗歌书写,正在于把异质混成、互否互逆、互破又互相进入的现实人生情状直接"引入"诗歌,使诗歌如同戏剧本身一样,通过对具体、客观的人生世相、生存百态的展演,通过阐释、分析各种纷繁凌乱的生命形态,达到书写诗歌写作者现实人生经验的目的。西川的《致敬》是一首包容着诗人主体在物质和精神交战、浮躁和平和纠缠、喧嚷和宁静对峙的现实境遇中各种错综复杂的生存经验的"大诗"、"混诗",其间的诗意是含混、驳杂的,既有在"星星布阵的夜晚"的"心灵多么无力"之感,又有在"苦闷"、"痛苦"和"欲望""叫喊"中的"致敬",以及深处"居室"时对"巨兽"的"哀求"、对"幽灵"的"利用"……

---

①　袁可嘉诗歌理论术语,指现代诗模式是一种戏剧行为:诗的素材——人生经验本身是戏剧的;诗的动力——想象,含有综合矛盾因素的能力;诗的媒介——语言又有象征性、行动性。参见蓝棣之:《现代诗的情感与形式》,华夏出版社1994年版,第378—379页。

②　袁可嘉:《论新诗现代化》,三联书店1988年版,第25页。

诗歌所运用的诗艺是综合、"越界"的：箴言、场景、形象、独白、细节、动作交织穿插、复合配置，因而成为了 20 世纪 90 年代戏剧化诗歌的典型代表之一。

　　为了呈现、突显"冲突"，戏剧艺术有着自身独具的"语言"，也就是有一套戏剧化表现手法。我们知道，戏剧本身就是一门综合艺术，它包容、收罗进了语言（对白、独白、台词）、表演、音乐、灯光、造型等等艺术门类，所以戏剧"语言"——戏剧的表现手法——不是单一、纯粹的而是综合、混成的。情思经验"异质混成"的综合性诗歌自然需要综合性的表现手法，而综合性的"戏剧化"表现手法正能担当此重任。与他们的前辈一样，20 世纪 90 年代少数现代汉语诗歌写作者将情思经验"异质混成"的综合性诗歌写作的过程等同于创作戏剧的过程，以展示丰富复杂的诗歌内涵、提高艺术表现的力量。在他们看来，戏剧性表现手法的运用，是"充分发挥形象的力量，把官能的感觉形象和抽象的观点、炽热的热情密切结合在一起，成为一个孪生体"①的重要方式。他们在表现手法上对戏剧因素的引入，首先体现为在诗中提供鲜活、生动的戏剧化角色，通过戏剧形象的"表演"客观、间接、知觉、具象地传达诗人主体的情感、意志、哲思及人生经验、感受。正如程光炜所述，尽管戏剧性历来是翟永明"孜孜以求的效果"，但在 20 世纪 90 年代，她"愈发心仪'舞台'"、"渴望'表演'"②了。在《我策马扬鞭》、《时间美人之歌》、《土拨鼠》等诗作中，翟永明用一种客观、自制、冷静的笔触描摹出"策马扬鞭"的"我"、历史上的三个"美人"、"土拨鼠"等角色形象，借助"客观的戏剧"用代言人的"表演"混沌曲折地转化、传达诗人个我的人生经验，从而使得个体经验的诗意表现更为深入、成熟。戏剧性的独白、旁白，作为重要的角色化表现手法，也被少数 20 世纪 90 年代诗歌写作者经常采用。在诗作《动物园》中，肖开愚设置了"我"与"时髦女士"游览动物园、观赏各种

---

　　①　龙泉明：《中国新诗流变论》，人民文学出版社 1999 年版，第 547 页。
　　②　程光炜：《不知所终的旅行：90 年代诗歌综论》，《中国诗歌九十年代备忘录》，王家新、孙文波编，人民文学出版社 2000 年版，第 352 页。

动物的戏剧性生活事件,其中的大量独白手法,一方面表达出了"我"的生活情趣、生命经历、生存经验,另一方面因为诗人把这些独白安排在了具体的戏剧性处境中,所以就富于了戏剧性独白的艺术魅力,既与"时髦女士"构成了戏剧冲突、产生了诗意的张力,又推动了情节发展、人物性格形成。"动作,由戏剧性和戏剧冲突产生的动作,是戏剧的本质特征,是戏剧艺术的魅力之本。"①我们知道,不管是外在情节、行为的还是内里精神、心灵的,冲突、动作总是来源于或者发生在具体的戏剧性处境中。因而,建构戏剧冲突和戏剧动作,离不开对戏剧性处境的精心营构。这就使得戏剧性处境在20 世纪 90 年代情思经验具有"混成性"、综合性的诗歌中成了基础性"设施"。正是因为注重把角色化了的诗歌主体置于特定的戏剧性处境之中"制造"戏剧性动作和戏剧性氛围,20 世纪 90 年代这一向度的综合性诗歌力求在表现形态上契合、顺应"经验化"的现代主义戏剧化诗学立场并在一定程度上具备了综合、立体的戏剧化艺术特质。韩东是一位致力于消解传统诗意的诗人,他 20 世纪 90 年代的短诗《甲乙》同样沿袭了这一精神理路。男女之间的性爱行为,在传统的文学想象和表现中总是浪漫、温情、甜蜜、快乐的,然而,在韩东的"个人经验"里,却是无聊、空落、淡然、甚至"不洁"的,对于这种独异的个人经验和感受,他收获的途径不是在诗歌中作生理学透视,也不是作心理学解释,而是通过"观察"和"分析"一对男女在发生性爱行为后闲散、沉闷的"看"——男的看室外的"街景",女的看屋内的"餐具"——这一由场景和行为"组装"而成的戏剧性处境捕捉、领悟到了的。

20 世纪 90 年代,诗歌"戏剧化"的主张和实践是随着题材对象、内涵意蕴由情思经验"异质混成"的综合性诗歌的"出场"而出场的。20 世纪 90 年代情思经验"异质混成"的诗歌写作,作为"舶来品",本就是一种不成熟的、未到位(到达诗歌本质、本体)的冒险和尝试。因而,尽管从写作语境和诗歌抱负来看,20 世纪 90 年代的诗歌戏剧化写作有其现实性和指对性,但

---

① 朱栋霖:《心灵的诗学》,江苏人民出版社 2005 年版,第 20 页。

在具体运用、实施时，却是出现了许多偏差和不足。首先，在诗歌写作中将"戏剧化"立场化、本质化或者说将"戏剧化"尊崇为"主义"，肯定是不合适的。戏剧和诗歌属于不同的艺术样式，因而它们"领受"着不同的本质属性、"分担"着不同的价值功能。诗歌写作毕竟不是戏剧写作。戏剧是处理"经验"的，接收和容纳"异质"、"冲突"是其本质和核心所在，因为，戏剧性正是通过"异质"、"冲突"营造而成的；诗歌是抒写"情感"的，它可以收留"异质"、"冲突"也可以拒绝"异质"、"冲突"，而收留它们并不具有本质论目的，收留它们只是为了抒发、传达诗歌主体对它们的情感、意志，只是为了营建诗意、打造诗性。诗歌写作的戏剧化，不是要把诗歌写成戏剧，也不是以营造戏剧性为根本旨归，于诗歌具有本体意义和本位价值的不是戏剧性而是诗性、诗意，所以，诗歌写作中的戏剧化，只应该是作为建构诗性、诗意和张扬诗情、诗美的策略、技艺和方式、途径的戏剧化。其次，为了处理不同的题材对象、传达不同的内涵意蕴，诗歌写作当然可以采用多样的表现手法，情思经验"异质混成"的综合性的"意"，自然也可以"借用"戏剧化的表现手法。然而，诗歌又是有其根本性的表现手法的，那就是抒情。因而，与前述"叙述"一样，诗歌写作中对角色化、台词化、情境化等戏剧化表现手法的运用，必须服从与服务于带有根本性的抒情的需要。一方面，抒情应该与戏剧化表现手法相渗透、交织、穿插；另一方面，戏剧化表现手法应该能促进、引发情感、意志的生成和抒发，应该能贡献、"出力"于诗性打造、诗意建构。出现在20世纪90年代的许多戏剧化诗歌写作，正是因为把戏剧化立场化了，正是因为忽略了戏剧化表现手法的抒情转化、改造，导致诗歌文本的戏剧特质剥夺、掩盖了诗歌特质，从而成为了既不是诗也不是戏剧的异化文本。

　　在20世纪90年代现代汉语诗界由少数诗歌写作者和批评家提倡并践行的综合性的诗歌表现手法，是试图努力对波德莱尔、艾略特以及穆旦、袁可嘉等主张、实践的诗歌现代化要求所作出的顺应性对接、回响；从现实性上看，它的动机、企图在于纠偏20世纪80年代中后期直至20世纪90年代的"纯诗"路向和"反叛的、抒情的、自恋的"与"凝重的、内聚的、承受式"倾

向，以使现代汉语诗歌写作朝向"反讽的、叙述的、多声部的"与"开放和自
我颠覆"①的态势接近，因而，从写作理念和姿态上看，自是具有一定的诗学
价值和实践意义，也能够为现代汉语诗歌写作提供新的生长点和可能性。
结束"政治写作和群众写作"的意识形态化伪诗写作，摒弃"为永恒操练"、
"与现实生存脱节"的"不及物"非诗写作，从而应对、直面和分析、处理人类
生活经验、当下处境、命运遭际，正是 20 世纪 90 年代这部分操持综合性诗
歌写作的人的诗歌抱负和写作理想。复杂、综合的诗歌对象必须通过复杂、
综合的表现手法等其他表意方式来转化、服务。也就是说，综合性诗歌写作
直接、明确地落实在诗歌写作者诗歌技艺、技术的综合性上，落实在诗歌写
作者表意方式的综合性上，而这种落实内在地决定于诗歌写作者的诗学立
场、决定于诗歌之意的综合性特质。对此，姜涛和王家新都有着自己的体
认。姜涛认为综合性诗歌写作"摆脱了以纯诗理想为代表的种种青春性偏
执，在与历史现实的多维纠葛中显示出清新的综合能力：由单一的抒情性独
白到叙事性、戏剧性因素的纷纷到场，由线性的美学趣味到对异质经验的包
容……"②而王家新则结合自己的写作实际谈论了自己的体会和认识：
"1996 年初写《伦敦随笔》时，我就有意识地运用了一种不是单一风格的而
是'整合'式的写作方式。……在伦敦的两年生活，体验的深度、广度及内
在冲突的强烈、复杂程度都是前所未有的，而单一的写作就不能胜任。于是
我把抒情的、叙事的、追问的、反讽的、经验的、想象的、互文的、细节的等等
要素和艺术手段整合在一起，把多种不同的相互冲突的经验熔铸为一个有
着不同层面的整体。这样来写，使它成为一首诗，但又具有了更大的包容
性。这种'包容性'来自对复杂的艺术经验和精神资源的整合，而不是拼
凑。……'以内在的痛苦来克服外在的混乱'。"③

　　不过，尽管立场、理念有其合理性、有效性，但综合性表现手法，在 20 世

---

① 王家新：《没有英雄的诗》，中国社会科学出版社 2002 年版，第 96 页。
② 姜涛：《叙述中的当代诗歌》，《诗探索》1998 年第 2 期。
③ 王家新：《回答普美子的二十五个诗学问题》，《诗探索》2003 年第 1—2 辑。

纪90年代的中国新诗版图上，毕竟是一种"引进"和"舶来"性质的新的尝试和探索，因此并不成熟，甚至可以说并不成功。在诗学层面，它注重、着力的是"对抗"、"破坏"，而对自身的"建设"和"经营"明显还十分薄弱、欠缺；在诗歌实践层面，它还没有经过充分的诗学准备和话语历练，因而又严重存有生硬、急促、简单、机械、拼凑等诸多不足。从诗歌文本事实看，某些诗歌写作者所运用的综合性表现手法，不仅在很大程度上妨碍了诗意的传达、诗美的舒张，更重要的是，导致诗歌成为偏离"言情"、"言志"的精神性、心灵性本体、本位的非诗、伪诗。关于出现在20世纪90年代诗歌写作中包括表现手法在内的综合性表意方式的得失功过，陈仲义有着辨证的评析："九十年代以互文、叙事、反讽为中心的综合写作。大大解放了诗人的想象力和处理复杂事物的能力，促进了技艺兴盛和写作难度提高，一方面让现代诗扩容了生长空间，滋生了某些可供诗歌继续增殖的元素；另一方面，由于某些愈演愈烈的跨体繁缛，亦使文本失之艰奥而潴滞了流通。"①

第二节　文体样式的综合性

中国古语说："诗贵性情，亦须论法，杂乱而无章，非诗也。"这一说法表明，中国古典诗歌是十分讲究"章法"而弃绝"杂乱"的。所谓"章法"也就是简称诗体的诗的体式。按照今人的解释，诗体，"即是对诗的属性的制度化的具体呈现，即从'怎么写'上来规范诗的体式，建设诗的形式"②。事实上，对诗体的规范化和标准化要求，中国古诗超过了历史上其他任何民族的诗歌："文言类古代汉诗的形式经过长期的发展，逐渐形成了定型和准定型的诗、词和曲。……定型体的近体诗的平仄、句数一定，形体完全确定，代表诗体有四句的五言绝句、七言绝句，八句的五言律诗、七言律诗，十句以上的

①　陈仲义：《九十年代先锋诗歌估衡》，《当代作家评论》2004年第6期。

②　王珂：《论新诗应该有常体》，《诗探索》2004年春夏卷。

五言排律,还有少量的六言绝句、七言排律等诗体。"①中国新诗革旧诗之命,一个直接的结果就是"诗体大解放",也就是新诗打破了古典律诗、绝句严格、僵滞的诗体框架束缚和圄圄而获得了诗体的"自由"。直观和感性地看,诗体是诗歌这一文类区别于其他文类的外在特征,诗体最显眼的就是节(段)、句(行)的布局、陈列样式。而内在和本质地看,"诗作为最高的语言艺术,诗体不仅是呈现诗的艺术性的重要内容,而且还为诗人提供了作诗法,使诗有别于散文、小说等其他文体。……诗体是诗的规范的产物"②。古今中外,诗与歌都是一体的。之所以诗与歌不"分家",就是因为,诗歌的"意"是诗歌语言的语义和声音所含之义"联合"起来共同呈现的,这种声音不仅指单个、独立的语词的读音,更指由语言组合、排列后的诗句和诗句的分行处理所具有的音乐性特质,如节奏、音韵、旋律等等,而这些音乐性特质只有特殊的诗歌体式才能生成、落实。J. V. 肯宁罕穆在《几种短诗》中关于诗歌本质、音乐(韵律)要求、诗歌形式的关系的论述是客观、恰当的:"我把诗当做一种说话的方式,一种特殊的说话方式。作为诗人,我以韵律讲话,我以诗行讲话。……我是一个形式主义者……形式主义更附加了另一种价值原则,因为形式的目标即在确定。如此看来,诗即是韵律的语言,而一首好诗便是把值得说的事以韵律作成确定的陈述。"③因此说,诗歌的"歌唱"性、音乐性,也要求诗歌的体式必须具有规范、"制度"。艺术样式之间的划界、区分,除了因为题材内容的不同、表现手法的区别,形体样式的独立也是一个重要标志。既然新诗同样名之为"诗",那么它的诗体是否应该有必要的自律、自约性呢,或者说是否应该给它的诗体"自由"一个"限度"呢?

就新诗写作事实看,尽管它一直处于"律化"和"自由化"的极端对抗及相互取代的运动中,其间既轰轰烈烈地展览过"带着镣铐跳舞"、追求"节的匀称和句的均齐"的"新格律诗",也热热闹闹地上演过用"散文"纵横恣睢

---

① 王珂:《百年新诗诗体建设研究》,上海三联书店2004年版,第2页。

② 王珂:《论新诗应该有常体》,《诗探索》2004年春夏卷。

③ [美]J. V. 肯宁罕穆:《几种短诗》,《诗人谈诗》,[美]霍华德·奈莫洛夫著,陈祖文译,三联书店1989年版,第62页。

地表现诗质、诗情的"散文化"诗歌，但是，新诗基本还是"固守"住了能够与散文、小说等别的文类划界的外在体式特征，那就是不管分节还是不分节，也不管语言是分散还是凝聚、拖沓还是简练，诗篇的句子总是分行排列的。一些论者也对分行排列给予了积极的评价。如同阿垅所说，这种分行的"排列具有力的排列和美的排列这样两重的性质。力的排列，以诗底内在的旋律为本质，而决定采用某一种形式，使诗的血肉浮雕一般地凸现出来。美的排列，有的呈现音节的美，属于听觉的和谐；有的表现为行列的美，属于视觉的参差"①。正是分行排列，使得新诗终归没有因形式泛滥失边、文体自由无际而淹没、"毁灭"于其他文类之中。闻一多说："新诗采用了西文诗分行写的办法，确是很有关系的一件事。姑无论开端的人是有意还是无心的，我们都应该感谢。"②吴思敬也指出："分行排列，则能给读者一个最醒目、最明确的信息，它那疏朗的、鲜明的、或整齐或参差的行列，使读者一眼就能把它从密密麻麻的其他类型的文学作品中识别出来，从而唤起相应的审美注意，自动地用诗的眼光去看它，用诗的尺子去衡量它，这样读起来自然容易领会其中的妙处，获得一种心理上的满足。"③

　　诗歌的文体样式的确立与对诗的本质属性、价值功能的指认密不可分。无论是方方正正、齐齐整整的中国古诗，还是中国新诗中有着"节的匀称句的均齐"的"新格律诗"，其实都是把诗歌的重心落在"歌"（释放、传达情感、志意）这一维的，把抒情置于诗歌的本质高度的。而对于散文化的自由诗来说，语词句段虽然明显"散文化"了，但仍然要守住分行排列的诗的体式底线而没有一股脑儿搬移散文不分行的体式，其实还是为了抒情的需要；当然，这种抒情不再是直抒胸臆、一泻千里的宣泄式抒情，而是容纳、融会进了事、物、象等散文因子的抒情，因而就不得不显现出散文化的色彩。因为，正如谢冕所指出的，分行排列的文字除了满足诗的精练性和跳跃性外，更有

　　① 　阿垅:《箭头指向》,《诗与现实》,五十年代出版社 1950 年版。
　　② 　闻一多:《诗的格律》,《闻一多全集》第 2 卷,湖北人民出版社 1994 年版,第 141 页。
　　③ 　吴思敬:《诗歌基本原理》,工人出版社 1987 年版,第 269 页。

助于抒情效果的获得:"诗的分行排列,首先是由于诗要求集中精练——短促的诗行便于概括提炼尽可能丰富的内容;叙述上的跳跃性——分行便于诗的'跳舞';再就是诗的抒情的职能,要强调那情绪的效果——分行排列,便于在形式上把感情上的强调更加鲜明地体现出来。这种形式上的处理,是为了给内容以必要的强化、加工。"①"新格律诗"也好,从异域引入的"十四行体"、俳歌体也罢,这些有着较为严格、统一体式的诗歌毕竟算不上中国新诗的主流,分行排列的"散文化""自由体"才是其主流。可以这样理解,所谓"散文化"、"自由体",就是这种体式不是纯粹的、单一的、绝对的诗体,而是"一种形式向另一种形式渗透,一种语调向另一种语调并置"了的"容留的"、"不洁的"、"偏离的"诗体。在许多自由体诗中,因为事、理、物、象、人、场景、情形、动作等作为情的辅助、部件的输入而动用了叙事、描写、对白、议论、说明等等表现手法,这样的诗歌之诗体,就不得不裹挟、混合入散文体、论说体、小说体、戏剧体要素成为文体的"大杂烩"。从一定意义上说,这种散文化的自由诗体也就具备了相当的综合性。与诗歌内涵意蕴的综合性、表现手法的综合性一样,诗歌文体的综合性,在 20 世纪 90 年代的综合性诗歌写作中也可谓达到了"白热化"的程度。一些诗歌写作者在分行排列的文字中承袭、延续着散文化自由体诗的综合性特征;也有一些"诗歌"写作者无"根"失"据"地干脆拆卸了诗歌区别于散文的最后界限,写作出并不分行的文字并"美其名曰"为诗(所谓"诗片段");也有的将分行与不分行排列的文字"搭配"、"杂交"成一体名之为"大诗"、"巨诗"。具体来看,试探、摸索在 20 世纪 90 年代综合性诗歌写作中的文体的综合性主要体现为以下几种类型。

(一)散文句式组合于诗歌的框架。诗歌句式与散文句式的基本区别在于,前者分行排列,而后者不分行排列。对古诗和新格律诗来说,组成行的句子一般都是独立的、完整的,这表现为它是一个内部没有或用很少(一个)标点分开的独立意义单元。但在包括 20 世纪 90 年代综合性诗歌在内

---

① 谢冕:《谢冕论诗歌》,江西高校出版社 2002 年版,第 29 页。

的散文化自由体诗歌中，虽然从外观上看，诗篇也是分行排列的，然而其中穿插的一些行却是满布着标点，成了显然的散文句式。比如肖开愚《国庆节》里的下面一节：

> 这儿，就是这儿，埋葬了多少王朝！渭河也不流淌了！
> 那些高耸的不安的坟茔
> 给出一个个越来越美的世界：一个个地窖——
> 酒的大海汹涌，浪花翻卷，壮丽的海市蜃楼，壮丽的时代
> 为痛苦的夜晚而变化，
> 然而（死是"流向"，一个更大的梦
> 弄醒一个微小的梦），然而
> 一切如同月亮，并不是梦，而是普通的、必不可少的
> 生活，我拥有这种生活吗？
> 我的时代推崇这种虚无的生活吗？
> 回答是：他妈的！

显然，整体上看这部分诗是分行的，然而其中的第一、四、六、八句都是散文的句式。这样的诗段，是把散文的句子"安装"在了诗歌的构架中，所以它在本质上属于诗而非分行排列的散文，因为行与行之间并不乏跳跃、省略和跨度，而由行结成的整体也不乏精练、集中和凝聚，不乏情绪的强化和凸显效果。不过，由于诗行是散文句式的，就单个诗行来看，它不是紧凑、紧密而是松散、拖沓的，无法像律诗、绝句或者新格律诗那样讲究平仄、获具节奏；而诗行与诗行之间，不可能做到对仗、押韵。这样，这类诗歌的音乐性就要大打折扣了，既如此，律诗、绝句、新格律诗借助其音乐性生成、传达的意义以及营造的诗意、诗性，对这类诗歌来说，也就无能为力做到了。

（二）诗的行由散文的段落组合而成。我们说，诗的基本体式特征是分行排列。在第一种情况中，如果组成行的还只是穿插有散文的句子，那么这里要说的是对其的推及和延展，也就是说组成行的不是"小行"而是"大行"——散文段落了。因为，散文段落与散文段落之间仍然不失诗行之间

那种跳跃、节奏以及断裂、分化,由散文段落组合而成的篇章也同样具有诗质和诗情的内在律,所以它仍然是诗。当然,既然是上类诗歌的"递进"和"发展",它的音乐性就更为弱化、缺失了,本该由声韵、音律、节奏等音乐性要素带来的诗意、诗美在这类诗歌中就更付之阙如了。作为"一个'大诗歌观'的主张者与实行者",昌耀认为"诗美流布天下随物赋形不可伪造",因而主张"诗之与否",应"以心性去体味而不以貌取"①。在20世纪90年代,昌耀创作了许多"大诗歌",其中便有这里所说的由散文的段落组合而成诗行的诗篇。如《纯粹美之模拟》是这样的:

　　那是一种悠长的爆炸。但绝无硝烟。因之也不见火耀。但我感觉那声响具足蓝色冷光。

　　那是一种破裂。但却是在空际间隙性地进行着,因之有着撕碎宇宙般的延展、邃深。

　　是一种冷爆炸,立体之节奏清脆得棱角分明,于是感觉到那切开的裂痕是丰满的肉色了。

　　好比一方折叠复又打开的金箔,见到几滴沉重的奶汁溅落其上。

　　…………

　　那是一种去伪存真,去芜取精的方式。那是一种洁身自许的纯净。

　　那是一方以声光折叠而成的纯白手帕。幽渺的馨香只由高贵的听觉合成。

(三)诗歌体式与戏剧体式的综合。本来,诗歌就是诗歌主体抒发情感的文学样式,因而在传统的诗歌中通常只有诗歌主体的"一种声音"。对于戏剧来说,其中就不仅一种声音了,因为戏剧里"传"出的主要是剧中人物的声音,而且除了某个人物的独白声音,更多的是人物之间对话的声音。"在剧本中,剧中人物的言语(台词)是用来塑造形象、展示矛盾冲突的基本手段。"②在综合性诗歌写作中,诗行中通过嵌套台词(对话)或独白式的引

---

① 昌耀:《昌耀的诗》,人民文学出版社1998年版,第423页。
② 童庆炳:《文学理论教程》,高等教育出版社2004年版,第201页。

言,实现了诗歌体式与戏剧体式的综合。在这样的诗歌中,除了听到诗人主体的声音外,还能听到艾略特所说的"隐于诗行里说话的戏剧人物""发出的""第三种声音"①,有时是某一个戏剧人物独白的声音,有时是某两个、几个戏剧人物对话的声音。诗人主体一方面倾听、记录着这些独白、对话,另一方面认识、理解着它们并传达着对它们的感受、情绪——也发出自己的声音。同时,诗中的引言又是以分行的形式排列的,因而并没有丧失诗体的底线。陈东东的《炼狱故事》是一首典型的戏剧体与诗体综合而成的长诗,诗中处处充满了"女高音亡灵"的戏剧性"独白",同时诗歌主体又不断地追踪着、收集着这种"独白",如下面一段:

> 女性在极顶的层面上展开
>
> 炫耀一对对黄金乳房
>
> "当我从《快乐大转盘》起跳……"
>
> ——判官他起跳
>
> "我看见火焰,
>
> 满城的大火如纷扬的雪,
>
> 利刃切割开欲望的眼睑。"

孙文波的《在西安的士兵生涯》里的这一段落里则是以引入对话的方式实现诗体与戏剧体的综合的:

> 你的父母和妹妹在干什么? 当然很好。
>
> "给我写一些信吧。""写什么呢?"
>
> "这个国家近来发生了大变故,领导阶层,
>
> 频繁地换人。""与你有什么关系?"
>
> "生活太单调了,就像我修理的汽车,
>
> 只发出呜呜的引擎声。""我们去了
>
> 一处名胜,寺院、猴子,妹妹摔了一跤,

---

① T. S. 艾略特:《诗歌的三种声音》,《西方二十世纪文论选》(2),胡经之、张首映主编,中国社会科学出版社 1989 年版,第 132 页。

幸好被树枝拦住。”“现在我

枪打得很准,只是有些讨厌它,

一看到它冒出的火舌,心里就发悚。”

　　“算了,算了。你不应该把枪看做死亡的化身。”

　　(四)诗体与其他文体的“异体混成”。在现代汉语诗歌写作中,最为大胆、彻底的诗体革命当数 20 世纪 90 年代少数诗歌写作者在他们极少数诗歌中的实验和探索了,他们摧毁和瓦解了诗歌体式的最后一道防线——分行排列而“树立”和“创建”起了在文体上与泛义的散文别无差别的文体样式。在他们看来,只有“抒情与想象”才是他们所忠实的诗歌本性,而分行排列往往会制约、阻碍他们酣畅痛快、淋漓尽致地释放、张扬抒情与想象。比如,王家新就是这样谈论他写作“诗片段”这种不分行诗歌的体会的:“我转向《反向》这种诗片断形式。……我感到它不仅在形式上,也在精神上为我打开了一个新的空间。……它能调动我的写作欲望和想象力。……它不单是一种形式,而且它和一种写作方式及诗学意识结合在一起,在艺术经验上也具有更大的包容性。……我感到只有经过这种整合式的写作,才能把复杂的、矛盾的、多样性的东西‘锤炼成一个整体’。”①不分行写的可以是诗,当然不等于分行写的就不是诗了。既然两者都是诗,又何必还要将两者分开呢,不如将两者混合在一起——在 20 世纪 90 年代的诗歌写作中,真还出现了让分行排列的段落与不分行排列的段落“同处一室(诗)”的诗歌,从而使其成为了 20 世纪 90 年代颇具“创新”性的、最名副其实的“一种形式向另一种形式渗透”“不要那么多界限”的综合诗体。昌耀的《悒郁的生命排练》等,陈东东的《解禁书》等,肖开愚的《一些事》、《传奇诗》等,孙文波的《向后退》等,西川的《致敬》等,都是投向 20 世纪 90 年代诗界的这种“异体混成”的“大诗”、“巨诗”。在他们看来,“这种写作不只是找到了一种与当代人生命质素更相适应的表层形式,同时更表达了对一种生命形式的寻找——本色、真实、直面存在、体认普通生命的脉息和情绪,投射出健康而富

---

①　王家新:《回答普美子的二十五个诗学问题》,《诗探索》2003 年第 1—2 辑。

有骨感的人格魅力——由此诗主体发出的言说，具有更单纯的力量和更高的内涵，消解了为想象而想象的矫饰、为抒情而抒情的虚浮，同时也便拆解了想象界与真实界、说'诗话'与说'人话'亦即可说与不可说的界限，使现代汉诗成为一个真正广阔而坚实的开放场"①。

　　上述 20 世纪 90 年代诗歌写作中出现的诗体"失范"和综合"失度"现象，自然会引起不同的反响。肯定者认为它顺应了 20 世纪 90 年代的诗学立场，有效地拓展了诗歌写作的疆域、刷新了人们的诗学意识。包容性、综合性的意不仅需要包容性、综合性的表现方式、修辞策略，同样也只有包容性、综合性的文体样式、结构组合——形式——才能接纳和承载。正因为这样，西川声称"我不是一个百分之百的诗人，我是一个百分之五十的诗人，或者说我根本不关心我是不是一个诗人，或者说我根本不关心我写的东西是不是诗歌，我只关心'文学'这个大的概念，与此同时，我也关心社会，关心历史、哲学、宗教、文化"、"我把诗写成了一个大杂烩，既非诗，也非论，也非散文，我不知道它叫什么，我不要那么多界限"②。陈仲义也对其给予了积极的评价："大大解放了诗人的想象力和处理复杂事物的能力，促进了技艺兴盛和写作难度提高，一方面让现代诗扩容了生长空间，滋生了某些可供诗歌继续增殖的元素。"③但更多的人对此所持的却是反对的观点，他们普遍认为"这种不同类型的话语和不同类型文本之间达成任意漫游"的"跨文体写作"的实质是"无章法"的写作，也就是把诗引向非诗的写作。一些论者甚至把其归结为 20 世纪 90 年代诗歌衰落的原因之一："对语言形式的疏忽，由于未能很好地发挥汉语言的诗体特长和语言灵性，而使诗黯然失色。这大概也是导致时下诗歌不尽人意，乃至遭来责难的原因吧。"④

---

①　沈奇：《拓殖、收摄与在路上》，《最新先锋诗论选》，陈超编，河北教育出版社 2003 年版，第 214 页。
②　西川：《让蒙面人说话》，东方出版中心 1997 年版，第 279 页。
③　陈仲义：《九十年代先锋诗歌估衡》，《当代作家评论》2004 年第 6 期。
④　转引自温远辉：《现代诗歌的进入方式》，《1998 中国新诗年鉴》，杨克主编，花城出版社 1999 年版，第 447 页。

　　笔者倾向于后一种看法。诗歌的体式不仅是诗歌得以区别于其他文类的外在特征，而且诗歌的诗意、诗美以及某些作为"内容"的意，都只能由诗歌应有的诗歌体式才能盛装、承载与生成、产发，如果省略、失却了这些必要的诗体形式，就是删掉、涂擦去了相应的诗意、诗美和"内容"。因此，徐志摩提出了"形体是精神的表现"①一说。另外，从阅读和接受的角度看，诗歌总是有着独立、分别于其他文类的文体样式这一观念已经根深蒂固地扎入了人们的阅读期待中，人们正是根据特定的诗体样式指认诗为诗并带着读诗的动机去读的；一旦失去了特定的诗体样式，人们就有可能不把它当做诗去读，因而无法读取到属于诗的东西。当然，笔者并不排除那些诗体大"突破"的主张者、践行者有其严肃、真诚的一面，也不排除他们的确是为了"承载"、"盛装"他们"异质混成"的"宏大"情思和"巨型"想象而"拆解"了诗体。然而，他们既然不要"界限"了，不关心自己"是不是诗人"了，不关心自己所写的"是不是诗歌"了，就不应该让自己以诗人的姿态对诗歌说话，也不应该把他们只是具有"大的概念"意义上的"文学"选进诗集、发表于诗刊，因为他们的写作以及提供的文本，足以混淆诗歌视听，足以对现代汉语诗歌写作造成误导，并由此败坏、玷污现代汉语诗歌的形象。不过，说不管是 20 世纪 90 年代还是其他任何时段的现代汉语诗歌应该有自身的体式并非说它只能有约定俗成、变动不居的体式，而是说在维护坚执诗歌体式底线——比如分行排列——的前提下，它应该有随"意"而变、流动更新的体式。关于现代汉语诗歌的诗体建设，王珂的提议是不无见地的："新诗应该有基本的文体特性，诗人应该有最基本的文体自律性和诗体意识。正如人应该生活在自由与法则的和解而不是对抗中，新诗的最佳诗体状态应该是处在定型与非定型、律化与自由化、文体自觉与自发多和解少对抗中，这才有利于新诗的健康发展。"②

---

　　①　徐志摩诗学观点，以此说明诗的形式的重要性："……完美的形体是完美的精神唯一的表现，文艺的生命是无形的灵感加上有意识的耐心与勤力的成绩。"参见蓝棣之：《现代诗的情感与形式》，华夏出版社 1994 年版，第 344 页。

　　②　王珂：《论新诗应该有常体》，《诗探索》2004 年春夏卷。

第七章　审美特征的综合性

审美,是一切艺术形式的基本属性。所谓审美属性,指的是艺术作品所具有的以其感性形象在人们心灵意向中引起无功利的情感反应的属性。与此前诗歌写作发生了"断裂"、"转型",是许多论者命名"20世纪90年代诗歌写作"的理由和依据。这种"断裂"和"转型"自然也包括诗歌写作者美学观念和诗歌美学特质的"断裂"、"转型":"纵观九十年代的先锋诗界,在商业俗文化语境包围中,艰难地实施突围,在急剧的转型期,以现代性为支撑,展开个人化与差异性的双翼。……让诗的审美标准,处于'被迫'中的修正,一种更具包含的诗歌和评鉴尺度正在形成。"①诗歌写作者的美学观念内在地决定、服从于他的诗学立场、诗歌抱负。对于20世纪90年代诸多诗歌写作者和批评家而言,将诗歌笔触径直扎入20世纪90年代"活生生"的时代现实,从而写作"历史化"、"及物性"的诗歌,正是他们的总体诗学立场、诗歌抱负。20世纪90年代的时代现实当然不是写作中国古典诗歌的现实,因为中国社会已经由农业社会进入了工业、后工业社会,这样,正如耿占春的说法,"母语经验的典型环境正在我们身边失去。作为唐诗宋词的思想与意象空间的大自然在我们身边沦为凋敝落后的农业,其中的一小部

---

① 陈仲义:《九十年代先锋诗歌估衡》,《当代作家评论》2004年第6期。

分变成了与日常生计无关的只有在假期才可返回一次的高消费的旅游区",因而,"古典诗学中的那些无一不与自然息息相通的范畴:'气韵'、'风骨'、'意境'、'虚静'、'空灵'、'飘逸'"等等也就自然要在"记录"与"研究"20世纪90年代现实的诗歌中"失效"①。同时,20世纪90年代也不是生产"政治写作和群众写作"的现代汉语诗歌的政治化、革命化、斗争化、运动化的时代现实,而是市场化、商品化、世俗化、物质化的时代现实了,所以此前现代汉语诗歌写作既定的"崇高"、"痛苦"、"超越"、"对"、"中心"等审美原则规范在20世纪90年代诗歌写作中也不得不经历涤荡、淘洗。综合性诗歌写作可以说是顺应、契合20世纪90年代时代现实而"镜像式"地亮出来的一种诗歌写作,其综合性也体现在审美特质方面。20世纪90年代综合性诗歌,不是只具有某种单一、纯粹的审美特质,而是接纳、邀约进诸多原先属于不同诗歌类型的审美质素。在审美外观上,综合性诗歌写作呈现出驳杂、纷繁、凌乱、多元的情状;但事实上,这些异质、冲突的审美因子,经过诗歌写作者的融汇、凝聚性提高与升华性处理,它们又调和、混生而成了审美统一体,也就是说,这种综合是有机的而非无机的综合。除了不同类型文学审美特质的综合,20世纪90年代综合性诗歌写作审美特质的综合还尤其明显地表现在日常性诗意与超常性诗意的综合、"有我"与"无我"的综合、悲剧性与喜剧性的综合等其他方面。

第一节　不同类型文学审美特质的综合

对于20世纪90年代的综合性诗歌写作来说,诗学立场抱负的综合性、诗歌内涵意蕴的综合性、诗歌表意方式的综合性,决定了它必然要将多种文学类型的审美特质"熔于一炉",从而展示出文学类型这一层面的综合性美

---

① 耿占春:《没有终结的现时》,《中国诗歌九十年代备忘录》,王家新、孙文波编,人民文学出版社2000年版,第128页。

学品格。浪漫主义与现实主义审美特质的综合,现代主义与浪漫主义审美特质的综合,现代主义与后现代主义审美特质的综合,是20世纪90年代综合性诗歌写作中较为突出的审美综合。

(一)浪漫主义与现实主义审美特质的综合

20世纪80年代中后期,在对长期以来统治中国新诗的"政治写作和群众写作"的反叛和排拒的诗歌浪潮中,高蹈的、抒情的、空泛的被论者(如唐晓渡)称为"青春期写作"的浪漫主义诗歌写作声势浩大、盛极一时。唐晓渡对"青春期写作"作过下述分析:"对生命自发性的倚恃和崇信、反叛的勇气和癖好、对终极事物和绝对真理的固执、自我中心的幻觉、对'新'和'大'的无限好奇和渴慕、常常导致盲目行动的牺牲热情,以及把诸如此类搅拌在一起的血气、眼泪和非此即彼的逻辑……80年代的先锋诗写作在许多方面确实表现出浓重的'青春期'特征。……这是一种因长期压抑而被迟滞了的、曾经严重受损并仍然一再受损的'青春期',其结果是往往为写作带来格外的颓伤、怀旧和晦涩色彩,或者在绝望中使语言的狂欢有意无意地蜕变成语言的暴力","'青春期写作'的根本弊端在于以最富于诗意的方式悬置了诗本身。"①显然,唐晓渡所揭示和反思的是"青春期写作"的浪漫特质。此外,浪漫化的"青春期写作"与20世纪80年代后期的"农耕式庆典诗歌写作"以及其他花样翻新的"纯诗"写作一样,固然满足了诗歌写作"非意识形态化"的要求,但也丧失了对时代发言、向当下说话的能力,造成诗歌写作"面对现实、处理现实的品格和能力的弱化,甚至丧失"②的局面。到了20世纪90年代,对于那些"历史"意识觉醒了的诗歌写作者来说,这种"一旦社会生活发生震荡","就显得那么苍白、虚幻、不真实的"、患上现实"失语"症(王家新语)的"青春期写作",自然就成为了直接"涂擦"的对象。不管是标举"历史化"、"及物性"的美学精神原则,还是亮出"叙事"、"细节"、"戏剧化"的审美表现方式,都说明他们在主动、积极地向现实主义诗歌美

---

① 唐晓渡:《90年代先锋诗的几个问题》,《山花》1998年第8期。
② 王家新:《阐释之外:当代诗学的一种话语分析》,《文学评论》1997年第2期。

学特质靠拢。当然,作为诗之为诗的浪漫主义品格没有、也不可能——只要他们把组合的文字仍旧名之为诗——被"现实主义"成分挤兑掉、排斥出他们的诗歌。实际上,他们是在诗学意识上把现实主义文学与浪漫主义文学的审美特质综合在了一起、化约成了一体,并将这种诗学意识落实到了他们的综合性诗歌写作中。现实主义美学原则与浪漫主义美学表现的综合,浪漫主义美学原则与现实主义美学表现的综合,现实主义美学表现与浪漫主义美学表现的综合,在 20 世纪 90 年代的综合性诗歌写作中都有体现,但现实主义美学原则与浪漫主义美学原则的综合,则最为突出和富有诗学价值。

现实主义诗歌的美学原则,总体上说是面向现实、针对现实、指涉现实的,也就是诗歌所表之情、所达之意必须源自于现实、投射于现实,并影响和作用于现实,相当于中国古语所说的"本乎情性,关乎世道"。这要求秉持现实主义精神的诗人"应当去参与物质世界的运动,永远密切关注着生与死、灵与肉,加入世界无尽的循环和更新,并以其个人活力和独特的经验融入世界的合唱,成为其中不可或缺的一环"[1]。传达社会现实感受、抒写时代风云体验,是诗歌持有现实主义美学精神的根本保证。以理想主义为思想精髓的浪漫主义诗歌的美学精神,则是表现主观意志、展显心灵念想。通常来说,具有浪漫主义诉求的诗人,总是在精神心灵中打造着一个高于"现实现实"的"理想现实",诗人在诗歌中所表达、传递的情、意,要么是对它的热爱、赞美,要么是对它的追寻、向往。对将现实主义与浪漫主义诗歌美学原则综合起来的诗歌来说,美学原则主要是这样的:诗人将诗歌视线搜索、扫描于现实时代、当下社会,并作出自己的体验认知、价值评判和情感反应;而诗人之所以能够如此,则是因为他们怀揣有一个理想的现实时代、当下社会,他们正是以此为参照和依据去认知、判断和反应、反映实存现实当下的。如果实存的与理想的顺应、契合,他们则表达、传递出正值向度的情、意,如歌唱、颂扬等;如果背离、抵触,他们则释放、投掷批判、拒绝等负值向度的情思意向。

在 20 世纪 90 年代,从题材角度看,有着特定诗学意义的政治诗、处境

---

① 小海:《面孔与方式》,《诗探索》2000 年第 1—2 辑。

诗、精神诗等的美学特质典型地体现出了现实主义与浪漫主义诗歌美学原则的综合。上述题材的诗歌,都是 20 世纪 90 年代应对现实时代、对话命运处境、处理生存经验等诗学立场、诗歌抱负的产物,因而都具有忠实、立足现实的现实主义审美原则。如政治诗指向的是 20 世纪 90 年代的时代气候、社会风向和政治生活,处境诗指向的是诗人、诗歌、诗歌写作在 20 世纪 90 年代的现实处境,精神诗指向的是 20 世纪 90 年代的"精神"状况。然而,这些诗歌并非只在单纯、逼真地再现、描绘政治、处境、精神,而是在表达、传递对它们的主观体认、情感意识。正是如此,理想主义闪亮登场与诗歌中的现实主义精神组合在了一起。对于这些诗歌中的理想主义,谢冕有着高度的评价:"那些星星点点的理想的火光并未在世俗和物欲交织的风中熄灭。在那里,回应着上个世纪末拯救国运的呼声,为振兴中国文化的激情充溢在那些不免宽泛和夸张的言辞之间。这至少给人以新的信息,即中国的知识者和诗人并没有沉溺,反省和批判的精神在一些人那里正在默默地生长。"①在欧阳江河《傍晚穿过广场》、《关于市场经济的虚构笔记》等政治诗中,现实主义精神体现在对 20 世纪 90 年代物质化、商品化、市场化时代中信仰崩毁、道德沦丧、灵魂塌陷的时代现实的揭示和敞开,浪漫主义精神则体现在诗人坚执着信仰、道德、灵魂等理想主义对时代风气、社会气候进行着批判、抵制,并呼吁、向往着理想、道德和灵魂。王家新的《帕斯捷尔纳克》等政治诗,指向的是政治高压中有着"承担"和"介入"意识的知识分子的生存苦楚和精神磨难这一现实状况,但诗人在诗篇中通过对帕斯捷尔纳克这一知识分子精英的追思、对其精神人格的向往和追求,传达了自己要以其为榜样这一鲜明的理想主义精神。昌耀对自身作为一个诗人在 20 世纪 90 年代的处境自是感受颇多、认知颇深的了,通过《烘烤》、《现在是夏天》、《僧人》等诗篇,他对这一处境作了极具现实主义精神的再现和描绘:"诗人,这个社会的怪物、孤儿浪子、单恋的情人"(《烘烤》);然而,诗篇又通过

---

① 谢冕:《丰富而又贫乏的年代》,《最新先锋诗论选》,陈超编,河北教育出版社 2003 年版,第 354 页。

刻画、彰显诗人在这种困厄处境中的抗争、坚守体现出了浓郁的浪漫主义精神:"但你告诫自己:冷静一点。再冷静一点好吗?/你瞪大瞳孔向着新的高度竟奇迹般地趔趄半步。"(《僧人》)从诗歌风神来看,西川《夕光中的蝙蝠》、《十二只天鹅》和张曙光的《香根草》、《这场雪》等20世纪90年代精神诗更多地体现出了浪漫主义美学精神,因为诗篇中关注精神、体认精神、呵护精神、彰显精神、张扬精神、吁求精神、打造精神的内涵意蕴明显地馥郁着理想主义的强烈气息,然而,这种"精神"建设却是直接指向与针对于现实的:在"精神"缺失时段和地段中亮出的"精神"声音和影像,自觉不自觉地,它的"亮相"总有"对抗"和"建构"——通过精心打造并自适自珍精神家园以对物质、商品、浮躁、喧嚣、庸俗、浅薄、粗鄙进行隐讳和婉曲的抵制和排斥——的意味在里面,因而说精神诗中的浪漫主义美学精神是"联合"着现实主义美学精神的。

(二)现代主义与浪漫主义审美特质的综合

　　随着诗歌写作语境的相对宽松和诗歌"独自去成为"变为现实,20世纪90年代的诗歌写作基本摆脱了"政治写作和群众写作"的泥淖,从而在精神指向上不再属于纯粹意识形态化的现实主义诗歌写作。然而,这并非说明20世纪90年代诗歌写作从现实时代、当下社会抽身而去,相反,部分20世纪90年代诗歌写作恰恰是在对20世纪80年代后期"与现实生存脱节"、对当下"失语"的所谓"纯诗"写作的颠覆与反拨中确立自身的,也就是说,部分诗歌写作者是把"介入"时代和"承担"现实作为自己的诗学抱负、写作立场的。不过,他们不是以"代言人"而是以"个人"的姿态身份去介入和承担现实时代的。他们也对现实"发言"、向时代"说话",然而,他们不是作为政治观念宣传的扩音器、传声筒去说话、发言的,他们操持、掌握着完全属于他们自己的"说话"理由和"发言"根据。这理由和根据就是正常合理的人性、就是普泛纯粹的爱和美、就是终极意义的信仰和理想、就是永恒绝对的价值和良知、就是灵魂、就是精神,而这些,正是现代哲学的核心、正是现代主义文学的要义! 因此,20世纪90年代"出场"的这类诗歌具备了世界范围内现代主义诗歌的美学原则。我们知道,20世纪90年代诗歌写作者应对和面向的恰恰是一个物质喧嚣、商品沸腾的"市场时代",在这种以消费、享乐为主义的世俗现实里,肉身欲望、感官刺激堂而皇之、大行其道,与之形成鲜明对照的是价值沦丧、精神塌陷、灵魂下滑、良知失守,是人性扭曲、生命异化、生存畸变。对于如是"现代"景观,那些"现代化"了的 20 世纪 90 年代诗歌写作者自然只会施以"现代性"的反思、质疑、否定和批判——这些,正是他们的诗歌所表现、传达的对"现代"现实的现代性的观念、意识、思想、认知。这正如有的论者所指出的:在部分 20 世纪 90 年代诗歌写作者那里,"历史巨变引发了个人精神上的分裂和焦虑,它使得诗人们的精神生活陷入了前所未有的尴尬和危机",这使得他们"差不多对现实采取了顽固的拒斥态度,他们的诉说,处处弥散着反抗绝望的沉痛之感",使得"他们所认同的'诗意',显然不是对 90 年代物质生活的'认同',而是对它的审思、怀疑和批判"[①]。

其实,当他们操持着"现代性"标准和依据抗拒、抵制"现代"现实的时候,理想主义就已经在其诗歌中现形、显影了。他们在脑子里搭建、设置着一个有着正常合理的人性、普泛纯粹的爱和美、终极意义的信仰和理想、永恒绝对的价值和良知并充满着精神的理想现实,一方面,他们正是以此为参照系反思、批判、抵制、抗拒 20 世纪 90 年代的实存现实的,另一方面,他们直接在诗歌中追寻和向往、想象和幻想着这样的理想现实。"进入 90 年代……诗人们开始在新的层次上探索,在寻求超越具体现实的前提下,力图对人类生存历史的全部复杂经验,进行更宏观的、抽象的艺术把握,以现代人的眼光对民族文化心理进行纵深的开掘。他们在失望、痛苦的精神状态中依然执著地营造理想的殿堂,追求着精神的终极关怀,新理想主义开始萌生"[②]、"保持并不断拓展一个民族和一个时代中诗性的精神空间,以此抗衡原始本质和技术控制对精神的'钙化',以独自让生命得以新生与鲜活,让

---

①　李志元、张健:《20 世纪 90 年代以来的诗歌叙事》,《北京师范大学学报》(社会科学版)2006 年第 3 期。

②　吴思敬:《当今诗歌:圣化写作与俗化写作》,《最新先锋诗论选》,陈超编,河北教育出版社 2003 年版,第 277 页。

诗性灵魂在意识形态混乱和金钱挡道之中继续前进"、"在不老的山河(田园、乡土、植物⋯⋯)面前重新审视自身生命的孱弱和疲乏;在家园的追寻中反视现代人迷失的生存状态;使世界的无意义显出意义,使人类的世俗存在显出神秘存在,使生命的混沌性显出澄明性——这是我们共同的守望"①,上述论断都足以表明,20世纪90年代的部分诗歌,确实在现代主义审美品格中又充溢着浓郁的浪漫主义、理想主义审美气息。在张曙光《我们所说和所做的》、张枣《边缘》、王家新《守望》、陈东东《解禁书》等诗篇中,我们都能感受到这种现代主义与浪漫主义文学审美特质的综合。

柏桦的《未来》、《衰老经》等诗篇,通过预设、虚构一个没有政治化、意识形态化"理想"和"未来"说教、宣传的理想现实来抵制和反拨实存现实,显然充满了浪漫主义美学精神,而且,这种主题指向并非超越性、形而上的,因此并不具备现代主义的美学精神。但是,对于这种浪漫主题的美学表现,诗篇没有采取直抒胸臆、激情流露的方式,而是将政治宣传、意识形态灌输中的理想、未来意象化为"漂泊物"(《未来》)、"黯淡的灯火"(《衰老经》),并通过"漂泊物"使"他"成为"一个小疯子"、"黯淡的灯火"使"远方人""拿着绳子"(自缚)这一现代主义的美学表现方式象征化地"暗示"了诗篇所要表现的浪漫主题。柏桦的上述诗篇属于浪漫主义美学原则与现代主义美学表现的综合。我们再来看现代主义美学原则与浪漫主义美学表现相综合的诗例。关注生命、张扬生命力是昌耀一以贯之的诗歌书写旨归,在20世纪80年代中期以前(以作于1985年5月31日的短诗《斯人》为界),昌耀的诗歌笔触主要游走于形而下的具体的现实生命和生命力,如《青藏高原的形体》(六首)等著名诗篇,而在这之后,他的诗歌视线则探入了抽象的形而上生命,着力喷薄生命本体在终极和存在意义上挑战宿命、抗争死亡的强大生命内力,这就使得这些诗篇具有了现代主义的美学品质。对于这一现代主义文学主题,昌耀在某些诗篇中便采了用直抒胸臆、激情宣泄的浪漫主

---

① 沈奇:《1995:散落于夏季的诗学断想》(节选),《90年代实力诗人诗选》,杨克主编,漓江出版社1999年版,第570—571页。

义手法。《堂·吉诃德军团还在前进》中的堂·吉诃德军团无异于鲁迅《过客》中"在路上"的"过客",对于这作为形而上生命的"化身"而存在的堂·吉诃德军团挑战宿命、抗争死亡的精神意志,昌耀直接、痛快地传达、吐露了情、意:"这是最后的斗争。但是万能的魔法又以万能的名义卷土重来。/……我们虔敬。我们追求。我们素餐。/我们知其不可而为之,累累若丧家之狗。/悲壮啊,竟没有一个落荒者。/悲壮啊,实不能有一个落荒者。"在20世纪90年代一些"开放"程度较高的综合性诗歌写作中,暗示、象征、意象化的现代主义美学表现手法与情感抒发、情绪流露在同一首诗中"亮相"的情形也不少见,尤其在一些文体混成(如西川的《致敬》等)和一些情思、经验"异质混成"(如肖开愚的《傍晚,他们说》、孙文波的《地图上的旅行》,等等)的诗篇中较为普遍。钟鼎文说"30年代的'现代派'诗"是"浪漫派、高蹈派和象征派的融合与总结"①,其实,由于现代主义审美特质与浪漫主义审美特质的综合,20世纪90年代的部分综合性诗歌写作又何尝不是浪漫派、高蹈派和象征派的融合与总结?

(三)现代主义与后现代主义美学特质的综合

以后结构主义等哲学精神为内核的后现代主义文学,是出于反拨、超越现代主义文学的动机而"创建"起来的,因而,其创作精神、美学特质与现代主义文学有着很大不同。在美学原则上,后现代主义文学主张反价值、反意义、反本质、反中心、反英雄、反崇高,还原凡夫俗子、平民百姓吃、喝、拉、撒、性、玩、乐的生存本相。在美学表现上,后现代主义文学主张平面化、无深度、抽空主体的冷态叙事和零度抒情,追求客观还原日常生活琐碎、无聊、庸常、世俗的"原生"、"本真"效果;具体到语言运用和技艺策略,则集中、典型地表现为反意象和口语化。

应该说,20世纪80年代在中国着陆的后现代主义诗歌的初始姿态是健康的、起始立场是合理的。在话语实践方面,不管是"莽汉"们(李亚伟等)的尝试,还是"大学生诗派"(尚仲敏等)的探索,以及"他们"(韩东、于

---

① 钟鼎文:《我所知道的戴望舒及现代派》,转引自林海音主编的《中国近代作家作品》。

坚等)的摸爬,这些中国后现代主义文学的"吃螃蟹者"都具有当下的合理性和文学史的有效性。谭五昌曾经给予"口语写作"——后现代主义诗歌的外在徽记——公允的学理评价:"持'口语写作'倾向的诗人关注自身日常琐屑的生存状态,通常直接将自己的真实的经历或生活片断作为诗歌的题材与表现对象,诛求所谓'客观还原'的'真实效果',拒绝形而上的精神升华,并将追求日常生活与生命体验中的'真实性'效果作为自身重要的美学宗旨。……对于'语感'的精心营造与合理使用是有效建构'口语'诗歌文本艺术品位的重要手段。……'口语写作'能与我们当下的文化现实与生存现实发生双重关联,并以其鲜活的感觉方式刺激读者的阅读神经。"①然而,当 20 世纪 80 年代后现代主义文学由严肃的文学探索、突进泛滥、失禁为低俗、粗鄙的文学娱乐、游戏,并加入消费、媚俗的市场大合唱后,它的"文学性"、"诗意"就要大打折扣了,也就是说,它被名之以"文学"、"诗"的合法性、有效性就要面临危机了。王岳川指出:"当'诗'不能给人以生命的启迪和唤醒,或'诗'逃离了直面苦难并拒绝苦难,而只以大众文化包装过的软语、柔甜的耳畔私语或无所追求的粗野放纵,去征服漠视深度、玩味平面的读者,则无异是诗之悲。这种缺乏'当代性'的历史本质的无生命之'诗',是怎样的一种诗的贫血症!"②于是,20 世纪 90 年代一些清醒、理智的诗歌写作者和批评家意识到,20 世纪 80 年代的一些所谓后现代主义诗歌其实只是媚俗之作,而媚俗之作通过世俗的甜腻意趣填充当代人苦涩的心灵,以幸福的允诺瓦解人的批判和否定能力,平息人们反思的冲动,不给人留下反思的空间,因而它们有意无意地与权力话语达成了同盟——权力话语所喜好的正是谄媚的、搔首弄姿的作品,这类作品使人除了认同不可能质疑,除了逢迎不可能抵制。在他们的诗学立场中,"写作不是'语言的游戏',更不是'语言失禁',而是一种拒绝谎言和体制化的价值选择。写作与

　　① 谭五昌:《世纪之交的中国新诗状况:1999—2002 年》,《诗探索》2003 年 3—4 辑。
　　② 王岳川:《世纪末诗人之死的文化征候分析》,《1998 中国新诗年鉴》,杨克主编,花城出版社 1999 年版,第 488—489 页。

真理有着非此不可的联系,这造成了写作的现代品格:价值追问与价值定位"①。既然,重新把"价值"、"真理"等现代性指标请出了场,那么,他们无疑是要把脱缰的诗歌之马拉回到现代主义诗歌的疆域中去。不过,对于一些接受过后现代主义诗歌洗礼的诗歌写作者和批评家来说,他们也并非要将后现代主义精神从诗歌写作中彻底清除,而是主张吸纳、化约后现代主义诗歌写作中的合理成分、有效因子,从而让现代主义与后现代主义诗歌的美学品格结盟、联姻于诗歌写作,以打造出具有综合性审美特质的诗歌产品。

　　在将现代主义与后现代主义文学审美特质综合起来的诗歌写作中,诗歌写作者首先"救活"了那个"已死的作者"从而重树了诗歌的主体性。有"我"的诗篇,不仅"记录"的是"我"的现实,而且有"我"在"研究"生活,也就是说,通过"我"的思想、意识、观念、认知的参与、介入而复苏了诗篇揭示、批判、反思、质疑、对抗等精神指向;而且,"我"用以揭示、批判、反思、质疑、对抗——"研究"——生活的根据和工具是普泛和形而上意义的人性、生命、精神、灵魂、良知、价值、意义等等现代主义哲学命题。正是上述特点,使这类诗篇附着上了现代主义美学精神。但另一方面,收入并播放在诗篇中的"现实"不再是琼楼玉宇、空中楼阁里的神性生活、宗教化生活,而是人间烟火、世俗人生,这样,在诗歌中"说话"、"发言"的既不再是"神"和教父,也不再是文化司仪和启蒙英雄,而是一个个凡夫俗子、平民百姓。当然,这个"我"是用现代主义文化品格武装、打造起来的有着"现代性"精神内质的人。我们说,这类诗篇的后现代主义美学精神正是由于其所纳"生活"的日常性、凡俗性。在 20 世纪 90 年代的这类诗歌写作中,现代性的思想意识、观念认知与后现代性的生活图景、人物世象的交织缠绕、融会贯通,或者说用现代性的眼光查看、现代性的思维评判后现代性的生活、人物,促成、催生了现代主义与后现代主义文学审美特质的综合。我们知道,"神性写作"是纯度较高、合格率也较高的现代主义诗歌,而"口语写作"则是较为标准、纯粹的后现代主义诗歌,而 20 世纪 90 年代的一些诗歌写作者则将两者综

---

　　① 　王岳川:《二十世纪西方哲性诗学》,北京大学出版社 1999 年版,第 30 页。

合起来成为既非绝对的现代主义也非严格的后现代主义的"人性化写作"。在"人性化写作"中,诗人一方面在思想和精神内容上在普遍增强了人性体验的深度与广度、增强了凡俗人生的外在敞开和内在感受的同时,也并没放弃对其加以现代性审视、反思以致于造成思想的缺席、精神的空场;另一方面在诗歌语言、形式的选择与运用上也相应地呈现出"亲和力"的色彩与意味,如口语化的运用、反意象的表意策略等。"从诗歌精神的价值取向上看,'人性化写作'既不认同抽空生命丰富性的'神性写作',更拒绝认同以追求生命中一切形而下体验为目标的'身体写作'",也抵制、排拒绝对玩味低俗情趣、排泄粗鄙图景的"日常生活审美化"写作,"而是力图在这两者之间取得微妙的综合性平衡"①。生命写作,无疑是一个有着广阔"远景"、值得深入探觅的诗歌书写范畴,然而,在20世纪80年代却被一些人不无狭隘、偏激地处理成抽空了精神、灵魂的"身体写作"、"隐私写作"。这类诗歌,不是对身体过度开发、"把身体拍遍",在诗歌中暴露私密器官,就是以诗歌为喇叭,扩张性欲望的呼喊、性感受的呻吟,自然自绝了生命写作的光明出路。20世纪90年代的部分诗歌者,对一度变异、扭曲了的后现代主义的"生命写作"加以了纠偏,那就是"不单单从冲动、本能、原欲出发,出入于焦灼、死亡、命运、性的高峰体验,不单单游走于潜意识,感觉的私人片段自传,而是多一些加入生命的人格、良知、心地、品质和当下的人文关怀,以及蛰伏于生命中未被惊醒的神性,并且提升为某种生命典范的舞蹈和沉甸甸的重量,即与人类命运的共同担戴",从而使其"不再是纸上轻飘飘的语码,字面上空洞无力的回声,而成为我们肉体与灵魂中的灯盏"②。在20世纪90年代,许多高昂浪漫主义、现代主义精神的诗人,都在他们的诗歌写作中引入了后现代主义的积极因素。如王家新的《回答》在陈晓明看来,便是一首在"后现代主义式的修辞叙事"里"包含着现代主义式的意念"的典型诗

---

① 谭五昌:《世纪之交的中国新诗状况:1999—2002年》,《诗探索》2003年3—4辑。
② 陈仲义:《体验的亲历、本真和自明》,《最新先锋诗论选》,陈超编,河北教育出版社2003年版,第49页。

篇:在其中,"个人生活的起源和变故与历史本身的政治学叙事交织在一起,怀旧的追忆,都具有了民族寓言性的史诗特征";"诗人努力去叙述个人生活的破裂状况,这一切都有意地运用日常性的生活表象加以呈现"①,然而,诗人并没有停留于呈现生活表象,而是据此寓言性地反思时代现实、质疑社会气候,甚至由此升华为对抽象和形而上意义的人类处境、命运遭遇的审视、揣度。

第二节　其他审美特质的综合

(一)悲剧性与喜剧性的综合

进入现代以来,悲剧的审美特质得到了升发、推进。悲剧之悲,不仅在于悲苦、悲惨,更在于悲壮、悲烈,这就要求悲剧不仅要呈现戏剧人物的悲苦遭遇、悲惨命运,更要张扬其挑战悲苦命运、抗争悲惨遭遇的悲壮行为和悲烈品性。这就是著名戏剧研究专家朱栋霖所指出的:"悲剧的美学本质并不仅仅在于悲苦。痛苦的命运,沉重的苦难,残酷的结局,还不是悲剧的唯一美学特征。悲剧必须让它的人物以积极迎战的姿态,去经受严重的考验,战胜痛苦,超越苦难,悲剧人物在经历严重的悲剧冲突中焕发出崇高的精神。"这样,在观感反应上,悲剧"不仅博取观众的同情,而且激发斗志,给予人的不是凄惨与哀伤,而是心灵的震撼与高扬",所以,在美学效果上,"这类悲剧呈现出悲壮、崇高的质素"②。从字面上看,喜剧则是使人产生喜的情绪感受、情感体验的戏剧。然而,就喜剧的主要样态——讽刺喜剧、滑稽喜剧或幽默喜剧而言,喜剧使人喜的原因与悲剧使人悲的原因并不在同一层面。观赏喜剧的喜,说白了就是使观众"发笑",喜剧的喜就在于其"搞

---

①　陈晓明:《语词写作:思想缩减时期的修辞策略》,《中国诗歌九十年代备忘录》,王家新、孙文波编,人民文学出版社 2000 年版,第 103 页。

②　朱栋霖:《心灵的诗学》,江苏人民出版社 2005 年版,第 87 页。

笑"。喜剧使人发笑、喜剧搞笑,往往并不是因为戏剧人物的可喜生活、美好命运,也不是因为戏剧情节的圆满的结局,而是因为戏剧人物的行为、言辞、心理、习性,与常态不符、与常规不合,背离、抵触了正常、合理的人情逻辑和事理逻辑。这些搞笑因素的存在,固然有许多是戏剧人物、戏剧事件的确具有的,但更多的则是创作者(剧作家、导演、演员)通过艺术加工、处理而"施加"、"赋予"的。因而,从创作和表现的角度看,喜剧的搞笑是创作者(剧作家、导演、演员)采用夸张、漫画化、变形、戏拟、戏谑、荒诞化、幽默化、嘲讽等方法、手段综合作用的结果。正因为并不是从同一层面而是从不同角度界定悲剧的悲和喜剧的喜的,所以悲剧和喜剧有可能重叠、交合于同一部戏剧中。事实上,所谓悲喜剧所指的就是这种既有悲剧的美学特质(悲)又有喜剧的美学特质(喜)的戏剧类型。一方面,戏剧中的人物(大多为灰色人物)的命运、经历是悲苦、悲辛的,他们都遭遇着失败、崩毁、覆灭的悲惨、悲凉结局,因而给人以悲悯、悲痛的审美感受。另一方面,戏剧又暴露、展现出了把他们推向"毁灭"的丑陋、腐朽、消极因子——主要是他们自身的,比如缺陷性格、病态心理、畸变言行等等,而且,它们往往是以夸张、变形、漫画、滑稽、戏拟的"面目"显影出来的,这些就使得戏剧充满了搞笑色彩,让人发笑;同时,为了增强戏剧的搞笑效果,戏剧中还会"安插"进必要的正面角色戏谑、嘲讽他们,以尽可能地引诱、催发出他们的可笑元素。悲喜剧,是悲剧和喜剧综合而得的样态;"含泪的笑"形象而贴切地道出了悲喜剧给观赏者和读者造成的审美反应。

悲剧悲的美学特质和喜剧喜的美学特质分别称为"悲剧性"和"喜剧性"。悲剧具有悲剧性,喜剧具有喜剧性,悲喜剧则既具有悲剧性也具有喜剧性。尽管名之为悲"剧"性和喜"剧"性,但这种美学特质并非戏剧独有,任何文艺类型都可以、甚至必然都具有或者悲剧性、或者喜剧性、或者悲剧性与喜剧性的综合。诗歌当然也不例外。在中国当代新诗史上,无论十七年时期的颂歌、"大跃进"民歌还是"文革"中的红卫兵战歌,新时期以前的诗歌在严格的诗学意义上说既非悲剧性的也非喜剧性的,当然更非悲剧性和喜剧性相综合的,其中某些只能算是"闹剧性"的。新时期前期"归来的现实主义"诗歌,以及 20 世纪 80 年代前期的朦胧诗,在美学特质上则为悲剧性的:充满了崇高感、悲壮感,喷薄着理想主义、英雄主义气概。这种悲剧美学特质在 20 世纪 80 年代后期海子等的诗篇中得到了延续。但从 20 世纪 80 年代前期开始,喜剧性特质在狭义的"第三代诗"①中,也开始着陆并在 20 世纪 80 年代中后期形成了气候。在 20 世纪 90 年代的诗歌地域,单一的悲剧性美学特质和单一的喜剧性美学特质在一些诗歌写作者的手中香火不断,但是,在审美形态上显示出独特性的是那种将悲剧性美学特质与喜剧性美学特质综合起来统一、融凝、结晶在一起的诗歌写作。

在精神指向和美学原则上,20 世纪 90 年代诗歌只可能是悲剧性的。金钱至上、物欲横流、消费主义以及与之形成鲜明对照的精神塌陷、灵魂下滑、伦理失据,构成了 20 世纪 90 年代的时代景观。如是物质性的现实情形、当下态势自然只能"博取"精神性的诗人悲哀、悲凉的情绪反应和悲辛、悲愤的情感态度。另一方面,诗歌写作者总是把自身的肉体处境和精神处境作为首要的"认识与反映"对象的。在物质化、世俗化、享乐化的 20 世纪 90 年代,提供精神产品、打造灵魂家园的诗人不仅因社会的视线已经聚焦于市场经济大潮中搏浪击波、雄姿英发的"成功人士"、"新贵"、"商业偶像"而由原来的文化"中心"、"精英"地位陷于了边缘、冷落的尴尬处境,而且还直接遭遇到了窘迫、艰辛、穷苦、困顿的生活挫败和生存危机:"90 年代以来的诗人差不多做了红色时代的隔夜遗民,成为了一群'词语造成的亡灵'(欧阳江河语——引者注),而消费主义文化的兴起又使得诗人很快成为被商业社会排斥和嘲讽的对象。"②这样,20 世纪 90 年代诗歌写作者对自身加以"认识与反映"时也只可能是悲哀、悲凉的情绪反应和悲辛、悲愤

---

① "第三代诗"是一个尚未达成共识的诗歌命名,一般有广义和狭义两种理解。狭义的理解"专指始于 80 年代前期由韩东、于坚等提倡,由'他们'、'非非主义'、'莽汉主义'等社团继续展开的诗歌:……在诗歌风貌上呈现'反崇高'、'反意象'和口语化的倾向"。参见洪子诚、程光炜编选《第三代诗新编》,长江文艺出版社 2006 年版,序言第 5 页。

② 李志元、张健:《20 世纪 90 年代以来的诗歌叙事》,《北京师范大学学报》(社会科学版)2006 年第 3 期。

的情感态度。大量诗歌写作者被裹挟在当下现实的物质浊流中,被吞噬于消费主义的时代气候中,他们事实上已经全部或部分地在"毁灭"自己了:比如难抵物质的诱惑而放弃对精神的坚守,比如不敌玩乐、消费的软硬兼施而拱手让出曾经操持、捍卫的灵魂、理想、信念,等等。对于如此"毁灭",诗歌写作者当然会有悲哀、悲凉的情绪和悲辛、悲愤的情感。凡此种种,都决定了 20 世纪 90 年代诗歌写作者的现实体验感受的悲剧性。在杨远宏看来,这种现实悲剧性体验感受还促使他们的悲剧性体验感受上升、扩大到了形而上本体层面:在 20 世纪 90 年代,"生存困境、事业困境以及由此将诗人逼进本体论的更深思考,没有将诗人变得更加睿智、超拔和高迈,反而或者将诗人灵魂滑向卑微甚而卑俗,或者引发了诗人对生存哲学本体层次挥之不去的宿命论悲观,甚而是幻灭、绝望"①。

然而,对于自身的悲剧性体验和感受,20 世纪 90 年代诗歌写作者没有采用现代悲剧性诗歌(包括 20 世纪 80 年代的朦胧诗)常用的话语方式传达和表现。正如前文所述,包括悲剧性诗歌在内的现代悲剧作品的美学特征,除了悲哀、悲戚之外,还有悲壮、悲烈和崇高,而且是以后者为主调和旨归的,也就是说,悲剧性作品不仅要表现"毁灭",还要表现对其的抗争、搏击,这就使得作品具有了理想主义和英雄主义美学精神。对于 20 世纪 90 年代的一些诗歌和诗歌写作者来说,这种理想主义和英雄主义实在是难以为继了。理想主义和英雄主义,既需要外部环境提供可能的契机和动力,又需要诗歌写作者自身具有营造"理想现实"、挥洒英雄气度的底气和信心。可是对于 20 世纪 90 年代的诗歌写作和诗人来说,这内因外由显然都没有了。如果说在 20 世纪 80 年代,反对对人性的禁锢,是一代人甚至整个民族的共同吁求,朦胧诗人也因充当代言的角色而看到了正在从事的启蒙的"远景",这使得朦胧诗和朦胧诗人有足够的理由充满理想主义和英雄主义,使朦胧诗散发出崇高、悲壮的悲剧美学精神。可是到了 20 世纪 90 年

---

① 杨远宏:《中国现代诗的悲剧性处境》,《90 年代实力诗人诗选》,杨克主编,漓江出版社 1999 年版,第 616 页。

代,诗歌写作者抵制、对抗的商品、市场、物质、世俗、消费、享乐却不仅占据了整个外在当下景观、现实状貌,而且还深入人心,吞噬了人们的心灵、精神,而他们所关注、看重、守候、操持的精神、灵魂却遭到了社会、时代的冷落、轻视甚至嘲弄、排拒。这样,诗歌写作者的抵抗和搏击就失去了启蒙的价值意义,当然也因此失去了动力和外驱。这正如耿占春所描述的:"市场偶像已取代了别的一切。开始我们以为自己是一个悲剧角色,后来我们缓慢地发现了自身存在的喜剧性……反抗者开始变成一个经济上的穷人,他的愤世嫉俗与忧国忧民开始变得可笑。"①丧失了底气和内依的理想主义、英雄主义,即便不"灰飞烟灭"也会虚脱、浮肿,由此,从外在形态来看,或者浅层次地看,诗歌崇高、悲壮的悲剧性美学特质"不翼而飞"了!"进入90年代,迅速市场化的经济兑现了它的部分诺言,但与之相伴而来的阴影和代价也随之变得清晰可辨。市场的老虎开始吞噬人的个性,在一个高度物质化的世界中,精神的边缘化倾向越来越显眼。80年代那种理想主义色彩的诗歌话语方式被取代已经势所难免",问题在于,放弃了现代悲剧诗歌的话语方式,但悲剧体验、感受却还伤筋动骨、撕心裂肺般地深入在20世纪90年代诗歌写作者的精神心灵中,他们该如何释放、发泄呢? 在上面所引的话语之后,西渡紧接着回答了这个问题:"在这一背景下,90年代迅速成长为一个讽刺和喜剧的时代。"②也就是说,20世纪90年代诗歌写作者采用了喜剧的话语方式来传达、表现他们的悲剧性"认识与反映"和悲剧性情绪感受、情感体验。这也使得他们的诗歌具有了悲剧性与喜剧性相综合的美学效应。

所谓用喜剧性的话语方式表现悲剧性的内涵意蕴,指的是用"搞笑"的方式呈示、传达悲剧性的生存处境、命运遭遇和"毁灭"过程、样态以及对这些处境、命运的悲剧性体验、感受。而它们之所以"搞笑",一方面是因为它

① 转引自李志元、张健:《20世纪90年代以来的诗歌叙事》,《北京师范大学学报》(社会科学版)2006年第3期。

② 西渡:《历史意识与90年代诗歌写作》,《诗探索》1998年第2期。

们脱离了常态和常规,另一方面则是诗歌写作者用喜剧艺术表现手段,诸如夸张、漫画、变形、戏谑、反讽、滑稽、幽默、荒诞等,强化、凸显、扩大、粉饰了它们。在20世纪90年代具有悲剧性与喜剧性相综合的美学特质的诗歌中,喜剧性手法典型地用于两种情况。第一种是对诗歌写作者自身悲剧性处境遭遇的夸张、漫画式凸显、展示。"穿行在人流中/挤公共汽车,踩别人的脚/或被别人的脚踩。一个中年妇女/狠狠地白了他一眼。他有些谢顶/但仍然瘦削,一颗苹果核般的喉结/(他的妻子有时指责他长得像女人",这是张曙光在《西游记》里为20世纪90年代诗人(以及其他人文知识分子)的"写真"。自古以来,诗人给人的印象不是风流倜傥、意气风发也是文质彬彬、气宇轩昂的,但20世纪90年代的诗人却是如此落魄、清苦、凡庸、窘迫,无论如何都是悲剧性的。另一方面,这一形象的外貌长相又是如此难看("谢顶")、奇特("苹果核般的喉结"、"长得像女人")、举止行为又是如此委琐("踩别人的脚"、"被别人的脚踩")、遭遇处境又是如此难堪(被外人"白"、被妻子"指责"),所以不能不令人发笑,这就使这一形象具有了喜剧效果。显然,这一形象是诗人张曙光刻意描摹、渲染的结果,甚至是夸张、戏拟、漫画式改造的结果,其目的在于使诗歌染上喜剧性美学特质。诗句"我清楚的知道我像什么:一只甲虫。一个卡夫卡抛弃了的单词!"(孙文波《聊天》)也是运用喜剧手法表现诗人在20世纪90年代的悲剧性处境。此外,欧阳江河的《纸币、硬币》、肖开愚的《傍晚,他们说》等诗篇则对诗人的写诗行为和诗歌的悲剧性处境进行了喜剧性的呈现。第二种是对诗人自身"毁灭"的反讽、自嘲性揭示、呈现。当然这"毁灭"并非指诗人的肉体、生存的毁灭,而是指诗人在市场、物质、商品、消费、享乐等的冲毁、歼击下沦落精神操守、弃却灵魂阵地、泯灭理想信念的内在毁灭。通过"在你头脑的词语手册中,现在是否能够找到/诸如崇高深刻的词语?……小汽车的/松软的坐垫和靠背,空调,流行歌曲……还有——速度/构成'二十世纪的教堂,时髦而精美'/'虽然我们不曾拥有,却都是它虔诚的信徒'/但天知道它将载我们冲向哪里?"(《边缘的人》)、"我们已与父亲和解,或成了父亲,或坠入生活更深的陷阱"(《岁月的遗照》)等诗句可以看出,张曙光是对

20 世纪 90 年代诗人的这种灵魂和精神"毁灭"深有洞察和体认的,同时也可以看出,他是以反讽、自嘲的喜剧精神观照、表现这种悲剧性体验感受的。肖开愚和孙文波都用"睡(失)眠"这一具有夸张、戏拟和反讽、自嘲的喜剧性描述传达了他们各自对诗人灵魂和精神的毁灭的情思、意识。前者如"'我',时代说,'只好让你们患上失眠症,/不是因为醒着有多么美妙'"(《国庆节》),后者如"睡眠是幸福的:长久的,深深的沉入睡眠。/这已经成为了我事业的一部分"(《聊天》)。

　　需要说明的是,从表面看,这些诗歌只展现了诗歌写作者在 20 世纪 90 年代的悲剧性处境、遭遇,只演示了他们精神和灵魂的"毁灭",因而似乎除了悲苦、悲戚之外,并没有崇高、悲壮、悲烈的审美效果。但是,如果从深层次看的话,会发现诗歌其实内隐、潜藏着现代悲剧作品所具有的崇高、悲壮美学精神。诗歌运用反讽、自嘲和戏拟、漫画等喜剧手段,其实便暗含、掩盖着诗歌主体的反思、质疑和批判、否定的情感态度和精神立场,而反思、质疑和批判、否定的情感态度和精神立场又暗含、掩盖着诗歌写作者对"现状"的抵制、抗衡和对"理想现实"的向往、想象。更重要的是,这些诗歌都是以诗人自身为书写对象的,也就是说,这些诗是对诗人自己的反讽和漫画式描摹,也是对自己的批判与否定,因而足以说明诗人在与束缚自己的现状抗击、搏斗时,急切渴望摆脱现状进入"理想现实"。这样一来,诗歌就并不缺乏理想主义和英雄主义,崇高、悲壮的美学品质也未缺席。这就是西渡所指出的:"90 年代却在严肃的风格中掺入了喜剧性的因素,以在挽歌和喜剧之间达成某种微妙的平衡,而这样做的结果并不是'反崇高'、'平民化'或任何一种单纯的风格的胜利,相反形成了一种更加精微而感人的风格,我相信它和悲剧性的崇高一样崇高。"①对于如是诗歌写作策略和诗歌文本,有的论者给予了积极的正面评价:"90 年代以来(甚至可以说自五四以来),中国现代诗歌真正达到成熟的标志之一应是反讽意识的出现。它以一种终于获得的历史反省精神为依持,而对某种单一的悲剧感和写作主体的超越,使

---

① 　西渡:《历史意识与 90 年代诗歌写作》,《诗探索》1998 年第 2 期。

诗人们有可能对时代生活和自己的灵魂世界进行更为透彻的透视。"①

（二）"有我"与"无我"的综合

"有我"与"无我"是中国古典诗学中的一对重要诗学术语，它所指对的是诗歌创作主体在诗歌中的"到场"情况，或者说是诗歌创作主体与作为诗歌书写对象的"物"、"境"的远近、亲疏关系：如果"到场"了，有着"亲合"的关系，那么则是"有我之境"、"以我观物"、"入乎其内"的"物皆著我之色彩"的"有我"之诗，反之，则是"无我之境"、"以物观物"、"出乎其外"的"不知何者为我，何者为物"的"无我"之诗。事实上，既然诗歌总是诗人写的，诗歌写作的过程，总是诗人对诗歌对象的处理过程，而处理的过程是离不开诗人主体的意图、观念、情思的参与的，也必然要或隐或显地传递、投射出它们来，所以任何诗歌都绝对是"有我"而不可能"无我"的。这样一来，中国古典诗学中的所谓"有我"与"无我"就只是相对而不是绝对的了。所谓"无我"，指的是诗人只在诗歌的"幕后"选择、裁剪"境"和"物"，以把意图、情感、思想、观念隐藏、溶渗在客观、真实的"境"、"物"之中；所谓"有我"，指的则是诗人亮相到诗歌"前台"来，把自己的主观情思、意念、观点、企图直接泼洒、涂抹于"境"、"物"。主体意识的全面觉醒是现代诗歌的基本特征之一。在其中，诗歌写作或者是探险采幽于诗歌主体精神心灵的神秘天地，或者是寻踪觅迹于诗歌主体现实生活的深广空间，或者即便捕"境"捉"物"于外在世界，诗歌主体也要面对面地对它们"说话"：或者评价、分析，或者感想、思考。因而，如果用古典诗学的"有我"、"无我"观察衡量现代汉语诗歌，那么自然都是"有我"而没有"无我"的了。现代汉语诗学必须厘定现代性的"有我"、"无我"观，以对现代汉语诗歌复杂、含混的主体特征进行现代性的言说和考察。

既然按照古典诗学的"有我"、"无我"观，现代诗歌都是"有我"的，那么要从"有我"的诗歌中再作出"有我"与"无我"的细分，就得确立新的划分标准、依据了。我们先来标识"有我"的现代诗歌。"有我"的现代诗歌中

---

① 王家新:《没有英雄的诗》，中国社会科学出版社 2002 年版，第 96 页。

不仅要有诗歌主体"我"的"声音"(前面已经说过,所有现代诗歌都有)回响,更要有诗歌主体"我"的形象在场。具体说来,"有我"的诗歌大致包括这样一些典型情况:以诗歌主体"我"的生活、经验、体验(包括生命的、身体的,等等)为书写对象;抒发诗歌主体"我"的情感、表达"我"的意念;诗歌主体"我"直接出面认识、感受、分析、判断、评价诗歌引入的"境"、"物"。归出了"有我"的现代诗歌,剩下的便当是"无我"的了。在"无我"的现代诗歌中,只有诗歌主体"我"的声音(当然也不绝对排除没有诗歌主体"我"的声音的情况——就像"无我"的古诗一样)游荡,而"我"的形象是"缺席"、或在后台的。比如下面一些诗歌就可视为"无我"的现代诗歌:只有相对客观、自然的事物、情形、场景的如实呈示、展现,以及对它们的无"我"出面的分析、评价和感受、体认;形而上命题、抽象性观念的阐释、演绎、图解;共同、通约或集体、普遍性生活、经验、体验的呈示、传达;代言式表现、抒发"大我"、"类我"、"群我"的情思、意念。对现代诗歌"有我"、"无我"的区分,实质上也就是韦勒克、沃伦对诗歌所作的"主观的"和"客观的"区分:"我们确实应当分辨开两类诗人,即主观的诗人和客观的诗人。像济慈和艾略特这样的诗人,强调诗人的'消极能力'(negative capability),对世界采取开放的态度,宁肯使自己具体的个性消泯,是客观型的;而相反类型的诗人则旨在表现自己的个性,绘出自画像,进行自我表白,作自我表现。"①

我们知道,现代诗歌的内涵意蕴、表现方式都呈现出极其复杂、综合、含混的现代性特质,因而,其诗歌主体的表现特质也十分复杂、含混。上面大致规定了"有我"、"无我"诗歌的指涉对象,但这种指涉只是原则、本质上的,对于具体诗歌来说,"有我"、"无我"有时却并不十分容易分清,需要我们透过现象和表征发现、辨析出其"有我"、"无我"的真相。说到底,对于现代诗歌,"有我"、"无我"的问题也就是诗歌主体显现和潜隐的问题。现代诗歌内涵意蕴是晦涩、模糊的,表意方式具有象征化、意象化、寓言化特点,这就要求我们在考察其"有我"、"无我"性质时不能被诗歌中人称使用的现

---

① [美]韦勒克、沃伦:《文学理论》,刘象愚等译,江苏教育出版社 2005 年版,第78页。

代性所迷惑、扰乱,而应该紧"盯"住诗歌主体的声音、形象在诗歌中的到场
情况作出确认。的确,现代诗歌中的人称使用是非常随意、自由的。有的诗
歌根本就不使用人称代词,不使用人称代词却并不一定表明诗歌主体的缺
席,也许,诗中的某个人名所指代的正是诗歌主体;有的诗篇中的人称代词
或者是"我们"或者是"你(们)"或者是"他(们)",但这些代词实质上指对
的都是作为诗歌主体的"我";有的诗篇中,"我们"、"你(们)"、"他(们)"
甚至交错、混杂在一起,但即便如此令人眼花缭乱,其中还是有指代诗歌主
体的"我"的存在。上述是现象上无"我"而实质上有"我"——有诗歌主体
显现——的诗歌类型。在现代汉语诗歌中,存在着大量现象上有"我"而实
质上"无我"——无诗歌主体显现——的情况。在这样的诗歌中,"我"或者
只是叙述者的指代——而且这叙述者可能是人,也可能是物,甚至可能是幻
象;或者只是作为插入语、转折语、过渡语中的并无确切指代的"我",如"我
想"、"我以为"等中的"我"那样。意象化、整体象征是现代诗歌的标志性表
现特征。意象化、象征性诗歌的内涵情思、精神主旨不在诗歌的表层所指而
在由表层所指升华、推延、演进而得的深层意蕴。这样,对诗歌主体的展显
方式就更难把握、识别了。通常来说,诗篇中的直接题材和书写对象既然只
是深层意蕴的依附、载体,那么其中的"我"(如果有的话)也只是旨在表现、
传达内在意蕴的诗歌主体的载体、依附了,因而这类诗歌也就是"无我"的
诗歌了。然而,也有这样的情形,诗歌表层"材料"中的"我"能与诗歌主体
(诗歌写作者)对应起来,同时,从诗歌的内涵意蕴来看,那个深度的"我"传
达、表现的内在情思、本质经验,也正是诗歌主体所要传达、表现的。所以,
这样的诗歌也当看做"有我"、有诗歌主体显现的诗歌。比如王家新作于20
世纪90年代的《醒来》一诗便可作如是观。从表层看,诗歌写的是"我"在
异域的流亡经验、感受;从深层看,则是"我"对普泛、抽象的命运、生存的
"流亡"的本质的形而上体验、把握,显然,表层的"我"与深层的"我"是契
合、统一的,都重合、旨归于诗歌主体——王家新——自身。

　　对于现代诗歌,着眼于诗歌主体的存在样态,固然可以作出上述"现代
性"的"有我"、"无我"划分,但由诗歌内涵意蕴、表意方式的复杂、含糊性决

定的诗歌主体的"暧昧"、混杂特征,其显在表现就是诗歌写作时在处理诗歌主体的存在方式时将"有我"与"无我"综合在一首诗中。在20世纪90年代的综合性诗歌写作中,审美特质的综合性也反映在"有我"与"无我"——诗歌主体的潜隐与显现——的综合、混成方面。我们可以通过以下两种题材类型的诗歌来观照这种综合性。对20世纪90年代部分诗歌写作者来说,"个人写作"是写作姿态,面向现实生存、处理日常生活是素材、质料,结合起来说就是用诗歌书写、展示个我生活处境、命运遭际,传达、表露个我生命体认、生存感受。因而"有我"与"无我"的综合的第一类就是:从"有我"的角度看,诗歌"记录"和"研究"(周作人语)的是诗歌主体"我"真实、自然而具体、客观的生活、生存;然而,诗歌中的这生活情状、生存样态虽然采自于个我,却是具有普遍性、共通性的,也就是说,它是一类(代、群、阶层、民族、国家等等)人的生活情状、生存样态,这"个我"不过是一个缩影、一个抽样、一个代表,因而又可以说这类诗歌是"无我"的。"每一种生命个体之所以有价值,并非仅仅由于自身,而是个体生命与其所处环境,所依赖的背景构成种种关联,形成一个无法割裂剥离的有机体。在此意义上,个体生命才是缠绕潜伏着无数有待发掘析取的复杂涵义的宝藏"①,陈仲义的这一论断之所以给予"个体"以高度评价,正是因为他看到了这"个体"是通向"无我"的。比如于坚的《O档案》,"记录"的是"他"——从文本事实可以看出实质上就是诗歌主体于坚本人——的生活、生存、生命的点点滴滴、零零总总,分析的是有血有肉、生机勃勃的"他"被书写、被"档案化",也就是被现实体制、习俗规范、禁锢的处境、情形,所以诗篇是"有我"的;明显的事实是,"他"的生活、生存其实是所有"他"的同代人(甚至所有当代中国人)的生活、生存,"他"被"存档"、书写因而被规范、禁锢的遭际、境遇也是"他"的同代人都在领受、品尝的遭际、境遇,这样,与其说诗篇写的是"他",不如说写的是"他"那一代人,所以,诗歌就成了"无我"的。此外,像张曙光

---

① 陈仲义:《体验的亲历、本真和自明》,《最新先锋诗论选》,陈超编,河北教育出版社2003年版,第46页。

的《西游记》,"有我"表现为诗篇书写的是"他"(实质上也就可以视为张曙光本人)的尴尬生活经历、窘迫生存处境,"无我"则表现为"他"的生活经历、生存处境正是市场经济、物质主义的现实时代中人文知识分子的普遍生活经历、生存处境。

诗歌总是"认识与反映"客观世界的,总是传达和呈现外物对象与诗歌写作者的精神心灵发生反应的生成物——情感、思想、体验、意识、感受——的。在一些"个人写作"的 20 世纪 90 年代综合性诗歌写作中,诗歌写作者以"个我"的立场和方式介入、承担现实时代,诗篇表露、抒发的情思、意念自然都是个人自我的,因而诗篇张扬出了"有我"的主体色彩。瓦雷里说:"抒情是表达自我的声音,这种声音如果说不是最高昂的,也是最纯粹的。但这些诗人谈论自己就像音乐家所做的那样,那就是将他们生活中所有具体事件激起的感情融化为一种能表达普遍经验的内在物质。要想理解他们不难,……只要体验过人生中那几种极简单的感情足矣。这些感情人皆有之,诗琴上的每一根弦都代表着其中的某一种。"①这段话阐明的是,个我的感情、思想、认知、体验很可能就是一群人、一类人、一代人、甚至人类的,具体的、特殊的感情、思想、认知、体验事实上也可能是普遍的、通约的。这样,诗篇中的个我只不过相当于发送、播放作为类的人的情思、意念的传声筒、扬声器。所以,这样的诗篇又可视为"无我"的了。在 20 世纪 90 年代的综合性诗歌写作中,"有我"与"无我"相综合的第二种典型正是这种由个我的情思、意念指向"类我"、"群我"的情思、经验的诗篇。比如,许多诗人都以个我的方式、姿态抒发着对物欲横流、金钱肆虐的时代现实的批判、抵制性情感意绪,传达着坚守灵魂、呵护精神的思想意志,如肖开愚的《傍晚,他们说》、孙文波的《散步》、张枣的《边缘》、孟浪的《鲁迅公园遗址》等等,显然,上述诗篇传达的如是思想意识、情绪感受不只属于那些诗篇各自的作者,而是属于在 20 世纪 90 年代的时代语境中有着共同精神操守、理想信念的一类人——如那些"知识分子写作"者们。还比如,自 20 世纪 80 年代延续至

①　[法]保罗·瓦莱里:《文艺杂谈》,段映虹译,百花文艺出版社 2002 年版,第 6 页。

20世纪90年代的生命写作、身体写作、还有女性写作(如唐丹鸿的《清洁日》)等,在具象层面,固然书写的是个我的生命体验、身体感觉、性爱感受,但这些又何尝不是所有人或一类人(如女性写作中的女性)的生命体验、身体感觉、性爱感受呢? 因而它们具有普泛性、全面性或类群性,诗篇中的个我只等同于指示这种普泛性、全面性或类群性体验感受的代号、符码。正因如此,"有我"与"无我"才能做到有机综合、和谐共生。

(三)日常性诗意与超常性诗意的综合

对于现代性诗歌写作或者现代主义诗歌写作来说,由于诗学意识和诗歌写作立场的"现代性"体现为诗歌写作不再是"反映与认识"客观世界、不再是抒写和传达诗歌主体对外在事物的感受体验、情绪情感,而是着力发掘、探悉人的精神心灵、主观世界的内在奥秘和幽深,具体说来就是对普泛、终极、存在意义上的生命、死亡、理想、信仰、人性、命运、精神、灵魂等现代哲学范畴内的命题的观念、意识和思想、认知的追问与探寻。在这类现代主义诗人看来,现代性的诗意不存在于形而下的具象现实,而存在于形而上的超验世界。于是, 现代主义诗歌写作便凌空蹈虚、踏幽探险于现代哲学、宗教的崇山峻岭、峡谷深涧,猎获、拾掇起迷蒙、幽晦、艰深、滞重的现代诗意并将其拴缚、系扎在想象、虚构而来的幻象身上,以完成图解抽象命题、演绎超越观念、贩卖哲学知识的写作使命。神性写作、宗教化写作、部分生命写作、玄学写作等等诗歌写作形态,都属于这种"目空一切"客观现实、"高高在上"地放逐外部世界的写作:"艺术家逐渐脱离低俗和普遍的幻象,他的品行促使他去从事无形而浩大的工程。"①由于这类写作的诗意采集于"知识"而不是"生活",所以它们也被称为"知识写作",或者"学院化写作"。

这类诗歌写作发现、洞开了别一番前所未现的诗意,为诗意采集发掘、凿通了一个广阔而深远的天地,使得诗歌写作觅得了新的可能性"远景",因而其价值不容抹杀。然而,在打开这扇诗意大门的时候,它们却关闭了另

---

① [法]保罗·瓦莱里:《文艺杂谈》,段映虹译,百花文艺出版社2002年版,第194页。

一扇诗意采集的门扉,截断、阻拒了从现实对象、客观世界打捞诗意、收获诗意的途径、方略,从而使得诗歌写作成为指向、勘探杳渺的虚空而无视、忽略厚实的大地的无根行为。这类放逐、冷落了现实生存、日常生活的诗歌写作,自然也只能遭到现实生存、日常生活的冷落、放逐——结果,即便这类曲高和寡的诗歌不被束之高阁,也只不过成为了"献给无限的少数人"孤芳自赏的自慰品。显然,这不是诗歌写作和诗歌文本的应有处境。诗言情也好,诗言志也罢,这情、志,必当是"人"的而非"神"的、必当是现实的人的而非抽象的人的;另外,诗固然是示美的,但正如欧里庇得斯所说的,"美的事物必须是可以理解的事物",脱节于生存和生活的"美的事物"又如何能让人理解呢?非"人"的诗、不能理解的诗意、诗美在本质上就是非诗、伪诗意和伪诗美。威廉·卡洛斯·威廉斯之所以认为艾略特《荒原》的发表"是个巨大的灾难"就在于"它使我们想在当地环境中从事再发现的工作中断了,而那正是一切艺术的根本原理。……美国诗歌刚从学院中解放出来,《荒原》又将我们送回书斋,又得熬几十年,才能摆脱出来"。正是对现代主义诗歌上述弊端的警醒和觉悟,一些诗歌写作者和诗论家重又拽住了现代主义诗歌越飞越远的风筝的线绳,重又作出了将诗歌精灵召唤回现实生存、自然世界的纠偏努力。在诗学立场上,他们褪去了诗意、诗美的玄妙、虚无、神秘色彩,而坚信它们就存在于自然中、生活中,正如车尔尼雪夫斯基所说的那样:"真正的美的定义是:'美是生活。'——任何东西,凡是人在那里面看得见如他所理解的那种生活的,在他看来就是美的。美的事物,就是使人想起生活的事物"、"客观现实中的美是彻底地美的"①。诗人所要做的是,把诗歌写作的立足点设定为这自然、这生活,感觉、捕捉并提炼、"造型"、展示出其中的诗意、诗美。丢勒说:"艺术家的真正才能就是从自然中'引出'美来。因为艺术深深地植根于自然之中,谁能从自然中抽取它,谁就能占有它。"②

---

① [俄]车尔尼雪夫斯基:《艺术与现实的审美关系》,《西方文艺理论名著选编》(中卷),武蠡甫、胡经之主编,北京大学出版社 1986 年版,第 375 页。

② 转引自[德]厄恩斯特·卡西尔:《艺术》,《西方二十世纪文论选》(2),胡经之、张首映主编,中国社会科学出版社 1989 年版,第 425 页。

朱自清也指出："惊心怵目的生活里固然有诗,平淡的日常生活里也有诗。发现这些未发现的诗,第一步得靠敏锐的感觉,诗人的触角得穿透熟悉的表面向未经人到的底里去。那儿有的是新鲜的东西。"①诗意是一种发现、一种感觉,对于自然万物、客观世象来说,诗人对其诗意、诗美的发掘、开采也就是诗人以其特有的发现、感觉能力和独到的观照、把握方式,揭示出其意义和价值、敞开出其情趣和灵性的过程。在王岳川看来,"诗人作为生活的目击者和意义的揭示者一直是人们讴歌的对象",便是"因为诗人以独特的体验方式,把现实浑浑噩噩的生命变成一种有意义的生活,一种'返归本心'的诗一般的生活"②。于坚是这样理解诗人的存在价值的:"诗人应当深入到这时代之夜中,成为黑暗的一部分,成为更真实的黑暗,使那黑暗由于诗人的加入成为具有灵性的。"③一句话,诗歌写作永远不应逃避现实,而只应赋予现实以生气。

　　这些再次脚踏大地、面向生活的诗歌写作者,固然把发现、把捉并传达、呈现日常性诗意当做了重要原则,但是,在精神基质方面,他们的诗歌写作并没有游离出现代主义的幅度范围,因而现代主义诗歌所处理、面对、涵纳的"现代性"哲学、宗教命题便不可能绝缘、无染于他们的诗歌写作。也就是说,除了日常生活和日常性诗意,他们还强调、注重对非日常生活、超常性诗意的打造、经营;他们所践行的是一种日常生活和超常生活混成一体、日常性诗意与超常性诗意融会贯通、集于一身的综合性诗歌写作。一方面,直面当下现实,处理生活经验、呈现生存感受,决定了他们的诗歌审美特质的现实性、日常性;另一方面,他们的诗歌的超越性、提升性体现在对人类普遍命运、永恒人性、终极价值、抽象信仰、形而上精神等等现代性命题的关注、

————————

　　① 朱自清:《新诗杂话·诗与感觉》,《朱自清全集》第 2 卷,江苏教育出版社 1988 年版,第 326—327 页。

　　② 王岳川:《世纪末诗人之死的文化症候分析》,《1998 中国诗歌年鉴》,杨克主编,花城出版社 1999 年版,第 488 页。

　　③ 于坚:《穿越汉语的诗歌之光》,《1998 中国诗歌年鉴》,杨克主编,花城出版社 1999 年版,代序第 15 页。

思考、体认、意识。这就是吴思敬所指出的:"它是一种强调提升精神世界、强调超越的写作。一个人生活在世界上,精神需要一个寄托,这寄托的地方便是他精神所归宿的地方。假使没有寄托,心灵便会陷入困顿与茫然之中。正是这种提升精神世界的渴求,构成了此种写作的心理基础","这里关键在于改变有限生命的感觉方式,实现人格上、内心上的一种变换,从而在精神上达到由欲望、情感层面向宗教、哲学层面的挺进与提升"①。在这样的诗歌写作中,超常生活是以日常生活为依托和出发点的,超常性诗意是由日常性诗意升华、派生、推及、演进而得的。诗歌中有日常生活、日常性诗意,但并不以其为旨归和终点,日常生活是作为超常生活的落实、具体化和起点、基础而存在的,日常性诗意是为发酵出、伸越向超常性诗意而存在的,对其加以升华、提高从而获具超常生活的特质和超常性诗意的精气,是诗歌写作者的内在动机:"从经验出发,对具体事物的倾心关注中展开经验与想象、真实记忆与虚构成分的渗透,最终达到对经验与想象的双重超越,留下事物在形式中的印痕。"②在某种意义上,日常生活和日常性诗意在这类诗歌中的功能价值相当于承载超常生活的工具、生成超常性诗意的材质。因而,在瓦雷里看来,这类诗人所从事的是"将一种日常生活和实用的产物用于特别的和非实用的目的;他将借用起源于统计学的毫无特色的手段,来实现抒发和表达最纯粹和特别的"③超常生活和超常性诗意的诗歌写作。总之,这类诗歌,既书写了琐屑的生活经验,又在精神上使其实现了向宗教、哲学层面的挺进与提升。就外在来说,它们"接纳欲望也接纳疼痛,进入'原生'也高蹈憧憬。在存在的浮沉中放纵,也在物欲的歌吟里返身,依恋庸常也倾听'宏大',纵情于文本狂欢也内照于精神自省,抵御外部律令,也感伤地自我检视",从而"获得"了"生命与精神的偌大包容"和"主体人格中"

---

① 吴思敬:《裂变与分化:世纪之交的先锋诗坛》,《文艺研究》2000 年第 6 期。

② 胡续冬:《在"亡灵"与"出卖黑暗的人"之间》,《北京大学研究生学刊》1997 年第 1 期。

③ [法]保罗·瓦莱里:《文艺杂谈》,段映虹译,百花文艺出版社 2002 年版,第 330 页。

"灵魂的重量和心灵烛照"①。

我们知道,面向现实生存、应对时代处境、处理生活经验、分析当下图景,是 20 世纪 90 年代诗歌写作的基本立场。在这一诗学意识的指引下,"叙事"、戏剧化、细节、用陈述句将周遭"活生生"的日常生活引进诗篇等等精神原则、技艺手法,在 20 世纪 90 年代的诗歌版图上盛极一时。然而,在注目于它们极力"向下"的一面的同时,也不应该无视它们"朝上"的一面。事实上,20 世纪 90 年代大多数诗歌写作者主张并实践着"日常生活审美化"的诗歌写作,都是做到了这里所说的日常性诗意与超常性诗意的综合、统一的。20 世纪 90 年代的部分诗歌写作者并没有将 20 世纪 80 年代所谓的"生活流"、"口语化"诗歌写作全部"泼"掉,而是吸纳、借鉴了其引进生活、记录生活的原则精神、方式方法;当然,20 世纪 90 年代的诗歌写作者不仅不反诗意了,而且在发现、感觉出这些日常生活的日常性诗意的同时,还将其当做入口和通道探访、寻觅出超常性诗意。对于 20 世纪 90 年代部分诗歌写作所体现出来的日常性诗意与超常性诗意的综合,程光炜有着如下见解:"与于坚等纯粹出于反文化目的处理世俗生活的方式不同,90 年代诗歌试图寻找的是一种既与日常生活发生'摩擦',同时又对人的生存表示严重关注的更符合现代人复杂境遇的表达方法。……一方面,诗人写出了我们所熟悉、每天都在体验的场景;另一方面,这些场景中又有某些内涵不是我们一下子很快就完全领悟了的。它出自现实,但又比现实更高、更强烈、更复杂。"②在 20 世纪 90 年代,这样将日常性诗意与超常性诗意融汇、凝结在一起的诗歌文本并不少见。在肖开愚的《动物园》中,既有与"时髦女士"游玩动物园时的"我"暧昧、"邪恶"、放荡、轻浮的感觉、感受和情绪、意念,也有"我"由"时髦女士"的所作所为、现实处境引动的对抽象人性、"纯洁"的思考、体认。翟永明的《盲人按摩师的几种方式》则将对盲人按摩师的现实按摩行为、具体生活形态的发现、感触与由此伸越出的对普泛意义的生

---

① 陈仲义:《九十年代先锋诗歌估衡》,《当代作家评论》2004 年第 6 期。
② 程光炜:《程光炜诗歌时评》,河南大学出版社 2002 年版,第 90—91 页。

存、终极层面的命运的把捉、体验纠集、交织成一体。在张曙光的《西游记》里，诗意不但来自诗作推出的"漫不经心地生活，或写作"的知识分子当下生存的尴尬、现实境遇的窘迫，也来自诗人对形而上精神、灵魂的关注、忧虑。就像有的论者所指，20世纪90年代这种将日常性诗意与超常性诗意综合起来的诗歌写作，是一种表征出"写作的限制"和"写作的延续"的诗歌写作，前者"表现为对种种不向现实言说的诗歌观念和形式的摒弃"，后者"表现为诗人均自觉地'深度开掘'现实生活及个体生命中的体验中的诗意"①。

---

① 程波：《"个人写作"与"个人话语场"——九十年代先锋诗歌的一种阐释》，《山东文学》2000年第4期。

结　语

　　20 世纪 90 年代中国大陆诗歌的门扉开得热闹,合得也闹热,前者是
"诗歌烈士"海子悲悲壮壮的死,后者是"遗照"、"年鉴"、"盘峰会议"等一
系列民间写作和知识分子写作之间轰轰烈烈的争论。然而,不幸得很,除了
这开启和闭合的"动作"较有力度地在社会文化生活中牵引了人们的视线
与神经外,宏观、总体地看,20 世纪 90 年代的诗歌写作在横跨这两者之间
的十来年里,不是风光显赫着而是冷寂黯淡着的,以至于说在 20 世纪 90 年
代的社会文化生活中甚至文学现场里诗歌写作不过是"缺席的在场"也不
为过。不过,话又得说回来,对于诗歌这一天然具有实验性和前卫性的艺术
样式来说,在社会生活中冷寂黯淡,并不一定意味着它的衰落和不景气,相
反,立足于诗歌本身,甚至正可能表明,它取得了超前性和探索性、创生性成
果。诺贝尔文学奖得主、墨西哥诗人帕斯就不无偏激地说过:"没有任何一
位开创现代性的诗人寻求大多数的认可;相反,所有人都选择了'蓄意与公
众情趣为敌的写法'。"①另外,诗歌写作的冷寂暗淡,就算真的是衰落和不
景气,也不意味着它就没有可言说之处。事实上,对于任何特定的诗歌对

---

　　① ［墨西哥］奥克塔维奥·帕斯:《批评的激情》,赵振江编译,云南人民出版社 1995 年
版,第 56 页。

象,就诗学意义和价值来说,总可以分为"可说"、"可不说"两种情形,或者总可以从中辨析出"可说"、"可不说"的存在。可说的当是那些新鲜(独异)、与已经说过或经常在说的诗歌样态、诗歌特质显示出差异性、区分性的所在;而可不说的便是那些可以混同进、附带于已经说过或经常在说的诗歌样态、诗歌特质的诗歌对象或者诗歌特质——即便它们是某时段的主导、主流诗歌样态和特质,即便它们把某时段的诗歌写作举向了高峰或者推向了低谷。

对于某一时段或者某一地段的诗歌现象,不同言说者经常会采用两种不同角度和方式猎获可说的对象。一是选取代表性的诗人、社团流派、诗歌潮流,对他(它)们的诗学意识、思想内涵、表意方式、审美品格进行全方位的深入解剖、评析。一是将言说视线撒网于特定时段、地段的诗歌写作现象域,从不同诗人、社团流派、诗歌写作潮流中发现、把捉出具有一定公共性、通约性的新异、独特品质要素,加以考察、判断;因为这些品质要素并非某些诗人、某类诗歌写作所独具而是扩散、分解在了不同诗人、诗歌写作身上,所以这种言说者的可说对象就不再集中于特定的诗人、社团流派、诗歌写作潮流了。在言说过程中,它不是只涉及某一(些)诗人和诗歌写作,而是要涉及大量不同风格、流派的诗人、诗歌写作,但对于具体的诗人写作行为和诗歌文本,它所关注的只是这些可说的品质要素在他(它)们那里的实现方式、落实情况和影响情况,至于该诗人、该诗歌其他方面的特征,它完全可以不予理睬。

20世纪90年代的中国大陆诗歌写作已经密封进了20世纪90年代这一储藏室里,对于这一已经成为诗歌史的"巨型"、庞大诗歌写作对象,可以取得公认的是冷寂黯淡的感性印象,而究竟是衰落、不景气还是取得了超前性和探索性、创生性成果,则是人言言殊了。在诗歌写作和评论圈子内,20世纪90年代诗歌写作得到了一部分人极高的评价、推举和赞美:"……它(20世纪90年代诗歌写作——引者注)在实际上已把历尽曲折的中国现代新诗推进到一个新的、更具建设性的阶段"①、"他们(20世纪90年代诗歌

---

① 王家新:《从一场濛濛细雨开始》,《中国诗歌九十年代备忘录》,王家新、孙文波编,人民文学出版社2000年版,第2页。

写作者——引者注）以对词语和技艺的不知疲倦的锤炼……在缺乏诗意中寻找诗意。这是让人感动的精神和态度"①；而在圈子外，诗歌创作的状况则受到许多责难，诸如"诗歌危机"、诗歌在现实面前"被拒绝、被排斥，直至死亡"②等说法此起彼伏、不绝于耳。当然上述说法也不尽然，在圈子内也有质疑、批判、否定 20 世纪 90 年代诗歌写作的批评家存在，如孙绍振、郑敏等，不过，来自圈子外认同、赞美、推举的声音确实没有或极少。事实上，上述论断都是有失公允和客观的。正如导论部分所述，多元杂陈、无序混乱是20 世纪 90 年代诗歌的基本生长态势，由于没有大一统的 20 世纪 90 年代诗歌存在，所以任何意在从宏观和总体上整合、指认 20 世纪 90 年代诗歌的"20 世纪 90 年代诗歌"命题都是无效的、虚构的——它们所覆盖、包罗的只能是 20 世纪 90 年代诗歌的片段、局域而非全部、整体。这样，任何对 20 世纪 90 年代诗歌的判语、定论都只是对片段、局域的 20 世纪 90 年代诗歌来说有效、合理，而非要强加于 20 世纪 90 年代诗歌整体，就难逃以偏盖全、一叶障目之嫌了。事实上，对于 20 世纪 90 年代诗歌整体，固然可以作出不景气、衰落、死亡等印象式的、感性的评价，但要作出学理性的具体、到位、准确的评价、言说的确是不可能的。这样，要言说、评价 20 世纪 90 年代诗歌写作，就必须将包袱抖开，对 20 世纪 90 年代零零总总、杂七杂八的诗歌写作样态分门别类：可说的为一类，可不说的为一类。在 20 世纪 90 年代诗歌现场，可说的自该是那些相对于 20 世纪 90 年代之前现代汉语诗歌写作发生了断裂、转型因而还没有说过的异质样态、新奇特质，而可不说的就是那些一直存在或者已经存在因而说过了的诗歌样态和特质。

　　对于个人化的 20 世纪 90 年代诗歌写作，笔者自然也不会吃力不讨好地试图从总体上加以宏观性地定性研究和言说，而只是着力于从充满复杂性和差异性的对象域中打捞、提拎出可说的存在。在导论部分，笔者曾经指

---

　　① 洪子诚：《序"90 年代中国诗歌"》，《中国诗歌九十年代备忘录》，王家新、孙文波编，人民文学出版社 2000 年版，第 361 页。
　　② 吴义勤、原宝国：《远逝的亡灵》，《1998 中国新诗年鉴》，杨克主编，花城出版社 1999年版，第 479 页。

出,20世纪80年代中后期的后新诗潮运动实质是一场破坏、革命意义大于创立、建设意义的主义化、口号化前卫性诗歌实验和探险。现在来看20世纪90年代许多诗歌写作者的写作,其实仍然没有摆脱这一精神路向。20世纪90年代诗界中断、转型的此起彼伏,跨界、创造(诗歌本体)、刷新(诗歌本质)的大呼小叫,无疑都是这种前卫性、先锋性诗歌实验、探险的突出表征。一味沉溺于起义、造反,肯定不是"写好诗"(布罗茨基语)的应有途径,因为事实已经证明,20世纪80年代以及20世纪90年代那些以实验、探险为己任的诗歌写作者"不停地追赶潮流、浮躁的呼喊、自我标榜与相互标榜……写作不是出于生命的燃烧,而是为了唤起世人的注意"①,根本没有——也不可能——写好诗!既然,起义、造反性质的诗歌实验、探险依然是20世纪90年代诗歌现场的风景之一,要从中打捞、提拎出诗歌新质和创生性诗歌写作样态,自然就并非难事了;也就是说,虽然不能整体、宏观性地言说、评判20世纪90年代诗歌,但在20世纪90年代的诗歌写作中并不乏可说的所在。只是,与20世纪80年代的集团化、运动式起义、造反不一样,出现在20世纪90年代的诗歌实验和探险是孤军奋战、化整为零的,这导致了在20世纪90年代没能出现足以代表、标识20世纪90年代诗歌写作全局的堪称主导、主流的社团性、诗潮性的新异、独特诗歌群落、流派,当然也没能打造出堪称经典或者有着足够"重量"的个体诗人和诗歌文本。因此,20世纪90年代诗歌写作中的"可说"所在就不是代表性的诗人、社团流派、诗歌潮流,而只能是渗透、弥散在某些个体诗歌写作行为中和某些个体诗篇中具有一定公共性、通约性的新异、独特品质要素。

在断裂、转型蔚然成风的20世纪90年代诗歌写作场阈,新质、创生性元素自是扩散、密布于诸多个人写作中。本书所探讨、考察的综合性正是其中之一端。就此,可以说明的几点是:第一,本书不是对20世纪90年代的现代汉语诗歌写作作总体、宏观、全面的把握、评价,而只是对20世纪90年代诗歌写作中呈现出综合性的那部分诗歌写作进行考察、打量。在20世纪

---

① 吴思敬:《走向哲学的诗》,学苑出版社2002年版,第105页。

90 年代,除了具有综合性的诗歌写作外,还有大量单纯、绝对的诗歌写作存在。第二,本书也不是把 20 世纪 90 年代所有具有综合性的诗歌写作纳入观照视阈,而只是将那些具有算得上新质、创生性元素的综合性的诗歌写作视为研究对象。绝对地说,任何诗歌写作都具有一定的综合色彩,但 20 世纪 90 年代诗歌写作中的某些综合性,的确与普遍、传统意义上的综合性显现出了某种程度的差异性、独特性。另外,某些综合性虽然成为了 20 世纪 90 年代诗歌写作中显现出来的新质,但 20 世纪 90 年代诗歌写作中的新质远非某些综合性。所以,本书也不是要论述 20 世纪 90 年代诗歌写作中出现的所有新质。第三,本书固然把具有新质综合性的诗歌写作邀约为言说对象,但本书所注目的只是这些诗歌写作的综合性;也就是说,本书只分析、体认综合性在这些诗歌写作中的落实、体现情况,而不全面、细致地分析、评价这些诗歌写作的其他特质、品格与成败、得失。本书的言说视点是综合性而不是诗歌写作。第四,在 20 世纪 90 年代,综合性既不是只作用在某些具有一定规模和声势的诗歌流派、群落、诗潮(前文已经指出,个人写作的 20 世纪 90 年代并不存在主导、主流化的诗歌流派、群落、诗潮)中的,也不是只体现在某些范式诗人诗篇那里的,而是超越性地游荡、漂泊在诸多个人写作中的,因而,本书的批评眼光所投注给的既非特定的诗歌流派、群落,也非某些个别的诗人、诗篇。

对于研究对象,言说者总是带着一定的情感态度、姿态立场加以分析、考究的,言说者也有理由和责任表明、传达自己的价值评判。然而,本书虽然把 20 世纪 90 年代诗歌写作现场的综合性指认、确定为了研究对象,但要全局性地对其作出鲜明、确实的价值定位和态度评判却难以做到,甚至要从总体上对其作出积极的和消极的区分也无法实现。与 20 世纪 90 年代的诗歌写作不是大一统的整体而是分散、零碎的一样,20 世纪 90 年代诗歌写作中呈现出的综合性也不是具体的特定所指而是分解、扩散为了不同的形态和样式,而这形态、样式的不同具体所指则取决于对诗歌写作对象观照、把握的不同角度和侧面。如果非要对这综合性作宏观体认的话,那么它只在现象和外延层面具有意义,而不具有实质、内涵意义。也就是说,20 世纪 90

年代诗歌写作中的综合性,本身就是综合——其实是包罗、容纳——了不同综合性的一个泛指而非确指概念。在 20 世纪 90 年代的诗歌写作现场,不同角度、侧面的综合性分解、扩散在了不同的诗歌写作身上——当然,并不排除某些诗歌写作兼容、众采有两个甚至多个维度的综合性。这样,我们不能笼统地说在 20 世纪 90 年代哪些诗歌写作具有综合性,而只应该说锁定的诗歌写作样态承接、负载了哪一(些)维度的综合性。既如此,本书所着意的就只能是各子综合性——不同角度、侧面(诸如历史意识、对影响的姿态、对自由的把握等诗学理念层面,诸如内涵意蕴、表意方式、审美特质等诗歌文本层面)的综合性——在对应诗歌写作样态中的落实、体现情况;另外,由于本书的关注视点是综合性而不是诗歌写作,所以本书的研究思路和兴趣不在具体、深入地探析、发现某一(些)诗歌写作究竟包容、接纳了哪些综合性,也不特意把握、领会这些综合性在这一(些)诗歌写作身上又是如何综合的。自然,对 20 世纪 90 年代诗歌写作现场的综合性的积极性与消极性辨析区分和价值评判、态度立场,也就只能分解、离散为对各子综合性的辨析、评判了。

本书使言说笔触游走于 20 世纪 90 年代诗歌写作版图,从诗学意识、诗歌内涵意蕴、诗歌表意方式、诗歌审美特质诸方面发现、把捉出各自具有新质色彩、创生性的综合性,分别进行了深度考察、研讨,学理性地对各子综合性进行了积极与消极的辨析和评判。需要强调指出的是,本书对任一子综合性的辨析和评价都只针对 20 世纪 90 年代诗歌写作中出现的该子综合性而不针对综合性整体,因而此辨析和评价只对该子综合性有效,对其他综合性和综合性整体都是无效、无价值的。因此,不能因为笔者在肯定或者否定某一子综合性就认为是在肯定或者否定 20 世纪 90 年代诗歌写作的综合性,更不能认为是在肯定或否定 20 世纪 90 年代诗歌写作整体。另外,对于诗学意识领域的综合性表征来说,如个人化与非个人化的综合、历史化与非历史化的综合、影响与创生的综合、自由与限度的综合,主要是一种写作立场、诗歌抱负,在 20 世纪 90 年代的诗歌语境中,作为立场、抱负,它们自有其积极、合理的一面,然而,写作立场、诗歌抱负的合理、有效只是写好诗的必要条件而非充分条件,因而,笔者认可、推许它们并不表明把它们当做指导思想之一的诗歌写作就是成功和成熟的诗歌写作——绝不排除这些诗歌写作在其他方面还存有这样、那样的病症。就诗歌文本的综合性来说，诸如内涵意蕴方面情思经验的"异质混成"、表意方式方面表现手法和文体样式的综合、审美特质的综合等，它们中的任一种（或几种）在特定的诗歌文本样态中可能是积极的或者消极的，但对于这特定的诗歌文本，其积极性或者消极性只是就所谈论、考察的综合性这一角度而言的，而并不意味着这诗歌文本完全就是积极的或者消极的，因为这诗歌文本在其他方面还可能存有这样那样积极的与消极的因素所在。

从根本上说，任何艺术样式都是排拒综合而追求单一、纯粹的。因为，任何艺术样式一经独立、确定，一方面就有了其核心本质和内在规定性以及本位、本体意义的价值功能；另一方面也有了其确立、划界于其他艺术门类的具有不可替代性的艺术语言，比如台词（对白）之于话剧，唱腔之于戏曲，线条、色彩之于绘画，叙述、描写之于小说，等等。对于一种特定的艺术样态，固然可以综合进其他艺术门类的某些构成要素，但必须只能在捍卫、忠实并巩固、加强自身的本位、本体和充实、服务、深化自身的艺术语言的前提原则下去综合。如果综合进的异质因子瓦解、颠覆或者削弱、消退了自身的本位、本体，挤兑、取代了自身的艺术语言，则这种综合就成了自取灭亡的非法、无效综合。这就正如里查·魏尔伯在《谈我自己的作品》里所说，"我是一个继承者，只要能力能及就尽量继承下来，但是，我绝不肯接受任何限制或者禁律，或者假纯粹之名排除任何东西。总之只要做得到，我企图兼容并蓄"，然而，其前提是"一种艺术必须尽量容纳各种素质而又仍不失其为一种艺术"①。诗歌艺术，就价值属性来说，当家的是言情、言志，通过敞开、彰显精神性、心灵性内在世界营造诗意、诗情，建构诗性、诗美；而就艺术语言来说，作主的当是抒情、歌唱（音乐）性、分行排列的诗体形式等。这样，无论是诗学意识方面的综合，还是诗歌文本方面的综合或诗歌写作中的综合，

① ［美］里查·魏尔伯：《谈我自己的作品》，载［美］霍华德·奈莫洛夫编：《诗人谈诗》，陈祖文译，三联书店 1989 年版，第 258 页。

都并非无限度和漫流的综合而是有方向和皈依的综合,那就是为了更好地凸显、张扬诗歌言情、言志与营造诗意、建构诗性的内在本质,为了拓殖、延展诗歌以抒情为核心的艺术语言。综合性在诗歌写作中并不具有本质论目的,综合性诗歌写作不过是为了抵达诗歌本体、落实诗歌本质的方式和手段。在诗学层面上,综合性诗歌写作与其他任何诗歌写作方式一样,都不可能成为诗歌写作的本体、本位。任何为综合性而综合性的诗歌写作都是偏离诗歌的写作因而是无效、荒唐的写作。着眼于诗歌文本,综合性诗歌写作就是要把其他艺术样式(主要是其他文学类型)的"他性要素"(陈超语),如主导表意方式(表现手法、文体形式、美学品格)召集、邀约进来,以实现"不同话语谱系之间的能动的碰撞和交流"①的文本间性或互文性写作。必须注意的是,这种文本间性或互文性写作,不能游离出诗歌写作的樊篱,也就是说,写作中引入的他性要素不能喧宾夺主而只能为我(诗歌写作)所用。要做到如此,就得将他性要素安置、装配于诗歌写作的体系、框架之中,并将其化约、吸收为诗歌写作"活体组织"的有机成分。

对于出现在20世纪90年代现代汉语诗歌写作现场的综合性诗歌写作,不管是哪一维度的,提倡者和践行者的动机和意图无疑都是严肃、真诚的,然而,大多都没有取得预期的成果却是避讳不了的事实。对那些诗学立场、抱负向度的综合性来说,主要还停留在观念、口号的层次上,主张者只是提出、构思了具有某一向度的综合性的理想化和可能性诗歌文本,而没能在现实诗歌写作中实现这种理想、落实这种可能。对诗歌文本事实向度的综合性来说,不少诗歌写作者在写作动作中失却了起始动机、意图中的严肃和真诚,把综合滥用到了失控、失禁的程度,其明显表现就是把诗不当诗写,肆无忌惮、为所欲为地让"他性"要素抢占地盘、排挤诗歌要素。这样做的结果是,在内涵意蕴上,诗歌文本中拥挤着小说中的事件、细节,戏剧中的对话、独白,论说文中的哲学、知识,就是没有诗歌中的精神性、心灵性情感、志意;在表现手法上,叙事、戏剧化、悖论、反讽、议论,应有尽有,就是放逐了抒

---

① 陈超:《中国先锋诗歌论》,人民文学出版社2007年版,第240页。

情;在文体样式上,更是砸碎了诗之为诗的最后镣铐(比如分行排列),跨文体、跨界的杂体、无体冠冕堂皇地把诗舞进了非诗、伪诗的舞池。当然,这样说,并不等于完全否定 20 世纪 90 年代诗歌写作中出现的综合化倾向,也不等于说 20 世纪 90 年代综合性诗歌写作诸维度中没有可取之处,或者说没有相对成熟、成功的综合性诗歌写作范例出现;只是表明,在某些综合性维度上的确也出现了失范、无度的病态和不良的现象。

　　20 世纪 90 年代现代汉语诗歌写作已随着 20 世纪 90 年代日历的翻过而逝去了。回过头看,尽管大量诗歌写作者和理论家都付出了努力,但 20 世纪 90 年代诗歌的整体状况是不尽如人意的。对于 20 世纪 90 年代以来的现代汉语诗歌写作,作为关注者和深爱者,骆寒超等不无焦虑而客观地指出:"人们对新诗不满的意见似乎就更多了:有说新诗坛无政府主义风行,秩序失控的;有说写新诗越来越容易,还可以用躯体语言、下半身激情来玩诗的;更有人说现在写新诗的比读新诗的还要多;等等。这种种指责当然不排除有偏激的或不负责任的因素存在,但状况确实如此也还得承认。"①唐晓渡曾经说过:"在一定程度上,可以说'实验'是诗的本质属性之一,就是说,可以把诗理解为人类通过语言进行的生生不息的精神实验。……'实验'一词在这里无论是作为形容词还是作为动词,作为一种创作态度还是一种创作方法,都意味着诗的可能性。"②尽管 20 世纪 90 年代的诸多诗学观念、诗歌写作方法、诗歌文本形态是作为对 20 世纪 80 年代的革命性、起义性诗歌探险、实验的中断、转型而挺立出来的,但它们本身又何尝不是新一轮探险和实验呢? 20 世纪 90 年代诗歌整体状况的不如意,说明的是这些探险、实验的不成功、不成熟——或者说不完全成功、成熟。综合性诗歌写作正是部分 20 世纪 90 年代诗歌写作者和理论家所作的探险和实验之一。从动因上看,它是为纠偏和修正长期占据中国新诗写作主流位置的极

---

①　骆寒超、陈玉兰:《新诗二次革命论》,《西南师范大学学报》(人文社会科学版)2005年第 1 期。

②　唐晓渡:《实验诗:生长着的可能性》,《磁场与魔方》,谢冕、唐晓渡主编,北京师范大学出版社 1993 年版,第 196 页。

端意识形态化的政治写作和群众写作与20世纪80年代以来直至20世纪90年代愈演愈烈的非历史化、不及物的纯诗写作才登陆于20世纪90年代现代汉语诗界的。在它提供出诸多建设性、积极性的有利因子的同时，由于其较为强烈、明确的针对性、对抗性，它的某些维度就不可避免地具有片面性，一些诗歌写作者和批评家在主张、践行等具体运作上也不可避免地要陷入极端、绝对的境地；也就是说，20世纪90年代的综合性诗歌写作本身并不是健全、完善的，特别经一些人不认真、不负责的操作，它的不健全、不完善被很大程度地放大、突出了，以至于把诗歌写作引出了诗歌写作应有的伦理底线。当然，在20世纪90年代诗歌写作现场，综合性诗歌写作毕竟既不是主导、主流的写作样态，也不是有着足以扭转、影响20世纪90年代诗歌写作整体走向的写作样态，与任一向度的综合性诗歌写作相对的诗歌写作样态都强大而威严地存在着。因此，20世纪90年代某些较为合理、有效的综合性诗歌写作，某些相对成熟、成功的综合性诗歌文本，其实只是处在被遮蔽、掩盖、压抑的状态下而没能伸展、舒张自己。因此，即便合理、有效的综合性诗歌写作在20世纪90年代诗歌原野上不断进行着实验与探索，但20世纪90年代诗歌仍然是不景气和衰落的就不难理解了。

站在诗学高度，我们说，综合性诗歌写作不失为抵达诗歌本位、忠实诗歌本体、维护诗歌不可替代性的艺术语言的合理和有效途径之一，也不失为写好诗的可能性路向之一。只是，它自身也需要不断规范。而且，将综合性投入中国新诗写作中的时候，这规范就显得尤其重要，因为，对于中国新诗写作来说，实在不是规范太多、而是规范太少。如果以综合性为借口，或者认为综合性不需要规范而可以无度、失范地拆解规范，综合性则不但于现代汉语诗歌写作无益，而且只会把其导入因混乱、无序、失范而萧条、衰落、死亡的境地。"难得顾及诗坛应有的秩序规范和新诗的本体建设，以致诗情枯涩、诗体失范，如再这样下去，新诗从历史的地平线上消失之虑，也并非纯属杞人忧天"①，著

---

① 骆寒超、陈玉兰：《新诗二次革命论》，《西南师范大学学报》（人文社会科学版）2005年第1期。

名诗歌理论家骆寒超的告诫语重心长——通过考察、评判、辨析20世纪90年代的综合性诗歌写作,这也正是笔者站在新世纪的入口,对那些正在或打算主张、践行综合性诗歌写作的诗歌写作者和理论家所郑重推荐的话。

　　我们知道,中国号称"诗歌大国",就是在进入现代及新时期以来,在文学诸样式中,诗歌虽然已从至尊的宝座给拉了下来,但它仍凭其强劲的活力和势头,彰显出了独异的影响,在人们的精神生活中扮演着不容忽视的角色。诗歌的神采和风致何以陡然间就会在20世纪90年代的文化平台上付诸阙如了呢? 其原因固然可以从"接受者"的角度去探寻:工具化、市场化、大众传媒化的接受语境造就的奉物质主义、功利主义、享乐主义为圭臬的人们,对以精神性、心灵性著称的诗歌自然失去了兴趣和耐心,也丧失了起码的领悟和感受能力。但另一方面,诗歌在20世纪90年代的地位下降、声望缩减,其实也是20世纪90年代诗歌范式转型的结果,而这种范式转型又是诗歌写作者的主动选择:在他们看来,以往诗歌的风骚和魅力未必是诗歌自身的风骚、魅力,或者,对诗歌自身来说未必是健康、正常的风骚和魅力;20世纪90年代的诗歌"写作"就是要将其当做积垢从诗歌身上消解、褪却掉——20世纪90年代的诗歌"写作"本身就是一种带有"祛魅"目的和性质的书写。祛魅,是英语disenchant的中文译法,"字面意思是:使某人对某人(某事物)不再着迷和崇拜"。当然,20世纪90年代诗歌的"祛魅"书写,并不是让诗歌抛却一切魅力从而让读者、社会不再"着迷和崇拜"诗歌,而是要让诗歌祛除旧有"魅力",同时无论在诗歌意蕴质素还是在审美因子方面都着上新的魅力并用这新的魅力召唤和吸附读者与社会。因而,从根本上看,所谓诗歌"祛魅"书写不过是一种策略,是为了使诗歌以一种新的范型"屹立"于20世纪90年代文学之林的方式、手段,而不带有把诗歌引向"一种命定的遭遇:被拒绝、被排斥,直至死亡"①的本质论目的。可是,返观20世纪90年代诗歌,不能不让人遗憾的是:"祛魅"完成了,新的诗歌范式

① 吴义勤、原宝国:《远逝的亡灵》,《1998中国新诗年鉴》,杨克主编,花城出版社1999年版,第479页。

也有了,但新的诗歌范式的新的魅力却似乎没有生成,或者说新的魅力没有被读者、社会认可、接受——20世纪90年代诗歌一直没有摆脱在非议、责难声中从文学园地里渐趋"边缘"、"引退"的不幸态势。

本是作为策略的"祛魅"书写,完成的却是把20世纪90年代诗歌带向了现实意义的祛魅结局,此种尴尬情形势必要引起诗人、诗评者以及所有中国诗歌命运关心者对这事与愿违的"祛魅"加以探析和反思。总体说来,诗歌写作者们主要是从诗学立场、主体形象、表意策略三个方面着力对20世纪90年代诗歌进行"祛魅"化处理的。本书所侧重观照、探究的综合性写作,也正是20世纪90年代诗歌写作者在诗学立场、主体形象、表意策略等诸方面所采取的主动和自觉的"祛魅"行为。由是,将批评视线投放于20世纪90年代诗歌场域,就诗歌书写中的上述几方面"祛魅"分别加以学理性的考察、反思,对整合现代汉语诗歌的价值取向和写作范式,对真正光大、"再生"现代汉语诗歌的整体魅力,必然会起到些微作用。

20世纪90年代诗歌写作者在诗学立场上的"祛魅",侧重体现在三个方面:在诗歌地位和属性价值上"祛魅"、在诗歌书写对象和主题指向上"祛魅"、在诗歌审美把握和美学取向上"祛魅"。

就诗歌地位和属性价值来说,"祛魅"是使"诗回到诗",也就是使诗歌摆脱过分依附于意识形态或作为其他"庞然大物"的附庸地位,将其还原为一种独特的语言艺术形式以张扬诗美、显现诗意、营构诗性空间,从而捍卫"诗之为诗"的独立性和纯粹性。这种试图将诗歌魅力由"内容"置换到"形式"的诗歌话语实践,毋庸置疑是一种使诗歌卸载外在重负从而复生诗歌本性、维护诗歌自在、独立品格的努力,因此对汉语诗歌的生存和发展是有积极意义和建构价值的。然而,不无遗憾的是,20世纪90年代许许多多"形式主义"的诗歌,把文字迷津、词语摆设、语言游戏、技术花招、修辞比武当做诗歌的本质所在和意义旨归,这类"纯粹的语言的游戏活动"①的产物

---

① 于坚:《诗歌之舌的硬与软》,《1998中国新诗年鉴》,杨克主编,花城出版社1999年版,第466页。

不但毫无精神性、思想性、心灵性可言,而且其形式的审美性也无从谈起——这样的诗歌,即使不算是字词的垃圾堆,也只能算是缺少催化剂因而无法发生"化学反应"生成诗美、诗意的字词反应堆,当然不可能在读者的精神心灵中产生美的感受、体验。另外,有的诗歌写作者把"形式"上升为诗歌创作新的原则和秩序,在与"内容"相反的向度上把诗歌关进了另一个牢笼;也可以说,"形式"对于诗歌又具有了意识形态的意义,诗歌摆脱了政治、道德意识形态的束缚却成了"形式"意识形态的附庸,而且,因为这样"不及物"的"纯诗",只是为"形式"而"形式",既无现实内容和精神内涵作为依附,又无诗美、诗意可以张扬,所以就成了一种凌空蹈虚的观念"形式"。

就诗歌书写对象和主题指涉来说,"祛魅"是使诗歌摒弃对政治运动、社会事件、时代主题等"公共生活"的"宏大叙事",转而返身应对、分析、处理具体而微的世俗生活、日常经验、生命体验、生存处境等,以使诗歌写作不至于成为"与自身的真实生存相脱节的行为"。① 这样一来,自然极大地拓展了诗歌的对象主题、丰富了诗歌的题材范围,为诗歌从"超现实"的"魅力"到"现实"的魅力提供了契机和可能性。然而,一些诗歌写作者把"凡俗"、"日常"高扬成新的"权力话语"旗帜,"反"字当头(到非理性地反文化、反价值、反意义、反崇高),或者一味求凡索俗、追新逐异,甚至展丑现恶、寻奇觅怪;或者对身体过度开发,不是"把身体拍遍"在诗歌中暴露私密器官,就是以诗歌为喇叭,扩张性欲望的呼喊、性感受的呻吟;或者对"形而上"过度开采,在"知识"的迷宫里捉迷藏、在玄学的黑洞中探险觅幽,把诗歌打点成"莫须有"的观念的图解形式。同时,不少诗歌写作者在政治、意识形态与日常生活二者之间采取"二元对立"的思维逻辑,把那许许多多由政治、历史、时代生活投射而成的"日常生活"(事实上,在中国这种意识形态无孔不入的历史文化语境中,"日常生活"总是与政治、历史、时代生活发

---

① 王家新:《从一场濛濛细雨开始》,《中国诗歌九十年代备忘录》,王家新、孙文波编,人民文学出版社2000年版,第4页。

生关联的)排斥、清除在了诗歌视界之外。这样既缩减了 20 世纪 90 年代诗歌的写作对象和题材范围,也弱化了诗歌"承担我们的现实命运"①和以诗歌的方式"介入历史"的能力,使得诗人在时代面前"失语"而丧失了"对时代发言"的权力,消减了诗歌在"公共领域"不该"缺席"的魅力。

在对诗歌的诗性把握和审美理想方面,"祛魅"是指打破传统的、约定束成的审美规范,契合对可能的诗意、诗美的开发而使诗歌审美品格和美学取向呈示出差异性和多样性、丰富性。20 世纪 90 年代诗歌写作者深入物质与精神日常生活的方方面面、角角落落、零零总总,捕捉诗意、发现诗美、打造诗性空间,有力地开发出诗歌的众多生长点和可能性,诗歌的审美品格也随对作为诗歌对象的日常生活的别样描摹而呈现出差异性和丰富性,如描摹实存生活场景诗歌的鲜活、灵动或平实、朴素,如"身体写作"的含蓄、唯美或凌厉、张扬,如"深度体验"诗歌的深刻、犀利或智性、思辨,如"历史个人化"诗歌的厚重、深邃或沉静、痛楚……然而,不得不指出的是,20 世纪 90 年代诗歌喷涌而出的多样诗歌审美形态又是泥沙俱下、鱼龙混杂的,一些审美样式明显滑向了"审丑"一端,还有一些也许不失其美,但过分的"超前"、"新异"、"陌生化"使得有能力接受、认可的读者还没有来得及"培育"出来,因而其"美"也就只能招致"悬搁"的命运。打开 20 世纪 90 年代的诗歌文本,不难发现,一些亲临"生存现场"的"生活流"诗歌充斥的是庸俗、肤浅、粗鄙、琐屑的"美学"趣味,一些"身体亲在"的诗歌散发的是肉感、淫秽、低级、下流的"美学"气息,一些"知识神学"的诗歌缠绕的是玄虚、怪诞、晦涩、诡谲的"美学"迷雾……不仅"接受转型"尚未完成的社会和读者对于沾染上这些"美学"品格的诗歌有着十分严重的"拒懂性",而且人们的诗歌胃口也被其极大地败坏了,更加令人担忧的是,由此导致的诗学失范,不可能不对重构诗歌秩序、重显诗歌魅力带来混乱和其他障碍。

诗歌主体,指的是诗歌中的"发声"者、"出场"者。20 世纪 90 年代诗

---

① 王家新:《从一场濛濛细雨开始》,《中国诗歌九十年代备忘录》,王家新、孙文波编,人民文学出版社 2000 年版,第 4 页。

歌主体"祛魅"指的是祛除社会学意义上而非诗学意义上的魅力,其动机和主旨是让诗歌主体以其审美性、诗性而不是政治性、文化性、道德性"在场"于诗歌,以顺应于"让诗回到诗"的总体诗学原则。这种"祛魅",主要是从主体的人称指代、主体的文化人格、主体在诗歌中的呈现方式三个方面分别加以"祛魅"实现的。

在人称指代方面,20世纪90年代诗歌写作者使诗歌主体从集体性"群我"隔离为诗人"个我",从社会性"大我"缩减成诗人"小我"。当作为社会主体、运动主体的"大我"、"群我"占据诗歌主体的位置时,所表达的情意、言传的心志必然只能是公共的、集体的、随大流的,它不是来源于复制、仿造、影响,就是来源于意识形态的带动和播撒。诗歌的审美性主要来自于诗歌情感的真切、诚挚、精微和思想、智识的深刻、犀利、具体,这种足以深入人心、动人肺腑的"心志"只能采撷于诗人个人的真实生命体验和强烈心灵感受,只能"发现"于诗人个人精神心灵、内里生命的深度空间。20世纪90年代的诗歌写作者使得诗歌主体言说的不再是"普遍性话语"而成了"个人性话语",从而打通了诗歌和诗歌主体接近其本质的暗道。但是,一些诗歌写作者在"群我"、"大我"与"个我"、"小我"的关系上采取非此即彼的二元对立思维模式,由于对作为单数的"这一个"的绝对化强调,由于对个人性和自我性的极端、偏激理解,由于对独特性和差异性的片面、狭隘追求,一些诗歌主体探入了不与群我、集体、他人发生任何关联和交流的真空之中,由"个我"、"小我"而"私我"、"秘我"、"神我";可以说,他们不过是从"群我"、"集体我"的社会、政治"运动场"游弋到了"个我"、"小我"乌托邦。这种置身于"个我"神话写作中的诗歌主体因为丧失了起码的审美沟通、交流"公约性"和共识性,不但自身毫无审美性可言,而且也没有审美转化的能力。

20世纪90年代诗歌写作者在文化人格上对诗歌主体也发动了"祛魅"攻势:诗歌主体不可能只是由拥有高大、健全人格魅力的文化英雄、知识精英、精神牧师、道德模范等"主演",取而代之的应是与同时代的生存境况发生着直接性、本真性、体验性和实验性"联系"的具体而微的"这一个""个我"——他们平庸、凡俗但真实、鲜活地生存于各自的"日常生活"、"世俗人生"。诗歌主体的平民化,丰富和开阔了诗歌的题材范围、内涵意蕴,因为平民毕竟是具有多样性、差异性的;另一方面,诗歌主体的平民化,也使诗歌表情达意的审美本质找到了体现的途径,因为作为平民即便进行诗歌写作,除了言传"个我"的心志外,不可能借助诗歌实现非审美功利目的。然而,由于一些诗歌写作者把实验性的"反英雄"、"反崇高"、"反价值"、"反文化"的诗学策略当成了诗学真理,使得诗歌主体在人格上由弗洛伊德所说的"超我"滑向了"本我"。20世纪90年代,实在不乏"小人"当道、"莽汉"横行的诗歌,其中的诗歌主体不是在精神境界上粗俗、野蛮、猥亵起来,就是在思想格调上低级、下流、卑琐起来。从某种意义上说,20世纪90年代的一些诗歌主体不过是从社会"运动场"转移到了生活的"垃圾场"、色情场以及身体的私密场、玄乎的"知识场"和逼窄的"专业场"。还有一些诗歌主体因听从人格"祛魅"的吩咐,与日益世俗化、物质化、商品化、市场化的现实社会达成了"亲和"甚至"媾和"关系,从而"丧失知识分子的思想能力,丧失知识分子的批判性,从个人出走,去充当时代获利者的代言人"①和世俗理想的表达者——曾经,"去知识分子性"、"知识品格"批判成为了一种堂而皇之、理直气壮的诗学立场。

关于诗歌主体呈现方式,随着20世纪90年代诗歌观念的突破和诗歌范式的更新,诗歌主体在诗歌中由凸显趋于缩减,由呈现趋于消解。在20世纪90年代诗歌中,更多的是生活场景的陈置、生存事件的罗列、生命细节的堆砌,诗歌的情感、思想和意义是在其中"自动"显影、浮现和溢出的,而没有也不需要"人"作为诗歌主体站出来明白表达、直接宣泄。这样的诗歌中当然也少不了"人",但这"人"只是作为场景的组合者、事件的参与者、细节的构造者而存在的,也就是说,这"人"是被"叙述"的人而不是"抒情布道"的人。他们要么在试试探探地量测个人独特的生命体验并小心翼翼地

① 西川:《写作处境与批评处境》,《中国诗歌九十年代备忘录》,王家新、孙文波编,人们文学出版社2000年版,第225页。

将其抖开,要么在犹犹疑疑地把捉对现实人生百态的感受和体认并将其谨谨慎慎地释放出来;自然,在言说方式和姿态上,他们放弃了抒情性的"表达"和政论性的"传达"而择取了"独语"和"对话"。在 20 世纪 90 年代诗歌中,诗歌主体"祛魅"更为极端的情况是福柯所谓的"人死了"——诗歌主体从诗歌中消隐、退却掉。在把"形式主义"、"诗歌本体"本质化的诗歌中,既然拒绝了价值、意义,作为"人"的诗歌主体自然就失却了"藏身之地",因为价值、意义总是关联于"人"的。主体消隐、解构固然给 20 世纪 90 年代诗歌带来了新景观、新风气、新鲜感和特殊意味,但伴随 20 世纪 90 年代诗歌主体缩减、消隐的是诗歌中情感、灵魂、思想、精神的弱化和退潮,而恰恰正是这些元素构成了诗歌的精神基质。"形式"和"技术"对于诗歌确实必不可少,但是,如果把"形式"和"技术"上升为"主义",并因此而将诗歌设置为字词的"排场",以至于不给诗歌主体容留存身的地方,无疑是对诗歌精神的亵渎和糟蹋。"形式"、"文体"只有是为固定作为诗歌主体的"人"的思想情感、精神心灵的形式才是诗歌形式,"技术"也只有是为有效传达和表现作为诗歌主体的"人"的经验感受、智识洞察的技术才是诗歌技术。

20 世纪 90 年代的诗歌"祛魅"书写,除了涉及诗学立场、诗歌主体等外,当然也涉及它们得以最终体现和落实、完成的诗歌表意方式——对诗歌语言、语象、形式、技巧、修辞、文体等等"技术"要素的运用和采纳。20 世纪 90 年代诗歌表意"祛魅"主要体现在以下几方面:在表意功能、表意行为体认上"祛魅",在语象和语素的采集与运用上"祛魅",在技艺策略、文体样式上"祛魅"。

就表意功能而言,20 世纪 90 年代一些诗歌写作者认为,诗歌写作是获得了自足性、自主性和自律性的行为过程,它无需也不应该借助、凭依传达和体现写作行为之外的意义——"情"或者"意"——来获得所谓的功能魅力。另外,还有一些诗歌写作者认为,诗歌固然要表意,但表意并不仅仅等同于抒情,表意功能还应该纳入叙事、分析、沉思、判断、处理问题等等。至于那种为投合主流意识形态和公众共识趣味而博得表意魅力的"宏大抒情",因为压制、遏止了个人的真实情感,当然更是在 20 世纪 90 年代诗歌写作者的反拨、抛却之列。就表意行为来说,他们认为诗歌表意并非只有得到"神灵"偏爱的少数天才才能胜任,诗歌表意得以顺利进行也并非单单是激情、冲动与直觉、灵感的作用。他们把诗歌体认为一种"知识",一种应对人类总体生存情态、历史境遇和处理个人复杂生存经验的知识;相应地把诗歌写作理解成生产、运用这种"知识"的一种工作和一门专业、一门学问——"个人存在经验的知识考古学"(程光炜语)。置身在"工作"和"专业"中,天才、灵感、直觉、激情、冲动的作用当然重要,但沉潜的研习、具体的劳动、扎实的技术、丰厚的经验、过硬的真功夫,更是必不可少,而这些质素和能力的获取,恰恰是后天造化而来而非先天携带的。然而,一些诗歌写作者矫枉过正,在表意功能上因反对诗歌的意识形态化而将诗中的意义倒空,使得诗歌成为不再划擦意义的"纯净物"。20 世纪 90 年代诗歌表意行为的问题在于,把诗歌处理成"知识",把诗歌写作理解成"专业",对修辞、手法、经验、常识等"技术"因子的过分依赖以及对灵感、直觉、激情、冲动等"天才"因子的有意轻视,在一定意义上说是放走了"诗歌的精灵",使得诗歌因空灵、灵动、飘忽、朦胧、绰约等审美特质的"缺席"而成了语词的机械编码和观念的刻板图解;当然,这种充满"复杂的诗艺"(程光炜语)的诗歌也折断了诗歌写作时必不可少的想象力和创造力的翅膀,读者从中"无法得到任何可资信任感的审美感受和亲和性的精神感受,只剩下……技术性操作让人不知所云"①。

在语象和语素的采集与运用上,一方面,一些 20 世纪 90 年代诗歌写作者认为,原先那些为了填充带有群众写作、政治写作性质的诗歌而采集于规范意识形态化的时代、现实、社会的语素、语象,既无力满足 20 世纪 90 年代转型了的诗歌范式的需要,也无力体现 20 世纪 90 年代诗歌写作者新的诗学趣味和审美追求,为了顺应"日常生活审美化"的诗学动机和将诗歌视为一种应对人类总体生存情态和处理个人复杂生存经验的"知识"的诗学理

---

① 沈奇:《秋后算帐》,《1998 中国新诗年鉴》,杨克主编,花城出版社 1999 年版,第 389 页。

趣,20世纪90年代诗歌写作者既把诗歌视线从社会运动场抽出来撒向现实生存空间、日常生活场景的方方面面,尽可能采集、搬移具体而微的日常、凡俗语象,让它们碰撞、作用以生成诗歌写作者对世界的认知、意识反应物;又将诗歌主体由"群我"、"大我"消解、缩减为"个我"、"小我",让诗歌笔触游走于个体精神心灵的角角落落,充分撷取、捡拾隐秘神幻的身体物语、生理语象、心理动作,从而在纸张上张扬内在生命感应和身心体验。另一方面,在20世纪90年代的诗学观念里,诗歌的要义不在于传统意义上的抒情达意而在于使语言直抵世界的核心并"为世界命名",在于借助原创性的语言使存在澄明、使世界敞亮。诗歌写作者需要的只可能是语象的能指意义;至于所指意义,根本与"命名"无关、与对存在的"诗性澄明"无关,所以被杜绝和回避在了诗歌之外。这种"祛魅"事实上也带来了诸多新问题。一些诗歌写作者对身体、性体验的过度开采,导致诗歌中的语象不是晃动的大腿、张缩的性器官,就是性欲的呼唤、性行为的呻吟,一首诗的写就简直成了一张性爱床的完工。还有一些诗歌中的语象和语素的过度私有化、内在化,使得这些语象和语素的存在价值仅仅在于参与字词游戏、架构语言迷宫。语言本身就是文化的产物,它身上就是因为承载了文化意义才显现出价值的,从这个角度看,"拒绝隐喻"、"非意象化"、"反文化"的实质无异于消灭语言本身——消灭了语言,诗又从何谈起呢? 事实上,在20世纪90年代的某些"实验"性文本大抵都是拼命诠释"拒绝隐喻"、"非意象化"命题的观念性诗歌,既没能彻底拒绝去隐喻、反掉文化、剥离出所指从而为世界"命名",也缺乏诗歌必须的艺术感性魅力和意义生成力。

　　在表意策略上,一些20世纪90年代诗歌写作者对20世纪80年代浪漫主义和布尔乔亚的抒情诗风进行了"清场"和"洗劫"。为顺应诗歌与当下生存血肉关联以及处理具体的人、生命、时代的潜流的内在要求,他们提出并身体力行着"综合创造"的表意主张。而在这"综合创造"中,尤其引人注目的是此前被小说所"独占"了的叙事在诗歌写作中的主导性运用。一些诗歌写作者利用"陈述句"将生存现实引入到他们的诗行中,表现出语言在揭示事物"某一过程"中非凡的潜力。除了叙事,一些诗歌写作者还在诗歌中娴熟运用了喜剧、反讽因素和"旧式戏剧装置的模拟和复制"（李振声语），前者如陈东东等，后者如翟永明等。在文体样式上，他们把诗歌写作当做一种体现出"综合性"和"包容性"的"跨文体写作"。20世纪90年代的许多诗歌写作者毅然撕毁诗歌体式的金科玉律，让文字和体式像思想和意识一样溢出现成的言说罗网之外，把诗写得不像诗，或者不在乎自己写的是什么文体，只是保证自己是在一种明显确切的差异状态中对这个世界说话，发出自己独特的声音。然而，20世纪90年代的诗歌事实并没有因综合性、包容性表意策略的运用而充满魅力。一些诗歌写作者将叙事等表意策略当做有着诗学特异功能的天方夜谭、当做新的表意权力话语和意识形态，酿成20世纪90年代的不少诗歌不是沦落为传统的写实诗，就是滑进"小说"式情理诗的困境或"故事"式情节诗的沼泽。当诗歌写作者在写作时唱诗班式地恭迎叙事、场景、细节出场时，情感、灵魂、思想、精神却在哗哗退潮，以至于在诗歌叙事文本的底片上，这些作为诗歌质的规定性的要素竟然无迹可寻。"跨文体写作"的确给发散、飘浮的思绪和跳跃、游弋的意识提供了纵横驰骋的天地，"跨文体写作"中的诗意传达也的确不会因受制于渐趋僵化、呆板的程式化体制的束缚而结石、梗塞，然而，任何一种文学样式都是由内容和形式两方面规约而成的，诗歌如果取消了形式的必要限制而任其随意伸展、无度收缩，那又何以成其为诗呢，或者何必要称其为诗呢？诗歌的体式结构固然不能定为一尊，但也应该给其扩张的自由一个起码"边界"，否则，在砸掉诗歌"镣铐"的同时也砸掉了诗歌自身。

20世纪90年代诗歌写作者倡导并身体力行的包括综合性写作在内的诗歌"祛魅"书写，不管是诗学立场、诗歌主体"祛魅"，还是诗歌表意"祛魅"，对于克服惰性、惯性的驱使、推动，对于催生新的诗歌书写样态无不具有建构性价值，因而都无不具有当下的合理性和"时效性"。不过，任何一套新的诗学抱负和诗歌范式，都只能显存于先锋性的"实验"和摸索之中。扫描20世纪90年代的诗歌事实，我们说，经过"祛魅"了的20世纪90年代诗歌书写，确实表现出了有效、及时抓获、摄取20世纪90年代诗意现场的一面，一些诗歌写作者通过诗歌实践，确实提供出了富于魅力的典范性诗歌文本。但无须讳言,20世纪90年代的诗歌书写也存有未能"生魅"的一面,其间也混杂有太多需要进一步修整和清理的次品因子、废品成分,不幸的是,一些诗歌写作者却"敝帚自珍"、捧"废"为"宝",以"实验"为真谛,在诗歌写作中刻意膨胀、卖弄这些负面元素,排泄出背离诗歌精神和本质规定性的语言垃圾和文字秽物;同时,一些人在诗歌书写时所采取的非历史主义的"断裂"立场,也使得20世纪90年代的某些诗歌因与传统诗歌的绝缘和隔膜而悬浮于人们的阅读之外成为了"无根的一代"。正是这些"非诗"、"伪诗"或大行其道、或鬼鬼祟祟,才在很大程度上污损、毁坏了20世纪90年代诗歌的整体形象。

参 考 文 献

1. 骆寒超:《骆寒超诗论二集》,南京大学出版社2001年版

2. 骆寒超:《新诗主潮论》,上海文艺出版社1999年版

3. 骆寒超:《骆寒超诗论集》,浙江大学出版社1991年版

4. 骆寒超:《20世纪新诗综论》,学林出版社2001年版

5. 谢冕:《谢冕论诗歌》,江西高校出版社2002年版

6. 谢冕:《谢冕文学评论选》,湖南文艺出版社1986年版

7.《磁场与魔方》,谢冕、唐晓渡主编,北京师范大学出版社1993年版

8.《字思维与中国现代诗学》,谢冕,吴思敬主编,天津社会科学院出版社2002年版

9. 洪子诚、刘登翰:《中国当代新诗史》,北京大学出版社2005年版

10.《在北大课堂读诗》,洪子诚主编,长江文艺出版社2002年版

11. 孙玉石:《中国现代主义诗潮史论》,北京大学出版社1999年版

12. 孙玉石:《中国现代解诗学的理论与实践》,北京大学出版社2007年版

13. 蓝棣之:《现代诗的情感与形式》,华夏出版社1994年版

14. 龙泉明:《中国新诗流变论》,人民文学出版社1999年版

15. 龙泉明:《现代诗学》,湖南人民出版社2000年版

16. 吴思敬:《诗歌基本原理》,工人出版社 1987 年版

17. 吴思敬:《走向哲学的诗》,学苑出版社 2002 年版

18. 王光明:《艰难的指向:"新诗潮"与二十世纪中国现代诗》,时代文艺出版社 1993 年版

19. 潘颂德:《中国现代新诗理论批评史》,学林出版社 2002 年版

20. 程光炜:《中国当代诗歌史》,中国人民大学出版社 2003 年版

21. 程光炜:《程光炜诗歌时评》,河南大学出版社 2002 年版

22. 朱栋霖:《心灵的诗学》,江苏人民出版社 2005 年版

23.《中国现代文学史》(上),朱栋霖等主编,北京大学出版社 2007 年版

24.《中国现代文学史》(下),朱栋霖等主编,北京大学出版社 2007 年版

25. 朱栋霖、王文英:《戏剧美学》,江苏文艺出版社 1991 年版

26.《人文通识演讲录》(文学卷二),陆挺、徐宏主编,文化艺术出版社 2007 年版

27. 梁宗岱:《诗与真》,中央编译出版社 2006 年版

28. 郭沫若:《郭沫若论创作》,上海文艺出版社 1983 年版

29. 郭沫若:《文艺论集》,人民文学出版社 1979 年版

30. 艾青:《艾青选集》第 1 卷,四川文艺出版社 1986 年版

31. 艾青:《艾青选集》第 2 卷,四川文艺出版社 1986 年版

32. 闻一多:《闻一多全集》第 2 卷,湖北人民出版社 1994 年版

33. 戴望舒:《望舒草》,上海复兴书局 1932 年版

34. 袁可嘉:《现代派论·英美诗论》,中国社会科学出版社 1985 年版

35.《一个民族已经起来》,杜运燮、袁可嘉编,江苏人民出版社 1987 年版

36. 朱自清:《朱自清全集》第 2 卷,江苏教育出版社 1988 年版

37. 朱自清:《新诗杂话》,作家书屋 1947 年版

38. 冯文炳:《谈新诗》,人民文学出版社 1984 年版

39. 宗白华:《美学散步》,上海人民出版社1981年版

40. 钱中文:《新理性精神文学论》,华中师范大学出版社2000年版

41. 刘小枫:《诗化哲学》,山东文艺出版社1986年版

42. 陈思和:《中国当代文学史教程》,复旦大学出版社1999年版

43.《中国现代文学三十年》,钱理群等编,北京大学出版社1998年版

44.《中国现当代文学史》,王嘉良、颜敏主编,上海教育出版社2004年版

45.《文学理论教程》,童庆炳主编,高等教育出版社2004年版

46.《中国当代文学发展史》,金汉总主编,上海文艺出版社2002年版

47.《九十年代文存》(上卷),孟繁华主编,中国社会科学出版社2001年版

48.《九十年代文存》(下卷),林大中主编,中国社会科学出版社2001年版

49.《中国诗歌九十年代备忘录》,王家新、孙文波编,人民文学出版社2000年版

50.《最新先锋诗论选》,陈超编,河北教育出版社2003年版

51.《从最小的可能性开始》,肖开愚等编,人民文学出版社2000年版

52.《语言,形式的命名》,孙文波等主编,人民文学出版社1999年版

53.《朦胧诗论争集》,姚家华编,学苑出版社1989年版

54.《激情与责任》,臧棣等编,人民文学出版社2002年版

55. 陈超:《中国先锋诗歌论》,人民文学出版社2007年版

56. 唐晓渡:《不断重复的起点》,文化艺术出版社1989年版

57. 欧阳江河:《站在虚构这边》,三联书店2001年版

58. 王家新:《没有英雄的诗》,中国社会科学出版社2002年版

59. 李振声:《季节轮换》,学林出版社1996年版

60. 李新宇:《中国当代诗歌艺术演变史》,浙江大学出版社2000年版

61. 周瓒:《中国先锋诗歌研究》,1999年6月北大答辩、通过的博士论文

62. 西川:《让蒙面人说话》,东方出版中心 1997 年版

63. 张桃洲:《现代汉语的诗性空间》,北京大学出版社 2005 年版

64. 柏桦:《今天的激情》,上海人民出版社 2006 年版

65. 陈太胜:《象征主义与中国现代诗学》,北京大学出版社 2005 年版

66. 高波:《现代诗人和现代诗》,云南出版集团公司云南人民出版社 2005 年版

67. 刘小枫:《诗化哲学》,山东文艺出版社 1986 年版

68. 陈旭光:《中西诗学的会通》,北京大学出版社 2002 年版

69. 敬文东:《抒情的盆地》,湖南文艺出版社 2006 年版

70. 王珂:《百年新诗诗体建设研究》,上海三联书店 2004 年版

71. 江若水:《卞之琳诗艺研究》,安徽教育出版社 2000 年版

72. 王宏印:《新诗话语》,百花文艺出版社 2008 年版

73. 邓程:《论新诗的出路》,中国社会科学出版社 2004 年版

74.《戴望舒诗全编》,梁仁编,浙江文艺出版社 1989 年版

75.《九叶集》,丁芒、陈咏华编,江苏人民出版社 1981 年版

76.《裹渎中的第三朵语言花》,周伦佑选编,敦煌文艺出版社 1994 年版

77.《岁月的遗照》,程光炜编选,社会科学文献出版社 2000 年版

78.《1998 中国新诗年鉴》,杨克主编,花城出版社 1999 年版

79.《90 年代实力诗人诗选》,杨克主编,漓江出版社 1999 年版

80.《中国诗选》,成都科技大学出版社 1994 年版

81.《中国新诗 1916—2000》,张新颖编选,复旦大学出版社 2001 年版

82.《20 世纪末文学作品选》(诗歌卷),曹文轩编选,北京大学出版社 2001 年版

83.《先锋诗歌档案》,西渡、郭骅编,重庆出版社 2004 年版

84.《新乡土诗派作品选》,江堤等主编,湖南文艺出版社 1998 年版

85.《中国先锋诗歌档案》,梁晓明、南野、刘翔主编,浙江文艺出版社 2004 年版

86.《第三代诗新编》,洪子诚、程光炜编选,长江文艺出版社 2006 年版

87.《中国九十年代诗歌精选》,吴昊编,新疆人民出版社 2001 年版

88. 彭国梁:《盼水的心情》,太白文艺出版社 1998 年版

89. 昌耀:《昌耀的诗》,人民文学出版社 1998 年版

90. 昌耀:《昌耀诗文总集》,青海人民出版社 2000 年版

91. 海子:《海子的诗》,人民文学出版社 1995 年版

92. 王家新:《游动悬崖》,湖南文艺出版社 1997 年版

93. 王家新:《王家新的诗》,人民文学出版社 2001 年版

94. 西川:《西川的诗》,人民文学出版社 2000 年版

95. 西川:《深浅》,中国和平出版社 2006 年版

96. 孙文波:《孙文波的诗》,人民文学出版社 2001 年版

97. 肖开愚:《肖开愚的诗》,人民文学出版社 2004 年版

98. 翟永明:《终于使我周转不灵》,河北教育出版社 2002 年版

99. 鲁羊:《我仍然无法深知》,河北教育出版社 2002 年版

100. 朱文:《他们不得不从河堤上走回去》,河北教育出版社 2002 年版

101. 杨黎:《小杨与马丽》,河北教育出版社 2002 年版

102. 何小竹:《六个动词,或苹果》,河北教育出版社 2002 年版

103. 姜涛:《鸟经》,上海三联书店 2005 年版

104. 多多:《多多诗选》,花城出版社 2005 年版

105. 钟嵘:《诗品》

106. 释皎然:《诗式》

107. 孟棨:《本事诗》

108. 司空图:《二十四诗品》

109. 欧阳修:《诗话》

110. 张戒:《岁寒堂诗话》

111. 姜夔:《白石道人诗说》

112. 严羽:《沧浪诗话》

113. 徐祯卿:《谈艺录》

114. 叶燮:《原诗》

115. 袁枚:《随园诗话》

116. 翁方纲:《石洲诗话》

117. 刘熙载:《艺概》

118. 朱光潜:《诗论》,广西师范大学出版社 2004 年版

119. [美]叶维廉:《中国诗学》,人民文学出版社 2006 年版

120. 张寅彭:《中国诗学专著选读》,广西师范大学出版社 2006 年版

121. 袁行霈等:《中国诗学通论》,安徽教育出版社 1994 年版

122. 孟二冬:《中唐诗歌之开拓与新变》,北京大学出版社 2006 年版

123. 胡晓明:《中国诗学之精神》,江西人民出版社 2001 年版

124. 林庚:《唐诗综论》,人民文学出版社 1987 年版

125.《古代文论名篇选读》,韩湖初、陈良运主编,中国书籍出版社 1998
年版

126. 陈良运:《论诗与品诗》,百花洲文艺出版社 1997 年版

127. [美]韦勒克、沃伦:《文学理论》,刘象愚等译,江苏教育出版社
2005 年版

128. [阿根廷]博尔赫斯:《博尔赫斯谈艺录》,王永年、徐鹤林、黄锦炎
等译,浙江文艺出版社 2005 年版

129. [阿根廷]博尔赫斯:《博尔赫斯谈诗论艺》,陈重仁译,上海译文出
版社 2002 年版

130. [法]保罗·瓦莱里:《文艺杂谈》,段映虹译,百花文艺出版社 2002
年版

131. [美]T. S. 艾略特:《艾略特文学论文集》,李赋宁译,百花洲文艺出
版社 1994 年版

132. [美]T. S. 艾略特:《玄学派诗人》,《艾略特诗学文集》,王恩衷编
译,国际文化出版公司 1989 年版

133. [法]罗杰·加洛蒂:《论无边的现实主义》,吴岳添译,上海文艺出
版社 1986 年版

134.［德］瓦尔特·本雅明:《经验与贫乏》,王炳均、杨劲译,百花文艺出版社 1999 年版

135.［德］狄尔泰:《体验与诗》,胡其鼎译,三联书店 2003 年版

136.［德］荷尔德林:《荷尔德林文集》,戴晖译,商务印书馆 2000 年版

137.［美］哈罗德·布鲁姆:《影响的焦虑》,徐文博译,江苏教育出版社 2006 年版

138.［美］奥登等:《诗人与画家》,马永波译,山东画报出版社 2006 年版

139.［法］波德莱尔:《波德莱尔美学论文选》,广西师范大学出版社 2002 年版

140.［俄］别林斯基:《别林斯基选集》第 2 卷,满涛译,时代出版社 1952 年版

141.［德］黑格尔:《美学》第 1 卷,朱光潜译,人民文学出版社 1979 年版

142.［德］黑格尔:《美学》第 2 卷,朱光潜译,商务印书馆 1979 年版

143.［古希腊］亚里士多德:《西方美学家论美和美感》,朱光潜译,商务印书馆 1980 年版

144.［美］厄尔·迈纳:《比较诗学》,王宇根等译,中央编译出版社 1998 年版

145.［匈牙利］巴拉兹:《电影美学》,中国电影出版社 1958 年版

146.［俄］陀思妥耶夫斯基:《陀思妥耶夫斯基论艺术》,人民文学出版社 1988 年版

147.［俄］别林斯基:《别林斯基选集》第 1 卷,上海译文出版社 1981 年版

148.［英］柯勒律治:《文学生涯》,《十九世纪英国诗人论诗》,人民文学出版社 1984 年版

149.［美］尤金·奥尼尔:《尤金·奥尼尔评论集》,上海外语教育出版社 1988 年版

150. ［乌克兰］保罗·策兰:《保罗·策兰诗文选》,王家新、芮虎译,河北教育出版社 2002 年版

151. ［美］布罗茨基:《文明的孩子》,刘文飞译,中央编译出版社 2007 年版

152. ［波兰］切斯瓦夫·米沃什:《米沃什词典》,西川、北塔译,三联书店 2004 年版

153.《诗人谈诗》,［美］霍华德·奈莫洛夫编选,陈祖文译,三联书店 1989 年版

154. ［墨西哥］奥克塔维奥·帕斯:《批评的激情》,赵振江编译,云南人民出版社 1995 年版

155. ［奥］里尔克、［俄］帕斯捷尔纳克、［俄］茨维塔耶娃:《三诗人书简》,刘文飞译,中央编译出版社 2007 年版

156.《西方文艺理论名著选编》(中卷),武蠡甫、胡经之主编,北京大学出版社 1986 年版

157.《西方二十世纪文论选》(2),胡经之、张首映主编,中国社会科学出版社 1989 年版

158.《西方二十世纪文论选》(3),胡经之、张首映主编,中国社会科学出版社 1989 年版

159.《西方二十世纪文论选》(4),胡经之、张首映主编,中国社会科学出版社 1989 年版

160.《"新批评"文集》,赵毅衡编选,百花文艺出版社 2001 年版

161.《十九世纪英国诗人论诗》,刘若端译,人民文学出版社 1984 年版

162. 朱光潜:《西方美学史》下卷,人民文学出版社 1979 年版

163. 王佐良:《王佐良文集》,外语教学与研究出版社 1997 年版

164. 王岳川:《二十世纪西方哲性诗学》,北京大学出版社 1999 年版

165. 傅孝先:《西洋文学散论》,中国友谊出版公司 1986 年版

后　记

　　暖流澄明，空气清新。桃红柳绿，红杏枝头叩响门扉，春天真的来了，尽管来得不是十分顺畅，比如刚刚过去的风雪，还比如……

　　这并不等于手头抚弄的这本书稿就是花团锦簇、姹紫嫣红，不过这个春天于这本书稿总是可以隐喻一些什么、意象化一些什么，有点夸张，却不致于变形。

　　本书稿是在我的博士论文的基础上完善、充实而成的。博士论文的完成，经过了选题、调研、写作、修改、定稿、答辩等一系列深入、艰巨、繁重的过程。是通过本选题的研究，我才亲身历验了什么是沉潜于学问，什么是学术思维；是通过博士论文的写作，我才切己体认了什么是学术论文，什么是论文心态；是通过数稿修改、反复打磨，我才深刻领会了什么是精益求精，什么是一丝不苟。对于我这样的所谓"诗歌写作者"，这份养成尤其重要。

　　如果把生命分成若干段落，攻读博士学位的三年足以平衡在此之前的许多，我相信，也足以平衡在此之后的许多。这是我最尽兴的三年，最如意的三年；同样，也是我最倾情、最投入的三年，还是我最有压力、最焦虑的三年。

　　我的博士论文以及由博士论文修改而成的书稿未必厚重，但写作论文和修正书稿的过程肯定为我的生命注入了厚重。

当然，不管是博士论文，还是书稿，都是十足的综合性"文本"。

它们综合进了导师朱栋霖教授的指导、教诲，宽厚、体恤，还有信任和理解；它们综合进了师母张欣欣女士和风细雨般的关爱、照顾，鼓励、帮助。对我来说，他们的心血和心意所浇灌、滋养、培育的绝不仅仅是这个春天。

它们综合进了德高望重的骆寒超教授的指点和开导。在诗歌冷寂的原野上得以相逢春天，离不开骆老师明确有力地牵引。

它们综合进了范伯群老师、汤哲声老师、刘祥安老师、陈龙老师、李勇老师、陈子平老师、汪卫东老师的启迪、教导。他们的授课、演讲和著述，他们的观点、建议，掀动了而且还催生了我的春天的绿意和生气。

它们综合进了师门同仁的情谊、支持。他们是：师姐张莉、金红、季玢，师兄江腊生、卢炜、刘智跃、李曙豪、张晓玥、马潇、周东华、项仲平，师弟钱洪波、张勤勇。当然，还不能漏掉既非师门又是师门的李国平。宿舍的促膝长谈、校园的闲庭信步，还有酒店的粗菜淡酒，都在我的生命中弥散着春的气息。

论文完成后，范伯群、郭铁成、吴秀明、夏锦乾、倪祥保、汤哲生、陈霖老师精心、仔细评阅了我的论文并参加了我的学位论文答辩。在肯定论文成绩的同时，他们提出了很多中肯、精辟的见解和建议。本书稿正是在深入领会、充分吸纳上述各位教授的建议和意见后修定、完善而成的。因此，这本书稿综合进了他们的关照、支持、扶助和心血、智识、辛苦。

不管是论文的写就，还是书稿的完成，它们都综合进了颜翔林教授给我的无微不至的关爱和呵护。颜老师在为我营构着良好的学术环境、提供着良好的学术机会的同时，还就做人和做学问给予我不断的启示、指导和鼓励、促动。它们也综合进了我藉以立足的湖州师范学院的余连祥教授、刘树元教授等等诸多老师、同仁的支持、帮助。我知道，不管昨天、今天，还是明天，只有他们的浇灌、培植，我的春天才会将茁壮与坚挺书写得流光溢彩。

本书能够有幸出版，综合进了人民出版社领导的关心和指导，综合进了田园老师体谅、理解的情怀和严谨、高效的劳作。正因为如此，我生命的这个春天终于定型、定格成为事实了！

因此,我感谢综合。春天因综合而成为宣言,而延展开去……

对于家人,因为本就是我生命的组成部分,是综合所在,但似乎又不是综合指认得了的。他们与我一同迎送着、应对着,不管是春天还是冬天。

王昌忠

2010 年 4 月 30 日重书于湖州碧浪湖澄斋

责任编辑:田　　园
装帧设计:艾哲设计
版式设计:陈　　岩

图书在版编目(CIP)数据

扩散的综合性——20世纪90年代诗歌写作研究/王昌忠 著.
　-北京:人民出版社,2010.8
ISBN 978－7－01－009200－3

Ⅰ.①扩…　Ⅱ.①王…　Ⅲ.①诗歌-文学创作-研究-中国-当代
　Ⅳ.①I207.22

中国版本图书馆 CIP 数据核字(2010)第 162540 号

扩散的综合性

KUOSAN DE ZONGHEXING

——20世纪90年代诗歌写作研究

王昌忠　著

人民出版社 出版发行

(100706　北京朝阳门内大街166号)

北京新魏印刷厂印刷　新华书店经销

2010年8月第1版　2010年8月北京第1次印刷

开本:710毫米×1000毫米 1/16　印张:15.75

字数:217千字　印数:0,001-3,000册

ISBN 978－7－01－009200－3　　定价:30.00元

邮购地址 100706　北京朝阳门内大街 166 号

人民东方图书销售中心　电话 (010)65250042　65289539